广东省优秀社会科学家文库（系列二）

胡经之自选集

胡经之 ◎ 著

·广州·

版权所有　翻印必究

图书在版编目（CIP）数据

胡经之自选集/胡经之著． —广州：中山大学出版社，2017.11
（广东省优秀社会科学家文库．系列二）
ISBN 978-7-306-06141-6

Ⅰ．①胡…　Ⅱ．①胡…　Ⅲ．①文艺美学—文集　Ⅳ．①I01-53

中国版本图书馆 CIP 数据核字（2017）第 189242 号

出 版 人：	徐　劲
策划编辑：	嵇春霞
责任编辑：	王　睿
封面设计：	曾　斌
版式设计：	曾　斌
责任校对：	李艳清
责任技编：	何雅涛
出版发行：	中山大学出版社
电　　话：	编辑部 020-84111996，84111997，84113349，84110779
	发行部 020-84111998，84111981，84111160
地　　址：	广州市新港西路 135 号
邮　　编：	510275　传　真：020-84036565
网　　址：	http://www.zsup.com.cn　E-mail: zdcbs@mail.sysu.edu.cn
印 刷 者：	广州家联印刷有限公司
规　　格：	787mm×1092mm　1/16　20 印张　350 千字
版次印次：	2017 年 11 月第 1 版　2017 年 11 月第 1 次印刷
定　　价：	60.00 元

如发现本书因印装质量影响阅读，请与出版社发行部联系调换

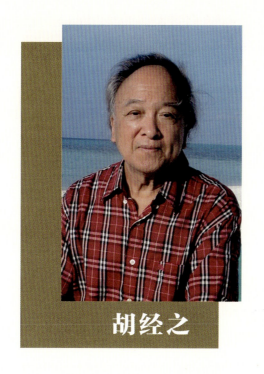

胡经之

  1933年5月生于江苏无锡。1952年考入北京大学中文系，由本科生、副博士研究生、助教、副教授而教授。师从杨晦攻文艺学，又随朱光潜、宗白华、蔡仪等习美学，致力于熔文艺学和美学为一炉，倡导文艺美学。1984年，应深圳大学之邀，和汤一介、乐黛云共同参与人文学科建设，先后任中文系、国际文化系主任，特区文化研究所所长，为深圳大学创校后经国务院学位委员会通过的首位博士生导师。1992年获国务院颁发的"高等教育突出贡献"证书，2004年获"中国文艺理论杰出贡献"奖，2015年成为深圳市第一位被授予"广东省优秀社会科学家"称号的人文学者。多年担任深圳大学学术委员会副主任、人文社会科学委员会主任。多部著作获得国家教育委员会颁发的优秀教材奖、国家新闻出版总署颁发的优秀文学图书奖。先后被推举为深圳市作家协会主席、深圳市文艺评论家协会主席、广东省美学学会会长、广东省比较文学研究会会长，以及中国文艺理论学会、中外文艺理论学会的副会长，中华美学学会常务理事等。至今仍潜心研究美学，笔耕未辍。现任深圳大学美学与文艺批评研究院顾问。

"广东省优秀社会科学家文库"(系列二)

主　任　慎海雄

副主任　蒋　斌　王　晓　宋珊萍

委　员　林有能　丁晋清　徐　劲

　　　　魏安雄　姜　波　嵇春霞

"广东省优秀社会科学家文库"（系列二）

出 版 说 明

习近平总书记在党的十九大报告中明确提出要"加快构建中国特色哲学社会科学"，为新时代中国哲学社会科学繁荣兴盛指明了方向。哲学社会科学是人们认识世界和改造世界、推动社会进步的强大思想武器，哲学社会科学的研究能力是文化软实力和综合国力的重要组成部分。广东改革开放近40年所取得的巨大成就离不开广大哲学社会科学工作者的辛勤劳动和聪明才智，广东要实现"四个坚持、三个支撑、两个走在前列"的目标更需要充分调动与发挥广大哲学社会科学工作者的积极性、主动性和创造性。中共广东省委、省政府高度重视哲学社会科学，明确提出要打造"理论粤军"、建设学术强省，提升广东哲学社会科学的学术形象和影响力。这次出版的"广东省优秀社会科学家文库"，就是广东社科界领军人物代表性成果的集中展现，是广东打造"理论粤军"、建设学术强省的一项重要工程。

这次入选"广东省优秀社会科学家文库"的作者，均为广东省第二届优秀社会科学家。2014年7月，中共广东省委宣传部和广东省社会科学界联合会启动"广东省第二届优秀社会科学家"评选活动。经过严格的评审，于2015年评选出广东省第二届优秀社会科学家10人。他们分别是（以姓氏笔画为序）：王珺（广东省社会科学院）、毛蕴诗（中山大学）、冯达文（中山大学）、胡经之（深圳大学）、桑兵（中山大学）、徐真华

（广东外语外贸大学）、黄修已（中山大学）、蒋述卓（暨南大学）、曾宪通（中山大学）、戴伟华（华南师范大学）。这些优秀社会科学家是我省哲学社会科学工作者的杰出代表和学术标杆。为进一步宣传、推介我省优秀社会科学家，充分发挥他们的示范引领作用，推动我省哲学社会科学繁荣兴盛，根据省委宣传部打造"理论粤军"系列工程的工作安排，我们决定在推出"广东省优秀社会科学家文库"（系列一）的基础上，继续编选第二届优秀社会科学家的自选集。

本文库自选集编选的原则是：（1）尽量收集作者最具代表性的学术论文和调研报告，专著中的章节尽量少收。（2）书前有作者的"学术自传"，叙述学术经历，分享治学经验；书末附"作者主要著述目录"。（3）为尊重历史，所收文章原则上不做修改，尽量保持原貌。（4）每本自选集控制在30万字左右。我们希望，本文库能够让读者比较方便地进入这些当代岭南学术名家的思想世界，领略其学术精华，了解其治学方法，感受其思想魅力。

10位优秀社会科学家中，有的年事已高，有的工作繁忙，但对编选工作都高度重视。他们亲自编选，亲自校对，并对全书做最后的审订。他们认真严谨、精益求精的精神和学风，令人肃然起敬。

在编辑出版过程中，除了10位优秀社会科学家外，我们还得到中山大学、暨南大学、华南师范大学、广东外语外贸大学、深圳大学、广东省社会科学院等有关单位的大力支持，在此一并致以衷心的感谢。

广东省优秀社会科学家每三年评选一次。"广东省优秀社会科学家文库"将按照"统一封面、统一版式、统一标准"的要求,陆续推出每一届优秀社会科学家的自选集,把这些珍贵的学术精华结集出版,使广东哲学社会科学学术之薪火燃烧得更旺、烛照得更远。我们希望,本文库的出版能为打造"理论粤军"、建设学术强省做出积极的贡献。我们相信,在习近平新时代中国特色社会主义思想指引下,广东的哲学社会科学一定能迈上新台阶。

"广东省优秀社会科学家文库"编委会
2017年11月

目录

学术自传 / 1

第一辑　文艺美学

文艺美学及其他 / 11
文艺美学试起步 / 27
论艺术形象 / 31
艺术美略论 / 66
论艺术创造 / 85
艺术的审美价值 / 101
虚实相生取境美 / 122
超越古典向当代 / 125
艺术应求真善美 / 134

第二辑　文化美学

走向文化美学 / 141
文化美学应时生 / 147
焕发新审美精神 / 152
文化美学待深探 / 167
人文之美靠创造 / 171
美学伴我悟人生 / 174
梁启超的美学贡献 / 188
蔡元培的美育精神 / 193

第三辑　自然美学

珍重天地自然美 / 209
生态之美究何在 / 217
天地大美有奥妙 / 223

第四辑　中国古典文艺学

为何古典作品至今还有艺术魅力 / 231
捕捉审美中轴线 / 260
重释古典为今用 / 265
中国古典文艺学的现代意义 / 274

第五辑　比较文艺学

比较文艺学漫说 / 285
艺术的民族特色 / 291
中华文化如何走向世界 / 295

附录

文艺美学应时进 / 302
胡经之主要著述目录 / 316

后记 / 318

学术自传

◎ 胡经之

1933年我出生于苏州、无锡之交的梅村。这是吴文化的发祥地,古风犹存,史称"江南第一古镇"。

我的家庭和豪门望族无缘,却亦非贫贱之家,正在从小康之家向中产阶层迈进。我祖父在苏州城里的著名绸织厂当技师。父亲一直在太湖周围的中小学任教,他盼望我能继承父业,营建书香门第。那时,古镇的读书气氛甚浓,读书人向往同乡钱穆的道路,希望靠自我勤奋、钻研学问当上教授。

我父亲接受的是师范教育,受蔡元培倡导美育的影响,他鼓励我自由发展。所以,我从小就不用为柴米油盐酱醋茶操劳,可以留心于琴棋诗书歌舞画。读书不为稻粱谋,为觅真知求自由。我在中学读书时,就读过朱光潜的《给青年的十二封信》和《给青年的第十三封信》(又称"《谈美》"),知道世上还有一门学问叫"美学",心向往之。

我这一生走过了三段路程:江南稚子近20年,北京大学(以下简称"北大")学子30多年,岭南游子亦已过30年,将在深圳终老。

跨入学术之门要到我进了北大之后才开始。1952年,我从故乡苏州带了三本书跨入北大中文系,一本是朱光潜的《诗论》,一本是杨晦的《文艺与社会》,一本是周扬编的《马克思主义文艺》,想钻研文艺学和美学。那时正是北大历史上最辉煌的年代,美学名家朱光潜、宗白华、蔡仪、马采等云集北大,但都不开美学课程,只有杨晦给我们开"文学概论"课程,我只能分别登门拜访。得杨晦、朱光潜指点,我在1953年集中精力查阅了20世纪初以来的20多本美学书籍,想为写毕业论文《美学初起五十年》搜集资料,这是我跨上学术台阶的开始,但还未登堂入室,尚没有写成论文。

难在学术方向如何确定,为此我琢磨了好几年。1955年年底,高教部要我提前毕业,去中国人民大学马列主义研究班钻研马克思主义哲学。

但去了半年,我还是回到北大,师从杨晦攻读文艺学副博士研究生,并不时向朱光潜、宗白华、蔡仪讨教美学。终于等到时机来临,1958年,周扬带了林默涵、张光年、何其芳来开设文艺理论讲座,我被任命为讲座助教,从此,我的学术方向终于敲定,那就是向着周扬提出的"建设中国的马克思主义美学"这个方向迈进。方向既定,行动跟进,我在1960年写出了文艺学副博士毕业论文《为何古典作品至今还有艺术魅力》,想接着马克思之思,解答我自己读中国古典文学作品感受到的困惑。这是我第一次在《北京大学学报》发表学术论文,尝试用对真、善、美的人生追求来解读经典的艺术魅力。

我参加了蔡仪主编的《文学概论》的编撰,负责撰写第一章《文学是反映社会生活的特殊的意识形态》,撰写的依据是反映论。但在此后的教学实践中,我逐渐重视了价值论,吸纳了苏联审美学派的审美价值论,从而走上了探索文艺美学之路,想熔美学和文艺学为一炉。

受改革开放精神的鼓舞,我在1980年中华全国美学学会成立大会上倡导中文学科、艺术院校应发展文艺美学。我自己在北大做了尝试,开设了"文艺美学"课程;我招研究生时又新设了文艺美学专业方向;后来,我又参与发起和筹编了"北京大学文艺美学丛书"。为了文艺美学的学科建设,我一手伸进了国外,博览西方文艺学;一手又伸向古代,探索中国古典文艺学,以之作为我构想《文艺美学》的思想资料。我遵循的原则仍是古为今用,洋为中用。

我在北大30多年,实现了"读万卷书"的梦想,学术的视野集中在大、洋、古。我到深圳的30多年,又实现了"行万里路"的梦想,这使我的学术视野大为拓展,开始接触到现实中的新、精、尖的问题,引发新的思考。在21世纪已经到来,面对错综复杂的文化现象,我意识到文艺美学需要扩展,因而倡导走向文化美学。新世纪的美学应具有国际视野,博收中外资料,更要以"马列"指导,解决现实问题。到了晚年,面对自然生态的恶化,又引起了我对自然美的沉思。

我的学术志趣因时而变,从文艺美学到文化美学,再到自然美学,多变中又有不变,那就是执着于对真、善、美的追求,尤爱从美学视野看世界。

我之所以爱从美学的视野去看世界,那是因为我从自己的人生经验出发,领悟到了:美虽然不是一种实体而是一种价值,但和人类生活有着密切的关系，于人生有重大意义。这正如梁启超所说："美是人类一要素，或者还是各种要素中最要者。"对人的需要理论有深入探讨的美国心理学家马斯洛声称，"人类对于美的需要，正像人类需要钙一样"，必不可少。人类对美的需要属于对人类起价值导向作用的动力要素，是对人生价值更高的追求，触及人类灵魂的终极关怀。人生在世，适者生存，善者优存，美者乐存。

俗话说得好："爱美之心，人皆有之。"人类对美的追求广泛而普遍，深入到人类的一切活动中去。德国美学家德索在《美学与艺术理论》中这样说道："审美需要强烈得几乎遍及一切人类活动。我们不仅力争在可能范围之内得到审美愉快的最大强度，还将审美考虑愈加广泛地应用到实际事务的处理中去。"人类对美的追求已经广泛扩及事务的处理中了，这就是说，人类在各种实践活动中都要追求美。确实如此，从精神生活到社会生活及至物质生活，我们都能看到人类对美的不懈追求。在现代化不断向前推进的历史过程中，人类为了美的追求而展开了多种多样的活动，求美的活动在向不同层次推进，不仅产生了精神性的审美活动，还在审美活动的基础上发展了生产实践性的创美活动以及教育实践性的育美活动。

美学在西方初起之时，首先探讨的就是审美活动的奥秘。审美这种精神活动是从人类的实践活动中生发出来的。在人类的实践活动中，本就交织着精神和物质的互动，不过，实践中的思维还没有从实践活动中分离出来，所以还只能称之为"实践思维"。随着精神活动在实践中的日益发展，作为精神活动中的一种，审美活动才逐渐独立。审美活动融合了认知、评价和情感，使对象意识和自我意识统一起来，发展成一种关系意识，以审美体验的精神方式来掌握世界。

审美活动从实践活动中独立出来，直接发挥精神作用，给人以审美享受，满足人们的审美需要，使人们获得审美愉悦。但人类的审美活动并不仅仅停留在精神层面，审美还要回归到实践层面，加入到实践活动中去，从而提升实践水平。审美活动向育人的教育实践提升，不仅培养人的审辨美丑的实际审美能力和参与实践创造美好事物的能力，还参与人格塑造，培养美好人品。这种育美活动内含着审美活动，更是一种教育实践活动。审美活动向创美的实践活动提升，对改造客观世界发生直接作用。审美就是人类调解客观世界和主观世界之间的关系的精神中介。审美主体面向不同的审美对象，或受激励而奋进，或因反感而退离，对现实的关系做精神调节。这种精神调节转化为美育或创美的实践活动，促使主观世界和客观世界优化，进而在主观世界和客观世界之间建立起自由和谐的审美关系，进入天、地、人、心和谐的人生境界。

我是从对审美活动的探索跨入美学之门的，我在《文艺美学》的第一章就专谈审美活动。我最早接触的是朱光潜的美学，他的美学代表作是《文艺心理学》。此书开宗明义："近代美学所侧重的问题是'在美感经验中我们的心理活动是什么样的'，至于一般人喜欢问的'什么样的事物才能算得上美'这个问题还在其次。第二个问题并非不重要，不过要解决它必先解决第一个问题；因为事物能引起美感经验才能算得上美，我们必先知道怎样的经验是美感的，然后才能决定怎样的事物所引起的经验是美感的。"他把审美活动中的美感放在美学研究的首位，对美感发生的心理因素如通感、联想、移情等做了深入的探索。但正如蔡元培在1934年所说的，美学的根本问题还在"美是什么"。

我对朱光潜先生所说的第二个问题颇感兴趣，想对它展开探索："什么样的事物才能算是美的"？面对大千世界，现象纷呈，自然对象并不全是美的，实践创造也不都是美的。就算是心灵世界，也如梁启超早已说过的那样，情感有美恶，趣味有好坏，应有价值区分。天地自然之象、人文创造之象、人心营构之象，这些对象中既有美亦有丑，依据什么来区别美与丑呢？这种对美与丑的探索不能只停留在心理学的层面，而是要进入本体论或存在论层面做价值分析。审美活动之所以能够发生，是因为自我在一定的境遇下和对象相逢，一起在场，形成一个审美场，在自我的心中引起审美反应。对审美对象产生审美快感或者产生审美反感，这就和境遇、对象都有关系。哪怕是内在审美，也是对内心世界的意象、情景做审美，也依然有对象。所以，对自我、对象、境遇这审美发生的三要素及相互关系都应有所探索。

我更关注的是我心中常常萦回的第三个问题，那就是马克思所说的"美的规律"究竟为何？这就更需要进入实践论和价值论的层面做探索了。

不错，劳动能创造美，但劳动也可能制造出丑。我们在这人世间看到了多少假、恶、丑的现象？有些是大自然给人类造成的悲剧（自然并不全是美的），但更多的是人类自己的人力所致。劳动创造的是美还是丑关键在于是否能按照美的规律创造。马克思在谈及人类的物质生产时，说到人应该按照美的规律来创造,那是指明人类物质生产的价值取向,应该而且能够按照美的规律来创造,但非一定和必然。物质生产应该而且能够按照美的规律创造出美的物品,那么,精神生产和人类自身的生产包括人和人的社会关系就更应如此了。随着现代化的向前推进,我们的美学不能不深入物、人、心这三大领域,探索不同层次的美的规律。

当文化研究在20世纪90年代兴起之时,美学走向了边缘,但我仍爱从美学的视界审视当时的文化现象。大众文化的兴起、日常生活的审美化和审美的日常生活化标志着中国在走向审美泛化之路,美学亦应与时俱进,研究生活实践中的审美现象。我把这称为"文化美学"。在我心中,美学既要"上天",也要"落地",进入人生实践的不同层次。美学要"上天",进入精神领域的最深处,揭示灵魂之美,解答在自然之中如何迈入"天地境界"这高处。但美学也要"落地",进入生活世界,考察生活实践中的现实之美,探索低层次的美如何向高层次的美提升。当下出现的精神生态危机、文化生态危机、自然生态危机更向我们发出了警示:无论是精神文化、社会文化的建设与发展,还是物质文化的建设与发展,都应该按照美的规律来进行,不能违背美的规律。社会的进步应是人类对美的追求的结晶,所以,马克思说:"文化的每一个进步都是迈向自由的一步。"

文化发展的审美泛化、大众文化的兴旺发达乃历史发展的必然,理应纳入美学的视野。但这并不意味着文学艺术从此就要退出历史舞台,也不意味着文学艺术要迎合市场,就都要降低到大众文化的水平。恰恰相反,大众文化的兴起正向艺术生产提出更高的社会需求:精心打造艺术精品,超越旧美,创造新美。艺术生产需求多样,既需要广泛普及的通俗艺术,也需要少而精的高雅艺术,更需要吸取了通俗艺术和高雅艺术之长的、为广大人民喜闻乐见的、雅俗共赏的主旋律艺术。提倡百花齐放,努力形成通俗、高雅以及主流的相互促进、共同繁荣的局面。

我心中的精美艺术或艺术精品虽然更注重创造美,但并不只是有"纯粹美"的所谓"纯艺术",只是作为精神生产之一的艺术生产比起其他精神生产来说,更需要按美的规律来创造。作家、艺术家依照自己的价值理念、审美观念,把自己的人生体验"编织"成具有意蕴的意象和意境,创造出一个艺术世界。作家、艺术家进行艺术创造,各家关注的艺术重心可能会不同,有的重真,有的重善,有的重美,甚至有时作品中真、善、美还会错位。但是，文学艺术之所以会有不朽的艺术魅力，正是因为其中具有真、善、美的价值。因此，启蒙主义美学家狄德罗把文学艺术看成"真、善、美三位一体的自然王国"。我心目中的精美艺术或艺术精品应致力于熔真、善、美为一炉，创造出一个美好的艺术世界。

真、善、美是人类永恒追求的价值目标，具有永恒的价值。著名科学家爱因斯坦在回顾自己的人生时做了这样的归结："照亮我的道路，并且不断地给我新的勇气去愉快地正视生活的理想是善、美和真。"美国哲学家艾德勒曾对人类常用的六大观念做梳理，发现最为人类看重的真、善、美和自由、平等、正义这六大观念里，真、善、美更为根本。[①] 而对于真、善、美三大观念，一些后现代的哲学家更为看重美，把美学提升为第一哲学。我的北大学长张世英的哲学研究就特别推崇"美的哲学"。他晚年一连写了好几部著作探索美的哲学。

我最早听"真善美"是在年少时。1945年"抗战"刚胜利，周璇一曲《真善美》风靡江南。在这首为影片《鸾凤和鸣》所配的插曲中，这位女歌唱家深深感叹，艺术创造了真善美，可面对尘世，她不禁发问："真善美，真善美，他们的欣赏究有谁？"这乐曲深深打动了我，至今不忘，引发了我对真善美的追问。正是在迈向美学的路途中，我逐渐知晓，对真善美的不懈追求是中华民族数千年来的永恒梦想，更是中华文化的优良传统。不同时代不同学派的价值重心不同，儒家更突出尽善尽美、美善相乐，道家更彰显返璞归真、臻于真美。尽管价值重心不同，但融合真善美是中华民族的共同追求。发展到新文化运动时期，融合真、善、美更成了不少美学家、文学家的共识。王国维在《论教育之宗旨》明确提出，"完全之人物不可不备真善美之三德"。鲁迅在《摩罗诗力说》把艺术应有之功能归结为"美善吾人之性情，崇大吾人之思理"，其对艺术批评就更提倡以真、善、美为准则了。中国第一个把《共产党宣言》翻译成中文的学者陈望道在1924年先出版了《美学纲要》，在两年后又出版了《美学概论》，鲜明地提出了"爱真好善嗜美，都是人类本性"、"世间有最高价值者三：真、善、美"。

在经济腾飞数十年后，如今的中国物质生产急速发展，重工业已过剩，急需结构调整，将更加重视精神生产和人自身（以及人与人的社会

[①] 参见艾德勒《六大观念》，生活·读书·新知三联书店1998年版。

关系）的生产。进入新常态，这将是一个高扬真善美的伟大时代，我们要建设和发展中国特色的马克思主义美学，就要与时俱进，更深入研究美的规律以及真善美的相互关系，促进人和社会、自然的协调发展，使我们的世界更美好。

2016 年夏于深圳望海书斋

胡经之自选集 第一辑

文艺美学

文艺美学及其他

文艺美学，顾名思义，当是关于文学艺术的美学。它的研究对象当然是文学艺术。然而，文艺美学究竟研究些什么问题，它要解决什么特殊矛盾？深究起来，却要颇费口舌。

文学艺术无论是作为人类一种独特的实践创造活动，还是作为这种活动的特殊产物，都是一种社会现象。这种社会现象看似寻常，实则复杂，因而，向来被哲学、社会学、历史学、心理学等好几门科学研究着。文艺学和美学就是所有研究文学艺术的科学中最重要的两门。

文艺学和美学的深入发展，促使一门交错于两者之间的新的学科出现，我们姑且称它为"文艺美学"。文艺美学是文艺学和美学相结合的产物，它专门研究文学艺术这种社会现象的审美创造特性和审美创造规律。

那么，文艺美学和文艺学、美学之间是什么关系？它们之间的联系和区别究竟何在？

一

文艺美学和文艺学紧密相连，可说是文艺学的一个特殊门类。因此，要弄清文艺美学和文艺学的联系和区别，不能不先了解文艺学的对象和内容。

文艺学专以文学艺术为研究对象，对文学艺术做全面的、综合的、系统的研究。诚然，其他一些科学也要研究文学艺术。例如，哲学、史学、社会学、经济学、政治学、伦理学、宗教学、心理学、语言学、符号学，以至工艺学、色彩学、音响学等等，也都从不同的角度研究文学艺术现象。然而，这些科学只是研究文学艺术的某一方面，揭示其某种关系和某种特性。文学艺术在这些科学的研究里只是说明某门科学范围内的特殊规律的材料。这些科学分别研究社会规律、心理规律、物理规律等等，其中也包括了文学艺术这种现象的社会性质、心理规律、物理规律等方面。然而，对于这些科学说来，文学艺术不是其主要研究对象，更不对文学艺术做综合的、全面的、系统的研究。专以文学艺术为对象，对文学艺术做综合的、全面的、系统的研究很早就构成了一门独立的科学：文艺学。

文艺学有广义、狭义之别。广义的文艺学的研究对象包括所有的文学艺术；狭义的文艺学只研究文学，是关于文学的科学，与艺术学有区别。我这里所说的文艺学是广义的文艺学，既包括艺术学，也包括文学学。

文艺学日益发展，本身也分成了许多部门。文艺学的主要部门有三个，那就是文艺理论、文艺史和文艺批评。

文艺批评是三个部门中最活跃的一门，它和文艺实践有着密切的关系。文艺批评不是一般意义上的认识活动，而是一种评价活动，对文艺价值做评价。它紧随着作家、艺术家和文学艺术作品，对此做出各种各样的评价，从而以自己的评价去影响读者、听众和观众。文艺批评反过来又作为读者、听众或观众的呼声，对作家、艺术家发生作用，使得作家、艺术家重视社会的需要，从而影响其今后的创作。因此，文艺批评是文学艺术作品的作者和受众之间的桥梁，是创作者和欣赏者的反馈关系的中介。每个时代的文艺批评受那个时代的文艺历史和文艺理论的制约，从一定的文艺思想、文艺史观出发去评价文学艺术；文艺批评反过来也影响着文艺理论和文艺史观。文艺批评按别林斯基的说法，是"行动的美学"，直接或间接地表现了那个时代的美学观点、思想。历史上有许多文艺批评著作本身既是文艺批评，又是文艺理论，还是美学著作。在法国，有伏尔泰的《论史诗》、狄德罗的《论戏剧艺术》、雨果的《〈克伦威尔〉序》；在德国，有莱辛的《拉奥孔》《汉堡剧评》，歌德、席勒的一些评论；在俄国，有别林斯基、车尔尼雪夫斯基和杜勃洛留波夫的大量文艺评论。这些都是对许多具体文学现象所做的批评，但也阐发了自己的文艺理论和美学见解，文艺批评史、文艺理论史和美学史的研究都要涉及它们。在中国，自古至今大量涌现的诗话、词话、文论、曲话、剧说、乐论以及小说评点等等，大多是即兴随感的文学艺术品评，和西方的文艺批评相比，缺乏严密的逻辑论证，少有系统的理论体系。但这种即兴随感式的艺术品评中，也不时闪耀着文艺理论和美学思想的光辉，并且缓慢地在形成自己独特的体系。文艺理论、美学思想在文艺批评中逐步发展，并且和文艺批评密切结合，这也许是中国的传统文艺理论、美学思想的显著特点。但从世界范围看，文艺批评发展到近代，由于它同文艺创作实践的关系如此紧密和直接，已日益显示出它的独特趋向：文艺批评作为一种文艺价值的评价活动，同文艺理论和文艺史的区别越来越明显，它既不属于历史科学，也不属于理论科学，而成为类似文艺实践活动的特殊形态，越出文艺学的范围。如果说文艺批评仍然是一门科学，那也是应用科学，它有自己的历史。苏联的库列肖夫在20世纪70年代所撰的《俄国批评史》中，把文学批评作为一门专门学问予以考察，系统地阐明了俄国文学批评的历史发展过程。美籍捷克学者韦勒克在20世纪五六十年代撰写的《近代文学批评史》，更为详尽地叙述了西方近代的文学批评历史发展过程。在中国，"五四"以来，陆续出现了好几部中国文学批评史著作，尝试把中国自古以来的文学批评的历史理出一个线索。郭绍虞不满足于此，在撰写中国文学批评史的基础上，还曾尝试撰写中国古典文学理论批评史著作。但是，文学批评和文学理论尽管紧密相连，毕竟还是有区别的，随着科学研究的逐步深入，包容好几门科学的中国文学理论批评史，势必分解成单独的中国文学批评史、中国文学理论史、中国美学思想史等等。

  文学艺术史作为历史科学，也作为文艺学的一个部门，研究文学艺术本身的历史发展过程。世界上的文学艺术从中到外，古往今来，浩如烟海，不可胜数。因此，对于文学艺术历史的研究不得不分门别类地进行。如果以艺类分，有对某一艺术种类的历史研究，如文学史、音乐史、绘画史、戏剧史、电影史等。而对艺术体裁的历史研究就出现了小说史、诗歌史、散文史等属于文学史的更为具体的部门。甚至每一艺术体裁还可以细分：小说史中有白话小说史、文言小说史，长篇小说史、短篇小说史等；绘画史中有版画史、水彩画史、连环画史等。这些是由上而下的历史研究。自下而上，也可以对几个艺术种类做综合的历史研究，例如，把绘画史、雕塑史、工艺美术史等展开综合研究，就有了美术史。如果对所有艺术种类做综合的历史研究，就成了包容一切艺术的艺术史。综合的艺术史产生在对各门艺术进行分门别类的历史研究基础上，反过来，也促进各门艺术史向更深入发展。如果以国别分，就有个别国家、几个国家和整个世界的文学艺术史。研究中国的文学艺术的历史就有中国文学史（细分，又有中国小说史、中国诗歌史等）、中国戏曲史、中国美术史（细分，又有绘画史、雕塑史等）、中国音乐史等。研究欧洲地区的文学艺术的历史就有欧洲文学史、欧洲美术史等。研究阿拉伯诸国的文学艺术的历史就有阿拉伯文学史、阿拉伯美术史等。对世界各国的文学艺术做综合的历史研究，就形成世界文学史、世界音乐史、世界电影史等。如果从时代分，就有文学艺术的断代史、通史。在中国,采取断代史的形式,就有中国先秦文学史、魏晋南北朝文学史、唐代文学史、宋代文学史等。研究欧洲的文学艺术历史,也可以按不同时代来进行:古希腊罗马时代、中世纪、文艺复兴时代、启蒙主义运动时代等。无论研究个别国家还是世界诸国的文学艺术,都可以采取通史的形式,如俄国艺术通史、欧洲音乐通史、世界美术通史等。

对文学艺术做历史研究,如黑格尔所说:"它的任务在于对个别艺术作品做审美的评价,以及认识从外面对这些艺术作品发生作用的历史环境。"① 文学艺术史作为历史科学,从历史现象出发,理出历史线索,展示历史过程。然而,文学艺术史还要探索文学艺术的历史发展规律,做出理论说明,使历史和逻辑相结合。"在这种主要是历史的研究里,会出现不同的观点,……像在其他从经验出发的科学里一样,这些观点经过挑选和汇集之后,就形成一些一般性的标准和法则,经过进一步的更侧重形式的概括化,就形成各门艺术的理论。"②

文艺理论主要运用逻辑的方法研究文学艺术。逻辑的方法如恩格斯所说:"无非是历史的研究方式,不过摆脱了历史的形式以及起扰乱作用的偶然性而已。"③ 在从历史上升为逻辑的过程中,文艺学产生了一些处于历史科学和理论科学的过渡形式,如比较文艺学、文艺发生学等。这些科学很难说只是历史科学,它也要做理论研究。比较文艺学在研究个别国家文学艺术的基础上,进而把不同国家的文学艺术做比较研究,探索异同,找出规律,这是历史研究,也是理论研究。如果说比较文艺学中的法国学派侧重于"影响"比较,因而富于历史科学的意义;那么,美国学派扩大了研究范围,注重"平行"比较,甚至发展为不同艺术种类之间的比较研究,则更具理论科学的性质。

由于文学艺术的样式、体裁、种类复杂多样,文艺理论可以分门别类地发展,如文学理论、戏剧理论、电影理论、音乐理论等。例如,在欧美较为流行的《文学论》(韦勒克、华伦著)、在苏联不断再版的《文学原

---

① 黑格尔:《美学》(第一卷),商务印书馆1979年版,第26页。
② 黑格尔:《美学》(第一卷),商务印书馆1979年版,第19页。
③ 中共中央马克思恩格斯列宁斯大林著作编译局编:《马克思恩格斯选集》(第二卷),人民出版社1972年版,第122页。

理》（季莫菲耶夫著）都是文学理论的著作，并非囊括一切艺术的文艺理论。但是，文艺理论也可以把所有文学艺术作为一个整体对象来研究，探索文学艺术共有的性质、功能、规律，这才是确切意义上的文艺理论。

把文学艺术作为一个整体对象来研究，并不妨碍文艺理论本身的多样。不仅由于研究对象的复杂，而且由于研究方法的多样，促成了文艺理论本身向多方面发展，形成不同学科。文艺理论同其他科学有紧密联系，特别同哲学、社会学、心理学和美学的关系最为密切。文艺理论侧重于和不同科学的联系，着重于从不同方法来研究文学艺术的某个方面，便形成了文艺理论的不同学科。于是，艺术哲学、文艺社会学、文艺心理学和文艺美学就分别或交错出现了。

过去出现过的"艺术哲学"有的是美学（如黑格尔的），有的只是从一般哲学上探讨文学艺术中的哲学问题，法国丹纳的《艺术哲学》就是如此。居友的《从社会学观点看艺术》也是从一般社会学观点来研究文学艺术的社会规律，弗里契的《艺术社会学》、哈拉普的《艺术的社会根源》都是如此。关于丹纳（又称"泰纳"）、居友，蔡仪有过较中肯的评价："无论泰纳也好，居友也好，他们从社会学的见地去考察艺术，至多只能是艺术研究，不能是美学；换句话说，只是艺术的属性条件的考察，而不是艺术的本质的考察。"[①]

对文学艺术做心理学的研究，使文艺理论深入到文学艺术的创造和欣赏过程中去，接触到这种复杂现象的更微妙的方面。但是，从心理学上来研究文学艺术，有的近于美学，如朱光潜的《文艺心理学》；有的属于文艺学，如赵雅博的《文学艺术心理学》；有的则只是一般的心理学，如弗洛伊德的精神分析的著作。对文学艺术做一般心理学的研究只是以文学艺术作为材料，阐明的是普通心理学规律，并未揭示出文学艺术活动中特有的心理规律，因而，严格地说，这类研究不属于文艺学之列。

对文学艺术的研究不满足于一般哲学、一般社会学和普通心理学的水平，要求跨上哲学美学（审美哲学）、社会学美学（审美社会学）和心理学美学（审美心理学）的阶梯，于是就有了文艺美学。文艺美学从美学角度研究文学艺术，深入到文学艺术的审美层面，揭示文学艺术的审美创造特性和审美创造规律。

[①] 蔡仪：《新美学》，群益出版社1949年版，第14页。

文艺理论不只是文艺美学，也不只是文艺心理学、文艺社会学等，它是对文学艺术做多层次、多方面研究的综合。文艺理论对文学艺术这种复杂现象做综合的研究，从哲学、社会学、心理学、美学等各方面揭示它的多方面特性、功能、结构。从这个意义上说，文艺美学不过是文艺理论的一个部类。然而，在文艺理论的所有学科中，文艺美学处于最核心的层次，具有特殊的地位，它跨越文艺学而进入美学行列。

二

文艺美学属于文艺学，又可归入美学。

关于美学的对象，不管历史上有过多少激烈的争论，美学，时而被说成美的哲学，时而被归结为文艺理论，但似乎谁也不否认，美学的研究对象必须包括文学艺术。美学要研究文学艺术，然而，美学并不因此就是文艺理论。美学曾是哲学的一个部门，然而，美学发展到今天，也已成了一门独立的科学，它有自己的发展史。

美学思想早就存在，但并非一开始就构成理论科学。人类最早的美学思想表现在古代的神话、传说中。古代的美学思想是和哲学思想、政治思想、伦理思想、宗教思想等交织在一起的，后来，又主要包含在哲学和文艺学这两门科学中。我国先秦时代，儒、道、墨诸家都有美学思想，但大多和其他思想交织在一起，并不独立成美学。古希腊的毕达哥拉斯、苏格拉底、柏拉图的美学思想也都包含在哲学体系或文艺见解中，并不独立。比亚里士多德《诗学》出现得早并已构成体系的公孙尼子的《乐记》主要是关于音乐的理论，但它涉及了多种艺术，甚至涉及比艺术更广泛的领域。按郭沫若在《公孙尼子与其音乐理论》中的看法，"中国旧时的所谓'乐'，它的内容包含得很广。音乐、诗歌、舞蹈，本是三位一体可不用说，绘画、雕镂、建筑等造型美术也被包含着，甚至于连仪仗、田猎、肴馔等也可以涵盖。所谓乐也，乐也。凡是使人快乐，使人的感官可以得到享受的东西，都可以广泛地称之为乐"。这样的著作虽然主要是艺术论，但实际上已是美学，只是没有这样的名称而已。

在漫长的历史发展过程中，美学始终既同哲学又同文艺学紧密相连。我国的《文心雕龙》是系统的文学理论巨著，其中就包含着美学理论。只是，在刘勰的眼光看来，文学包括了所有文体的文章，并不仅仅是艺术的文学,所以,它实际上是文章理论。刘勰把文章(包括艺术的文学)放在整个哲学体系中来考察,并从哲学上加以阐释,所以《文心雕龙》带着浓厚的哲学意味。但中国古典美学总的来说,不大注重自上而下来建立理论体系,而多从具体文学艺术现象出发,由下而上,有感而发,各抒己见,在鉴赏品评中发表自己的美学见解。这同西方古典美学的发展道路不尽相同。然而,中国古典美学也在日益完善,形成体系。它逐渐从哲学、伦理学的附庸关系中解脱出来,形成《文心雕龙》那样的著作。此后,它又趋向于由具体审美感受、未成系统的美学见解上升为理论概括。唐宋以来,苏轼的《传神记》、严羽的《沧浪诗话》、王夫之的《姜斋诗话》、叶燮的《原诗》、刘熙载的《艺概》等都有自成体系之势,但都不是单纯意义上的美学,而是美学和文艺理论、文艺批评的结合。到了近代,王国维、梁启超、蔡元培和鲁迅等一方面继承了中国古典美学的传统,一方面吸取了西方美学的成果,才逐渐使美学成为一门独立的科学,在中国发展起来。

　　西方的美学长时期内也一直只在哲学和文艺学两个领域内发展,到了启蒙运动时代,美学方形成一门独立的科学。美学作为独立科学的名称,是由 18 世纪德国哲学家鲍姆嘉通命名的。在 1735 年出版的《关于诗歌的某些问题的哲学思考》这篇拉丁语学位论文中,鲍姆嘉通第一次使用古希腊词语 Aesthetics 来称呼一门新的学问。1750 年,他又用这个词语来命名自己的一部美学著作。从此,西方便开始沿用。所以,鲍姆嘉通被称作"美学之父"。其实,鲍姆嘉通只是"美学教父",他不过是给早已存在的一个学科确定名称。美学这门科学的确切名称应为审美学。它不是仅研究美,而是研究整个审美活动。只是,由于中国、日本在翻译时,把它译成美学,约定俗成,也就习以为常了。鲍姆嘉通虽命名了美学,但他的美学仍属于哲学。他把美学看作感性认识的理论,研究世上的事物是如何通过感觉而被认知的。为弥补哲学向来只有逻辑学和伦理学而无感性学之不足,他另立美学,从而使美学成为哲学内的一个独立部门。

　　鲍姆嘉通的美学开创了一条道路,使得美学尽管还在哲学的范围内,但已有了相对独立的发展。沿着这条道路,康德、费希特、谢林、黑格尔等都从哲学上来研究美和审美。连歌德、席勒这类文学家的美学也寓有哲理色彩。整个德国古典美学都带着浓重的哲学性质。在车尔尼雪夫斯基看来,只有德国古典美学才称得上真正的美学。这有一定道理,因为德国古典美学具有严密的逻辑体系。今天，我们把德国古典美学这种以哲学见长的美学称为"哲学美学"（或"审美哲学"）。例如，康德的美学巨著《判断力批判》主要是从哲学上来论证美和崇高等。他的美学只是其整个唯心主义哲学体系"批判哲学"中的一个环节：《纯粹理性批判》研究"真"，《实践理性批判》研究"善"，而《判断力批判》研究"美"，这样一来，哲学体系就完备了。这种逐渐从哲学中独立出来而仍属于哲学部门的美学正是哲学美学（审美哲学）。但是，就算是这种从哲学上来研究审美、极为抽象的哲学美学也仍然离不开对文学艺术的研究。德国古典美学的集大成者黑格尔建立了一个宏大的美学体系，从而结束了美学作为百科全书式的包罗万象的哲学体系的时代。黑格尔的美学是哲学美学，然而，他已不满足于一般的哲学美学，而集中于研究文学艺术的美，致力于全面研究"美的艺术"而非一般的艺术，所以，黑格尔自称其美学为"艺术哲学"。有时更确切地说是"美的艺术之哲学"。黑格尔的"艺术哲学"正在跨出哲学的范围，日益从哲学中独立出来。但是，黑格尔的美学仍然主要是研究文学艺术与其他审美活动共有的一般规律，如他自己所说，"是要阐明美一般说来究竟是什么，它如何体现在实际艺术作品里"①。黑格尔的"艺术哲学"开了文艺美学的先河，但它基本上仍属于哲学美学领域。

德国古典美学的终结开启了西方美学的新时代：美学不限于哲学美学（它本身也仍在发展），而在哲学之外独立地向多方面发展。资产阶级美学形形色色，学派林立；民主主义美学（从俄国革命民主主义美学到空想社会主义美学）相继兴起，蓬勃发展；马克思主义美学异军突起，面目一新。

由于美学同其他科学的不同联系，产生美学的不同方法，形成美学的众多门类。文艺美学、符号学美学、生理学美学等纷至沓来，20世纪以来的美学逐渐发展为三个基本部门：哲学美学（审美哲学）、心理学美学（审美心理学）和社会学美学（审美社会学）。②

哲学美学（审美哲学）沿着包姆嘉通、康德、黑格尔的道路继续前

---

① 黑格尔：《美学》（第一卷），商务印书馆1979年版，第23页。
② 参见李斯托威尔《近代美学史评述》，蒋孔阳译，上海译文出版社1980年版，第121、188页。

进，对审美做哲学的探索，以便弄清审美活动的本质。看来，哲学美学今后还将继续发展，不会衰竭。随着人类审美活动的不断发展，审美现象越来越复杂，美学越来越深入，需要从哲学上做更高的、更概括的综合，也就需要哲学美学在更高的水平上发展。

心理学美学（审美心理学）在近代西方得到了特别的发展。德国的费希纳从心理实验着手，自下而上地由审美经验出发来研究审美活动中的心理规律，从而开创了心理学美学，因而被誉为近代科学美学的创始人。自此以后，心理学美学构成了美学中的一个新的部门。随着心理学美学的发展，对审美心理的研究已经不限于心理实验，而进入对更为复杂的审美感情、审美想象、审美趣味、审美理想等的心理分析。作为审美心理的集中而特殊的形态，文学艺术中的心理活动成为心理学美学的重要研究对象。布洛的"心理距离"说、里普斯的"移情"说、桑塔耶那的"对象化的愉悦"说都涉及艺术心理，阿恩海姆的《艺术心理学》更是如此。

社会学美学（审美社会学）是近代西方美学的又一个新的部门。这个美学部门主要是在英、法等国发展起来的，着重研究审美创造这种最重要的活动的性质、规律、作用和意义。文学艺术作为人类的重要的审美创造活动，当然也是社会学美学的研究对象。法国著名美学家拉罗的好几部美学著作都对审美创造活动做了社会学的考察。尼达姆的《论十九世纪法国和英国社会学美学的发展》详尽阐述了社会学美学的历史发展轮廓。这种社会学美学在许多国家还在继续发展。

有趣的是，哲学美学、心理学美学和社会学美学都要研究文学艺术，文艺美学得到了独立发展，成为一门专门研究文学艺术的审美特性和创造规律的学科。这不是根据个别人的命令而是在社会实践中历史地形成的。

人类的审美活动遍及社会生活的所有实践领域。生产斗争、政治生活、道德、科学、艺术的实践活动等都可能伴随或渗透着审美活动。人类是按照"美的规律"进行创造的，并不只有文学艺术活动才是审美创造活动；审美教育也不限于艺术教育。哲学美学、社会学美学、心理学美学以人类的整个审美活动作为自己的研究对象，而不是只研究文学艺术。它们要研究文学艺术和其他人类审美活动共有的审美的普遍规律。哲学美学主要研究审美活动中美的本质，弄清自然美、社会美、艺术美共有的性质，因而它首先是美的哲学。但哲学美学并不限于研究美，更不只研究艺术美，它还要研究美的对立面——丑，揭示自然、社会和艺术中的丑的共同本质，更要研究美、丑的变种：崇高和滑稽、悲和喜等。因此，哲学美学不仅是美的哲学，也是丑的哲学，还是悲的、喜的哲学，崇高的、滑稽的哲学，等等。哲学美学当然也研究文学艺术的美、丑、悲、喜等，但它的使命不在于研究文学艺术的特殊性质和规律，而在于研究文学艺术和生活中的美、丑、悲、喜等的共同性质和普遍规律。心理学美学研究审美主体的心理活动的本质和规律，揭示审美心理和非审美心理的联系和区别。在审美活动中，心理过程极为复杂。审美心理学研究审美反映的过程和状态，其中当然包括了文学艺术的创造和欣赏的审美规律。但是，审美心理学并不穷尽文学艺术的所有心理规律，而只是研究文学艺术和其他审美活动共有的普遍规律。社会学美学则探索人类社会的审美创造的本质和规律，研究人怎样在实践中去创造美，产生新的审美价值。

那么，文学艺术自身与其他审美创造活动相区别的特殊审美性质和美的规律由什么科学来研究呢？文艺美学。

近代以来，西方美学和人类实践活动有了更为紧密的联系，美学向着更为具体的实践部门方向纵深发展，更为具体的美学部门出现了：生产美学（技术美学、劳动美学）、生活美学、运动美学等，这些更为具体的美学部门都迅速发展，文艺美学也是如此。这些更为具体的部门美学在哲学美学、心理学美学和社会学美学的基础上产生和发展，但不停留在对审美创造活动共同本质和普遍规律的探索，而是深入到各种具体审美创造活动中去，找寻它们的特殊审美性质和规律。比如，在欧美和苏联都得到蓬勃发展的生产美学（技术美学、劳动美学）就是专门研究生产活动中的审美创造规律的美学。随着物质生产的发展和社会审美需要的提高，人类要求把一般的生产劳动提高到审美创造活动甚至艺术创造的水平，不仅劳动产品要美，劳动过程也要成为审美活动，使人得到审美享受。生产劳动事先不仅要有科学设计，而且要有艺术设计，劳动对象和劳动环境也都要符合社会审美要求。于是，专门研究生产劳动的特殊审美创造规律的生产美学（技术美学、劳动美学）应运而生。

物质生产要按美的规律来创造，那精神生产就更应如此了。随着人类的文学艺术活动的日益复杂，美学日益向这个领域深入，文艺美学也作为美学的一个独立部门发展起来。

三

文艺美学的独立发展也有一个过程。

黑格尔的美学已深入到文学艺术内部，孕育着文艺美学独立发展的趋向。但黑格尔特别重视文学艺术的美学研究是由他整个美学思想体系的唯心主义性质所决定的。在黑格尔的美学体系中，艺术美处于中心地位。在他看来，美不过是"理念"的感性显现，美在自然中的显现是不完善、不充分的，只有在艺术中，美才得到完善而充分的显现。艺术美永远高于自然美，所以，美学应该主要研究文学艺术的美。

但是，在近代，不仅唯心主义美学重视对文学艺术的美学研究，唯物主义美学也是如此。著名的唯物主义美学家车尔尼雪夫斯基坚持"美就是生活"的观点，他认为美学的研究对象应是生活而不限于艺术。在他看来，艺术美不过是生活美的苍白的再现，艺术美低于生活美，这是机械唯物主义的美学观。然而，车尔尼雪夫斯基也仍然十分重视对文学艺术的美学研究，他的主要美学著作、学位论文《艺术与现实的审美关系》研究的不就是文学艺术的美学吗？可见，美学史上不一定只有唯心主义美学才重视文学艺术。

近代以来，许多美学家越来越重视对文学艺术的美学研究。意大利的克罗齐的《美学》、英国的里德的《美学研究》、美国的帕克的《美学原理》《艺术的分析》等都考察文学艺术与其他审美现象的联系和区别。像汉斯立克这类美学家，进而深入到更具体的艺术部门，研究音乐特有的美学性质和规律，如《论音乐的美》。普列哈诺夫、卢那卡尔斯基、卢卡契等力图用马克思主义观点来研究美学，都十分注意文学艺术，不过还没有把文艺美学单独分出来。随着美学对文学艺术的研究越来越深入、细致，在当代，文艺美学不仅获得独立发展，而且已日益分化为更具体的部门：音乐美学、绘画美学、建筑美学、舞蹈美学、雕塑美学、戏剧美学、电影美学、文学美学、摄影美学等等。

当代美学对文学艺术的审美创造特性和审美创造规律的了解日益深化，又进一步引起了美学对文学艺术的重视。艺术和审美有什么关系？艺术的是否必定是审美的？这曾受过许多人的怀疑。但是，越来越多的人逐渐认识到，文学艺术同审美活动有着必然联系，文学艺术具有审美性质。

问题在于：文学艺术和审美活动的必然关系何在？文学艺术的审美特性表现在哪里？对这些问题，至今还未有统一的看法。例如，苏联自20世纪五六十年代以来，美学家、文艺理论家中肯定文学艺术的审美特性的人越来越多，但见解不一。有一种观点，如波斯彼洛夫的《审美和艺术》（20世纪60年代专著，刘宾雁把它译作《论美和艺术》，与原意略异）一书中所阐明的："艺术作品的内容，在其所有基本方面，在认识的对象、在意识形态上对对象的认识与感情评价等方面，都并无真正的审美意义。"艺术的内容没有审美性质，那么，艺术的审美性质是怎样的呢？"艺术内容的一般特点在一部作品中完整表现的优越性"，也就是对内容所做的完整的、优越的、典型的表现。文学艺术"以其完整的表现规定作品的审美价值"。此后又有一种观点，如卡冈的《马克思列宁主义美学讲义》中所说的，文学艺术的内容也具有审美性质，艺术作品中具有审美内容；只是，艺术的审美内容仅是艺术内容的一个因素、一个方面，它与政治内容、道德内容、科学内容结合在一起，共同构成艺术的内容。此外，还出现了一种观点，如斯托洛维奇在《审美价值的本质》一书中所说的，艺术的内容的本质是审美的而不是政治的、道德的、科学的。艺术内容中虽然也包含有政治的、道德的、科学的因素，但这些因素并不能单独地成为艺术内容，只有通过审美的评价，才能成为艺术内容。不管这些说法有何分歧，却表现了一个共同趋向：美学家、文艺理论家越来越重视对文学艺术的审美性质和审美创造规律的研究。致力于"美的哲学"研究的斯托洛维奇以研究哲学美学见长，但把文学艺术看作人类审美关系的最集中而凝练的表现。卡冈也以研究哲学美学见称，但他屡次把研究对象转向文学艺术，其在20世纪70年代写的《艺术形态学》主要就是研究了文学艺术的美学。像齐斯、万斯洛夫等许多美学家则一向致力于文学艺术的美学研究。

马克思严格区别了人类的物质生产和动物的本能生产，特别提到人类是能按照"美的规律"来生产的。艺术生产作为精神生产的一种，比起物质生产，当然更应按照"美的规律"来创造了。文学艺术是一种审美创造活动，是审美创造活动的独特形式。如果我们把文学艺术作为相对独立的社会现象来考察它的整体，那么，我们就会发现，文学艺术至少有以下三个不同层次的审美规律。

（1）文学艺术同一切审美活动共有的普遍审美规律。在所有人类活动、一切社会现象中，有些是按照"美的规律"来进行的，有些是并不遵循"美的规律"的活动和现象。然而，人类的审美活动渗透到人类活动的各个方面，极为广阔，遍布于社会生活的各个领域：劳动生产、军事斗争、政治交往、道德活动、科学实验、艺术创造和日常生活中都有审美的和非审美的因素交织着。人可以而且应该按照"美的规律"来创造，所有审美活动、一切审美现象具有共同性，必须遵循共同的审美和创造规律。文学艺术不过是人类审美活动、审美现象中的一种形态，它与其他审美活动、审美现象具有共同性，遵循普遍的审美规律。就审美客体而言，美、丑、悲、喜、崇高、滑稽等都有各自的共同本质和普遍规律；就审美主体而言，审美趣味或审美理想的形成都有各自的普遍规律；就审美客体与审美主体的关系而言，审美客体和审美主体如何交互作用都有一些普遍的规律。文学艺术离不开整个审美活动的普遍规律。

（2）文学艺术区别于其他审美活动而独具的审美规律。文学艺术不同于其他审美活动和现象，是审美活动和现象的独特形态。文艺的本质是审美的，但又不是一般的审美价值，而是特殊的审美价值——艺术价值。艺术美同生活美（自然美、社会美）有共同性，也有特殊性，艺术美不同于生活美。文艺的功能不仅不能为一般的认识作用、教育作用所代替，也不是普通的审美教育，而是一种特殊的审美教育（认识作用、思想作用在其中折射）。文艺的构成也不是一般的形象结构，而是一种独特的形象结构——艺象（或意境，或典型）。文艺是上层建筑、意识形态，但又不是一般的上层建筑、意识形态，而是特殊的上层建筑、意识形态，它不仅传达人类既有的审美经验，而且要创造出新的审美价值，从而去对社会发生作用，推动人类由"必然王国"向"自由王国"迈进。

因此，美学要深入就不只要弄清审美与非审美的区别，而且要在审美领域内探索文艺与审美的差别。

（3）文学艺术的不同样式、种类、体裁之间相互区别的更为特殊的个别规律。文学艺术的各种样式、种类、体裁各具特点，规律有别。音乐、舞蹈、建筑、绘画、雕塑、戏剧、电影、文学等特征各异，不可代替。即使在每一样式之中，也有不同的种类，如文学，就有叙事作品、戏剧作品、抒情作品。每类之下，又可细分，如叙事作品，就有小说、史诗等体裁。这些样式、种类、体裁都有独特的审美特性和审美规律。美学要掌握文学艺术的全部特性和规律，势必要层层剥笋、步步深入。

文学艺术如同一切社会现象，都具有普遍、特殊、个别这三个层次的规律。文学艺术的审美规律也有普遍、特殊、个别之别。这三个不同层次的审美创造规律相互区别而又相互联结，美学的不同部门从不同的层次上去研究它们的相互联系和区别。如果说审美哲学、审美心理学、审美社会学着重研究一切审美活动、审美现象共有的普遍审美规律，那么，它们也要触及下一层次的特殊审美规律（劳动生产中的、社会斗争中的、科学活动和艺术创造中的特殊审美规律），研究普遍和特殊之间的联结。文艺美学在研究文学艺术自身的特殊审美规律时，既不能脱离那所有审美活动共有的普遍审美规律，也要联系下一层次更为特殊的个别审美创造规律（音乐的、舞蹈的、文学的等等），但它责无旁贷，必然要着重研究文学艺术共有的这一层审美创造规律。音乐美学、舞蹈美学、建筑美学、电影美学、戏剧美学等则要着重研究各种艺术样式的个别审美创造规律，依次推进，层层深入。

任何科学都要在普遍、特殊、个别的联结中研究自己的对象。文艺美学也在文学艺术的这三个层次的审美规律的联结中研究自己的对象。文艺美学既属于整个美学，只是美学的一个部门，又有自身的相对独立性，区别于美学其他的部门，其中心是探索文学艺术如何按照美的规律来创造。

文艺美学虽然是从美学上来研究文学艺术，但也把这种复杂现象作为一个完整的对象加以系统的研究。文学艺术作为一种审美创造活动，本身就是一个独特的"系统"。这个"系统"是由三个方面构成的：文学艺术的创造是由艺术家、作家来完成的；创造出来的产品是个独特的存在；它被创造出来是为了满足人类的一种特殊的社会需要，它必然要为读者、听众、观众所接受，艺术的价值得以实现，才能完成这个特殊活动的整个过程。创造—作品—享受是文学艺术活动过程的三个必要环节，而作品是其中最中心的环节。文艺美学要对这个完整过程做系统的研究，弄清文学艺术这个独特"系统"的三个方面，因而它包括了以下三个方面的美学。

（1）文艺作品（产品）的美学。文艺作品如同一切社会产品，有其自身的价值、功能和构造，除此之外，它还有各种不同形态。作为人类的精神生产的文艺创作的产品不同于其他物质产品，也和一般的精神产品有区别，文艺创作的产品是一种特殊的社会产品，有自己特殊的价值、功能和构造，是独特的形态。

文艺作品的美学必须揭示这种特殊产品的特殊价值、特殊功能和特殊结构，从而弄清文学艺术的独特本质。它还要研究文学艺术的不同审美特性，研究美与丑、悲与喜、崇高和滑稽在艺术中是如何表现的，研究它们同生活中的美丑、悲喜等的联系和区别何在。艺术美和生活美的关系就是必要课题之一。艺术美中形式美和内容美的联系和区别、二者如何结合而为艺术美等也都是必须探讨的问题。

（2）文艺创造（生产）的美学。文学艺术的创造是一种活动，是一个过程。这创造过程本身就是一种特殊的审美活动，它既是审美创造，也是审美反映，结合着实践掌握和精神掌握。

文艺创造的美学要弄清这种特殊审美活动的过程，研究这个过程中的一些主要环节，了解作家、艺术家在创造过程中所使用的方法，探索在这过程中是怎样按"美的规律"创造的。

（3）文艺享受（消费）的美学。精神生产和物质生产都是服从于人自身的生产的，但精神生产更是为了满足人的精神需要，追求人类的最高价值：真、善、美。作为精神生产的一种，作家、艺术家创造出文学艺术这个产品是为了供人享受（消费）。只有在消费中，才实现了生产的目的，实现了价值。如果产品不能供人使用，它就是无效劳动。文学艺术的社会作用只有在读者、听众、观众的消费中才得以完成。但文艺的消费是一种独特的消费——审美享受的特殊形式，突出了满足人类的审美需要，它本身也是一种独特的审美活动过程。

文艺享受的美学研究文学艺术如何为读者、听众、观众所接受。这就是在当今许多国家所重视的"接受美学"。我们要弄清"艺术魅力"究竟是怎么回事，探究读众、听众、观众在面对文学艺术这个特殊的审美对象时怎么引起审美体验，找出艺术享受中的审美规律。

探讨文学艺术的作品、创造和享受，即探讨文学艺术的产品、生产和消费这三方面的审美规律，这就是文艺美学的对象和内容。

按照"美的规律"创造的文学艺术的审美价值应是其基本价值，却并非唯一价值。艺术价值中尚蕴含着认识价值、道德价值等其他价值，真、善等精神价值依存于艺术之美中。真、善、美的统一应是艺术创造的最高追求。作家、艺术家在生活实践中获得的人生体验不仅只有审美体验，还有广泛而丰富的多样社会体验，这些都可能被吸纳到艺术创造中，按"美的规律"组织为意象世界，予以符号化，成为艺术作品。审美现象不是孤立于其他社会现象的真空领域和封闭体系，审美现象、审美活动是整个社会生活中的一个方面。文学艺术的创美规律离不开社会生活中的其他社会规律（经济的、政治的、道德的等）。因此，文艺美学不能把文学艺术的创美规律（尽管它也是社会规律的一种形态）和其他社会规律割裂或对立起来。文艺美学不是孤立于社会学、经济学、政治学、伦理学、哲学和其他科学的封闭体系，它必须吸收这些科学，以造就工艺学、语言学、符号学、信息论、控制论等最新科学的成果。文艺美学研究文学艺术审美的"自律"，不能离开整个社会发展的"他律"，不能轻视"他律"对"自律"的制约作用，正如研究地球的自转不能不研究它围绕太阳的公转。但是，文艺美学要着重弄清的是文学艺术这种特殊创美活动的"自律"，"他律"如何通过"自律"而发生作用，从而产生一种"合力"。文艺理论则对文学艺术的社会的、政治的、道德的、心理的、美学等种种因素做综合的、全面的研究。所以，文艺美学只是文艺理论的一个门类，它不能代替文艺理论。

文学艺术的审美活动也不孤立于人类其他审美活动领域，而只是其中的一种形态。因此，文艺美学也不把文学艺术和其他审美活动割裂或对立起来研究，文艺美学不是和美学其他的部门绝缘的孤岛，它必须吸取美学的其他部门的研究成果。它既需要采取"自上而下"，又需要运用"由下而上"的方法，分析和综合、演绎和归纳相结合。文艺美学离不开哲学美学、心理学美学和社会学美学，需要用"一般"来指导"个别"；同时，也需要从"个别"到"一般"，依靠音乐美学、舞蹈美学、戏剧美学、电影美学等具体部门美学，共同努力，从而揭示出文学艺术的普遍、特殊和个别的审美规律。因此，文艺美学只是美学的一个门类，它不能代替美学的其他部门。

1980年冬于北大燕园

（原载《美学向导》，北京大学出版社1982年版；后收入《二十世纪全球文学经典珍藏》丛书中的《二十世纪中国文论经典》一书，北京师范大学出版社2004年版）

文艺美学试起步

这部《文艺美学》从酝酿、构思、撰写到几度修改，时耕时辍，陆续经历了八个春秋。在即将付梓之际，回顾写作此书的心灵历程，不禁思绪起伏，感慨系之。

还在20世纪50年代，我在北大攻读文艺学副博士研究生时，师从杨晦学习文艺学，又随朱光潜、宗白华研习美学。那时，就有一个问题时常困扰着我：文艺学和美学是什么关系？文艺和审美的联系与区别何在？

当时，美学争论的主题是：美是主观的还是客观的，是自然的还是社会的？坦率地说，关于美的本质，我当时最信服的是苏联美学家斯托洛维奇的见解。他最先提出美是社会的，也是客观的。后来，他又加以发展，把美看成一种价值，写出了《审美价值的本质》，颇有见地。依我之见，"美是价值"说也许不是终极的美论，却是当前对美的较为合理的解释。马克思的哲学贯穿着价值论，《资本论》特别是其中的第四卷《剩余价值理论》就是从价值分析出发来阐明资本的产生和发展。马克思科学地区分了使用价值和交换价值的不同，把审美价值归属于使用价值，和交换价值严格区分开来。我们的美学正可沿着这个思路，深入探索审美价值和其他使用价值的联系和区别。但是，我当时最感兴趣的还是探索文学艺术的奥妙：艺术的特性何在？艺术需要美吗？艺术的审美价值何在？

于是，我的美学探索就从这里开始。

艺术需要美，美是艺术的必不可少的价值特性。不过，艺术美和生活美相比，究竟有什么特点？在当时我并无太多的了解。在我看来，真、善、美都应是艺术的价值特性。50年代末，我曾写过一篇副博士毕业论文，探讨古典艺术为何至今还有艺术魅力（60年代初发表于《北京大学学报》），基本意思为：艺术作品客体本身就具有真、善、美因素；当作品呈现在具有艺术鉴赏力的欣赏主体面前，客体通过主体起作用，于是就产生了艺术魅力。但是，真、善、美在艺术作品中究竟是什么样的关系？一时尚难说清，只好暂不展开。

经历了20世纪六七十年代的沉默思索，我逐渐形成了一种看法，觉得无论是真,还是善,要真正成为艺术的内容,都必须以审美为中介;真、善经过审美之光的折射才能转化为艺术的内容。艺术美和生活美,两者虽都是美,却是两种很不同的形态。艺术美是真善美的结晶,是人对生活有感而发的审美体验的物化形态,用美的物质形式(符号)来体现审美的精神内容,和生活美相较,是一种十分特殊的形态。艺术活动不仅内含着审美体验的活动,还应是一种创造美的活动。在这创美活动中,当然内含着作家、艺术家对生活的审美活动内容。但艺术创造内含的是一种独特的审美活动,还有它自己独有的特殊规律。艺术创造不仅创造出了一种新的物质形式,更重要的是凝聚了人的独特的审美体验,这又反映出了人与现实的审美关系。如果说哲学美学主要是研究人类审美活动共有的普遍规律,那么,文艺美学就应着重研究艺术活动这一特殊创美活动的特殊规律以及审美活动规律在艺术领域中的特殊表现。从美学的历史发展来看,美学并非只关注艺术,但黑格尔的美学研究中心已转移到艺术领域,他把自己的皇皇巨著称为"美的艺术的哲学",集中探索美的艺术,使美学拓展了一个新的境界。

　　正是基于这样的认识,1980年春,我在昆明召开的全国首届美学会上提出,高等学校的文学、艺术系科的美学教学不能只停留在讲授哲学美学原理,而应开拓和发展文艺美学。这一倡议得到了师辈朱光潜、王朝闻等学者的热忱鼓励。接着,我撰写了《文艺美学及其他》(见《美学向导》,北京大学出版社1982年版)、论述艺术审美本质的《论艺术形象》(见《文艺论丛》,上海文艺出版社1981年版),呼吁发展文艺美学。

　　我自己则在北京大学做了尝试。1981年,我建议研究生部在文艺学专业中设立区别于哲学美学的文艺美学这一方向的硕士学位。当年,我就招收了文艺美学的首届硕士生。为了发展这一学科,我着手撰写《文艺美学》一书作为文艺美学硕士生的教材。当我发觉文艺美学一课不仅引起了研究生的兴趣,也吸引了本科生时,我确实受到很大鼓舞。北京大学出版社要我把文艺美学讲稿改写成一部专著作为"文艺美学丛书"的开篇,我欣然应允了。

　　可是,1983年,当我写出了第二稿,出版社敦促我及早发稿付排时,我却迟疑了。重读一遍书稿,我自己觉得全书的内在逻辑尚嫌不足,脉络尚需进一步理顺,一些关键问题还需深入展开论证,不能就这样拿去出版。宁可晚些出版,也要让书稿的质量好些。

于是，我陷入了沉默思考。

著作是思考的结果。文艺美学并非美学原理和文艺学原理的简单相加，需要寻找自己的逻辑起点和思想脉络，这就要思考和研究。

在我的思考中，曾想以艺术形象作为我分析的出发点，由艺象的特性引出艺术的内容、形式、构成、形态等，然后再转入创作活动和欣赏活动。这是由静态分析写到动态考察的方法，常见的教科书就是采用这种方法。但我经过几番思考，还是放弃了这种方法而顺着另一脉络展开去。我想，与其面面俱到，四平八稳，还不如有感即发，无感不发，有话即长，无话即短。审美活动、艺术本体、审美体验等问题别人说得不多，而我有话要说，为何不由此入手展开？而别人在过去已谈得不少的批评、鉴赏等问题，我又何必多说？于是，我先从分析作家、艺术家在现实生活中的审美活动着手，剖析艺术把握世界的方式，进而探究审美体验的特点，寻找艺术的奥秘，然后才转入艺术美、艺术意境等的论述。这是由动态分析写到静态考察的方法。最后，我又从静态回到动态分析，以两章的篇幅转入艺术的阐释和接受，阐发了艺术的审美教育作用、艺术价值的实现。也许这不是最好的方法，但既然我已沿着这条脉络展开我的思路，那就让它去吧！

思考有时使人充满了感悟的欢乐，有时却使人深受折磨而不能自拔。其间又经常为其他事所打断。为应高等学校文科教学的急需，国家教育委员会委托我主编西方文艺理论的教科书，花了些时间；我在深圳大学的兼职也需我分出很大精力。这样一来，《文艺美学》的修改时断时续，无法一气呵成。

在思考和修改的过程中，我接触了不少青年学者，他们对我的书稿十分关切。北大青年学者王岳川读了书稿，提出了不少中肯的意见，并敦促我及早出版。他的热忱使我深受鼓舞。他们开阔的视野和独到的见解给了我很多启发。在王岳川的协助下，我加快了修改速度，补充了新的思想和材料，全书终于在1988年春完成了第三次修改。多年的心血化成了30余万文字，总算感到了一丝欣慰。

在我心中回旋着罗曼·罗兰的一句话："要有光！太阳的光明是不够的，人必须有心灵的光明。"是的，人只有外在的光是不够的，心灵也应该闪光。心灵闪光是孜孜不倦地追求真、善、美的有志者共同希冀达到的境界。艺术之美是人类灵魂之光。文艺美学的使命正在于探索和揭示艺术这一灵魂之光的奥秘。艺无止境,对艺术奥秘的探索也将是无止境的。

在探索艺术特性的过程中,我搜集了不少中外美学、文艺学的资料,其中有一些已整理成《中国古典美学丛编》《中国现代美学丛编》,有些已经放入《西方文艺理论名著选编》里,分别由中华书局、中国社会科学出版社、北京大学出版社出版,与广大读者共享。我深深感到,要使文艺美学提高水平,必须对中外的美学、诗学做一番比较研究。把中外美学、诗学的基本范畴做比较研究,再进而比较中外美学、诗学的思想体系,这将是饶有兴味和引人入胜的。我相信,比较美学和比较诗学的建设和发展必将为中华当代美学、文艺学开辟一个新的天地。中外古今的美学、文艺学资料浩如烟海,如要埋身书堆,终其一生,恐亦难求其全。资料搜集并非理论研究的目的,而只是它的必要手段。理论资料必须经过整理,进行比较研究,弄清楚它们的特点、价值,从而作为建设和发展中华当代美学、文艺学的借鉴。因此,无论是西方的美学、文艺学,还是传统的中国美学、文艺学,对于我们来说,都只是理论的资料。对中外美学、文艺学做比较的研究也只是建设和发展中华当代美学、文艺学的重要手段,却不是目的本身。通过中外美学、文艺学的比较研究,借鉴中国传统和外国美学、文艺学中有价值的东西,为的是建设和发展中华当代美学、文艺学。这是我国当代美学家、文艺学家的共同事业,需要各方有志之士的共同努力。

1988年5月于北京大学畅春园寓所

(原载《文艺美学》,北京大学出版社1989年版)

论艺术形象

一

艺术形象，可简称为"艺象"，是艺术反映现实的特殊形式，也是艺术创造的结果。

对于艺术形象，我们可以信手拈出无数例证，无须费劲就能举出许多例子。凡是文学艺术作品中出现的人物、情景、事物、故事等等，都是艺术形象。这些人物、情景、事物、故事就像在实际生活中存在的那个样子呈现在我们面前。所以，我们面对艺术形象，就像接近生活一样，如闻其声，如见其人，如临其境。

然而，列举事实说明什么东西是艺术形象并不等于在理论上阐明了艺术形象是什么、是什么东西使得它成为艺术形象。意识并非实在，艺术形象不是生活现象。艺术形象同生活现象的联系和区别何在？这个问题的解决又同另一个问题相联系着：艺术形象同非艺术形象有什么异同？

艺术以形象反映生活，但并不是对生活的任何的形象反映都是艺术。我们看到的科教影片、电视新闻、地理图册、人体挂图和一些科学仪器（地球仪、人体像等）里表现的对象（人、物或事），不也像在生活中那样具体吗？甚至那些为人的肉眼所看不到的隐秘的东西（人的经络、细胞）也都揭示和呈现出来了。可这是形象，并不成为艺术。更有一些历史实录、人物传记、新闻记事所写的人物、事件、实物比许多文学作品更加具体、详尽，更接近生活本身的样子，然而，这些能说是艺术形象吗？还有许多自称或被称为"艺术"的作品，描绘、模仿生活中的对象"酷似"到"乱真"的地步，却也并不成为艺术。鲁迅说得好："刻玉之状为叶，髹漆之色乱金，似矣，而不得谓之美术。"[①] 为什么这样说呢？在我看来，这些东西虽也造出了形象，但并非艺术形象；相反，古今中外的许

---

① 鲁迅：《鲁迅全集》（第8卷），人民文学出版社1981年版，第45页。

多神话、传说、童话中出现的实际生活中并不存在的事物的形象,如中国小说中的孙悟空、欧洲传说中的美人鱼、埃及金字塔前的狮身人面像,都是生活中所不可能有的,却是绝妙的艺术形象。

艺术和非艺术的界限不只在形象和概念,还在艺术形象和非艺术形象。有了形象,并不一定就是艺术。"新闻上的记事、拙劣的小说、那事件是也有可以写成一部文艺作品的,不过那记事、那小说却并非文艺。"①在鲁迅看来,新闻记事和拙劣小说都不具有艺术的性质,不是艺术。新闻记事、拙劣小说并非毫无形象,为什么不是文艺?在我看来,就是因为这些形象并非艺术形象。概念化的作品、一种概念的图解既有思想,也有形象,但不是艺术形象,这正如一切拙劣小说一样,不具艺术的性质。概念化、一般化、公式化的作品也许因其揭示了某种现象的本质或阐明了一种先进理论而具有政治、道德或科学上的思想价值,然而却缺乏或很少艺术价值。

艺术形象的有无是区别艺术和非艺术的标志。现代西方一些文艺学学者从根本上否认艺术是生活的反映,因而干脆否定艺术形象之说②,完全用符号论和自我表现说来解释艺术,难以使人赞同,姑置勿论。但是对于艺术形象的阐明,不能停留在泛泛而论,不能简单地谈论形象与概念的区别;应该深入揭示艺术形象区别于非艺术形象的独特本质,即它的"质的规定性"。这种探索对于繁荣艺术创作和发展艺术理论都有其必要性:只有首先分清什么是艺术赝品、什么是艺术真品,才有可能进一步在艺术真品中找到艺术珍品。

艺术形象是文艺学的基本范畴,正如美是美学的基本范畴一样。

艺术形象既是艺术创作的直接目的和必然结果,也是艺术欣赏的直接对象和当然起点。艺术生产的直接目的就是创造艺术形象。如果艺术生产者不能创造出艺术形象,正如物质生产者不能创造出实用物品一样,那就不能说完成了自己的生产。艺术典型之所以不同于社会典型,也不同于科学典型,正在于它首先是艺术形象。撇开了艺术形象的独特本质,简单地谈论典型的共性和个性,只能纠缠不清,不得要领。不只艺术典型是共性

---

① 鲁迅:《鲁迅全集》(第6卷),人民文学出版社1981年版,第312页。
② 例如,在国外广为流行的英国出版的《文学术语辞典》一书中根本无"艺术形象"一词。

和个性的统一，社会典型、科学典型也是。如果不阐明共性、个性如何在艺术形象中特殊地统一起来，艺术典型问题还是得不到解决。艺术生产过程中要运用形象思维正是因为艺术生产的目的是创造艺术形象，所以需要的不是普通的形象思维而是特殊的形象思维—艺术思维。人在任何实践活动中都需要进行形象思维，艺术生产所需的形象思维同其他实践活动所需的形象思维既有共同性，又有特殊性。艺术欣赏的性质大体也如此。

　　艺术表现人的感情，也表现人的思想，因而，艺术成了社会意识形态、上层建筑。然而，在艺术中，思想和感情并非抽象地表现，而是用生动的形象来表现，这就使得艺术与其他意识形态、上层建筑相区别开来，成为社会意识的特殊形态、特殊的上层建筑。艺术的思想和感情只存在于艺术形象之中，离开了艺术形象的思想和感情就不是艺术的思想和感情。几十年来，对于艺术与政治、道德的关系问题，文艺学界谈论过不少，这并不是过错。问题在于：离开了艺术形象本身，不去揭示艺术的独特本质，只是重述艺术与政治、道德的共同本质，不去阐明各自的特殊本质以及二者的联结，能够说得清楚艺术与政治、道德的关系问题吗？艺术有规律，艺术生产必须尊重艺术规律，这个道理越来越得到了重视。然而，什么是艺术规律？艺术规律有哪些？至今未见系统的概括。按列宁的说法，规律无非就是现象之间的本质关系或本质与本质的关系。规律离不开本质，要寻找艺术的规律，就必须揭示艺术的本质。艺术和其他意识形态、上层建筑有共同的本质，但艺术又有其特殊的本质，并且正是在特殊本质中表现共同本质，共同本质寓于特殊本质。这种共同本质和特殊本质的联结正是在艺术形象中才得以实现的。因此，要阐明艺术的本质，必须从分析艺术形象入手，正如要了解资本主义的本质，必须解剖商品这个东西的交换价值一样。同样，要阐明艺术的规律，要阐明艺术与政治、经济等的关系，也必须从艺术形象的特性出发。如果我们的文艺学不只是要复述历史唯物主义的一般原理（哲学已经做了），而要以此为方法去研究艺术的特殊原理，那就不能不先对艺术形象做些必要的探索。

　　世界上有许多现象初看起来似乎很简单，细加思索又觉得复杂。美就是生活中常见的普通的现象，我们经常可以碰到，并不神秘。人人几乎都有审辨美丑的能力，无须懂得多少美学理论。然而，知道什么东西是美的并不就是从理论上说明了美是什么。曾对美学有过卓越贡献、做出了"美在关系"这个著名论断的狄德罗说得好："人们谈论得最多的东西每每注定是人们知道得很少的东西,而美的性质就是其中之一。"① 历史上,美学家们写了不少美学论著,对美做过许多探索,但美的本质究竟是什么?这个问题至今还没有得到圆满的解决。

艺术的本质、艺术形象问题也许要比美的问题解决得好些。但是,艺术的本质、艺术形象的特性却与美休戚相关。艺术美和生活美是美的两大基本形态,而且艺术美比起生活美来并不更加简单。艺术的美只存在于艺术形象之中,存在于艺术形象的内容与形式及其统一之中:艺术形象的形式要美,内容也要美,并且形式要完美地表现内容,按照美的规律,结合为一个有机整体。艺术形象无论是内容还是形式,都离不开美的问题。人类的物质生产要按"美的规律"进行;艺术生产、创造艺术形象就要按更为复杂的"美的规律"进行。艺术形象是一种审美品,是比生活中的美的物品更为复杂而特殊的审美品,人类用它来表现审美体验。人类正是为了把审美体验告诉别人、相互交流,所以才要创造艺术形象。艺术形象当然也可以表现人的政治观点、道德观点以至哲学观点,但是这都必须经由审美的中介融为审美体验,化在艺术形象中。人们可以对艺术形象做科学的分析,指出其中的政治、道德、哲学的观点,做出政治、道德的评价。但是,如果仅限于此而不阐明这些观点是如何表现在艺术形象中的以及政治、道德、哲学观点是如何融化在审美体验中的,那还不能成为科学的批评。马克思、恩格斯、列宁、普列哈诺夫、毛泽东在评价艺术时都并不仅限于从政治观点来判别其思想性质,而是从审美观点来分析其艺术价值。恩格斯在评论歌德时曾再三声明:"我们绝不是从道德的、党派的观点来责备歌德,而只是从美学和历史的观点来责备他。"② 他在给拉萨尔的信里又一次强调:"我是从美学观点和历史观点,以非常高的,即最高的标准来衡量您的作品的。"③ 艺术形象是作家、艺术家对生活的审美体验的结晶,具有审美性质。文艺学应该在理论上阐明艺术形象的审美性能。

不只艺术形象的审美性能应该阐明,艺术形象的逻辑结构也应得到揭

---

① 狄德罗:《美之根源及其性质的哲学研究》,载《文艺理论译丛》1958年第1期。
② 中共中央马克思恩格斯列宁斯大林著作编译局:《马克思恩格斯全集》(第4卷),人民出版社1965年版,第257页。
③ 中共中央马克思恩格斯列宁斯大林著作编译局:《马克思恩格斯全集》(第29卷),人民出版社1965年版,第581页。

示。艺术形象的内在结构（心理结构）和外在结构（符号结构）得不到揭示，艺术形象的独特本质仍然不能完全说清。这就涉及美学、心理学、逻辑学以至语言学和各种工艺学上的许多问题。因此，艺术形象问题的探索不能只限于文艺学，而需要美学、心理学、逻辑学、语言学、工艺学各方面的共同努力。

二

艺术形象在各种艺术样式和不同艺术作品中有复杂的表现形态，千姿百态，形神各异。从抒情短诗、即兴小曲、素描写生到宏伟史诗、长篇巨著，创造的艺术形象各不相同。我们需要从艺术形象的各种复杂表现形态中找出艺术形象所共同具有的东西，而不管它究竟具体表现为人、妖、兽、怪还是物、事、情、景等形态。

为了能从较单纯的形态中辨别艺术形象的特性，我想先从为人熟知的清代画家郑板桥的画竹说起。这位以画竹出名的画家在屋前种了一片竹子，加上石笋数尺。他寄情竹石，朝夕与共，竹子成了他绘画的主要对象。这些园中之竹经由郑板桥的加工、改造，成为画上之竹。郑板桥在《题画：竹》中写下了这一番话：

> 江馆清秋，晨起看竹，烟光、日影、露气，皆浮动于疏枝密叶之间。胸中勃勃，遂有画意。其实，胸中之竹，并不是眼中之竹也。因而磨墨、展纸、落笔，倏作变相，手中之竹，又不是胸中之竹也。①

在这里，郑板桥对"眼"中之竹、"胸"中之竹和"手"中之竹做了区分，这种区分有助于我们了解艺术形象究竟为何物。

显然，园中之竹不是艺术形象，而是生活中的物质存在。生活中客观存在着的现象（人、事、物、景）都有其形状和模样。这种生活现象可被我们感觉器官所感受到的形状和模样，人们有时也称为"形象"。常听人说"此人面目可憎，那人形象挺美"，这说的是人的形象。我们称赞熊

---

① 郑板桥：《郑板桥集》，中华书局1962年版，第161页。本文所引郑板桥语，均见此集，不再一一注明。

猫笑容可掬，形象可爱，这说的是动物的模样。园中之竹也有它自己的形状和模样，郁郁葱葱，青翠欲滴，形象优美。生活里客观存在着的美的事物都有形象，所以有人说"美在形象"。但是，此形象非艺术形象，而只是物的形状和模样，是物象。园中之竹可以是美的，是美的物象，却并非艺术形象。可见，美的现象不就是艺术形象。

"眼"中之竹也不是艺术形象，而只是园中之竹映入的眼帘在脑海中形成的视觉映象。郑板桥感知（感觉和知觉）那园中之竹，竹子经由眼而在脑海中形成竹的映象，这就是郑板桥的"眼"中之竹。这种"眼"中之竹在脑海中形成后，可以在竹子不直接呈现于眼前时，也能在脑中唤起，形成表象。"眼"中之竹不管反映为知觉还是表象，都只是竹的映象。不过，既然人的任何意识正如列宁所说的，都"只是外部世界的映象"，我们就有必要把感觉、知觉和表象的映象同概念、判断、推理的映象相区分。因而，我们不妨把感觉、知觉和表象称作"感性映象"。"眼"中之竹是园中之竹的感性映象，它在两重意义上说都还不是艺术形象：它还没有经过思维的加工改造，尚未上升为一种特殊的理性认识；也还没有和感情相结合，并予以物化，成为审美物品。

"胸"中之竹也并不就是艺术形象。"胸"中之竹已是"眼"中之竹在人的思维中的进一步加工，已经不是纯粹的感觉、知觉或表象，思想、感情已参与其中。但是，"眼"中之竹在思维中的加工改造可以经由两种途径产生两种结果。感性映象经由思维的分析、比较、综合，抽象而为概念。概念的继续运动使概念与概念联结为判断、推理，最后成为科学理论、概念体系。感性映象也可经由思维的分析、比较、综合，意与象融合而为意象。意象的继续运动使意象与意象联结为意象体系或复合意象。因此，"胸"中之竹，作为"眼"中之竹的思维加工的结果，可能是竹的概念，也可能是竹的意象。郑板桥说"胸中勃勃，遂有画意"，此时在他脑海中浮现的该是竹的意象。意象，按照中国传统的说法，它应是意中之象，有意之象，意造之象，而不是表象，不是纯粹的感性映象；但它又不是概念，保留着感性映象的特点。意象是思维化了的感性映象，是具象化了的理性映象。意象一旦得到物化，就可以转化为形象。但是，并非任何意象都可转化为艺术形象。意象有的有审美意义，也有的没有审美意义。"胸"中之竹可以是审美意象，也可以是非审美意象；"胸"中之竹可能是已经完成了的意象，也可能是正在形成中的意象。"胸"中之竹并不就是艺术形象，它有待定型、物化。只有当意象是审美的，并且审美意象经由符号化而得到物质表现，才成为艺术形象。

如果"胸"中之竹确是审美意象，经过画家之手把它定型、物化在纸上，那么"胸"中之竹转化为"手"中之竹，艺术形象就诞生了。"手"中之竹是"胸"中之竹的进一步的加工和改造。首先，这是精神的加工，就如郑板桥所说，他在落笔画竹时，"倏作变相"，要把"胸"中之竹改动，使审美意象最后定型、完成。而在把这"胸"中之竹物化为艺术形象时，同时还要进行另一种加工、改造，那就是用笔把墨汁固定于纸上，这就不仅是精神的改造，而且是物质的加工并予以符号化了。只是这种物质的加工要受画家的思想变动的支配。郑板桥说他画竹时，"我有胸中十万竿，一时飞作淋漓墨"，这就是说，"胸"中之竹可以有无数，但要化为"手"中之竹，"飞作淋漓墨"，却只需出现墨竹一丛成几枝，恰如郑板桥所说，"一两三枝竹竿，四五六片竹叶；自然淡淡疏疏，何必重重叠叠"。郑板桥笔下的这几枝墨竹正是他胸中万竿竹的"变相"和"迹化"。

只有当"胸"中之竹转化为"手"中之竹、笔下之竹、画上之竹时，才形成艺术形象。当然，并不是任何"手"中之竹都能成为艺术形象。无意识的信手乱涂或者把墨汁、颜色随手泼在画布、画纸上，任其自流成形，我们恐怕不能承认它是艺术形象。"手"中之竹成为艺术形象必须符合两个基本条件：一是"手"中之竹必须是个审美物象；二是"手"中之竹这个审美物象表现了审美意象。因此，艺术形象是审美物象和审美意象的统一：审美物象是艺术形象的形式，审美意象则是艺术形象的内容。艺术形象就是表现、传达了审美意象的审美物象；就是物化、固定于审美物象的审美意象。如果只有这个统一体的一面，就不能成为艺术形象。

艺术形象必须是个审美物象，这点并不为所有美学、文艺学所肯定。意大利的克罗齐不只认为艺术的本质是直觉，审美意象也只是直觉，而且认为审美意象只有不用物质手段表现出来时才是最纯粹的艺术。克罗齐把物质符号表现排除在艺术之外，于是艺术成了看不见、听不到、摸不着的直觉。诚然，艺术形象并不仅是个审美物象，但它必须由审美物象来构成它的形式。这个审美物象可能是诉诸视觉的空间形式，也可能是诉诸听觉的时间形式。《左传》中说季扎在襄公二十九年听雅乐时称赞它"曲而有体"；后人注释云，这是"论其声如此"。声音也是一种物，声象具有时间形式，诉诸人的听觉。任何艺术形象必须借审美物象才得存在。绘画必须把色、线、形等物质手段按美的规律造成视觉上可见的审美物象，才算有绘画的艺术形象。音乐必须把音调、节奏、旋律等物质手段按美的规律造成听觉上可以听的审美物象，才算有音乐的艺术形象。文学也必须把语音、词汇、辞章等物质手段按美的规律组成语言的审美物象，才能有文学的艺术形象。

创造审美物象不仅需要物质材料和物质工具（绘画需要以画笔为工具，以颜色、线条为材料；雕刻需要以刻刀作工具，以石头、金属为材料，等等），而且需要技巧经验。每门艺术都有自己的特殊材料和工具，也都有自己特殊的技法。我国古代文论、诗话、乐论、词话、画论、曲话以及口头流传的艺术口诀、歌诀保存着我国传统艺术的丰富的技法经验，应该得到整理、继承和给予新的总结。可惜，我们的艺术创作和艺术理论多年对此不予重视。数十年前，高尔基曾经感叹，作为文学的根本材料的语言，它的意义长期被文学批评评价得过低，他大声疾呼应重视语言技巧。各种艺术如何把材料、工具结合，运用什么样的技法创造出各自需要的审美物象，应该成为文艺美学研究的一个课题，甚至可以发展成为一门学问：文艺符号学。

可是，工具、材料、技法本身都还不成其为审美物象。物质材料必须经过艺术家的加工改造才变为审美物象。高尔基说得好："我所理解的'美'，是各种材料——也就是声调、色彩和语言的一种结合体，它赋予艺人的创作——制造品——以一种能影响情感和理智的形式。"[①] 由各种材料的结合体构成的审美物象同日常生活中的其他审美物品（如漂亮的器皿用具、精巧的刺绣织品）有着共同性，它们都要求美，能满足人的审美需要。但作为艺术形象的形式，这个审美物象却又不同于日常生活中的审美物品。人类创造各种各样的物品，首先并且主要是为了实用，其次方是为了审美。艺术形象需要有审美物象作为自己的形式，却并不仅仅只是以形式美去满足人的审美需要，它首先主要是以这个审美物象作为符号来表现、传达特定的精神内容—审美意象，从而把审美体验传递给别人，影响人的思想和感情。审美物象在艺术形象中只是表现审美意象的形式，

[①] 高尔基：《论社会主义现实主义》，见《高尔基文学论文选》，人民文学出版社1959年版，第263页。

并不是生活中的任何审美物品都能符合表现审美意象的这个特殊目的,只有经过艺术家特殊加工过的审美物象才能符合。因此,作为艺术形象的形式的审美物象又具有不同于日常生活中的审美物品的特殊性,它已成为艺术符号。作为艺术形象的形式,审美物象有自己的形式结构。绘画的构图、音乐的曲式、戏曲的程式、文学的格局等都有各自的结构原则。为什么要这样结构而不那样结构?这既受工具、材料和技法水平的限制,更受审美意象的制约。鲁迅说得好,只有"用思理以美化天物",才能称为"美术"(一切艺术之总称)。"倘其无思,即无美术。"世界上美的物品多得很,但并非都是美术。在鲁迅看来,"象齿方寸、文字千万,核桃一丸,台榭数重,精矣,而不得谓之美术"①。为什么这些精美物品不是美术?就是因为"无思"。没有表现思想感情,确切地说,就是没有表现审美意象。作为艺术形象的形式,审美物象同生活中的精美物品的不同就在于:它表现审美意象,并且围绕着审美意象来确定自己的形式结构。为了把这种作为艺术形象的形式的审美物象和其他精美物品(在日常生活中大量存在着)相区别,有的美学理论把它专称为"模象"或"仿型"(用来模仿内心意象)。更精确地说,这种作为艺术形象的形式的审美物象应叫审美符象,它以表现人内心的审美意象为专任。

  人类的实践是有目的、有意识的活动,要受意识的支配。马克思曾把建筑师的活动和蜜蜂的活动做过精辟而有趣的比较:"最蹩脚的建筑师从一开始就比最灵巧的蜜蜂高明的地方是他在用蜂蜡建筑蜂房以前,已经在自己的头脑中把它建成了。劳动过程结束时得到的结果在这个过程开始时就已经在劳动者的想象中存在着,即已经观念地存在着。"② 在劳动活动还未开始,劳动者脑海中已有劳动产品的表象出现。这个表象和劳动者对于劳动产品的知识、人自己的目的相结合,就可以成为意象。这个关于未来产品的意象包孕着劳动者想在产品中实现的目的、意图,也包含着劳动者关于产品的知识。这个意象支配着劳动过程,指导着劳动如何进行,决定着劳动方式和方法,并且使劳动者的意志服从于它。可见,人的物质生产都离不开意象,人的精神生产就更是如此了。刘勰在《文心雕龙·神

---

  ① 鲁迅:《鲁迅全集》(第8卷),人民文学出版社1981年版,第45页。
  ② 中共中央马克思恩格斯列宁斯大林著作编译局:《马克思恩格斯全集》(第23卷),人民出版社1965年版,第202页。

思》中说到文章的构思时，曾以工匠制作物品为喻，说明了文章的"谋篇""定墨"，也要像工匠一样，"窥意象而运斤"，依循"意象"而运用技巧。写文章需要这样，创作艺术作品就更需要意象的支配。并且，创造作品的目的就是表现意象，用这个意象去影响人的精神，满足人的精神需要。作为一种特殊的精神生产，艺术创作就是要创造出一种审美符号来完美地表现人内心的审美意象（意象的特殊形态），这种审美符号就是艺术形象。

正是这样，对于艺术形象的探索就不能不把注意力主要集中于审美意象问题上。

三

那么，审美意象的独特本质在哪里？

现实的同一对象在不同的人那里，甚至在同一个人那里，会引起不同的反映。这决定于客观对象在具体境遇中向所面对的人显示出了什么客观属性，也决定于这个人在具体境遇中能感受到什么客观属性；最终，这决定于人同客观对象处于什么样的关系。面对一片竹林，人可以产生不同反映。它可以使人这样想：这片竹林真好，颜色鲜艳，形状别致，是竹中良种，典型的檀竹，值得推广栽种，在这里，人看到了这片竹林的科学价值；也可以使人产生这个念头：这竹子真壮，砍下几竿可以做结实的晒衣竿、新笋筐，在这里，人看到了竹子的实用价值，人们甚至可以看到竹子的交换价值，能对这些竹子做出估价，卖出去价格是多少，可挣多少钱，都了如指掌。但是，面对这片竹林，人也可以产生这样的反映：这片竹林真美，使人陶醉，流连忘返，在这里，人看到的是竹子的审美价值，竹子的美引起了人的审美感受，在内心产生了审美体验。

郑板桥晨起看竹，初意并不一定都是为了赏竹，也并不是每次看竹都能引起审美感受，产生审美体验。但是，当他在这片浮动于烟光、日影、露气的竹林那里真正发现了美时，审美体验不知不觉地产生，美感油然而生。此时，看竹成了赏竹，变为一种审美享受。郑板桥并不满足于对此情此景的直接的审美享受，还想把他的审美体验表现出来，保存下去，这就需要把这审美体验物化、固定在画上。"胸中勃勃，遂有画意"，就是想把审美体验表现于画。

可是，要把这种审美体验表现出来，不仅必须再现出这种审美体验的具体状态，而且必须再现出引起审美体验的那些对象的具体样子。郑板桥要把自己赏竹时产生的审美体验表现出来，只有把当时的心情和竹的映象相结合，在内心形成审美意象，然后把这审美意象物化于画。

审美意象是包含着审美认知和审美感情的心理复合体。

审美意象包含着认知，但这是特殊形态的认识——审美感知，体现着感性认识和理性认识的特殊统一。

审美认知是对于现实对象的审美价值或审美属性（美或丑、崇高或卑下、喜或悲）的感知。现实对象的审美属性只存于一定关系中的对象本身，竹子的美或丑，人只有面对竹子才能被人认知到。离开了现实对象的感性外貌，离开了竹子的形状、颜色、体态，竹子的美或丑就无从感受，不可捉摸。马克思说得好，一物之所以是使用价值，"正是由于它本身的属性。如果去掉使葡萄成为葡萄的那些属性，它作为葡萄对人使用的价值就消失了"。马克思对使用价值是这样说的："它是人们所利用的并表现了对人的需要的关系的物的属性。"因此，要认识美、丑等审美属性，不能没有感知，不能不把对象的感性外貌重现为感性映象（表象也在内）。但是，对象的审美属性却不是仅能靠感知、表象而被人认识的，还需要理解、思维。不过，审美认知中的理解、思维并不是表现为概念、判断、推理、论证，而是表现为对感知、表象等感性映象的思索，直接地理解到了、捕捉到了包孕于对象中的审美属性。一个人要能感受到对象的美或丑，必须以长期积累的审美经验为基础。要认知到对象的审美属性，必须把眼前感知的对象的映象和过去经验中的表象和概念联系起来，进行比较。一个物象显示出或者使我们忆起生活，一如我们所了解的生活的那样，我们觉得它美；因此，要觉得物象是美的，我们就必须把它同我们对生活的了解对照起来。与过去的审美经验毫无联系的所谓"直观"，恐难审别美丑。审美认知并不限于"直觉"，但"直觉"也可以成为审美认知，问题在于如何理解这个"直觉"。"晨起江边看竹枝，一团青翠影离离"，郑板桥看到竹子，就马上感到竹子的美，无须经过推理、论证，这是"直觉"。然而，郑板桥能直觉到竹子之美，却是以其过去丰富的审美经验为基础的。眼前之竹同"我有胸中十万竿"的审美经验迅速联系、比较，使他一下子就能感受到竹子的美。"直觉"其实就是心理学上常说的直接的理解（与间接的理解有区别）。依巴甫洛夫的看法，直觉的主要特征就是人记得最后的结论，却在其时不计及他接近它和准备它的全部路程。在直觉中，思索、理解的过程极为迅速、隐秘，因此显得好像没有思索似的。其实，这是因为过去有了审美经验，对那对象早有思索和理解。正是因为郑板桥过去有无数次赏竹的审美经验，所以在看竹时很快就对竹产生审美认知，掌握对象的审美特性。

人的审美认知并不只限于再现现实对象的审美属性，而且还可以想象或虚构出具有审美意义的意象。孙悟空大闹天宫，贾宝玉梦游幻境，嫦娥奔月，夸父逐日，这都不是现实中实有的，而是人的想象虚构的。我们不能把这些称作现实对象的再现，然而却都是现实对象的想象或幻想的反映。《红楼梦》里不仅再现出了封建末世许多实际存在的社会现象，而且还想象出了封建末世许多可能存在和并不存在的社会现象。这些再现和想象出来的现象既有优美的、善良的、悲剧的，也有丑恶的、卑下的、喜剧的。巴尔扎克的《人间喜剧》既再现出了资本主义社会中已经出现的，又虚构了即将出现、可能出现和未必出现的种种错综复杂的社会现象，特别对充斥于当时社会的丑恶的、卑鄙的、喜剧的现象，作了淋漓尽致的描绘。历史上的这些优秀作品里面包含着真实而深刻的审美认知，至今还能帮助我们从审美上去认识过去的社会。就是像《西游记》《聊斋志异》这些主要以幻想为特征的艺术作品，里面也包含着作者对当时社会的审美认知。不能笼统地否定艺术的认识意义，但必须阐明这不是科学上的认识意义，而是审美认知意义；而且审美认知也只是使艺术具有审美价值的一个方面因素。

审美意象的另一个更为重要的因素是审美感情。

人在感受美丑时，同时做出审美评价，伴随着对美丑的审美感情，对美丑等审美属性持肯定或否定的态度。审美感情和审美认知在审美意象中结合在一起，融为一体。我国古典美学中常说的"情景交融""思与境偕"其实就是审美感情和审美认知相结合而为的审美意象。这里的"景"或"境"并非生活中的实景，而是生活实景在人脑中的反映所构成的情中之景、意中之境、心造之境，也就是西方美学中所说的规定情境或虚拟情境。这些"心"想、"意"造之境就是审美认知，它和审美感情相结合，就成了审美意象（意境，是审美意象的一种形态，当另论）。审美感情和审美认知都是客观现实的反映。审美认知是人对客观对象审美属性的反映，而审美感情则是人对现实对象的审美属性是否满足人的审美需要而做出的反应，它是审美客体与审美主体之间关系的反映。审美感情不同于审美认知对现实的反映，是对现实的价值体验和评价，表现为审美快感还是审美反感。这是一种独特的关系意识。

在郑板桥的画竹里，不仅表现了他对竹的审美认知，而且表现了他对竹的审美感情。郑板桥自称一生不画他物，专画兰竹，这事本身就表明了他对竹子的特殊感情。这种感情又与他对当时现实的认知和态度密切联系着。这个"康熙秀才、雍正举人、乾隆进士"经历的生活是："初极贫，后稍稍富贵，富贵后稍稍贫。"他一生从未跳出过"七品"之阶，同人民保持着联系，却不见容于统治上层。郑板桥的寄情兰竹正表现了他同情人民疾苦而又无可奈何，对统治上层白眼相看、不愿为伍的感情态度。郑板桥的画竹正是他的这种审美感情的表现。他的感情的变化在画竹中时有流露。郑板桥在近50岁时到山东当了12年县令，"七品官耳"。从扬州初到山东，此时画竹的心情是："满目黄沙没奈何，山东只是吃馍馍；偶然画到江南竹，便想春风燕笋多。"随着他在山东了解民间疾苦的深入，他的画竹更多表现了对人民的同情："衙斋卧听萧萧竹，疑是民间疾苦声；些小吾曹州县吏，一枝一叶总关情。"等到郑板桥为民请赈，得罪于大官上吏，他又不愿趋炎附势，同流合污，因而辞官回扬州故乡，他的画竹又表现了另一番心情："乌纱掷去不为官，囊橐萧萧两袖寒；写取一枝清瘦竹，秋风江上作渔竿。"60多岁的郑板桥回到扬州老家靠卖画为生，"宦海归来两袖风，逢人卖竹画清风"。他的画竹越来越表现了他那愤世嫉俗、不满现实的态度。他说他的画竹是"舒其沉闷之气"。卖画为生也不是见钱开眼，"索我画偏不画，不索我画偏要画"。郑板桥的态度是："凡吾画兰竹画石，用以慰天下之劳人，非以供天下安享人也。"晚年郑板桥的画竹越来越具有傲然独立、坚韧不拔的特色："一阵狂风倒春来，竹枝翻回向天开；扫云扫雾真吾事，岂屑区区扫地埃"，他笔下之竹真有想扫尽那天上人间不平事的气概。画竹的这种意象正表现了郑板桥对现实的审美态度，反映了他这个人同现实的审美关系。

没有感情就没有诗。何止诗需要感情，一切艺术都需要感情。前人说得好："以无情之语而欲动人之情，难矣。"① 其实，人的实践活动本身也都需要有感情活动，科学研究活动也是如此。正如列宁所说，没有人的感

---

① 沈德潜：《说诗晬语》，见《清诗话》（下册），上海古籍出版社1978年版，第523页。

情,则过去、现在和将来永远也不可能有人对真理的追求。但是,艺术中的感情和科学中的感情,无论在作用和性质上都是不一样的。在科学研究中,人的感情对于所从事的事业抱什么态度主要起着推动或阻碍人去追求真理的动力作用。一个人对探索一门科学的真理采取肯定还是否定、积极还是消极的态度,热爱还是憎恶的感情,这能决定和影响这个人能否获得真理。感情的这种作用在艺术创作中也存在。对艺术创作事业持漠不关心、冷冰冰的态度,怎么能创作出像样的东西来!但是,在科学研究过程中,由科学抽象到得出理论结论,概念和概念相联结,绝不容许感情参与其间,更不容许由感情来支配概念运动。艺术创作则不然,在整个创作过程中,都需要有感情的参与,并支配着意象的运动,甚至还要用"移情"或"拟人"的方法,用感情去改变意象。"晓来谁染霜林醉,总是离人泪。""霜林"非人,怎么会醉?秋树叶红亦非泪染。如果依科学观点说,都不合物理。然而,这种"移情"和"拟人"却符合情理,成功地创造了审美意象。科学研究所需要的感情主要是一种理智感。我们读一部精彩的科学著作,也会引起理智感。艺术创作所需要的则是审美感。我们从艺术作品中感染到的也是审美感。审美感、理智感和道德感一样,都是属于人的感情的高级形态,不同于日常生活中普通的感情形态。但审美感同理智感、道德感,既相互联系而又各有区别。

我们热爱真理,厌弃谬误,愿意日益机智,不愿变得愚蠢。我们在对人的理智活动做出评价的时候,同时也能体验到理智感。道德感是人对道德活动做评价时产生的体验。它是和道德思想、道德评价联系着的感情态度。审美感则是对现实的审美属性(美、丑等等)做审美评价时所产生的感情态度,同审美思想、审美评价联系着。审美感、理智感和道德感在人的实践活动中是相互联系、交织在一起的。艺术作品特别是那些描绘了广阔而复杂的社会生活的小说、戏剧、电影,人生的多种体验都融入艺术形象中,所表现的审美感是和那道德感、理智感紧密地联系和交织在一起的。历史上出现了许多哲学小说、科学幻想小说和"推理电影",理智感更是具有突出的地位。托尔斯泰、雨果的许多名著,中国古典小说如《红楼梦》《水浒传》《三国演义》,杜甫、白居易的诗,都洋溢着浓烈的道德感。但是,在艺术中,这些理智感、道德感不能代替审美感,只能通过审美感表现出来。社会生活中的政治、经济、道德现象只有从审美上去反映,给予审美评价,经过审美体验,才有可能成为艺术作品。

审美感和理智感、道德感一样，都是对现实对象的感情上所做的满足或不满足的反应。感情上的满足可以产生精神愉悦。这不是一般的生理快感，而是精神快感。但审美感所包含的精神快感还有自己的特点，它是审美快感，一种特殊的精神愉悦。人去行善修好，从事道德活动，并不是去追求精神上的愉悦之感。为了做善事、反恶行，人还要遭受苦难，舍生取义，牺牲自己极为宝贵的东西，带来的不一定是精神愉悦。人去追求真理，探索奥妙，从事科学研究，也并非为了获得精神快感。真理对有些人说并不是令人愉快的，而是令人厌恶的（资产阶级历史学家发现了阶级斗争规律，但并不喜欢它）。但是，人要创造艺术，却总是要叫自己或别人得到审美享受，产生精神愉悦，不管这艺术是喜剧还是悲剧。艺术可以再现或想象出各种各样的丑的或美的、卑下的或崇高的、喜的或悲的现象，但还是要给人以精神愉悦。在审美意象中包含着的审美感就具有这种给人精神愉悦的特性，这是审美快感。罗丹的著名雕塑《老娼妇》，那衰老的欧米哀尔是丑陋的，不能令人愉快。但罗丹用欧米哀尔的自惭形秽、无限哀伤的表情表现出了对丑的否定，对资本主义造成这种畸形的控诉。否定了丑，也间接肯定了美。我国古代艺术家很早就懂得这个道理。《左传》宣公三年，记载周大夫王孙满的话，在夏代，"远方图物，贡金九牧，铸鼎象物，百物而为之备，使民知神奸"。古代艺术家塑像"公忠者雕以正貌，奸邪者刻以丑形，盖亦寓褒贬于其间耳"。由此看来，在雕塑家和画家的审美感情中，不仅是对丑的憎恶感情，还有对美的肯定感情。这背后正隐藏着艺术家的审美理想。正是因为艺术能反丑为美，在否定中肯定了美，表现了审美理想，所以喜剧能给人精神愉悦。别林斯基说得对：任何否定，如果要成为生动的诗意的，都应当是为了理想而否定。悲剧再现和想象出了崇高的、善良的人物的毁灭，这使人产生悲痛之感。然而，悲剧在把真、善、美的东西毁灭给人看时，洋溢着对这些东西的赞美之情，在真、善、美的毁灭中激起追求真、善、美的热情。因此，悲剧给人的不只是悲痛之感，而且令人愉悦，给人精神快感。鲁迅在《阿Q正传》中表现出来的审美感则更为复杂。审美感情和审美认知结合成审美意象，再表现在完美的符号形式中，形式完美地表现了内容，当然就更能激起人的审美快感，使人得到审美享受了。鲁迅说一切美术之本质都在于使观听之人为之兴感怡悦，此言至为精当。

审美意象中包含着审美感情，使得艺术不仅具有审美认识作用，而且具有审美教育作用。

审美感情在审美意象中是同审美认知紧密结合着的。只有在理论抽象中才把它分解出来，分别论述，在实际的审美活动中很难分开。我们所说的审美体验就是把这两者融合在一起的复杂心理过程。审美感情和审美认知都产生于对现实的审美体验。如果自己没有亲自体验到，只是道听途说，人云亦云，就无法形成审美感情和审美认知。所以，在创造审美意象时，必须具有"真情实感"和"真知灼见"。鲁迅以为文艺的形成就是"由于现在生活的感受，亲身所感到的，便影印到文艺中去"①。有了亲身经历和切身感受，才有"真情实感"和"真知灼见"。不过，所谓亲身经历，并不是一定得亲身所作所为，所遇、所见、所闻也在内。正如鲁迅所说，写杀人不一定自己杀过人，写妓女并非要自己去卖淫。艺术家的创作材料大半还是间接经验，不一定都是直接经验。但是，对于艺术家说来，直接经验特别重要。实地经验总比看、听、空想确凿。只有当那些间接经验由自己的直接经验所证实，并吸收、改造，与直接经验结合起来时，才能进入艺术创作。没有自己的直接经验，没有"真情实感"和"真知灼见"，间接经验只是一堆死材料。《三国演义》《水浒传》和《西游记》写的都是历史上流传下来的故事、传说，但这些小说的作者都是依据自己的直接经验而把那些间接经验（故事、传说）进行改造了。正是这些小说的作者从自己的亲身经历和切身感受出发，有"真情实感"和"真知灼见"，才把那些间接经验和自己的"真情实感"结合起来，融为一体。真情实感就是真实的情感、实际的感受，不是"矫情"，不是凭空的臆想。审美感情要求真挚而深刻，是从切身感受中产生的，不是虚假的、伪造的、做作的。"真知灼见"就是真切的看法、独到的见解，不是人云亦云，鹦鹉学舌。审美认知要求真切而独到，是艺术家自己从实际生活中认识到的，有独特的见解和发现。别人的思想、现成的结论可以帮助艺术家去认识生活，但不能代替自己的思想；艺术也不是图解现成的思想。正是这样的审美感情和审美认知结合而成的审美意象，才是艺术形象的真正的内容。它是艺术家的独特创造。法国著名的印象派画家莫奈曾应邀去伦敦画教堂。他根据自己的亲身感知和切身感受，把伦敦的雾天画成了紫红色，这引起了伦敦人的惊愕和愤慨：怎么搞的？雾不是灰色的吗？莫奈竟

---

① 鲁迅：《鲁迅全集》（第7卷），人民文学出版社1981年版，第115页。

把它画成紫红色的！然而，这恰恰是莫奈的独特发现。当人们看过莫奈的画，再去看伦敦街头的浓雾，终于发现：雾确是紫红色的。原来，人们平常并不细察，只是大概地感知雾是灰色的，却不知伦敦的烟尘很多，加上砖房泛红，通过折射，雾就成了紫红。莫奈从亲身经验、独到感受出发，画出了伦敦雾的独特色彩，这是画家的独特发现，所以人们把莫奈称为"伦敦雾的创造者"。其实，世界上的人和物都是有自己的独特个性的，正如歌德所说："一棵树上很难找到两片叶子形状完全一样，一千个人中也很难找到两个人在思想感情上完全协调。"作为审美客体，每个现象都是特殊的，作为审美主体，每个人也是独特的；那么，审美主体对于审美客体的反映，无论就反映活动和反映结果来说，必然也就是独特的。所以，歌德断言："艺术的真正生命正在于对个别特殊事物的掌握和描述。"[①] 托尔斯泰说："艺术家要想影响人，他的创作就应当是一种探索，他就应当是一个探索者。"[②]

艺术创造中的意象经营就是"运思"探索。意象思维不仅需要启动对象意识和自我意识，更需要运用关系思维，把对象和自我连接，建构出审美意象。审美意象就是这种来自亲身体验和切身感受的审美感情和审美认知的心理复合体。但是，审美感情和审美认知在审美意象中究竟是以什么方式结合着的？审美意象的结构方式究竟是什么样的？这需要做进一步的探索。

四

审美意象的结构方式多种多样，错综复杂，依审美感情和审美认知以什么方式结合而定。

审美感情和审美认知的结合为审美意象，可突出审美感情，以抒情为主；也可以突出审美认知，以造型为主。文艺学上，人们有时把艺术分成两大类型：造型艺术、表情艺术。这种分类当然同艺术所用的物质手段有关，但主要根据是艺术形象的内容——审美意象的心理结构特点：以造型为主还是以表情为主。其实，任何艺术都既要表情，又要造型，审美感情

---

① 爱克曼：《歌德谈话录》，朱光潜译，人民文学出版社1978年版，第10页。
② 托尔斯泰：《日记摘录》，载《人民文学》1957年第1期，第21页。

要和审美认知统一。只是，在这统一中，表情艺术如音乐、舞蹈、建筑、装饰艺术等，表情的特点突出；而造型艺术如绘画、雕塑等，造型的特点突出。因此，这种划分是相对的。至于像电影、戏剧、小说等，虽然也归入造型艺术，但表情和造型的结合更为复杂，更难绝对地分入哪一类。而且就在造型艺术或表情艺术中，审美感情和审美认识的结合方式也是并不相同的，必须具体分析。但造型艺术和表情艺术两大分类却大致区分了审美意象的结构方式的两个基本类型，从中可以看到两者的基本差别。

造型艺术的审美意象是以形寓情。在这里，任何审美感情都只有寄寓在感性映象中，感情转化为造型。为了造型，审美认知的作用突出起来，表象、联想、想象的活动积极活动起来，受感情的支配，结合起来，趋向一个目的：构成再现性或想象性的映象，这正如清代学者章学诚所说的"人心营构之象"，即经思想感情"变相"（改造）了的映象，现代西方美学中，有时把它称为"客观投影"。

艺术家所要表现的审美感情的"客观投影"，它可以是再现了现实生活中的人、事、情、景，也可以是想象出来的生活中从未有过的虚构的情境（或是人、事，也可能是妖魔鬼怪、神仙活佛）。而审美感情就隐藏在这种"客观投影"中，本身并不出现。但因为这"客观投影"全是为审美感情所支配而由感性映象的"变相"（改造）而造成的，所以，当这些"客观投影"一出现，就能使人产生逼真的幻觉，以为是真实存在的事物；同时，感受到这个"客观投影"，就能唤起艺术家在构造那"客观投影"时的审美感情。在造型艺术中，审美感情的表现只有通过这种"客观投影"才能做到，没有别的途径。直接造型，间接表情，这是造型艺术的特点。正因为表情在这里是间接的，所以使人产生一种错觉，以为造型艺术只是表现审美认知，不表现审美感情，其实不然。

绘画必须造型，表情只能寄寓于造型中。郑板桥有一幅画，画面出现几枝瘦长的细竹，状似飘摇；旁边紧贴着一块和它一样高的崚嶒怪石；底下还有两棵细短幼竹，也在飘摇。题画诗这样写道："秋风昨夜渡潇湘，触石穿林惯作狂；惟有竹枝浑不怕，挺然相斗一千场。"显然，郑板桥在这幅画里要抒发他对竹子的审美感情，歌颂它的坚韧不拔、不畏风暴的高贵品性，从而间接表现了郑板桥对现实的那种愤世嫉俗、孤高自傲之情。然而郑板桥的这种审美感情无法在画中直接表现，只能表现在竹子映象的"变相"中：竹子和怪石的并列，竹子瘦长、细短，风击而不折的形状等等。为了能表现画家的感情，郑板桥把竹子的映象进行了改造，突出了竹的孤高挺拔的状态，并把它引向联想，由竹而想及人的品性。郑板桥说得好："盖竹之体，瘦劲孤高，枝枝傲雪，节节干霄，有似乎士君子，豪气凌云，不为俗屈。"他在竹和人之间建立了类比联想，突出了竹的能引向这种联想的体态、形状："瘦劲孤高，是其神也；豪气凌云，是其生也；依于石而不囿于石，是其节也；落于色相而不滞于梗概，是其品也。"绘画无法直接表情，只有通过直接造型而间接表情。郑板桥要通过画竹抒情，别无他法，只有去描绘竹的形状、体态，这也就是他自己说的："故板桥画竹，不特为竹写神，亦为竹写生。"中国传统画论，历来注重以形写神，形神兼备，这不仅仅是使得描绘逼真，引人入胜，也是为了抒发真情，动人以情。写意画、工笔画类型不同，但都要以形写情。

表情艺术的审美意象是使情具形。在这里，审美感情直接表现出来，而对于客观对象的描绘或造型处于辅助地位。为了表情，当然也需要造型，模拟客观现实中的一些动作（如舞蹈模拟动物的动作或形状）或声音（如音乐模拟自然界的声音），但这种模拟、造型都是因情而设的，引向一个方向：表情。为此，那些模拟、造型本身都染上了感情色彩，成了感情的外射。这就像我国古典诗论中所说的那样，"情无定位，触感而兴"①，"有深情蓄积于内，奇遇薄射于外"②。这种感情外射并不是把现实的客观对象主观化了，而是使反映现实对象的映象都赋予了感情。于是，表情艺术中的那些模拟、造型本身也都成了感情的直接表现。这种表情的直接性是表情艺术的特征。这决定了在表情的方式上，感情外射和客观投影有所不同。

音乐是表情艺术里最为典型的现象。在音乐美学史上，"音乐是表情的"这种说法占着优势。但如果说音乐只表情而不造型，只是审美感情而无审美认知，这又把音乐绝对化了。其实，音乐的审美意象也是表情和造型相结合，审美感情和审美认知相结合，只是结合的方式不同而已。就音乐本身来说，审美意象的结构方式也有两种基本类型，俄国著名音乐家柴可夫斯基称之为"客观"的和"主观"的。这位以"主观"抒情见长的音乐大师公正地指出："我发现交响乐作曲家的灵感可能是二重的，即

---

① 徐祯卿：《谈艺录》，见《历代诗话》（下册），中华书局1981年版，第765页。
② 钱谦益：《虞山诗约序》，见《牧斋初学集》（卷三十二），四部丛刊本。

主观的和客观的。在第一种情况下,他在自己的音乐中表现自己的欢乐和痛苦的感觉,一句话,就是像抒情诗人一样,所谓吐露自己的心情";"但当一个音乐家在读一部富于诗意的作品或者有感于大自然的景色,想用音乐的形式来表现燃烧起他内心的灵感的那种题材,这就是另一回事"。柴可夫斯基认为这两种类型的音乐,各有所长,不能代替。应该说,一切艺术的审美意象都是客观现实的主观映象,都是主客观的统一。但是,主客观的统一在不同种类的音乐中可以是不同的:一种以表现客观现实所引起的主观感受为主,一种则以描绘那燃起主观感受的客观现实的映象为主。在《二泉映月》里,很难说哪些音调描绘了惠泉的流水声或惠山的草木声,至于那泉中映月根本不可能由声音来造型;但在那如诉如怨的乐音中直接表达出了这位盲人音乐家的审美感情。这种审美感情不是通过对现实对象的声音的模拟表现出来的,而是用声音来描绘音乐家内心的感情状态本身而得以表现的。在《百鸟朝凤》里,直接出现了现实对象本身的声音模拟,大自然里的鸟声、蝉声,这些声音直接表现了现实对象。但是,这些鸟声、蝉声在整个乐曲中都带上了感情色彩并用来表情,它们本身也都只是作为唤起、燃起审美感情的材料,起触发感情、导向感情、衬托感情的作用。

  作为语言艺术,文学既不能简单归结为造型艺术,也不能简单归结为表情艺术。小说综合了造型和表情艺术的特点,诗歌则向来被归为表情艺术。诗以抒情见长,就是叙事诗、戏剧诗也是如此,这是无可怀疑的。中国传统诗论历来讲究"诗中有画、画中有诗",诗、画是相通的。就在抒情诗中,审美感情和审美认知的结合也有两种基本方式。一种是王国维所谓的由"无我之境"造成的"客观的诗"。这种诗其实也并非"无我"或只有"客观",只是直接出现的是对象的描绘,而情则寓于其中,间接表现。斛律金的《敕勒歌》:"天似穹庐,笼罩四野。天苍苍,野茫茫,风吹草低见牛羊。"这首诗展现的是一片草原风光,没有一个字是专来抒情的。然而,这里展现的美景中,也包孕着诗人的美感。只是审美感情蕴藏于审美认知中,不外露而已。柳宗元的《江雪》:"千山鸟飞绝,万径人踪灭。孤舟蓑笠翁,独钓寒江雪。"这里出现的也只是画面,但在这画面里蕴藏着诗人的审美感情。这种诗很像绘画。还有些好诗,更有接近雕塑的,写景不只写平面,且有立体感。王维的《终南山》就是这样的:"太乙近天都,连山到海隅。白云回望合,青霭入看无。分野中峰变,阴晴众壑殊。欲投人处宿，隔水问樵夫。"山景的远近、上下、前后、高低，每一面都呈现出来了，又像电影蒙太奇从各种不同角度照的镜头。可是，就在不同角度镜头的剪接中，表现了诗人的审美感情。这些所谓的"无我之境"其实就是表现诗人的审美感情的"客观投影"，是渗透着审美感情的审美认知的。

抒情诗中还有另一种类型，就是王国维称为创造了"有我之境"的"主观的诗"。所谓"主观的诗"，并非只有主观，它也是客观现实的反映，只是直抒胸臆，不重写景状物而已。《诗经》中的《黄鸟》："彼苍者天，歼我良人。如可赎兮，人百其身。"这是诗人的真情的直接迸发，他在呼天喊地：天啊天啊，为何杀害这些好人！这是对当时的统治者的暴行（杀人殉葬）所发的愤慨之声。这类"主观的诗"在我国古典诗歌中出现不少，也能成为佳作。贺裳在《词筌》中云："小词含蓄为佳。亦有作决绝而妙者，如韦庄'谁家年少足风流，妾拟将身嫁与，一生休！纵被无情弃，不能羞'之类是也。"这类诗词直抒胸臆，淋漓尽致，感情真切，发自肺腑。这里并无对象的客观描绘，但是那种感情的心理状态则具体地呈现在面前。王国维在《人间词话》中说到意境（意象的高级形态）时曾云："境非独谓景物也。喜怒哀乐，亦人心中之一境界。"把人的感情状态喜怒哀乐也称作一境界，这不无道理。感情也有状态，是心理状态，而且还有过程，是心理过程。如果把这个状态和过程具体描绘出来，使人可以捉摸，那么，这种心理状态过程的描绘本身也就构成了意象。至于那引起这种感情状态和过程的外在对象虽然也需要交代，但只起"触物起情"的作用；要触及那对象，却并不去描绘，只是由触物而兴起感情，然后再去描绘这感情状态和过程本身。"谁家年少足风流"只是点出了少女愿嫁的是风流少年；是什么样的风流少年，风流到什么程度，却不必具体描绘，起点明对象的作用就可以了，重点在于抒发那少女的爱的心理状态。

其实，不仅抒情诗，就是散文，也都有这样两种基本类型。自陆机《文赋》开始，把韵文分成两大类：诗"缘情"，赋"状物"。后来的文论，也常把散文分成"缘情"和"体物"两大类。这正如诗之分为"客观""主观"两大类，来自审美感情和审美认知的结合方式不同。

审美感情和审美认知的结合方式不同，形成审美意象的不同类型，具有不同的结构形态。审美意象的两种基本结构方式既表现为艺术之分为造型、表情两大部类，也表现为每一部类下的艺术样式都有两种基本类型。但这里列举的只是审美意象的两种基本结构方式，在这两极的中间，还存在着无数复杂的结构方式，特别像小说、戏剧、电影这样较为复杂的艺术，审美感情与审美认知的结合方式更是复杂纷繁，不可一概而论。具体样式需要做具体研究。

艺术作品的审美意象通常不是只由一个单一的意象构成的，而是由许多意象结合而成的复合意象或意象体系。曹雪芹的《红楼梦》、托尔斯泰的《战争与和平》、紫式部的《源氏物语》都出现了好几百个人物。众多的人物的相互关系和活动形成种种场面和事件。这些错综复杂的性格、场面和事件相互结合，成为更为错综复杂的意象体系。单一意象和复合意象（或意象体系）本身都是审美感情和审美认知的统一，只是复合意象（或意象体系）的结构方式当然也就要更复杂。

审美意象不管是单一的还是复合的，都是对生活印象的一种概括。高尔基说过，只有对自己那个时代的生活进行"观察、比较、研究，借助于它们，我们的'生活印象'和'体验'才被哲学加工并形成思想，被科学加工而形成假说和理论，被文学加工而形成形象"①。文学艺术对"生活印象"和"体验"的加工改造过程和结果同哲学、科学有别，但都必须对生活本身进行观察、比较、研究，都需要思维。艺术家在创作时，不可能也不必要把所有的"生活印象"和"体验"都照搬到审美意象中，而是经过了选择、取舍，选取并突出了印象和体验中的某一些，而舍弃、省略了另一些。要对生活印象和体验做选择，就必须先对它们进行分解和比较，这都需要艺术家的理智活动。然后，还要把经过选择的生活印象和体验综合起来，集中起来，按照美的规律进行概括，才能成为审美意象。

这种经过思维的分解、比较而选取出来的生活印象和体验，再经过思维的综合而得到了进一步的艺术概括。艺术创造运用意象思维来组织从生活中得来的经验，综合的方式多种多样，最基本的有以下两种方式。

（1）连接。这是把不同的生活印象和经验连接在一起，成为一个整体。这种连接可以按时间的统一性进行，也可以按空间的统一性进行。可以按类似关系来连接，也可以按对比关系来连接。连接起来可以形成并列的关系，也可以形成主从的关系。这种连接在各类艺术中都存在，而在电

---

① 高尔基：《论文学》，人民文学出版社1978年版，第316页。

影艺术中最为普遍。电影中的蒙太奇就是镜头的剪辑和组合,把各种不同的映象(远景、近景、中景、全景和特写等)连接而为一个综合的审美意象。这种连接各种映象而成的新的映象不是各种映象的简单相加,而是在质上与各别映象有所不同的新东西。"凤去台空江自流"是由"凤去""台空"和"江自流"三个映象连接成的,但形成的新的意象却包含着诗人李白的审美感受:江山长在,人事已非。阿芙乐尔号军舰上的一声炮响,冬宫水晶玻璃吊灯的不断摇晃,这两个映象连接起来,就形成了一个新质的意象:十月革命爆发了。苏联早期著名电影大师爱森斯坦认为,把无论两个什么镜头对列在一起,它们就必然会联成一种从两个对列中作为新质而产生出来的新的表象。这两个对列的镜头不像是数学上的二数之和,而更像二数之积。它之所以更像二数之积而不是二数之和,就在于对列结果在质上(如用数学术语,那就是在"次元"上)永远有别于各个单独的组成因素。

(2) 融合。这是把不同的生活印象和经验融合为一体。融合不同于连接,不是把几种映象排列、联结在一起,而是把不同的映象合而为一,就像把氢氧合而为水一样。这就是鲁迅说的"缀合",杂取众多的现象,合成一种现象。《祝福》里的祥林嫂就是融合不同人的遭遇而形成的。托尔斯泰在《战争与和平》中创造的女主人公娜塔莎也是融合不同的印象造成的。托尔斯泰说过,他把他妻子索尼亚的映象和他妻妹丹尼亚的映象融合在一起,就出来了一个娜塔莎。歌德笔下的浮士德、塔索都是由他生活中长期积累起来的生活印象经由思维而融合起来的。歌德说:"我有塔索的生平,有我自己的生平,我把这两个奇特人物和他们的性格融合在一起,我心中就浮起塔索的形象。"① 塔索是 16 世纪一位意大利诗人,在一个小公国的宫廷里经历了大半生,最后被幽禁放逐。歌德把塔索的生平和自己的生平结合起来,融合为《塔索》一剧中的意象,以抒发自己身在宫廷而渴望自由的思想感情。融合不同印象不仅能创造出现实中可能存在的东西,而且可以创造出现实中不可能存在的东西。孙悟空、猪八戒、美人鱼、狮身人面、飞毯等都是由融合而生成的。

无论是连接还是融合,各种心理因素都在起着作用,感知、表象、思维、联想、想象等都在积极地活动。只是,有些心理因素,如联想,在连

---

① 爱克曼:《歌德谈话录》,傅雷译,人民文学出版社 1978 年版,第 146 页。

接的过程中起特别大的作用，而想象则在融合的过程中起显著的作用。创作过程中二者往往相互交替，彼此结合。但是，支配着连接和融合的决定性因素是审美感情。许多长篇巨著的人物众多，事件纷繁，场面浩大，是什么东西把它们统一而成为艺术整体？历来有多种多样的回答。有人以为，这是因为作品中出现的总是同样的一些人物，一切都安排在同一个矛盾冲突上面，或者作品所描写的都是一个人的生活等等。托尔斯泰则不同意这些说法，认为这是"不能深入体会艺术的人"的错误说法。托尔斯泰提出了自己的看法："把任何一部艺术作品连接成一个整体，并因此而产生了反映生活的幻觉的那种'士敏土'，绝不仅是人物和情境的统一，而是作者对待的那种独特的、伦理上的态度的统一。"① 托尔斯泰并不否定在作品中人物和情境的统一，但这并不是把作品各部分意象统一为整体的决定性因素。只有贯穿在作品中的价值理念、感情态度上的统一，才是把作品各部分统一起来的决定因素。托尔斯泰的这种看法是同他在《艺术论》中阐明的观点是一致的：突出感情在艺术中的特殊作用，感情是艺术的生命。普列汉诺夫做了一点补充，指出艺术不仅表现感情，也表现思想。托尔斯泰把道德、宗教看得高于艺术，所以把伦理态度上的统一说成艺术作品统一的基础。我想，这不只是伦理态度上的统一，而且是审美态度上的统一，造成了艺术作品的统一。

艺术作品都有主题思想，它是作品的灵魂。但是，艺术的主题思想既不同于科学的抽象概念和具体概念，也和新闻记事、历史传记中的主题思想有区别。艺术的主题思想是蕴藏于审美意象中的审美意蕴。审美意蕴不是离开感知、表象、想象等孤立存在的抽象，不表现为概念，它就存在于意象和意象体系里。特别的是，审美意蕴是饱和着审美感情的思想，正如别林斯基所说，在艺术中，思想消融在情感里，情感消融在思想里。他把这种思想和情感结合在一起的东西叫作"情致"，有时又称之为"具体思想"。这种"具体思想"或"情致"不能和艺术作品以外的到处都有的思想混为一谈。巴甫洛夫把艺术家称作"有感情地思考着的人"。艺术的主题思想正是有感情地思考的结果。为了和非艺术作品的思想相区别，恩格斯把这种只存在于艺术形象中的思想和感情的结合称为"倾向"，并且指

---

① 列夫·托尔斯泰：《莫泊桑作品集》序言，见《俄罗斯作家论文学》（俄文版）第4卷，第104页。

明：倾向要从场面、情节中自然流露出来。这个"倾向"其实就是我们如今所说的"意向"，它不是概念，而是审美意象中的思想和感情的结合。正是因为艺术的主题思想是审美感情和审美思想的结合，它只能存在于审美意象中；要了解艺术的主题思想，只有去亲自体验艺术形象，别无他法。任何对艺术形象的概念解说、概念转述都不是艺术的主题思想本身。有人问歌德：《浮士德》表达了什么思想？歌德的回答是：要了解它的思想，只有亲自去体会；若要用概念来表述《浮士德》的思想，那就需要写另外的书。《浮士德》的主题思想不能离开书中那些"从天上下来，通过世界，下到地狱"的场面、动作、情节而抽象存在。文学与科学不仅在表达方式上不同，而且在所表达的内容上也并不完全一样。清人叶燮看到了这一点，在《原诗》中这样说过："可言之理，人人能言之，又安在诗人之言之？可征之事，人人能述之，又安在诗人之述之？必有不可言之理，不可述之事，遇之于默会意象之表，而理与事无不灿然于前者也。"叶燮举出了许多例证，说明文学要揭示出独特的情、理、事。杜甫有"碧瓦初寒外"之句，说的是碧琉璃瓦在"初寒"之外。"初寒"是无象无形的，亦无内外之别；"碧瓦"是有形之物，却并无感觉，无从感知冷暖。初寒、碧瓦，只有人才能感受到，但这是极平常的感受，并非诗人所特有。杜甫的独特之处就在把"碧瓦"同"初寒"做了特殊的结合，把"碧瓦"说成在"初寒"之外，这不仅揭示了瓦和寒的特殊关系，还抒发了诗人的特殊感受：初冬虽寒，而碧瓦却在初寒之外；那庙顶碧瓦庄严肃穆，不使人寒，而使人暖。诗人的这种独特的感受、独特的思想无法用概念表达。然而诗人用"碧瓦初寒外"之句创造了一个审美意象，把"不可言之理、不可述之事"寓于意象之中，把当时的情景和感受融为一体再现出来。于是，这情景"恍如天造地设，呈于象，感于目，会于心。竟若有内有外，有寒有初寒，将借碧瓦一实相发之"[1]。意象有如此的独特妙用，难怪高尔基在《俄国文学史》序中把艺术形象说成"组织思想之最经济的方法"。

艺术的倾向寓于情节、场面之中，不必特别说出。文学作为语言的艺术，有时也会出现作者的直接议论。但是，"议论须带情韵以行"[2]。思想

---

[1] 叶燮：《原诗·内篇》，见《清诗话》（下册），上海古籍出版社1978年版，第585页。
[2] 沈德潜：《说诗晬语》，见《清诗话》（下册），上海古籍出版社1978年版，第553页。

必须同感情在意象中结合起来，成为意象的灵魂，它支配着意象的结构，决定着意象的连接、融合的方式。艺术的主题思想正是这种成为艺术灵魂的审美思想与审美感情的结合。它就像把每颗珍珠贯穿成为项链的金线一样，使得单个意象连接、融合而为复合意象，构成艺术整体；但金线本身却隐藏在每颗珍珠的里边，不露痕迹。主题思想正寓于这种审美意象之中。

五

为了阐明艺术形象的独特本质，不得不在结构上把它分解为几个方面。但艺术形象不是这几个方面的简单相加，而是辩证的统一。艺术形象把这几个方面综合为一个有机整体。因此，必须从整体上来了解艺术形象。

艺术形象是内容和形式的统一。艺术形象的形式是审美物象，一种符号化了的物象，但也不是任何审美物象本身就可以成为艺术形象，只有当审美物象是为了体现审美意象，两者结合起来时内容和形式相统一，才形成艺术形象。艺术形象的内容是审美意象。审美意象本身对于现实的审美关系来说，只是形式，因为审美意象是现实的审美关系的反映，内容是审美关系。但这是另一层次的问题，此处不谈。审美意象对于表现它的审美物象来说，是内容，而审美物象只是形式。既然艺术形象的形式是审美物象，为了创造艺术形象，就产生了两个层次的"美的规律"：一是审美物象怎样才能美；二是美的物象怎样才能完美地表现审美意象。后一层"美的规律"支配着前一层"美的规律"，起决定作用；前一层"美的规律"有相对独立性，但必须服从后一层"美的规律"，不然，就会走向形式主义。艺术形象的形式应该是美的，但形式的美只是表现内容的美的一种手段。因此，仅只就创造艺术形象的形式来说，它同一切创造美的物品的劳动有共同的规律，又有它自己的特殊规律（表现审美意象的规律）。描绘人体解剖的图像，构图也要按"美的规律"，然而这个构图并非表现审美意象，创造的不是艺术形象，而是科学图解。作为艺术种类的文学，无疑需要采用美的文体，但并非一切美的文体都是艺术的文学。历来产生过众多诗、赋、曲、词，其中有许多可称得上语言优美，声调铿锵，洋洋洒洒，朗朗上口，但并非全是艺术的文学，因为这种用语言造成的美本身并不是判别是否艺术的决定性因素，而要看它表现的是否审美意象。汉代的许多长篇大赋，语言有很美的，但并非艺术的文学，它没有用语言之美来创造艺术形象。因此，不能依照文体、体裁是否美来定艺术与非艺术的界限。采用了诗的文体，不一定就成艺术，更不一定是优美的艺术。写小说、编剧本，并非都成了艺术。决定艺术与非艺术的界限是：是否用美的形式表现了审美意象。创造的形式越能完美地表现这个内容，那么，艺术性就会越高。

审美意象本身是个各种心理因素综合而成的复合体。它是审美认知和审美感情的统一。但审美认知本身又是感性认识和理性认识在审美中的统一；审美感情则又同审美思想密切结合。在审美认知和审美感情的统一中，联想、想象起着重要的作用，它们把各种映象（感知、表象）连接或融合为意象，又把各种单一意象连接、融合为复合意象或意象体系。但是，同审美思想结合着的审美感情在审美意象中处于主脑、灵魂的地位，它支配着联想、想象，制约着意象的如何连接、融合，而且这种连接、融合就是为了抒发这种审美感情。艺术的主题思想既不是抽象概念，也不是具体概念，而是在审美意象中的审美感情和审美思想的结合。在审美意象中蕴藏着艺术家的政治、道德、科学、宗教的观点等，但这些观点都已转化为审美感情、审美思想，融在审美意象的总体中。马克思说："在不同的所有制形式上，在生存的社会条件上，耸立着由各种不同情感、幻想、思想方式和世界观构成的整个上层建筑。"① 艺术不是政治上层建筑（它是所谓的第一上层建筑，比起其他上层建筑来，最接近经济基础），却是观念上层建筑（它是所谓的第二上层建筑，中间隔着政治上层建筑，同经济基础不一定有直接关系）。一切上层建筑、意识形态，包括艺术在内，都产生于并反作用于经济基础。但是，观念上层建筑、意识形态与经济基础的相互作用要以政治上层建筑为中介。艺术作为观念上层建筑之一，作为意识形态的特殊种类，它同其他上层建筑具有共同规律，不可避免地要同政治发生密切的联系。高尔基认为作家是阶级的眼睛、耳朵和声音。作家也有不认识这一点而对此加以否定的。但是，他永远不可避免地是阶级的机关，是阶级的感觉器官。只要阶级的国家存在着，则作为一定

---

① 中共中央马克思恩格斯列宁斯大林著作编译局编：《马克思恩格斯选集》（第1卷），人民出版社1972年版，第629页。

的环境和时代的人的作家——不管他愿望与否，也不管有保留的条件与否——必须服务于他自己的时代和环境，并且也正在服务着。但是，艺术是特殊的上层建筑、意识形态，它不仅不同于政治，也不同于哲学、科学、道德、宗教。艺术是对世界进行精神掌握的特殊方式。这种掌握不同于从理论概念上去掌握，也不同于宗教的那种形象的掌握，而是用审美意象来做的掌握，是特殊的形象思维，是感情、思想和幻想的特殊结合。艺术作为上层建筑、意识形态，可以成为阶级斗争的工具，但这是特殊的工具，不同于科学、哲学、道德、宗教这样的工具。

为了创造审美意象，艺术家必须调动自己的一切精神能力：感知、情感、理智、联想、想象、意志，并且要统一为一个完整的东西。在这里，至少产生这两个层次的"美的规律"：一是审美感情如何和审美思想相统一。任何艺术的作品首先应该具备作为基础的思想或情感的统一。审美意象的统一性，首先表现在艺术家的审美评价的一致性和连贯性，而这又受艺术家的审美理想的制约。艺术家从审美理想上来评价和对待生活，做出诗意的裁判。这种审美理想既表现在对崇高的、优美的、悲剧的东西的肯定态度中，又表现在对卑下的、丑恶的、喜剧的东西的否定态度中。二是审美感情和审美认知结合为主题思想，是怎样通过规定情景完美地表现出来。这规定情境是心造的意象，它可以是再现现实生活中的情境，也可以虚构出生活中未必有的情境。这种规定情境如能完美地表现出审美感情和审美思想，艺术性就高；反之，艺术性就低。歌德说："对情境的生活情感加上把它表现出来的本领，这就形成诗人了。"① 其实，不仅诗人如此，小说、戏剧、电影等也都要"意"造、"心"构出规定情境来表现主题思想。不过，在复杂的艺术作品中，这种规定情境要复杂得多，它可能是错综复杂、尖锐激烈的人与人、人与自然的斗争，也可能是细致、微妙的心灵变化和内心的发展历程。但无论是简单的还是复杂的规定情境，要能完美地表现出审美思想和审美感情，其本身就要达到清晰、完整。纷繁复杂的事件、众多的人物、大小场面不仅必须历历在目，栩栩如生，而且必须组成一个完整机体，这个完整机体恰好能表现艺术家所要表现的审美感情和审美思想，即我国古典诗论中说的"中的"。在这整体中，局部服从整体，细节适应总体。为了使意象成为完整体，罗丹宁愿把雕得太美的

---

① 爱克曼：《歌德谈话录》，傅雷译，人民文学出版社1978年版，第90页。

巴尔扎克像的手砍掉，因为那手的美影响了雕像整体的美。艺术意象本身各个部分越鲜明，组成的整体越完整，就越有艺术性；反之，艺术性就越低。

在把感知、表象的感性映象改造为审美意象，把单一意象连接、融合而为复合意象或意象体系的过程中，想象起着特别重要的作用。想象力是人类一切创造活动所必须具备的能力。"如果一个人完全没有用自己的想象力来给刚刚开始在他手里形成的作品勾画出完美的图景，那我就真是不能设想，有什么刺激力量会驱使人们在艺术、科学和实际生活方面从事广泛而艰苦的工作，并把它坚持到底？"① 列宁还说过，在最简单的概括中，在最基本的观念如一般的"桌子"概念中，都有一定成分的幻想。最抽象的科学如数学，也需要幻想。"有人认为，只有诗人才需要幻想，这是没有理由的，这是愚蠢的偏见！"② 科学研究与艺术创作都需要想象、幻想，科学的想象同艺术的想象有共同性，也都要遵循一定的逻辑。但艺术的想象和科学的想象又有特殊性，艺术的想象在把表象进行改造时，是服从于表现审美感情和审美思想这个特殊目的的，因此，艺术的想象本身就渗透着感情，并且受感情的支配，是带着感情的想象。艺术家随着感情的变化而组织自己的想象。这种想象随着感情的发展，可以变化无穷。李白的《清平调》从现实中的人的衣裳和脸容的视觉映象出发，勾起"云"与"花"的联想——"云想衣裳花想容"。接着，又从"云"与"花"联想起"春风"——"春风拂槛露华浓"，使花的意象更加清晰、具体。然后，再由那花的形态、性质又想象到那不是人间所有的，或是天下少有的，因而虚构了"群玉山头""瑶台月下"的幻想情境："若非群玉山头见，会向瑶台月下逢。"这样一来，想象从现实世界进入幻想世界。但是，李白的这种想象正是依循着感情而来的；而且，正是在想象中，把自己的感情移入于那花的幻象中，那花的幻想正是为了表现那对人的赞美感情，是抒发自己的美感。艺术创造中常见的拟人、移情，都不只是想象，而是感情和想象的共同作用，其结果是产生审美意象。科学中的想象却是

---

① 中共中央马克思恩格斯列宁斯大林著作编译局编：《列宁选集》（第1卷），人民出版社1972年版，第378～379页。

② 中共中央马克思恩格斯列宁斯大林著作编译局编：《列宁全集》（第32卷），人民出版社1972年版，第282页。

构造理论抽象的手段。表象与表象的连接、融合在科学研究中只是为了图解理论。牛顿从抛出的石块的运动和发射子弹运动的表象联想并想象出行星环绕太阳的运动规律，得出物理学原理，却不是让想象去构想一种生活中不可能产生的东西。科学中的假说总是从已知的理论，经过推理，推断出一种有待证明的理论。这需要想象，然而想象是推理的手段。科学理论为了使理论具体化，有时也需要形象，如生物挂图、人体解剖图像、历史挂图，但这些都是科学原理的图解或科学理论的例证，是从属于、附庸于理论抽象的。科学家可以把人体内部的血液循环系统用具体的形象（图表）显现出来，脉络分明，清楚可见（恩格斯对这种循环系统的发现，十分重视），但这种形象不是艺术形象，创造这种形象的想象也不是艺术的想象。

尽管艺术的想象有其特殊性，而且想象在创造审美意象中有特殊作用，但我并不把审美意象只归结为想象，也不把想象等同于艺术的形象思维。审美意象是人的多种心理因素交织成的复合体，是感情、理智、想象等的相互作用的融合物；艺术的形象思维也是感情、理智、想象等心理活动相互交错的过程。没有理由把审美意象的创造只归结为想象，把艺术的形象思维只归结为想象。在这些心理活动的交互作用中，审美感情还是起主导作用的，它支配和调节着想象的展开。

艺术要有感情，这个道理一向为我国传统的古典文艺理论所重视。从《乐记》《诗序》等开始，历代文论、诗话、乐论、画论、曲话等一直很突出感情在艺术中的作用，就连那主张诗要讽喻、服务于政教的白居易，在《与元九书》中也承认"感人心者，莫先乎情，莫始乎言，莫切乎声，莫深乎义。诗者，根情，苗言，华声，实义"。感情是艺术的根本。这种"根情"说同欧洲文艺理论中的传统的"模仿"说不大一样。当然，在欧洲，除了从亚里士多德的诗学中所说的"模仿"说以外，还有另一种传统——"表情"说。近代西方也有许多美学家十分重视艺术中的感情，值得我们注意。例如，鲍桑葵的使情成体说（《美学三讲》）、科林伍德的情感表现说（《艺术技巧》）、朗格的情感表现说（《情感与形式》）。托尔斯泰这样的艺术大师，更是艺术表情说的著名代表。在托尔斯泰看来，艺术与非艺术的区别就在于是否传达感情。艺术感染的深浅决定于三个条件：一是所传达的感情具有多大的独特性；二是这种感情的传达有多么清晰；三是艺术家真挚程度如何，换言之，艺术家自己体验他所传达的那种感情的力量如何。① 托尔斯泰一再说明，这是区分艺术与非艺术的条件，却并非区分艺术的好坏的条件，好的艺术与坏的艺术的区分另有其他条件。托尔斯泰的说法有一定道理。如果需要像普列汉诺夫那样补充的话，那就不只是感情，而且还有思想，必须把两者结合，或者说，感情需要受理智的制约。鲁迅说感情正烈的时候不宜作诗，否则锋芒太露，能将"诗美"杀掉。感情经过了理智的整理，才宜写诗。感情未经理智的整理，就无法把记忆表象和想象表象结合起来，就构不成审美意象。狄德罗在《论演员》中曾说过这个问题：亲人刚死是写不好哀悼诗的，因为这时感情太激烈；只有当激烈的哀痛已过去，当事人才想到幸福遭到折损，估计损失，记忆和想象起来，去回味和放大已经感到的悲痛。

感情、理智、想象等如何相互交错、配合而构成审美意象，这应该成为文艺学研究的重要课题。艺术批评按别林斯基的说法是"行动着的美学"，也应该重视对审美意象的分析。而不应该像高尔基所嘲笑的那样，艺术批评只讲作家的政治面貌，却不去讲作家如何去组织自己的审美经验的方面。高尔基说："如果作者的经验不是用科学方法组织起来，如果他的情感和他的理智不协调，那么，政治见解就是从外面硬加到年轻作者身上去的，就会被机械地理解，变成架空的东西。"②

需要特别加以说明的是：审美感情和审美思想是有具体的社会和阶级的性质的，受价值理念的制约。把什么东西看成美的，把什么东西看成丑的，喜欢什么，不喜欢什么，这受到不同的人的不同的审美趣味的影响。人的审美趣味不仅在量上有差别（发达的还是低能的，广泛的还是狭隘的），而且在质上有对立（趣味有好坏、高下）。审美趣味的好坏、高下决定了艺术是高尚的还是低下的、是这个层次还是那个层次的，是不同艺术的标志。艺术的使命按高尔基再三阐明的说法，就是把人身上的最好的、优美的、诚实的，也就是高贵的东西用颜色、字句、声音、形式表现出来，或者说，就是力求用词句、色彩、声音把您的心灵中所自豪的、优美的东西都体现出来。但是，什么是真的、善的、美的，不同的人有不同的看法，"文艺家几乎没有不以为自己的作品是美的"。从主观意图上说，

---

① 参见托尔斯泰《论艺术》，人民文学出版社1958年版，第150页。
② 高尔基：《论文学及其他》，见《高尔基文学论文选》，人民文学出版社1959年版，第1111页。

是想把自己以为美的思想和感情通过美的形式表现出来，是想创造出艺术美来；但实际效果如何，却就不一定了。艺术上常出现这种情况：在一些人看来是丑的，却被另一些人当作美的来描绘；在一些人看来是美的，又被另一些人当作丑的来描绘，这表现了艺术家的审美趣味的好坏。被列宁称为"一本有才气的书"，就是把革命人民认为美的写成丑的，把革命人民视为丑的写成美的。这本在1921年问世的白俄作家阿威尔岑的书，叫作《插到革命背上的十二把刀子》。书里充满着对革命人民的刻骨仇恨，而对"失去了的"过去的"天堂"却爱得很深。有趣的是，伟大的列宁认为这本书有的地方写得非常糟，有的地方写得非常好。书里有一篇小说是描写列宁和托洛茨基的生活的，写得糟透了，因为这位作家不了解列宁和托洛茨基。用列宁的话说："当作者用自己的小说写他所不熟悉的题材时，艺术性就很差。"然而，这本书的大部分篇幅，作者是用来"描写他所非常熟悉的、亲身体验过、思考过和感受过的事情。他以惊人的才华刻画了旧俄罗斯的代表人物——生活优裕、饱食终日的地主和工厂主的感受和情绪。在统治阶级的代表人物看来，革命就是这样，并且正应该这样"。问题还不仅在此。那位作家还把他的对革命的"切齿仇恨"和对剥削阶级生活"馋涎欲滴"的感情也渗透在作品中。列宁说："烈火般的仇恨，有时（而且多半）使阿威尔岑的小说精彩到惊人的程度。有些作品简直妙透了。"对革命的切齿仇恨、对旧生活的无限深情使得这位作家在描绘熟悉的生活时，十分逼真，栩栩如生，有较高的艺术性。从亲身体验、切身感受中产生的审美感情和审美认知融而为审美意象，并用完美的形式表现出来，使得这位作家的作品成了艺术，表达了他的真诚而独特的审美体验。此人有较发达的审美趣味，然而，他的审美趣味又是反动阶级的，对革命恨之入骨，所以他的作品政治上十分反动。对本阶级的生活很熟悉，但理解不一定正确。审美感可能正确，也可能错误。德国作家歌德在政治上是庸人，但他对生活有正确的美感，所以作品仍能感人。这位白俄作家的审美体验是真诚的，然而却嗜痂成癖，逐臭为美，审美趣味的价值趋向极坏，对现实做出了错误的评价。

区别艺术与非艺术的界限不在政治上、思想上的好坏，而在于艺术形象的有无。先进艺术还是反动艺术是进一步在政治、思想上的区分。先进的政治理论、科学学说不是艺术，它们具有另外的社会价值。有的作品在政治上反动，但也可能是艺术。有的作品采用了艺术体裁，却不一定是艺术；有的作品并未用艺术体裁，也可能是艺术。人的审美体验如果组织为审美意象并用审美形式表现出来时，就成为艺术。王维的《山中与裴迪秀才书》是一封信，写信目的是邀请朋友来家做客邀游。如果只是告诉友人，叫他来做客，几句话就可以了。然而，王维为了打动友人的心，在信中把他冬日游山所得的审美享受也写出来了。王维先说冬日山中风光之美、乐趣无穷："辋水沦涟，与月上下"，"深巷寒犬，吠声如豹。村墟夜舂，复与疏钟相间"；然后又写他室中独坐，回想过去共游的欢乐；进而写他的想象，明春山景当更美妙，"当待春中，草木蔓发，春山可发，轻鲦出水，白鸥矫翼，露湿青皋，麦陇朝雊"；最后说："斯之不远，傥能从我游乎？其中有深趣矣，无忽。"这样的信不仅再现出了王维过去游山所见的美景，而且还想象出了明春山景更美，同时又把自己的审美感情熔铸其中。这是信，又是很好的艺术作品，并不比王维的一些名诗逊色。"人闲桂花落，夜静春山空。月出惊山鸟，时鸣春涧中"（《鸟鸣涧》）；"飒飒秋雨中，浅浅石溜泻。跳波自相溅，白鹭惊复下"（《栾家濑》），这里表达的审美感受、形成的审美意象，不正和那信很相近吗！我国古代许多优秀的散文不仅文字优美，而且完美地表现了审美意象，是艺术，应该在文学史中占有一定的地位。

艺术可以描写真人真事，但新闻记事、人物传记、历史实录并非艺术，尽管这里也可能有人物、事件、环境的具体形象。艺术所创造的是艺术形象。《三国演义》以汉末三国争霸的历史做题材，但它不是历史实录，也不是人物传记，而是艺术创造。从历史事实看，曹操其人正如鲁迅所说，是一个很有本事的人，至少是一个英雄。但在小说中，却是一个"托名汉相、实为汉贼"的"奸雄"。诸葛亮虽史有其人，却也并不像小说中想象的那样。在陈寿《三国志》中，刘备三顾草庐，只"凡三往乃见"五个字。在《三国志平话》中，也只用数百字来写三顾。到了《三国演义》中，则成了四五千字的洋洋大文。这是罗贯中的创造性想象。小说不仅把历史上的人物形象做了改造，而且重新改变了人物之间的关系，把这场三国争霸的政治斗争按照作者的认识做了不同于历史的安排。从历史事实说，三国之中，以曹操和孙权的力量最大，刘备势力最小，曹、孙的争夺比刘、曹的争夺要更重要。古代一些重要史籍如司马光的《资治通鉴》、陈寿的《三国志》等都是以曹操为封建正统代表，以他为中心展开斗争。然而《三国演义》却突出了刘备的力量，写出了只有这位刘皇叔才应是汉王朝的真正继承人,并且把刘备与曹操的斗争放在斗争的主要地位。这些都并不符合历史的事实,因此受到了历史学家的指责。清代史学家章学诚不满《三国演义》"七分事实""三分虚构",惑乱读者,不近情理。其实,只从历史科学的观点来看艺术是不行的。问题根本不在实事和虚构在数量的比例的多少,而在于艺术虽可以真人真事为基础,但从整体说是艺术的创构。金圣叹看到了小说不是历史实录,而是艺术创作,这样的评论就较符合实际。在他看来,小说的创作是"因文生事",历史实录是"以文运事"。"以文运事"必须符合历史事实,"先有事实如此如此,却要计算出一篇文字来",这文字就是记载历史事实,不能虚构。"因文生事"则不然,"只是顺着笔性去,削高补低都由我",可以虚构,不必照录事实。为什么《三国演义》要这样虚构?为什么要把曹操等人物做这样的描写?为什么要把三国争霸的政治斗争做这样的安排?就是因为作者罗贯中在《三国演义》里是写他的审美认知和审美感情,而不是写他对三国争霸的科学解说或实录历史事实。罗贯中有自己对现实和历史的看法和态度,那就是:赞美仁君贤相,憎恨暴君奸臣。罗贯中是从他的审美理想出发来改造历史题材的。他把他反暴君奸臣的感情和看法集中在曹操这样的形象上,而把他对仁君贤相的感情和看法集中在刘备、诸葛亮这样的形象上,并且带着自己的感情态度来描绘三国争霸的政治斗争。《三国演义》并不违背三国争霸的历史真实,蜀还是失败了,魏还是胜利了。但罗贯中的同情是在蜀。所以,刘备、诸葛亮被处理为悲剧(有价值的东西的毁灭),而曹操则常被作者喜剧化(把无价值的东西撕给人看)。

艺术的创构可以达到很高的程度,创造出陶渊明诗中的桃花源这样的理想境界,乃至《西游记》里那样的神话世界。这样的审美意象是现实的曲折反映,却并非现实生活的直接再现。在这样的审美意象里,审美感情已把生活现象改造得和现实生活的样子相差较远。这里不仅直接表现了审美感情,而且直接表现了审美理想。孙悟空就是个高度理想化的艺术形象,不是现实中的人,也不是现实中的猴。文艺学不必去考证这是属于哪一猴类,也不必去研究它是属于农民阶级还是市民阶层。但是,分析孙悟空这艺术形象,却可以了解作者的审美理想、审美感情和审美思想是属于哪个时代、哪个阶级的,反映了什么样的时代和要求,从而理解这样的艺术形象,反映了作者与现实的什么样的审美关系。从现实的审美关系到艺术形象，这是一个复杂的反映过程。

　　这里，我暂不能再进而论证审美意象是怎样反映了现实的审美关系的，也不可能再谈审美意象是怎样物化为艺术形象的。今后若有机会，我将解剖一个典型，说明艺术形象怎样反映了作家、艺术家和周围世界的审美关系。在这篇论文中，我主要说艺术形象的一个问题，即审美意象构成的基本因素及基本方式。艺术形象的其他问题，如对真善美的价值追求等，需做另外的探索。

1980年2月于北大中关园

　　（原载上海文艺出版社《文艺论丛》十二辑；后收入《中国新文艺大系·理论一集》；又为美国美学家布洛克和朱立元合编的《中国当代美学》英文版所收）

艺术美略论

一

文学艺术需要美吗？

这个问题似乎不证自明，无须多费口舌，就可予以肯定。早在20世纪40年代延安文艺座谈会上，毛泽东已经说过：文艺家几乎没有不以为自己的作品是美的。这话道出了作家、诗人和其他艺术家的共同心声：文学艺术应该美。生活本身就存在着美，但是，人民还是不满足于生活美，在生活美之外，还要求创造艺术美。艺术美和生活美都是美，但艺术美却可以而且应该高于生活美。艺术美并非必定高于生活美，而只是"可以"而且"应该"。文学艺术反映社会生活，反映生活是为了改造生活，人类创造艺术美的目的正是使生活更美。

然而，美学史上并不是所有的人都赞同艺术需要美的看法。像俄国的列夫·托尔斯泰这样深得艺术奥妙的文学大师，在实践中已创造出了艺术珍品，却在理论上激烈否定艺术应追求美，也就使我们不得不对这个问题再做深思。

托尔斯泰否定"艺术目的在于美"的种种说法，猛烈抨击德国古典美学家对艺术美的评价，特别是对黑格尔的观点表示异议。集德国古典美学之大成的黑格尔高度重视艺术美，皇皇百余万言的美学巨著就是围绕着艺术美而展开的。在黑格尔看来，艺术应该美，人类需要文学艺术，就是为了追求美和创造美。托尔斯泰却不以为然，依他之见，艺术与美无必然联系，而只同善有关。托尔斯泰浏览了自古至今的许多艺术论和美学著作，对艺术所下的定义多不胜数，他都不满意，为什么？"这原因在于：艺术的概念是以'美'的概念为基础的。"[①]

那么，究竟谁的话有理？美学家黑格尔对，还是文学家托尔斯泰对？

---

① 列夫·托尔斯泰：《艺术论》，丰陈宝译，人民文学出版社1958年版，第43页。

这要做具体分析，不能一概而论。

黑格尔对美的理解并不正确："美就是理念的感性显现。"[①] 黑格尔所说的"理念"就是"客观精神"，正是它构成世界的本原，世界万事万物都是这种"理念"的外化。尽管这种"理念"被黑格尔看成客观的，但这仍然是对世界的唯心主义解释。为了区别于主观唯心主义，我们把这称作客观唯心主义。把美看成"理念"的感性显现，用"理念"来解释生活中的美，这很荒谬，因为在客观世界中并不存在着这种"理念"，并无这种世界本原。然而，黑格尔对艺术美的理解却很精辟，抓住了艺术美的重要特征，我们可以透过唯心主义的外壳看到合理的内核。比如，依黑格尔之见，艺术美的要素可分为二，一种是内在的，即内容；一种是外在的，即形式。外在形式的价值就在指引向内容，显现出"意蕴"。艺术的价值就在借助物质外在形式，"显现出一种内在的生气、情感、灵魂、风骨和精神，这就是我们所说的艺术作品的意蕴"[②]。当然，黑格尔并不懂得，作为艺术内容的这种"意蕴"，就其本原而言，是生活的反映。然而他并不把艺术美只理解为形式美，而是看到了，只有通过外在形式显现出艺术家"心灵的最高旨趣"，才会有艺术美。黑格尔美学的重心更多地放在艺术内容的探索上，无疑，这种方法是正确的。

如果把艺术美理解为内容美和形式美的统一，那么，托尔斯泰对艺术美的蔑视就缺乏根据。不过，西方当时流行的美学观是把艺术美仅仅归结为形式美，美即形式，不涉及内容。托尔斯泰极为厌恶这种形式主义的见解，激烈反对把艺术归结为形式。在托尔斯泰看来，艺术只追求形式的美就会堕落成为满足感官快感的低级工具；艺术要成为崇高的事业就必须在内容上表现高尚的感情。因此，托尔斯泰蔑视艺术美，其真实的含义是在维护艺术内容的高尚而反对孤立追求形式的美。然而，当托尔斯泰把艺术内容归结为善的时候，无意中也就承认了艺术的美只是形式，把艺术美等同于形式美。至于托尔斯泰把艺术内容的善归结为宗教感情，则更是荒谬可笑的。幸而，托尔斯泰在《艺术论》中具体分析艺术现象时，从他那丰富而真实的艺术感受出发，一再阐明：艺术的内容应是传达艺术家自己

---

① 黑格尔：《美学》（第1卷），朱光潜译，商务印书馆1979年版，第142页。
② 黑格尔：《美学》（第1卷），朱光潜译，商务印书馆1979年版，第142页。

体验到的"审美感";只有"审美上的感情"才是艺术的真正内容。① 这是真理的火花,由此可以更深一层指明,艺术不仅要求形式美,而且要求内容美。可惜,托尔斯泰终究用宗教感情代替了审美感情,艺术内容的善最终被归结为表现宗教感,真正的内容美被消解了,于是,真理又变成荒谬。

文学艺术应该按照美的规律来创造,艺术的创造应是美的创造。诚然,文学艺术是否是人类审美活动的最高形态,尚可继续讨论,但是,艺术价值是审美价值的集中而凝练的形式,这看法却赢得越来越多的人的承认。因此,问题不在于艺术要不要美,而在于如何理解艺术之美。

二

那么,什么是艺术美呢?

如果要用一句话来概括,那么,可以说:艺术美是按照美的规律来创造,使形式美和内容美达致完美统一。

任何文学艺术作品都有形式和内容两个必不可少的因素。形式是外在的,内容是内在的。面对一件作品,我们首先接触到的是直接呈现给感官的外在物质形式,然后领会这种符号形式所指引出来的内在意蕴。但作为艺术创造的结果,每件作品都是一定的形式和一定的内容的结合。有的作品形式和内容结合得好,完美统一;有的作品形式和内容结合得差,无法统一,这就要看作品是否符合美的规律。

艺术形式的创造需要一定的物质材料,比如绘画用线条色彩,音乐用旋律音调,舞蹈用形体动作,文学用语言文字。但是,物质材料本身还不是艺术形式,只有把物质材料按照美的规律予以改造,结合为整体,使它具有表现力,物质材料才能化为艺术形式。

艺术形式具有相对的独立性,每种艺术形式提供一种特殊的乐趣,不同的艺术形式产生不同的表现力。英国美学史家鲍山葵曾明确指出,任何艺人都对自己的媒介感到特殊的愉快,而且赏识自己媒介的特殊能力。这种愉快和能力感当然不仅仅在他实际进行操作时才有,他的受魅惑的想象

---

① 参见列夫·托尔斯泰《艺术论》,丰陈宝译,人民文学出版社1958年版,第112页。中译本为"美学上的感情",其实,译为"审美上的感情"更好。

就生活在他的媒介的能力里；他靠媒介来思索，来感受；媒介是他的审美想象的特殊身体，而他的审美想象则是媒介的唯一特殊的灵魂。艺术形式是身体，艺术内容是灵魂，两者相对独立而又结为一体。

文学艺术的价值在于用美的形式完美地体现美的内容。马克思说得好："如果形式不是有内容的形式，那么它就没有任何价值了。"[①] 形式脱离了内容，孤立的形式美不是艺术美，没有艺术价值。形式美完美地表现了内容美，才会有艺术美。

那么，什么是艺术的内容美呢？

这是个难题，因为艺术内容究竟是什么，至今尚众说纷纭，就更难以给内容美下什么定论了。然而，这正需要文艺学和美学来进行探索。

文学艺术不是社会生活的反映吗？那么，文学艺术的内容不就是社会生活？不错，文学艺术确是社会生活的反映，社会生活是文学艺术的唯一源泉，这个根本原则不可动摇。从艺术和生活这一层次的关系上来说，生活是内容，艺术是形式。艺术和哲学、宗教、道德等意识形态一样，都是社会生活的反映。在这里，社会生活是内容，而不同的意识形态则是它的不同反映形式。社会生活是实践的，文学艺术要创造出一种符号，但那是为了表现一种精神内容，生活和艺术是反映和被反映的关系，艺术不过是生活的反映的形式。在生活和艺术的关系这一层次中，尚有十分复杂而疑难的问题等待美学、文艺学去探索。比如，艺术与其他一切意识形态的反映对象都是社会生活，这只是说明了所有意识形态反映对象的共同性，却还未揭示出不同意识形态反映对象的特殊性。艺术究竟反映了社会生活中的哪个特殊方面？艺术反映的特殊对象究竟是什么？这些问题还没有得到科学的说明。与此相对应的，文学艺术这种意识形态究竟用什么样的方式和方法去反映生活？艺术同其他意识形态相比，反映生活究竟有些什么特殊性？这些问题也还没有得到真正的解决。

但是，作为已经完成了的产品形态，文学艺术作品本身有它自己的内容和形式。这里谈的已经不是艺术和生活的关系，而是另一层次的问题。由作家、艺术家创造出来的文学艺术作品是把反映生活的结果物化在符号手段中，或者说，把脑海中的构思外化为艺术符号。内在的构思体现于作

[①] 中共中央马克思恩格斯列宁斯大林著作编译局：《马克思恩格斯全集》（第1卷），人民出版社1955年版，第179页。

品,成为文学艺术的内容,而外在的物质体现则是文学艺术的形式。

只是停留在脑海里而还没有得到物质体现的构思还不成其为艺术内容;构思转化为意蕴,只有体现在作品中的意蕴才是艺术的内容。艺术构思的完美体现在作品中,形成艺术内容的美。

艺术的内容美就是意蕴之美,用鲁迅的话说,艺术的内容美是意美。

依鲁迅的见解,文学艺术是用思理以美化天物,总称"美术"。不仅雕塑、绘画、建筑、音乐等是美术,而且文学、戏剧等也是美术。文学艺术的功能就在"发扬真美,以娱人情"。鲁迅和蔡元培一样,提倡美育,关心美术,以期"发美术之真谛,起国人之美感"[1]。用思理以美化天物,创作出来的作品具有意美、形美、音美。绘画、雕塑、建筑等是视觉可见的美术,有形美。音乐是听觉可闻的美术,有音美。有的美术只有形美,有的美术只有音美,有的美术则兼有形美、音美,而意美却为一切美术所共具。我国的汉字本身就兼有形、音、意三美,用汉字创作的文学更集形、音、意三美于一身:"意美以感心,一也;音美以感耳,二也;形美以感目,三也。"[2] 形美、音美属于文学的形式美,而意美则是文学的内容美了。

高尔基把艺术的内容美归结为心灵美的体现,认为内容美来自心灵美。

> 文学的任务、艺术的任务究竟是什么呢?就是把人身上的最好的、优美的、诚实的也就是高贵的东西用颜色、字句、声音、形式表现出来。[3]

文学艺术要用物质形式表现出人身上高尚的、优美的东西,这并不是说文学艺术只许描写优美的题材,而是说,文学艺术要表现美好的心灵。高尔基在给另一个作家的信中说得更明白:

---

[1] 鲁迅:《鲁迅全集》(第8卷),人民文学出版社1981年版,第48页。
[2] 鲁迅:《鲁迅全集》(第9卷),人民文学出版社1981年版,第344页。
[3] 高尔基:《给皮雅特尼茨基》,见《文学书简》(上卷),人民文学出版社1962年版,第82页。

艺术的任务是什么呢？在我看来，艺术的精神就是力求用词句、色彩、声音把您的心灵中所自豪的、优美的东西，都体现出来。①

文学艺术就是要用物质形式体现出作家、艺术家心灵中高尚的、美好的东西，也就是美好的心灵。文学艺术并不是只能描绘优美的东西，也可以描绘丑恶的东西。但是，正如高尔基所说："艺术描绘庸俗的东西和粗野的东西，为的是嘲笑这些东西，消灭这些东西。"② 对美的东西的肯定，对丑的东西的否定，这本身都是美好心灵的表现，只有美好的心灵才肯定美，否定丑。

那么，所谓美好的心灵又是什么呢？

崇高的、美好的审美理想、趣味、观念应是美好心灵中一些最重要的东西。

当然，作家、艺术家的美好心灵是作为主体的人（在这里就是作家、艺术家）同作为客体的周围环境（自然和社会）相互作用的结果，是实践活动的产物，绝非与生俱来。因此，作家、艺术家的美好心灵也是由社会生活决定的，是反映生活的结晶。不过，美好的心灵一旦在生活中形成，并成为作家、艺术家的一种品性而相对固定起来，它就反过来制约着艺术创造。毛泽东的《在延安文艺座谈会上的讲话》说得好："作为观念形态的文艺作品，都是一定的社会生活在人类头脑中的反映的产物。"这个头脑具有的是美好的心灵还是丑恶的灵魂，必然影响到这种反映的性质，并参与到创作中去。因此，文学艺术的内容既包含着客体的再现，又包含着主体的表现，更表现出主体和客体之间的审美关系。

艺术内容中再现因素和表现因素的相互关系，在不同作品中有着错综复杂的变化，这就使得艺术美的问题更加复杂。描绘美好的事物，并不意味着这艺术作品必定是美的；描绘丑恶的事物，这艺术作品也不必定是丑的。俄国革命民主主义美学家车尔尼雪夫斯基十分重视文学艺术中的再现因素，甚至把描绘大海的作品归结为只是把海洋再现出来，让没有见过海

---

① 高尔基：《给亚尔采娃》，见《文学书简》（上卷），人民文学出版社1962年版，第133页。

② 高尔基：《给亚尔采娃》，见《文学书简》（上卷），人民文学出版社1962年版，第133页。

的人也能看到海。但是，他还是说出了这样的话："美好地描绘一副面孔和描绘一副美的面孔是两件全然不同的事。"① 普列汉诺夫在《艺术与社会生活》里也说过类似的道理：完美地描绘一个白髯老人并不就是描绘一个美的白髯老人。文学艺术作品不限于描绘美好的东西，然而却必须完美地描绘作家、艺术家所感兴趣的东西。艺术内容的美与不美不只决定于再现客体的完美，也决定于表现主体的完美。具体作品必须具体考察，从再现和表现的是否完美统一中来掌握艺术的内容之美。那么，文学艺术怎样才能美呢？

三

文学艺术作品可以描写各种各样的生活现象。

生活是复杂的，这里既有真的、善的、美的东西，也有假的、丑的、恶的东西。文学艺术既可以描写美的现象，又可以描写丑的现象，但最值得描写的当然是真的、善的、美的东西。按照高尔基的看法，世上最美好的是艺术，而艺术里最好的和最崇高的是构想美好事物的艺术。

然而，构想美好事物的文学艺术要成为崇高的、美好的文学艺术，还有赖于美好的心灵。

恩格斯青年时代所写的《风景》是一篇优美的散文。在这篇优美散文里，不仅再现了优美的自然风光，而且表现了作者的美好心灵。

恩格斯在1840年春、夏之交，离开了他在那里从事商业活动的不来梅港，进行了一次长途旅行，漫游德国、荷兰、英国。在这次漫游中，恩格斯接触了社会人生，考察了风土人情，领略了自然风光，内心充满了丰富而复杂的体验、感受。恩格斯情不自禁，抑制不住，很快将这些旅途的体验加以整理，写成了好几篇通讯和散文。《风景》就是其中的一篇。②

《风景》，顾名思义，写的当然是恩格斯在漫游中所见的景色风光。在这里，恩格斯描绘了莱茵河畔山谷的峦峦青山、金色阳光和蔚蓝天空；也描绘了北德的荒凉原野，荷兰的灰暗天空和岸上风车；还描绘了英国内

---

① 车尔尼雪夫斯基：《生活与美学》，周扬译，人民文学出版社1962年版，第5页。
② 这篇散文发表在1840年6月的《德意志电讯》上。中译文见《马克思恩格斯论艺术》（第4卷），人民文学出版社1966年版，第388页。

地的各色美景，如丘陵、田野、树林、牧场、村庄……就在这些景色的描绘之中，渗透着作者的美好的感情。恩格斯以富有诗意的笔调描绘着自然风光，这里的描绘都带上了感情色彩，写景和抒情水乳交融，把恩格斯自己的独特的体验完美地体现出来了。

特别动人心弦、令人神往的描绘是在从莱茵河道进入英国海面的那个场面。在这里，恩格斯把再现和表现这两个因素结合得天衣无缝，融为整体。

航船穿过运河，在舟楫、堤坝、风车、尖塔中间穿梭而过，熙熙攘攘，使人有狭小窒息之感。但是，当航船从运河进入英国海面之时，恩格斯顿时感到心旷神怡，心花怒放，情不自禁地写道：

> 当我们最后从庸俗的堤坝，从窒息的加尔文教国土跳到自由精神的广阔空间来的时候，我们感到多么幸福啊！赫尔弗特鲁斯港消失了，瓦尔河的左右两岸都沉入欢呼声愈来愈高的波涛中去了，含砂的黄色的水变成了一片绿色，——现在让我们忘掉留在后面的东西，快乐地冲向碧绿的澄清的水面吧！

在对河道、海面的客观描绘中，同时抒发着作者的主观感受，绿色的海水好像在对来客欢呼拥抱。为了充分地表达出作者自己的体验，恩格斯借用了一位诗人的诗句说道：

> 你还是把厄运的侮辱
> 最后给忘掉吧！
> 在你眼前的
> 是宽阔的自由大道！
> 看吧！天空下垂，
> 与大海合成一体；
> 你—被分成两半—
> 能在它们中间找到通路吗？

这时，天空和大海合成一体，海天一色。人处在海、天的中间，被分成了两半，一半同上天合在一起，一半同下界合在一起，进入了物我统一的境界。海天一色，物我统一，这是诗人奇妙的想象，也是恩格斯面对的现实。恩格斯眼前呈现的也正是这番情景：

> 你抓住船头桅杆的缆索，望一望那被龙骨冲开的波浪，它们溅起白色的泡沫，远远地飞过你的头上。你再望一望远方的碧绿的海面，波涛汹涌翻腾，永不停息。阳光从无数闪烁镜子中反射到你的眼里，碧绿的海水同蔚蓝的镜子般的天空和金色的太阳融化成美妙的色彩……整个自然同我们如此亲近，波浪向我们如此亲热地眨眼，天空如此亲爱地覆盖着大地，而太阳放射着如此强烈的光辉，好像可以用手把它抓住似的。

正是在这种海天一色、物我统一的境界中，恩格斯内心产生了这样一种体验：

> 于是你的一切忧思，一切关于人世间的敌人及其阴谋诡计的回忆，就会烟消云散，你就会溶化在自由的无限的精神的骄傲意识中。

这是一种特殊的体验，是同自由感相联系的体验。按恩格斯自己的说法，"我只知道一种可以和这种体验相比的感觉"，那就是他在接触黑格尔关于理念的哲学思想时，"我感到了同样幸福的战栗，好像在我周围吹起了从清澄的太空飘来的新鲜的海洋空气，哲学思辨的深渊横列在我的眼前，好像是无底的大海，视线怎么也不能摆开"。当恩格斯面对大海，又一次体验到了这种自由之感，抑制不住内心的愉悦，以至挥舞着帽子大声欢呼：向自由的英国致敬！

在这里，恩格斯不仅是在为英国的自由而欢欣鼓舞，而且是在为德国争取自由而大声疾呼。正是恩格斯的心灵深处蕴藏着追求人类自由的崇高理想，才使他在此时此地体验到了一种特殊的自由幸福的愉悦之感。为了区别于别种感受，美学上把这种类型的体验叫作审美体验。

体验总是对于某些对象的体验，没有无对象的体验。即使是内心深处的内在精神体验，所谓的"内审美"也有内在对象。鲍山葵花在《美学三讲》中说到，即使在想象中审美，也需要审美对象。意象就是内在对象。但在生活实践中，面对的大多为外在对象，引发内在体验。恩格斯所面对的莱茵山谷、北德草原、荷兰岛国和英伦海峡都是他的审美对象,这些审美对象都有各自的独特的审美性质,例如北德草原富有神秘的诗的魔力,莱茵山谷则到处是奇特的景色。恩格斯在这篇优美散文中再现出了这些地方的特有的审美性质。但就在他对审美对象的完美描绘中,表现了作者自己的审美个性,更反映出了恩格斯此时此地和周围环境的审美关系,天、地、人的和谐一致。恩格斯的美好的理想、趣味渗透到审美过程中。因此,审美的体验既包含着对象的再现,又渗透着作者的理想及其个性,更反映了恩格斯此时此地和周围环境的审美关系——天、地、人的和谐一致。

审美体验既是个人的,又是社会的。恩格斯生长在封建专制统治着的德国,但繁华小城中的较为自由的家庭,培养了他向往自由的个性。富有青春活力、生气蓬勃的社会实践使恩格斯对于自由的憧憬具有深刻的社会内容,对于压抑环境的愤懑提高为对于封建专制的反抗。恩格斯在青年时代所写的诗篇中已经表现出他追求自由的理想:"感伤的歌声在低沉下去,动人心腑的出猎号角在等待着猎人,它将吹出猎取暴君的信号。"青年恩格斯的审美理想是同争取人类社会的自由密切联系着的。无疑,青年恩格斯在此时还未成为无产阶级斗士,他的审美理想还没有达到共产主义水平。但是,青年恩格斯的审美理想包含着对封建专横的反抗、对人民自由解放的向往,这不只是个人的要求,也是那个时代人民的共同愿望。因此,恩格斯向往自由的这种审美理想反映了时代要求,表达了人民呼声。

初看,《风景》之美似乎在于散文再现了自然风光之美。仔细一想,散文之美不只是再现了自然的美,而且是在美的描绘中表现了创作个性中理想的美。再现和表现的完美结合构成了《风景》这篇散文的内容之美。

可见,描写美好事物的作品必须要有美好的心灵,才成为美好的艺术。

四

文学艺术是否美不只表现在它写了什么,也表现在怎样写。

描写美好的事物可以是美的艺术,也可以是丑的艺术;描写丑恶的事物可以是丑的艺术,却也可以是美的艺术。

这是为什么?

这要依作家、艺术家以什么方式去描绘。怎样写，同作家、艺术家心灵的美或丑紧密联系着。德国启蒙时代美学家鲍姆加登说得好："丑的事物，单就它本身来说，可以用美的方式去想；较美的事物也可以用一种丑的方式去想。"① 用丑的方式去描绘美的事物，这是丑的艺术；用美的方式去描绘丑的事物，这仍然是美的艺术。康德说得更明确："美的艺术正在那里面标示它的优越性，它美丽地描写着自然的事物，不论它们是美还是丑。"②

美的艺术既可以描写美，也可以描写丑。法国著名浪漫主义作家雨果就力主在作品中再现生活中的美丑对照，既描写美，也描写丑。在社会生活中，"丑就在美的旁边，畸形靠近着优美，丑怪藏在崇高的背后，美与恶并存，光明与黑暗共体"③。戏剧再现生活应该"把滑稽丑怪结合崇高优美而又不使它们相混"④。在雨果看来，美丑对照是生活和戏剧的普遍法则。"生活难道不是一出奇异的戏剧，里面混杂着善与恶、美与丑、高尚与卑劣？这一法则作用难道不是遍及一切事物？"⑤ 英国戏剧家莎士比亚、英国作家弥尔顿、意大利诗人但丁的创作就遵循了美丑对照的原则，所以为雨果所称颂。比如，莎士比亚的戏剧"融合了滑稽丑怪和崇高优美、可怕与可笑、悲剧和喜剧"⑥。弥尔顿写《失乐园》，但丁写《神曲》，"他们和他竞相把我们的诗渲染上戏剧的色彩；他们像他一样，把滑稽丑怪和崇高优美互相混合"⑦。

雨果在自己的创作中有意识地运用了美丑对照的原则。美丑对照不仅是同一作品中不同人物之间的对比，而且是同一人物本身的对比。雨果的长剧《克伦威尔》写出了许多人物之间的对比，也写出了同一人物身上的美丑对比。这出戏的主人公克伦威尔就是既滑稽丑怪又崇高优美的复杂性格。这位英国17世纪声名煊赫的历史人物在雨果以前的历史学家和作家的笔下，只是一个凶恶、阴险的野心家形象。但在雨果的笔下，克伦威

---

① 鲍姆加登：《美学》，见《西方美学家论美和美感》，商务印书馆1980年版，第144页。
② 康德：《判断力批判》（上卷），宗白华译，商务印书馆1993年版，第158页。
③ 雨果：《〈克伦威尔〉序》，见《雨果论文学》，上海译文出版社1980年版，第30页。
④ 雨果：《〈克伦威尔〉序》，见《雨果论文学》，上海译文出版社1980年版，第30页。
⑤ 雨果：《论司各脱》，见《雨果论文学》，上海译文出版社1980年版，第4页。
⑥ 雨果：《〈克伦威尔〉序》，见《雨果论文学》，上海译文出版社1980年版，第40页。
⑦ 雨果：《〈克伦威尔〉序》，见《雨果论文学》，上海译文出版社1980年版，第44页。

尔则是"一个复杂的、混合的、多样化的个性,充满着矛盾,混杂着善与恶,兼有天才和渺小;是一个悲喜剧的人物,整个欧洲的暴君,自己家庭的玩偶;这个老弑君者凌辱各国君主的使臣,却被自己信仰王权的小女儿折磨;他习性谨严而沉郁,但常在身边豢养四个弄臣"①。他既是一个粗鲁的军人,又是一个精明的政治家;他疑心病极重,总是令人恐惧不安,但残酷的时候却很少;他对亲近的人粗暴傲慢,对他所害怕的党徒则怀柔讨好;他既虚伪,又狂热。这是个结合着崇高和滑稽、优美和丑怪的悲喜剧式人物。

美丑对照确实是创造美的艺术的重要原则。但是,美丑对照的目的最终还是肯定美,描写丑只是创造艺术美的一个手段。正如雨果所说:"滑稽丑怪却似乎是一段稍息的时间、一种比较的对象、一个出发点,从这里,我们带着一种更新鲜更敏锐的感受朝着美而上升。"② 描绘美是为了肯定美;描绘丑则是为了否定丑。美丑对照的描绘必须蕴藏着作家、艺术家的审美评价和审美态度,才能创造出美的艺术。高尔基极为赞赏民间雕刻艺人的这样的见解:"那些给人好感的东西,我做得更好;我不喜欢的,我也不怕把它们的丑陋雕得更加丑陋。"③ 高尔基从自己的艺术实践经验出发,做了类似的结论:

> 人们爱听悦耳而有旋律的声音,爱看鲜明的色彩,爱把自己的环境改变得比原来的更好、更美。艺术的目的是夸张美好的东西,使它更加美好;夸大坏的——仇视人和丑化人的东西,使它引起厌恶,激发人的决心,来消灭那庸俗贪婪的小市民习气所造成的生活中可耻的卑鄙龌龊。④

这是伟大作家的真知灼见,抓住了美的艺术的根本规律。把美的东西写得更美,把丑的东西写得更丑,引向一个目标,那就是肯定美、否定丑。夸大丑的东西是为了引起人的厌恶,激发人去消灭它的斗志。

---

① 雨果:《〈克伦威尔〉》序,见《雨果论文学》,上海译文出版社1980年版,第47页。
② 雨果:《〈克伦威尔〉》序,见《雨果论文学》,上海译文出版社1980年版,第35页。
③ 高尔基:《论文学》,人民文学出版社1978年版,第114页。
④ 高尔基:《论艺术》,人民文学出版社1978年版,第414页。

然而，怎样才能做到呢？这就需要在作家、艺术家再现生活中的美与丑时，对审美对象有正确的审美评价和审美态度：以美为美，以丑为丑，美其所美，丑其所丑。

雨果的《巴黎圣母院》的人物之间和人物本身的美丑对照都很鲜明突出。吉卜赛女郎爱斯米哈达，外表美貌，内心善良，是个典型的美人。可是，这个心灵和外表都美好的女郎却爱上了一个外表漂亮而内心庸俗的卫队长，这个庸人对吉卜赛少女只是逢场作戏、寻个开心。圣母院副主教克罗德道貌岸然，内心却阴险卑劣，暗中想占有吉卜赛少女。阴谋未得逞，就诬告少女，把她送上绞刑架，"自己得不到她，也不让别人得到她"。这个人物性格集中体现了宗教的伪善。圣母院的敲钟人加西莫多既聋且哑，外表奇丑，内心却十分善良。他热爱着吉卜赛少女，自知太丑，只把爱情埋在心底，暗中保护着她，不让邪恶侵犯，甚至还好心地去成全女郎对卫队长的单相思。最后，这个敲钟人识破了副主教的罪恶阴谋，激起满腔仇恨，把那宗教伪善者扔下钟楼摔死，自己则在深夜走向地下墓道，找到吉卜赛少女尸体，静静地并头躺下，安详地死去了。在这里，人物之间和人物本身的美丑对照都引向一个目标：否定丑、肯定美。在美丑对照的背后，隐藏着雨果的崇高理想：铲除人间丑恶，创造美好世界。

现实世界是美丑混杂、善恶相间的，文学艺术反映生活是要"给人指出人类的目标"①。因此，对于作家、艺术家来说，"问题是要在人类的灵魂中再燃起理想"②。人类必须进步，进步需要理想。按雨果的见解，"理想就是进步在不断前进中所追求的坚定不移的范本"③。艺术需要理想。"进步是科学的推动者；理想是艺术的动力。"④ 在美的艺术中，不管它描写美还是描写丑，都有美的理想在照耀着。

五

美的艺术可以描绘美，也可以描绘美丑对立，是不是也可以只描绘丑呢？

---

① 雨果：《莎士比亚论》，见《雨果论文学》，上海译文出版社1980年版，第175页。
② 雨果：《莎士比亚论》，见《雨果论文学》，上海译文出版社1980年版，第181页。
③ 雨果：《莎士比亚论》，见《雨果论文学》，上海译文出版社1980年版，第129页。
④ 雨果：《莎士比亚论》，见《雨果论文学》，上海译文出版社1980年版，第182页。

这是一个更为复杂的问题，需要作些更具体的分析。

文学艺术对生活的反映是审美的反映。如果对丑恶的描绘只是停留在生理水平而不能提高到审美水平上，文学艺术就不可能有美。生活中确实有些现象不易引起人的审美反映，文学艺术大可不必去描绘它。如果去描绘它，极易引起人的生理反应，抑制审美反映，从而破坏了艺术。这正如鲁迅所说："譬如画家，他画蛇、画鳄鱼、画龟、画果子壳、画字纸篓、画垃圾堆，但没有谁画毛毛虫、画癞头疮、画鼻涕、画大便，就是一样的道理。"①

但是如果用美的方式去构想丑恶事物，也未尝不能创造美的艺术。康德是这样说的："狂暴、疾病、战祸等等作为灾害都能很美地被描写出来，甚至于在绘画里被表现出来。"②

鲁迅笔下出现了形形色色的人间丑态、丑恶嘴脸，却赢得了毛泽东这样的评价：鲁迅，"用他那一枝又泼辣、又幽默、又有力的笔，画出了黑暗势力的鬼脸，他简直是一个高等的画家"。

法国19世纪杰出的现实主义作家巴尔扎克的"百科全书"式的《人间喜剧》广泛地揭露了资本主义的丑恶的社会关系，然而我们却绝不能把巴尔扎克的作品贬为丑的艺术。巴尔扎克的《贝姨》《高老头》《邦斯舅舅》等集中笔力描绘了丑恶，却都是美的艺术。巴尔扎克早期所写的小说《苏城舞会》《复仇记》等问世以后，被有些人指责为有伤风化。巴尔扎克的朋友、记者和作家达文在巴尔扎克的《十九世纪风俗研究》序言中为他打抱不平，其中说道："当谈起巴尔扎克这些早期的作品的时候，人们怎么能用不道德来责备他呢？不错，一些邪恶的人像出现在他笔下，但是难道邪恶不是在十九世纪最盛行吗？……假如作者着手描绘邪恶，为了使我们能接受而描写得富有诗意，并且把它置于全部画面的整个色调里，人们难道就应该得出不公平的结论，像今日许多文章里异口同声所说的那样吗？把部分从整体中抽出来，并据此发出些诚实人说不出口的责难，这难道忠厚吗？"达文的辩解是言之成理的，巴尔扎克亲自修改过这篇序言，体现了巴尔扎克的观点。确实，小说尽管描写了邪恶，但整个色调富于诗意，充溢着作者的美好感情，这就不能妄加否定。恩格斯称赞

---

① 鲁迅：《鲁迅全集》（第6卷），人民文学出版社1957年版，第483页。
② 康德：《判断力批判》（上册），宗白华译，商务印书馆1993年版，第158页。

巴尔扎克对那个时代做出了"诗意的裁判"。

文学艺术根本问题在于作家、艺术家有无美好的心灵,对所描写的对象做什么样的审美评价和持什么样的审美态度。

俄国19世纪著名作家果戈理的两部代表作——戏剧《钦差大臣》和小说《死魂灵》,写的都是旧俄社会的黑暗生活。《钦差大臣》描绘的是官场丑事,果戈理在《作者自白》里这样说道:"我决定在《钦差大臣》中,将我其时所知道的……俄罗斯的一切丑恶,集成一堆,……来集中地嘲笑它一次。"在舞台上出现的主要人物无论是被看成钦差大臣的骗子,还是被骗的全城官僚和市长一家,都是些卑鄙龌龊的人物,丑态百出。《钦差大臣》在圣彼得堡首次上演时,沙皇本人和王公贵族都在观看,以为是一出轻松愉快、滑稽可笑的闹剧。但是,随着剧情的进展,显贵们笑不出声来了。全剧演完,沙皇脸色阴沉,不高兴地说:"这算什么戏!人人都不痛快,我尤其如此。"王公贵族议论纷纷,有人指责这戏嘲笑长官,就是嘲笑俄国。有人辱骂果戈理是俄国的敌人,应该逐出圣彼得堡,流放西伯利亚。果戈理对此感到震惊和痛心,心中愤愤不平。面对官场、文坛的围攻,果戈理为自己做了辩护。数年之后,针对围攻者的言论,果戈理写了一篇答辩文章《在新喜剧上演后剧院散场时刻》。有人指责全剧中没有一个正派人物,全是缺德的卑鄙人物,果戈理在文章里写道:"我深为遗憾,谁也没有在我剧作中发现一位正派人物。是的,有一位正派的、高尚的人物,他贯串于全剧。这正派的、高尚的人物就是笑。"

确实,《钦差大臣》里虽然没有高尚的人物直接出现在舞台上,但有一个高尚的人物隐约贯串于全剧,这就是作者自己对于人间丑态的嘲笑。在对丑的嘲笑的背后,隐藏着作者的理想,这正如俄国的思想家所说:"谁也不想在《钦差大臣》中寻找理想人物,但是谁也不会否认在这个喜剧中存在着理想。"① 作者从崇高的理想出发,以自己的美好心灵正确评价生活中的丑恶,对丑恶做出否定。在对丑的直接否定中间接肯定了美,在对卑鄙的直接否定中间接肯定了崇高。果戈理说得好:"难道喜剧和悲剧不能表现那种高尚的思想?难道对卑鄙和可耻者的灵魂入木三分的刻画不就在描绘正直人的形象?"果戈理的意思当然绝不是说要把卑鄙可耻者写成正直崇高的人,以丑为美,以恶当善,不,他是说要从崇高的思想上

---

① 赫尔岑:《果戈理与戏剧》,苏联国家艺术出版社1952年版,第475页。

来鞭挞丑恶，从而间接地表现崇高、正直的形象。所以，问题不在于是否描绘丑恶，而在于是否从崇高的理想、美好的心灵出发，对丑恶做出深刻的揭露和批判。果戈理最后做出了这样的结论："在天才的手中，一切都可以成为追求美的工具，如果听命于为美服务的崇高思想的话。"除了对天才尚需做出更为明确的解释之外，果戈理的话确实道出了创造美的艺术的一个最重要的规律。

果戈理的最优秀作品正像俄国思想家赫尔岑所说："集中注意他们的两个最可诅咒的敌人：官僚和地主。在他之前，从来没有一个人把俄国官僚的病理过程解剖得这样完整。他一面嘲笑，一面穿进这种卑鄙、可恶的灵魂的最隐秘的角落。"[1] 如果说《钦差大臣》集中笔力揭露官僚，那么，《死魂灵》则是集中笔力嘲笑地主。

小说《死魂灵》更加广泛和深刻地揭露了俄国的黑暗。唯利是图、到处钻营的乞乞可夫为了发财，竟异想天开，玩弄花招，在一个城市里结交了社会名流，走遍四乡，向地主们去收购"死魂灵"。什么是"死魂灵"？就是已经去世但还没有销掉户籍的农奴的名字，躯体已经死亡了的魂灵。收购魂灵可不是为了让灵魂升天，而是为了把已死的农奴作为牟利的手段，从死人身上再捞一把好处，把这些人的名字转到城里去出卖，抵押给别人，牟取暴利。这是一桩罪恶的买卖，伤天害理的勾当。就在收卖死魂灵的过程中，乞乞可夫四出奔走，广泛结交了地主，于是，那些地主的丑态就一一显露在我们面前。赫尔岑说得好："果戈理终于迫使他们走出别墅，走出地主的家院，于是他们就不带假面具、毫无掩饰地走过我们面前。他们是醉鬼和饕餮鬼，他们是权力的谄媚的奴隶，是毫无怜悯地虐待奴隶的暴君，他们吃喝人民的生命和鲜血，已经这样自然、平静，好像婴儿吮吸母亲的乳汁。"[2] 果戈理笔下出现了一批各有个性的地主典型，这些地主典型庸俗、腐朽、无耻、残暴。

在《死魂灵》第一部的原稿中，曾经放进一个关于大尉戈贝金的故事，表现了果戈理对于人民的直接歌颂。但是，沙俄的审查官强令删除，于是，《死魂灵》也像《钦差大臣》一样，描写的只是旧俄社会的黑暗。但是，这本描写丑态现实的小说却震动了整个俄国。赫尔岑说道："这是

---

[1] 赫尔岑：《赫尔岑论文学》，辛未艾译，上海文艺出版社1962年版，第72页。
[2] 赫尔岑：《赫尔岑论文学》，辛未艾译，上海文艺出版社1962年版，第72页。

一本令人震惊的书，这是对当代俄国一种痛苦的但却不是绝望的责备。只要他的眼光能透过污秽发臭的瘴气，他就能够看到民族的果敢而充沛的力量。"① 果戈理对旧俄的污秽和丑恶做出了否定的评价，而这种否定正是希望俄罗斯变得美好。当时有人责怪果戈理，说他偏爱社会黑暗。别林斯基起而为果戈理辩护，公正地评价《死魂灵》是一部伟大的作品："《死魂灵》这部作品之所以伟大，正因为在它里面揭露并解剖生活到了琐屑之处，并且赋予这些琐屑之处以一般的意义。"② 果戈理在这部小说里对地主生活的描写已经到了琐屑之处，但是，通过这些琐屑之处，作品接触到了俄国社会的某些本质方面，因而具有典型意义。别林斯基在另一处这样写道："我们不得不惊佩他用诗的形象使手触的一切苏生起来的本领，他那渗透细微的普通目力所无法进入的关系和契机的深处的鹰隼一样的眼力，只有盲目的浅薄之徒才看到那是琐屑和无聊，却不知道就在这些琐屑和无聊方面，呜呼！转动着整个生活的幅度。"

文学艺术的发展史上常出现这样的情况，当文学艺术不把那个时代的丑恶揭露出来，那么也就不能引导人们走向美的追求，于是揭露那个时代的丑恶就成为当务之急。果戈理就生活在这样一个时代，正如他自己所说："如果你表现不出一代人的所有卑鄙龌龊的全部深度，那时你就不能把社会以及整个一代人引向美。"《死魂灵》第一部深刻地揭露了那个时代的丑恶，却引导人们在否定丑中肯定了美，激起人们对丑恶生活的愤慨，对美好生活的追求和向往。后来，果戈理想在《死魂灵》第二部里描写地主怎样从丑恶转变为崇高，杜撰出美好的地主形象，却导致艺术的失败。他自己看了也不满意，只好把它付之一炬。

可见，在文学艺术的创造中，描绘丑恶，正如构思美好的事物一样，只是一种手段，不是目的。它可以成为追求美的工具，为美服务；也可以成为追求丑的工具，为丑服务。丑恶在文学艺术作品中只是材料，当果戈理在描绘地主和官僚的丑恶时，或者当莎士比亚在描写埃古、理查三世时，正如法国著名雕塑家罗丹所说："被这样清晰、透彻的头脑所表现出来的精神上的丑却变成极好的美的题材。"③ 选择丑恶作为题材，被作者

---

① 赫尔岑：《赫尔岑论文学》，辛未艾译，上海文艺出版社1962年版，第52页。
② 别林斯基：《别林斯基选集》（第1卷），时代出版社1953年版，第474页。
③ 葛塞尔：《罗丹艺术论》，傅雷译，人民美术出版社1978年版，第25页。

改造并编织到艺术整体中去,创造出来的作品却是美好的,这就需要作者具有一个有崇高理想、美好心灵的头脑。

作家、艺术家的审美意识是会发生变化的,这种变化也必然表现在作品之中。

法国19世纪著名小说家莫泊桑才气洋溢,善于在引起自己兴趣的生活中挖掘别人见不到的特征,对生活有自己独特的体验,并且能把独特体验转化为美的形式,优美地表达出他所想出的一切。然而,莫泊桑的作品有的很好,有的却很糟,因为他对所写的对象的审美评价和审美态度很不一样。他的短篇小说《项链》《羊脂球》等都很精彩。莫泊桑一共写了六部长篇小说,笔力也是集中在描绘资本主义的丑恶,艺术价值却相距甚远。大文豪托尔斯泰曾为《莫泊桑文集》俄文本写过一个序言①,公正地评价了这六部长篇小说,颇可引起我们的深思。莫泊桑最早两部长篇小说《她的一生》和《俊友》对于所描写的人生丑态基本上做出了正确的审美评价,对丑恶表现了厌恶的审美态度。比如《俊友》写了一个卑鄙无耻的投机者如何飞黄腾达、青云直上的经历,主人公靠招摇撞骗、逢迎拍马、勾引上流社会贵妇人当人梯成为报界巨头,爬进政界。虽然小说的一些章节已不时表现出作者对描写污秽细节的兴趣,因而冲淡了批判精神,但就小说的整体形象体系而言,作者还是对丑恶采取否定态度。《俊友》以后,从《温泉》到最后一部小说《我们的心》,莫泊桑对描绘丑恶失去了正确的审美评价和审美态度。正如托尔斯泰所说:"在这以后的作品里,这种对生活的道德的态度开始混乱起来,对生活现象的评价开始动摇了、模糊了,而在晚期的小说里已经完完全全陷入迷途了。"后期的莫泊桑的美丑、善恶的观念发生了变化,审美态度摇摆不定,失去了美好的审美理想,于是,艺术堕落为对于丑的欣赏。

同是再现生活中丑恶现象的文学艺术作品,由于作者审美评价、审美态度的不同,表现出了作者心灵的美丑有别,艺术价值就迥然有异。鲁迅在研究了中国小说史上的许多复杂现象后,曾在《中国小说史略》等书中把历史上描写黑暗的小说分为三类,一是讽刺小说,二是谴责小说,三是黑幕小说。讽刺小说以清代吴敬梓的《儒林外史》为代表,鲁迅赞它"秉持公心,指摘时弊",是以"公心讽世",也就是站在社会公正的立场

---

① 译文参见北京大学文学研究所编《文学研究集刊》第四册。

暴露黑暗。谴责小说以清末李伯元的《官场现形记》和吴趼人的《二十年目睹之怪现状》为代表,鲁迅说它"虽命意在于匡世",但缺乏作者自己的真知灼见、真情实感,置身事外而故作慷慨,"以合时人嗜好"。至于黑幕小说如《绘图中国黑幕大观》,则已沦为"丑诋私敌,等于谤书",对展示丑闻秽事津津乐道。

　　文学艺术需要美。但艺术美不仅仅只是形式的美,而是形式美和内容美的统一。艺术美也不仅仅是所选的题材,而是题材和主题的完美统一,文学艺术应该完美地描绘生活,从崇高而美好的审美理想上来反映生活,从而创造出艺术的美。我们的文学艺术负有塑造灵魂的历史使命,对人民进行社会主义审美教育,弘扬真善美。但教育者必须先受教育,作家、艺术家要成为人类灵魂的工程师,就必须和人民打成一片,参与伟大的革命实践活动,和人民同呼吸共命运,追求真善美,从而才能表现我们这个时代的伟大精神。这是我在分析历史上的文学艺术现象后必然要做出的结论。

为中央人民广播电台"美学讲座"而作
1983年春于北大中关园

(原载《美学专题选讲汇编》,中央广播电视大学出版社1983年版)

论艺术创造

文学艺术，应该是美的创造，需按美的规律进行。但我们常见到的却往往不是。平庸随处可见，丑陋也屡见不鲜。"应然"和"本然"在实践中时常对立。不按照美的规律进行的所谓"创作"比比皆是，艺术垃圾日益增多，这本不足为奇。那么，在文学艺术正在日益走向商品化的时代，还要来奢谈美的规律，岂非多此一举，不合时宜？不，在交换价值规律的作用范围日渐广泛之时，文学艺术更不应迷失自己的创造本性，更不能违背美的规律。只有按照美的规律的创造，才会出现艺术精品。

一

文学艺术作为一种社会现象，本身就是由多维度、多因素、多方面构成的复杂存在。

对文学艺术的认识可以从不同角度、用不同的方法来进行。在不同的历史条件下，突出的重心也并不一样。

我们很早就认识到，文学艺术是思想教育的工具。我们常说，文学艺术是思想性和艺术性结合的产物，但思想性处在首位，而艺术性只是手段，为的是更好地突出思想性。"言之不文，行而不远。"这种认识反映了文学艺术的实际：在历史发展长河中，各种意识形态曾综合在一起，审美文学和道德文章并不区分；审美和实用也不分离，实用艺术和美的艺术结合在一起。因此，在这样的文学艺术中，功利价值（政治、道德）和审美价值密不可分，实用价值和审美价值结为一体。这种功能价值（功利或实用）和审美价值结合一起的文学艺术，今后也不会消失。对这些文学艺术说来，思想性第一，艺术性第二；或者，实用性第一，艺术性第二，应该是普遍规律。"依存美"的存在是普遍现象，美依存在各种各样的实践活动和结果之中。

但是，当文学艺术从其他意识形态中分离出来，成为一种独立的、特殊的意识形态的时候，我们对文学艺术的认识就不能那样简单和单纯了。

作为一种独立的、特殊的意识形态（审美意识形态），文学艺术中的艺术性是否仅仅是技巧、手法的总和？是否和内容有关？文学艺术的内容是否只归结为思想性？人们从那些再现性艺术作品中发现，我们常说的思想是要转化为形象的，思想就寄寓在生动的人物、情节、场面等形象之中。这些形象是否真实再现了生活本身，是文学艺术能否成功的关键。于是，真实性又曾被看成了文学艺术创造的中心。

但是，文学艺术是否就是生活的再现？特别是那些主要表现人的心灵的文学艺术都能归结为生活的再现吗？何况那些再现都要经过作家、艺术家的心灵。人的内心生活、思想、感情、想象、意愿、理想等等，都能在文学艺术中得到表现。因此，文学艺术的创造又被看成自我表现，是作家、艺术家的主体性的张扬。

那么，文学艺术是否只是主体的自我表现？从反映论的角度说，人的精神活动都是存在的反映。文学艺术这一意识形态，是否也是对社会存在的一种创造性的反映？这也恐难否定。恩格斯说得好："推动人去从事活动的一切都要通过人的头脑，甚至吃喝也是由于通过头脑感觉到饥渴引起的，并且是由于同样通过感觉到饱足而停止。外部世界对人的影响表现在人的头脑中，反映在人的头脑中，成为感觉、思想、动机、意志，总之，成为'理想的意图'，并且通过这种形态变成'理想的力量'。"[①] 人类的反映活动是主客体相互作用的产物。只有当主体和客体处在相互作用的对象性关系中，才有反映的发生。正如皮亚杰所说："认识既不是起因于一个有自我意识的主体，也不是起因于业已形成的（从主体的角度来看）、会把自己烙印在主体之上的客体；认识起因于主客体之间的相互作用，这些作用发生在主体和客体之间的中途，因而既包括主体又包含客体。"[②] 文学艺术既是再现，又是表现；既反映了客体，又反映了主体，也反映了主体和客体的关系，只是重心不同而已。再现着重反映的是主客体关系中的客体，而表现则着重反映了主客体关系中的主体。文学艺术中的再现和表现紧密结合在一起，浑然一体，反映了主体和客体的相互关系。

其实，人类的精神活动包含有两类重要的活动：一是认知活动，一是

---

　　① 中共中央马克思恩格斯列宁斯大林著作编译局：《马克思恩格斯全集》（第4卷），人民出版社1979年版，第228页。

　　② 皮亚杰：《发生认识论原理》，王宪钿译，商务印书馆1981年版，第21页。

意向活动。文学艺术对社会存在的反映就是认知活动和意向活动的相互渗透、作用的动态过程。在这过程中，客体不断被内化，主体不断向外化，因而反映了人的生活的活生生的状态和过程。如果我们不是把反映过程仅仅归结为认知过程，而是也包含了意向过程（情感、意志、理想等参与其中），那么，我们又回到了一个古老而朴素的真理：文学艺术是生活的反映。但我们依据的是实践论基础上的能动反映论。这里的"反映"已是由审美理想、审美观念参与其中的审美反映。而那"生活"也有了更具体的阐释。正如马克思所说："意识在任何时候，都只能是被意识到了的存在，而人们的存在就是他的实际生活过程。"① 这实际生活过程按照中国最朴素的说法，其实就是人生。人生就是人的生命活动过程及其结果，有着丰富的内涵，它"包括了一个广阔范围的多样性活动和对世界的实际关系"②。

在人生各种各样的活动中，在人对世界的实际关系中，实践活动及实践关系是一切活动和关系的基础。在此基础上，人类又产生和发展了一种特殊的活动——审美活动；形成和发展了与世界的一种独特关系——审美关系。审美活动联结着认知活动和意向活动，起着中介平衡的作用，使得知、情、意得以统一。我们从审美活动中获得审美体验，其中蕴含着审美情感。审美情感具有独特的质地，鲍山葵在《美学三讲》的第一讲就做了论证，审美情感乃是具体的情感、是稳定的情感、是共享的情感、是关涉的情感，"它是和某些对象，和对象的一切细节都连带着"。审美情感离不开审美对象，"晚钟响了"引发美感，"我对声音的特殊质地所具有的情感，是由那个东西的特殊质地引起的"③。人类之所以会产生审美活动，发展审美关系，正是为了让生活更美好，和周围环境建立起动态平衡的和谐关系。

人生的活动是多种多样的，生产活动、交往活动、政治活动、道德活动、文化活动，可以概括为两大类型：人与人的相互活动以及人与物的相互作用，或者说，主体间的活动和主客体的相互活动。人类的审美活动产

---

① 中共中央马克思恩格斯列宁斯大林著作编译局：《马克思恩格斯选集》（第1卷），人民出版社1972年版，第30页。

② 中共中央马克思恩格斯列宁斯大林著作编译局：《马克思恩格斯全集》（第3卷），人民出版社1979年版，第296页。

③ 鲍山葵：《美学三讲》，周煦良译，人民文学出版社1965年版，第5页。

生于各种实践活动的基础上，当然和这些实践活动紧密相连。人和世界的实践关系也是多种多样的，人和人、人与物的相互关系都可能发展为审美关系。因此，人类的审美活动、审美关系并不只是限于狭隘的范围，而和广阔的实践活动、实践关系相联结。

然而，文学艺术不只是一种审美反映，还是一种审美创造。文学艺术的创造并不仅是一般审美活动，还是一种包含了审美反映的实践活动。

以往，我们只注意到了，文学艺术对生活的审美反映乃是在实践基础上产生的，而不大在意文学艺术的创造本身就是一种实践活动。文学艺术的创造不只是人的内部心灵活动，而且还是外部物质活动，是内部和外部两种活动的交互作用的结果。

不过这是一种特殊形态的实践活动，马克思把它称作艺术生产。这是一种联结着物质生产和精神生产的特殊生产，自成系列。实用艺术、建筑艺术等紧连着物质生产；而语言艺术被称作自由艺术，紧连着哲学、道德、科学等精神生产。综合了语言和其他表演的戏剧、电影等的艺术，更是融合了物质生产和精神生产的许多因素，处在艺术生产系列的中心地带。

文学艺术的创造不是复制现实世界，而是以艺术符号建构一个与现实世界不同的艺术世界。这是人的内部心灵活动和人的外部物质活动共同创造出来的有机整体，不能仅仅归结为其中的一个或几个因素。当代文艺学、美学对这一有机体的各个侧面曾做过分析、解剖，或把文学艺术说成一种幻象、一种感情、一种想象、一种直觉，或把文学艺术说成一种言说、一种符号、一种编码、一种程式，或把文学艺术说成一种模拟、一种器物、一种虚构、一种假定，都只是抓住了这个有机整体的某些方面、因素，而不是对整体的把握。其实，文学艺术这一有机体包含了这些方面、因素，但不能仅归结于此。整体大于局部之和。文学艺术创造的本性应该而且能够按照美的规律来进行。这是人类本性的发展使然。作为人，一要生存，二要发展，三要完善，成为完整的人，形成全面发展的自由个性。人不满足于现实，要使生活更加符合理想，因而要改造对象世界，创造出更加美好的世界。文学艺术的创造反映了人和周围世界的审美关系，其功能是对创造者这个主体和对象世界这个客体之间关系的自我调节，促使个体和环境之间的关系达到新的动态平衡。因此，文学艺术应是人类为了使人类生活更加美好而创造出来的一种审美模型。但是否能达到这一目的，却决定于创造者能否按照美的规律来进行。

并不只是文学艺术的创造,人类的其他实践活动也需要按照美的规律来进行。动物也生产,蜜蜂、海狸、蚂蚁也会为自己营造住所、巢穴。但动物只会生产它自己直接需要的东西,只能依照本能来活动,只是一代一代地复制既有的东西。马克思说,"不可能发生大象为老虎生产"的情况,"一窝蜜蜂实质上只是一只蜜蜂,它们都生产同一种东西"。动物不可能按美的规律来创造。马克思说得好:"动物只是按照它所属的那个种的尺度和需要来建造,而人却懂得按照任何一个种的尺度来进行生产,并且懂得怎样处处都把内在的尺度运用到对象上去。因此,人也按照美的规律来建造。"① 美学老人朱光潜把最后一句翻译成"人还按照美的规律来创造",也有人把"建造"两字译成塑造或造型的。我看,创造囊括了建造、塑造、造型等的意思。

人类能超越动物所属物种的尺度,不仅懂得按照任何一个种的尺度来生产,因而能不断生产出新的客体;还能按照主体的内在尺度去生产客体,所以能使生产出的客体符合主体的需要。但符合主体需要的新客体,不一定必然是美的。人类还要按照美的规律来生产,生产出来的新客体不仅要符合主体的实用需要,还要符合主体的审美需要。只是,在一般物质生产领域,虽然要按照美的规律来生产,但创造审美价值不是其主要目的,创造实用价值才是其首要目的。人类生活中大量存在的是"依存美",审美价值从属于实用价值。即使在精神生产领域,科学、哲学等的创造尽管也要按照美的规律进行,但也不以创造审美价值为主要目的,审美价值从属于功利价值。所以,人类的生产无论是物质生产还是精神生产,甚至是人自身的生产,既有"物"的尺度,也有"人"的尺度,更要有"美"的尺度。真、善、美是人类的永恒追求。

文学艺术的创造不仅是揭示现实世界中的审美价值的反映活动,而且是创造一种新的审美价值的实践活动。这是按照美的规律综合两种创造活动为一体的特殊的创造活动。它不仅需要通过意象经营把作家、艺术家在人生实践中获得的审美感受、审美体验按照美的规律组织起来,营构一个意象世界;还需要通过意匠经营,按照美的规律把物质材料加工改造,建

---

① 中共中央马克思恩格斯列宁斯大林著作编译局:《马克思恩格斯全集》(第42卷),人民出版社1979年版,第97页。

构艺术符号，使意象世界符号化，从而创造出融两者为一体的有机体，一个崭新的艺术形象世界。作家、艺术家不仅需有审美反映能力，还要有创美的实践能力，即构造形象的能力。"艺术家的这种构造形象的能力，不仅是一种认识性的想象力，而且还是一种实践性的感觉力，即实际完成作品的能力。这两方面在真正的艺术家身上是结合在一起的。"①

因此，文学艺术理应按照美的规律来创造。违背美的规律不符合文学艺术的创造本性。

二

文学艺术的创造首先需要构思。艺术生产若要成为美的创造，就必须按照美的规律精心构思。

人在进行生产之前，就能做出超前反映，在脑海里预先建构起主体所希望的未来结果的图像，然后才按照这个内心图像去运作。以建造房屋为例，正如马克思所说：

> 最蹩脚的建筑师，从一开始就比灵巧的蜜蜂高明的地方，是在他用蜂蜡建筑蜂房以前，已经在自己的头脑中把它建成了。劳动过程结束时得到的结果，在这个过程开始时已经在劳动者的表象中存在着，即已经观念地存在着。②

这个建筑师脑海中观念地存在着的未来结果的表象，不仅已经渗入了建筑师的思想，而且表现了建筑师的意向，想把房屋建成什么样。这个渗透了思想、意向的表象已是有意之象，按我国传统文化观念的理解，称之为意象最为精当。如今，人们已把此称作创意设计，文化产品就更要讲究创意设计。

文学艺术的创造当然要比建造房屋的超前建构复杂得多，但构思的中心也是建构意象，即做意象经营。不过，这意象是审美活动的结果，其目

---

① 黑格尔：《美学》（第1卷），朱光潜译，商务印书馆1979年版，第363页。
② 中共中央马克思恩格斯列宁斯大林著作编译局：《马克思恩格斯全集》（第23卷），人民出版社1972年版，第202页。

的在引发别人的审美活动，如康德所说，这是审美意象。

审美意象直接或间接来源于作家、艺术家对实际生活的审美体验、对人生价值的感悟。

在实际生活过程中，作家、艺术家面对一些对象，直接体验、感悟到了对象的美或丑、悲或喜、崇高或卑下，由直接感知的映象，经由审美经验的改造，意与象迅速结合，瞬即转化为审美意象。有些构思甚至立即和物化结合起来，如有些雕塑的创造是从物质材料出发，作家、艺术家审视那块玉石或竹根，判断它可以塑造什么形象，脑海中立即浮现了那未来才能实际完成的意象。但更多的艺术构思并非直接面对生活对象而发，而是由回想起过去在生活中得来的表象，或由联想而引发的印象，在想象中把各种印象组织起来，经过作家、艺术家的审美经验的改造，使意与象结合，构成审美意象。更为复杂的一些艺术构思还把众多的意象，如人物意象、景物意象、事物意象、心灵意象等等结合在一起，融为有机整体，建构为一个审美的意象世界。《红楼梦》就创造了一个错综复杂的意象体系。艺术构思就是作家、艺术家将自己对人生的体验和感悟转化为审美意象，将意象不断审美化的过程。

艺术构思之所以要致力于意象经营，这不仅是因为审美意象最能有效地表现复杂而精微的审美体验、人生感悟，而且审美意象能超越对现实的直接反映，表现对未来的理想，创造出现实中不曾有过的幻想的意象世界。作家、艺术家不仅善于把审美体验、人生感悟转化为审美意象，也善于把人生理想、情感意向转化为审美意象。"通过想象的活动产生纯美的理想，它基本是内在的意象，与理性对立，是自然美的变相，是按照既成客体自由创造的。"① 不管这是否是马克思的原话，但这番话确符合艺术创造的实际。在文学艺术的意象经营中，作家、艺术家把个人经历的直接经验和从社会中获得的间接经验联结起来，把当下经验和过去经验融为一体，把再现现实和表现理想结合一起，经由审美化而融为审美意象。所以，高尔基认为文学艺术是组织经验的最经济、最有效的方法。除了康德，克罗齐、萨特、苏珊·朗格等也都高度重视意象的研究。以探索创造活动的秘密而著称的美国心理学家阿瑞提在研究了包括文学艺术在内的创造活动之后，甚至把意象看作人的创造力的第一因素，说它是"一种创

---

① 汉斯·科赫：《马克思主义和美学》，佟景韩译，漓江出版社1985年版，第336页。

新,是新的形成,是一种超越力量"①。阿恩海姆则说:"真正的创造性思维活动都是通过'意象'进行的。"②

作家、艺术家的人生越丰富,视野越广阔,从生活中获得的体验和感悟越深切,那么,可以用来创造意象的材料当然越丰富多样。从最平淡的日常生活一直到惊心动魄的伟大斗争,只要作家、艺术家有真切的体验和感悟,都可以成为意象经营的材料。但是否真正进入艺术构思之中,却要视作家、艺术家的创意而定。作家、艺术家要建构什么样的审美意象,要创造一个什么样的意象世界,这要决定于作家、艺术家的审美意向。生活中充满了真、善、美,也不时出现假、恶、丑;现实中既有崇高、悲剧、苦难,也有卑劣、喜剧、荒诞。作家、艺术家对生活做什么样的审美评价,持什么样的审美态度?是肯定真、善、美,鞭挞假、恶、丑?激发起来的是对真、善、美的审美快感,还是对假、恶、丑的审美反感?是把崇高、优美毁灭给人看以激起人的崇高感、悲剧感,还是把卑劣、丑恶撕破给人看以引发人的喜剧感?艺术构思不仅要依作家、艺术家的审美意向来决定意象材料的取舍,而且要依审美意向来把意象材料加工改造、重新组织,建构一个符合审美意向的完整的意象世界。作家、艺术家的审美意向,直接和审美理想、审美观念联系着。审美理想、观念处于审美心理结构的中心,对意象经营起制约作用。在意象建构时,正如恩格斯评论巴尔扎克那样,就是在对生活做出"诗意的裁判"。这是一种独特的价值判断,康德称之为"审美判断"。

在艺术构思中,意与象如何结合为意象是作家、艺术家要解决的最基本的矛盾。"象"是客体对象的映象,无论是直接感知的映象、回忆过去而来的表象,还是由联想而来的印象,尽管各自的清晰度不一样,但都要求符合客体对象,要按照客体的外在尺度来再现对象,要求真实。"意"则是作家、艺术家这个主体自身的意向。主体依照自己的意向来感知、改造客体的映象,把客体的外在尺度和主体的内在尺度统一起来,按照美的规律把意和象结合为审美意象。这个审美化了的意象已不只是客体对象的复现,但又不完全脱离对象,处于"似"与"不似"之间,不只"形似",更"神似"。即使是那些以线条、色彩、声音等以形式美见长的艺

---

① 阿瑞提:《创造的秘密》,钱岗南译,辽宁人民出版社1987年版,第62页。
② 鲁道夫·阿恩海姆:《视觉思维》,滕守尧译,光明日报出版社1986年版,第37页。

术（所谓的"抽象"艺术，以及书法艺术等等），那些声、色、形在艺术家头脑中的映象也都染上主观情意，因而具有"意味"。而那些较为复杂的文学艺术的意象不仅有"意味"，还有深层的"意蕴"，因而韵味无穷。

艺术构思就是作家、艺术家将人生体验和感悟不断意象化，又不断审美化的过程。在意象化过程中，想象起着重大作用。但艺术的想象渗透着感情态度，作家、艺术家不仅要在想象中重新体验对象，而且要体验到自己的感情。要体验，就要"入乎其内"，设身处地，心随物化。画竹就要与竹化，写花鸟就要与花鸟共忧乐。但作家、艺术家不能只沉浸在对象中，还需要"出乎其外"，物随人化：理智审视，组织意象，按照主体的意向使意象审美化，符合美的规律。既要入乎其内，又要出乎其外，这在表演艺术中表现得最为明显。演员演戏必须深入体验角色，但又必须出乎其外，理智调控。正如意大利著名演员萨尔维尼所说，当他表演的时候，他过的是双重生活，一方面要哭或者笑，却又要解析他的眼泪和笑，使它们能最有力地作用于他想使之动心的那些人。作家在创作小说时，既要真实再现人物的性格、命运，又要体现自己的创作意向，要将两者完美地统一起来，必须精心地构思，以至像托尔斯泰这样的文学巨匠在塑造安娜的形象时不得不改变原先的构想。

艺术构思需要思维。分析和综合、比较和概括等都是人类的最基本的思维方法，在意象经营中都在运用。就艺术创造的总体过程来说，艺术思维是整体思维。概念思维也会不时参与（是否参与视需要而定）。但在艺术构思中，意象思维起决定作用。运用概念进行判断、推理，构筑概念、范畴的体系，这是科学论著的使命。科学思维从感性具体上升为知性抽象，再到思维具体，基本是概念的运动。艺术思维则从感性映象上升为意象，再到典型的塑造或意境的创造，主要是意象的运动，感情、思想等融合其中。因此，作家、艺术家和科学家的思维并不相同。俄国文艺批评家杜勃罗留波夫较早看到这两种不同思维的特点：作家对世界有着丰富的感受，但并不是把这种感受引向抽象。对于作家来说："若是竭力把这种感受引到一种确定的逻辑组织里去，把它用抽象的公式表现出来，这却是徒劳无功的。"作家面对世界，"看到了某类事物的最初事实时，他就会惊异万分"，"他虽然还没有做过理论上的思考，能够解释这种事实；可是他却看见了，这里有一种值得注意的特别的东西，他就热心而好奇地注视着这个事实，把它摄取到自己的心灵中来。开头把它作为一个单独形象，加以孕育，后来就使它和其同类的事实与现象结合起来，而最后，终于创造了典型"。科学家则不同，"由于以前聚集在他的意识里、不知不觉地在他的意识里保存下来的个别现象丰富多彩，就使他能够一下子为它们组织一个普遍的概念。这样一来，这个新的事实就立刻从生动的现实世界中，转移到抽象的理性领域里去了"①。

　　作家、艺术家经过意象经营，按照创意，使意与象结合起来，把众多意象组织起来，创造出一个意象世界。这个意象世界按一定的结构方式组织而成，具有一定的意象结构，从而构成一个有机整体。文学艺术创造中的营构意象的结构方式多种多样，丰富多彩，我们的文艺学、美学还在不断探索，可做的事还很多，有待更多人的关注。这种意象结构是意象世界在内心形成的结构形式，相对于形之于外的外形式，它只是内形式，尚未最后完形，还有待于通过符号来外化。因此，艺术构思告一段落，但并未终结，在符号外化过程中还在深化和继续。这种意象化和符号化的过程虽有先后，但相互交错，结合一起，正如黑格尔所说："按照艺术的概念，这两方面——心里的构思与作品的完成（或传达）是携手并进的。"②

三

　　当文学艺术的创作还只是停留在构思阶段，还只是腹稿形式，不管它构思如何完美，那还仅仅只是稍微具体化了的创意，还不是创作。创意设计要付诸实践，经过实际操作，才生产出作品。观念中的意象经营要转化为创作的实在需要另一番功夫——意匠经营。

　　文学艺术创造中的意匠经营仍离不开"意"，但更需要使自己的身手随着"意"而自由灵活地运作起来。这种运作不仅需要受创意的制约，而且要受物质材料的制约，因而既要按照主体的内在尺度，又要按照对象的外在尺度来运作，按照美的规律，将两者完美统一起来。

---

　　① 杜勃罗留波夫：《杜勃罗留波夫选集》（第1卷），辛未艾译，上海文艺出版社1962年版，第273～274页。
　　② 黑格尔：《美学》（第1卷），朱光潜译，商务印书馆1979年版，第363页。

作家、艺术家在生活着，在生活中审辨美、丑、悲、喜，体验或感受生活的审美价值，获得审美享受。如果到此为止，也就算不上艺术创造。作家、艺术家的与众不同，不仅在于要把生活中由审美而来的体验、感悟经过意象经营加工改造，赋予内在形式，还要运用一定的物质材料创造出一种符号形式，使内在形式转化为外在形式。这种外在形式是可以为人所感觉到的外在之美。只有不仅创造了内在之美，又创造了外在之美，才能使这种美保存下来，不仅供自己个人审美，也供别人审美。文学艺术的外在之美就是鲁迅所说的"音美"或"形美"，而内在之美就是"意美"。艺术之美是这种外在之美和内在之美的统一——系统质。

要创造外在之美，就必须选择一定的物质材料进行加工改造。这不仅要花心思，而且要动身手，如鲁迅所说，要用思理以美化天物，这需要费"匠心"。这种既需要"想"，又需要"作"，使动作和运思密切结合在一起的意匠经营应是既不同于概念思维，又不同于意象思维的特殊思维——动作思维。这种动作思维一头联结着符号建构，一头联结着意象世界，要把这两者结合成一个整体。

艺术的形式美的创造关键在于"作"。人的活动过程本身就可以成为创造。一些艺术，如舞蹈、戏剧，就必须由人体动作来完成。音乐中的声乐也是由人的声音运动来完成的。器乐却不依靠人声了，但也离不开人的活动，必须由人来演奏乐器。这些都是动态艺术，艺术就直接在活动中呈现、展示，人的活动停止，艺术也就中止。还有不少艺术是以静止之物的形态来完成的，是静态艺术，如绘画、雕刻、文学。但是，这都必须经过人的劳作，是人的活动的结果。动的过程转化为静态物品也是由"作"而来，所以称为"作品"。

文学艺术的创造既然要靠劳作，也就必然要有作法。在长期的艺术实践历史过程中，每种艺术类型都积累了一套艺术劳作的"手法"。创造出美的作品必须按照美的规律，运用精湛的技艺，精心加以制作；而那些依靠动作本身来完成的动的艺术，就更需要按照美的规律来支配自己的活动了。

艺术的形式需要美，因而本身就具有一种审美价值。这种美的形式在艺术中具有符号的性质，是艺术符号。符号的意义不仅在自身，而且在传达信息。无论是语言符号还是形象符号，要通过人的感觉器官为人所感觉到才能有意义，正如马克思所说："任何一个对象对我的意义（它只是对那个与它相适应的感觉来说才有意义）都以我的感觉所及的程度为限。"[①] 世间事物种类甚多，但能用来当作符号的却甚有限。所以，艺术符号是有限的，信息的表达常受到限制。就是表达得最自由的语言，也常常言不尽意，因而像陆机这样的诗人，也发出"恒患意不称物，文不逮意"的感叹。人对生活的感受和体验是无限丰富的，却要以有限的符号形式来表达无限丰富的内容，这是艺术创造中要解决的最大的矛盾，这比起艺术构思来说艰难得多。这就不仅要通过意象经营，把生活中得来的人生感悟、体验加以组织（内形式），还要通过意匠经营把一定物质材料组织起来（外形式）。更重要的是把这两者完美地结合起来，使形式美和内容美统一起来，构成有机整体——艺术美。

艺术的内容和形式的关系曾经被误解成一种机械的相加，以为形式可以不变，而内容可以不断变化，旧瓶可以装新酒，不同的内容可以装进一种形式。于是，只要押韵的就是诗，三字经、百家姓、千家文都成了诗。其实，正如卢卡契所说，审美形式始终都是作为某种特定内容的形式出现的。正是特定的内容，才需要特定的形式。克罗齐看到了艺术有特定的审美内容，但他又把艺术的形式和内容割裂开来，以为艺术形式与审美无关，传达只是物理的事实："审美的事实在对印象的表现加工中就完成了，至于传达，是后来附加的，是另一种事实。"[②] 他只承认审美直觉是艺术创造，而把传达活动排除在外。形式主义美学则走向另一极端，把艺术仅仅归结为一种美的形式："艺术中一切都仅仅是艺术手法，除了手法的总和，事实上根本不存在别的东西。"[③] 而其他则是"美感以外的现实性""形式之外非审美的事实"，因而不属于艺术作品，被逐出艺术之外。不错，在完美的文学艺术作品中，确实不应有"美感事实和非审美事实的二重性"。但是，当作家、艺术家确实从丰富多彩的对象世界获得了审美体验、人生感悟，那么，这种审美反映为什么就不能成为艺术的内容呢？当大千世界经由体验、感悟而转化为审美意象，这样，艺术的内容不也是审美的吗？为什么艺术就只能有美的形式而不能有审美的内容呢？我

[①] 中共中央马克思恩格斯列宁斯大林著作编译局：《马克思恩格斯全集》（第42卷），人民出版社1979年版，第126页。
[②] 克罗齐：《美学原理·美学纲要》（第6章），朱光潜等译，外国文学出版社1983年版。
[③] 有关形式主义，参见胡经之、张首映编《西方二十世纪文论选》（第2卷），中国社会科学出版社1989年版，第2、第10、第37页。

看，问题还是在于艺术的审美内容和美的形式如何有机结合。黑格尔说得比较辩证，他认为文学艺术之所以要有美的形式，"既不是由于它碰巧在那里，也不是由于除它以外就没有别的形式可用，而是由于具体的内容本身就已含有外在的、实在的，也就是感性的表现作为它的一个因素"① 卡西尔把文学艺术看作一种符号形式，由内容转化而来的一个有机整体。"一首诗的内容不可能与它的形式——韵文、音调、韵律——分离开来。这些形式并不是重复一个给予的、直观的、纯粹的、外在的或技巧的手段，而是艺术直观本身的基本组成部分。"②

文学艺术的创造就是内容形式化、形式内容化的双向对象化过程，最终创造出一种独特的存在——"活的形象"。在这"活的形象"中，形式是躯体，而内容是灵魂，躯体和灵魂不可分离，紧密结合在一起。"活的形象"的形式是心灵化的灌注生气、气韵生动的形象符号，它是审美想象的产物，而又引发别人的审美想象，所以是"审美想象的特殊身体"③。而这形象符号传达的则是审美的信息，无限丰富的心灵的世界。至于这心灵世界是客观世界的反映却是另一层次的问题，那才涉及唯心或唯物的判断，这里不说。

正是因为"活的形象"把内容和形式融合在一起，所以，"当我们沉浸在对一件伟大的艺术品的直观中时，并不感到主观世界和客观世界的分离"。我们沉浸在这个"活的形象"中了："现在我进入了一个新的领域——不是活生生的事物的领域，而是'活生生的形式'的领域。"

艺术要运用符号，通过符号思维而创造形式结构。但艺术符号不是一般的符号，自有独特的性能。使用艺术符号和使用其他符号不同，"这两种活动不管在特征上还是目的上都不是一致的：它们并不使用同样的手段，也不趋向同样的目的——一种激发美感的形式媒介中的表现是大不相同于一种语言或概念的表现的。一个画家或诗人对一处地形的描绘与一个地理学家或地质学家所做的描述几乎没有共同之处。在一个科学家的著作和一个艺术家的作品中，描写的方式和动机都是不同的"。我们在生产实

---

① 黑格尔：《美学》第1卷，朱光潜译，商务印书馆1979年版，第92页。
② 卡西尔：《人论》，甘阳译，上海译文出版社1985年版，第198页。此节引文，未注明出处者，均见《人论》第9节。
③ 鲍山葵：《美学三讲》，周煦良译，人民文学出版社1965年版，第31页。

践中,把木材、水泥、钢材等等组合变形,创造了一种新的物质形式——房屋;而艺术实践则使用艺术符号,创造了一种"活的形象"。"艺术家把事物的坚硬原料熔化在他的想象力的熔炉中,而这种过程的结果就是发现了一个诗的、音乐的,或造型的形式的新世界。"

正是作家、艺术家使用艺术符号,把物质材料通过审美想象创造出了"活的形象"这个新客体,也就"使我们的情感赋有审美形式,也就是把它们变为自由而积极的状态"。"在这个世界,我们所有的情感在其本质和特征上都经历了某种改变过程。"贝多芬的《第九交响曲》就表达了作者的复杂感情。其中有根据席勒《欢乐颂》的基调而表达出狂喜的感情,但我们也会感受到整个乐曲表达出来的悲怆音调。但是,这些都构成一个有机整体,因而,"在我们的审美经验中,它们全都结合在一个个别整体。我们所听到的是人类情感从最低的音调到最高的音调的全音阶,它是我们整个生命的运动和颤动"。

文学艺术的目的不正是要把内容和形式融合为一个有机整体,创造出"活的形象"吗?这种"活的形象"不是客观世界中事物的情景再现,而是新的创造。即使是像苏州评弹《蝶恋花·答李淑一》,虽是依据同名词作改编,但也是"活的形象"的新创造。评弹曲调,吴侬软语,温柔敦厚,若要表达原词的意境必须有新的变化。原词一唱三叹、意深情长,对牺牲者表达了深切的怀念,但整篇词作充满豪迈激情。如何在评弹中表现这种精神?评弹作者就把评弹的原有曲调分解,重新组合,又吸收了陕北民歌中粗犷的旋律("河畔上开花"开头)、京剧中高亢的曲调("一马离了西凉界"结尾),融为有机整体。整个评弹曲调,和谐一致,浑然一体,宛若天成,因而使人感到韵味无穷而又催人奋进,给人以无限的审美享受。

作家、艺术家不仅必须感受、体验事物的内在意义,而且必须给予这种感情、体验以外形。"艺术现象的最高最独特的力量表现在这后一种活动中。外形化意味着不只是体现在看得见或摸得着的某种特殊的物质媒介如黏土、青铜、大理石中,而是体现在激发美感的形式中:韵律、色调、线条和布局以及具有主体感的造型。"无疑,要把材料改造为形式,这需要煞费"匠心",运用高超的技巧和手法。然而最高超的技巧要消融在美的形式中,使人全然感觉不到它,正如巴金所说:"文学的最高境界是无技巧。"① 文学艺术的优秀之作总是这样的："不表现什么形式，线条和颜色再也找不到了，一切都融化为思想和灵魂。"② 文学艺术的创作把内容形式化了，也把形式内容化了。所以，连高度重视形式化的符号美学家卡西尔最后也得出结论："只有把艺术理解为是我们的思想、想象、情感的一种特殊倾向，一种新的态度，我们才能够把握它的真正意义和功能。"

那么，这"活的形象"不就是我们常说的艺术形象吗？我倾向于把席勒所说的"活的形象"做新的阐释，用来作为艺术形象的进一步规定。物质材料经过心灵化，按美的规律改造为美的形式，用以表达审美意象，因而成为"活的形象"，这也正是艺术形象的本质特征。艺术形象具有符号的性质，但它不仅是"能指"，还包括了"所指"。在艺术形象中，能指和所指融为一体，密不可分。没有经过心灵化的物质，只是死的物质，不是"活的形象"。要使读者、观众、听众能在心灵中激起共鸣，也要经过读者、观众、听众的心灵化，不然，那作品仍然是一堆死的物质。所以，这"活的形象"是体现心灵和激活心灵的中介，只有在审美想象中，才使这形象活起来。

不过，对艺术形象、活的形象中的"形象"二字，应做宽泛的理解。形象者，存在形态之象也。它应涵盖有形之象、有声之象、动态之象。音乐没有直接的有形之象，直接呈现的只是声音之象，如朗格所说，是时间意象的符号化，只是"音美"。但声音也是存在的一种形态，《乐记》早已把这称为"乐象"。把乐象归属于艺术形象之下，也并不违背形式逻辑，何况科学证明，声音虽存在于时间中，但乐音随着时间的进展，也在改变着空间结构。音乐的声音之象能使人联想出有形之象。不过在音乐中，"音美"乃直接呈现，而"形美"乃间接引发，由"音美"而使人联想到"形美"。难怪贝多芬说自己作曲时，心中常浮起画面。但我还是愿意把艺术形象理解得宽泛些，不仅涵盖有形之象，还涵盖声态之象、动态之象。这样一来，音乐形象之说仍可成立，把它简称为"乐象"，也未尝不可。当然，若有比艺术形象更好的说法，也可接受，比如，把艺术形象简化为"艺象"，③ 躲开了"形"的多解，也未尝不可。但那艺象的实

---

① 巴金：《巴金谈文学创作》，载《文学报》1982年第53期，第2页。
② 罗丹·葛赛尔：《罗丹艺术论》，沈琪译，人民美术出版社1978年版，第87~88页。
③ 参见何国瑞主编《艺术生产原理》，人民文学出版社1989年版，第115~118页。

质仍然是"活的形象",是"艺术形象"。

艺术形象是联结艺术创造者和艺术接受者的中介。两个主体之所以能沟通,乃是因为艺术形象的结构和艺术创造者及艺术接受者的审美心理结构异质同构,动态相应。但艺术形象不仅只是一个新的审美对象,还是一个审美创造的模型。人们从艺术形象那里得到的不只是审美的享受,而且是审美创造的启示。艺术教育的意义既在于帮助提高审美的鉴赏力,又在于培养美的创造力,发展和完善人的创造本性,推动人们按照美的规律去改造世界,使我们这个世界更美好,个体和环境也达成新的动态平衡。这也正是我们今天要重视审美教育的根本原因。

为《文艺研究》创刊20年而作
1999年于深大新村

[原载《文艺研究》创刊二十年特刊(1999年)]

艺术的审美价值

真、善、美是人类的永恒追求,并非文学艺术所独具。大千世界,现象纷呈,展现在我们面前的不仅有天地自然之象,也有人文创造之象,还有人心营构之象。这些呈现在我们面前的错综复杂的种种现象,既有真、善、美,也有假、恶、丑,那么,我们的文学艺术的价值追求应该是什么呢?文艺美学理应进行探索,做出回答。

一

古往今来,出现的文学艺术无数,但并不都符合真、善、美。在文学艺术中表现假、恶、丑的也屡见不鲜,假、恶、丑之作历代都有,至今犹存。历史事实确实如此。

已有好些艺术理论著作指证了这样的历史事实。前不久译介过来的英国美学家里德的《艺术的真谛》、美国美学家杜卡斯的《艺术哲学新论》等都举出了不少实例,说明丑的艺术历代都大量存在。杜卡斯说:"丑的艺术尽管很容易为人忽视或遗忘,但却大量地存在着;诸如丑的构图、丑的着色、丑的绘画、丑的建筑、丑的音乐、丑的舞蹈等等。"在他看来,这没有什么可奇怪的,这是因为许多艺术家从事艺术创作的目的不同,并非都把文学艺术看作创造"艺术美的活动"。有些艺术作品之所以创作出来,"艺术家的目的不在于创造美,而在于客观地表现自我"。艺术家的这个自我就是艺术创作的关键。既有真、善、美的自我,也有假、恶、丑的自我,那么,历史上出现了假、恶、丑的艺术也就很容易理解了。

我在北大上中文系时,师从游国恩、林庚、吴组缃、浦江清等学了三年中国古典文学,选读的都是历代优秀之作,没有专门去搜集过丑陋之作,因而不知道我国历史上究竟产生了多少假、恶、丑的文学。但在十多年前,我为了弄明白《红楼梦》究竟是不是中国古典文学史上最好的一部小说,竟把北大图书馆里的清代线装小说浏览了一遍。读后,我也觉得,《红楼梦》之后的古典小说没有一部能比得上它,大多为平庸之作,更有一些下流之作，不堪入目，真的是假、恶、丑的文学。平庸之作不一定都是假、恶、丑，但也引不起我们的美感。英国的里德要比杜卡斯说得温和一些，依他之见，"无论我们是从历史角度（艺术的历史沿革），还是从社会学角度（目前世界各地存在的艺术形态）来看待这个问题，我们将发现，艺术无论在过去还是现在，常常是一件不美的东西"。

艺术常常是不美的，而有些不是艺术的制品却又能成为美的。杜卡斯说："有些以创造美为目的而制作出来的东西并非艺术品。"对此，我甚至还要做进一步补充：不仅人类生活中的人文创造之物可能是美的，就是天地自然天然生成之物也可能是美的。"天地有大美而不言"，进入到人类生活中，"天下莫能与之争美"。

但是，人文创造之美和天地自然之美的存在，并不因此否定人类也还需要通过精神生产创造出人心营构之美。文学艺术并非都美，但应该而且可以创造出艺术之美，这是人类发展的价值需求、历史发展的必然要求。

人从大自然中来，在大自然中生成。但人在大自然中生成之后，在不断适应现实的过程中又产生新的需要，因而不满足于现实而对现实进行改造。随着实践活动的不断推进，新的需要又在活动中逐渐产生，从而和现实生成一种新的关系。这个过程可以呈现为需要—活动—关系，然后在新的关系中又生成新的需要，在人类历史发展中循环往复，相互促进，不断提升，发展到更高水平。

依马克思之见，人自身的需要就是人的本性。而人的需要又在历史发展中不断生成，丰富多样。"人以其需要的无限性和广泛性区别于其他一切动物。"① 恩格斯把人的需要和需要的对象联系起来考察，把人的需要归为三大类：生存的需要、享受的需要和发展的需要。而为了满足这些需要，就必须生产出"生活资料、享受资料和发展资料"。人来到这世上，首先要求生存，其中包括鲁迅所说的温饱。然后才能求享受，先是追求物质的享受，后来是追求精神的享受。就如墨子所说，食必常饱，然后求美；衣必常暖，然后求丽；居必常安，然后求乐。发展的道路就更加广阔了，如恩格斯所说，人要充分发现自己的潜能，"发展和表现一切体力和智力"。那么，人的发展又是为了什么？马克思在年轻的时候就思考过要

---

① 中共中央马克思恩格斯列宁斯大林著作编译局：《马克思恩格斯全集》（第49卷），人民出版社1982年版，第130页。

做一个什么样的人,那就是为了"人类的幸福和我们自身的完善"而奋斗的人。

受马克思、恩格斯思想的启发,我把人生的价值追求归纳为:一要生存,二要发展,三要完善。依我的理解,恩格斯所说的享受需要不一定成为独立的阶段,而是渗透在人生过程中,在物质生活、社会生活和精神生活中都可以获得享受。恩格斯在说及工人阶级已经发动起来宣传共产主义学说的同时,"他们也因此产生一种新的需要,而作为手段出现的东西则成为目的,当法国的社会主义工人联合起来的时候,人们就可以看出,这一实践运动取得了何等辉煌的成果。吸烟、饮酒、吃饭等等在那里已经不再是联合手段或联络的手段。交往、联合以及仍然以交往为目的的叙谈对他们说来已经足够了;人与人之间的兄弟情谊在他们那里不是空话,而是真情,而且他们那由于劳动而变得结实的形象向我们放射出人类崇高精神之光"①。这样的社会交往活动本身就生成了精神享受,人和人之间的交往实践关系就提升到了审美关系。不过,这种人际关系的和谐之美尚依存于交往实践关系之中,乃现实生活中的依存美。这和文学艺术的创作不能混为一谈。

人的享受需要应从物质享受向精神享受的方向提升,恩格斯曾谈及人在历史发展中经历的两次提升。第一次是通过生产劳动,"在物种关系方面,把人从其余的动物中提升出来",劳动创造了人。第二次是"在社会关系方面,把人从其余的动物中提升出来",人和人结合为社会,人在社会中接受教育,成为社会的人。沿着这条思路,我觉得,人还应该有第三次提升,那就是在精神关系方面继续提升,培养具有高度文明的人。正如马克思主义创始人所说:"培养社会的人的一切属性,并且把它作为具有尽可能丰富的属性和联系的人,因而具有尽可能广泛需要的人生产出来——把他作为尽可能完整的和全面的社会产品生产出来(因为要多方面享受,他就必须有享受的能力,因而他必须具有高度文明)。"②

人类的每一次提升都是在向真、善、美方向迈进。真、善、美是人类

---

① 中共中央马克思恩格斯列宁斯大林著作编译局:《马克思恩格斯全集》(第42卷),人民出版社1979年版,第140页。

② 中共中央马克思恩格斯列宁斯大林著作编译局:《马克思恩格斯全集》(第46卷),人民出版社1979年版,第392页。

永恒的价值追求。人类的生产无论是人自身的生产及其延伸为社会关系的生产，还是物质的生产以及精神的生产都需要不断优化，因而都需要真的尺度、善的尺度和美的尺度。而作为精神生产的一种，艺术生产就更看重对真、善、美的追求。法国启蒙时代的美学家狄德罗甚至把文学艺术领域看作"真、善、美三位一体的自然王国"。

真、善、美都是人类所追求的精神价值，对人类的生存、发展和完善起着积极的、正面的、肯定的作用。文学艺术的创造凝聚了人类生活中的真、善、美，因而成了人类文明的结晶。艺术价值中蕴含着认识价值、道德价值和审美价值等多种价值，但这多种价值却来源于作家、艺术家在生活实践中对错综复杂的各种现象的真切体验，"以身体之，以心验之"，然后，把这些体验过的现象，按照美的规律做意象经营及意匠经营，创造出艺术美来。

美作为一种对人类的肯定价值，遍布于人类生活世界之中，成为人与周围世界建立最亲密关系的纽带。马克思在年轻时就已经深切体会到，"美"创造出来的一切对人的心灵最亲热。法国的现象美学家杜夫海纳更是把人和现实的审美关系看作是一种隐秘的亲缘关系，在审美活动中获得的审美体验揭示了人类与世界的最深刻、最亲密的关系。美既可在人文创造的现象中，也可在天地自然的现象中，还可在人心营构的现象中，有人文之美、自然之美和精神之美。美既可在人类的活动中，也可在活动的结果中，还可在人与人的关系、人与物的关系以及人自身的身心关系中。德国美学家席勒在《审美教育书简》的第 25 封信中曾有一段精彩的话，引起了马克思的注意，因而在读书札记中摘了下来，我认为很能说明美的多样性：

> 美对我们来说固然是对象，因为有反思作条件，我们才对美有一种感觉；但同时美又是我们主体的一种状态，因为有情感作条件，我们对美才有一种意象。因此，美固然是形式，因为我们观赏它；但它同时又是生活，因为我们感觉它，总之，一句话，美既是我们的状态又是我们的行为。①

---

① 席勒：《审美教育书简》，冯至、范大灿译，北京大学出版社 1985 年版，第 133 页。

美在意象（如朱光潜所说），但并非只在意象；美在自然（如蔡仪所说），但并非只在自然；美在人化自然（如李泽厚所说），但也并非只在人化自然。天地自然之象也好，人化自然之象也好，人文创造之象也好，内心营构之象也好，既可能美，也可能丑。天地自然、人化自然、人文创造、内心意象怎样才能美？这正是美学所要探索的。其实，美既在对象，也在关系，还在系统，天地境界就是系统之美。关系之美也甚广泛，人和人的和谐、人和物的和谐、人和心的和谐都可能生成和谐之美。

若只从审美对象来考察，大千世界，万事万物，只有和人类发生了联系，才可能发生审美关系，从而体验到美丑。因而，和人类不发生关系的任何事物及其属性，就说不上美还是丑。人们把自然物的大小、多少、软硬等称作"恒性"，不管有没有和人发生关系，都客观存在着。这是物的第一性质。但事物还有和人发生关系以后才表现出来的第二性质，那就是颜色、声音、气味等，只有人的感觉器官才能感觉到，被称为"偶性"。马克思在《资本论》中谈到光时说到，人们不是把一物在视觉神经中留下的光线印象表现为视觉本身的主观刺激，而是把它表现为眼睛外界某物的客观形态。但是，实际上，在视觉活动中，已有了两物的关系，那就是由外界的客观物投到眼睛这一物，才表现为光线。马克思说，这是两种物理性质的物品之间的物理性质关系，是一种物质关系。由此可见，红、黄、蓝、白、黑等其实也是关系属性，但这里的关系还只是光和人之间的自然关系，并非社会关系。花红并不就是花美，这早已由朱光潜所指明。但花红也可以是美的，那是因为这红花已进入了人和自然的价值关系之中，对人具有了客观意义，具有了价值属性。

美、丑不是事物的物理属性，而是审美属性。审美属性存在于人和世界的审美关系之中，是和人的审美需要相联系的价值属性，美是正价值，丑是负价值。世上万事万物和社会的人发生关系而进入价值关系之中，就具有了价值。作为社会的人，具有三重属性，即自然属性、社会属性和精神属性。进入价值关系的客观对象和人的社会属性发生关系，满足人的社会性需要，具有价值属性。捷克哲学家布罗日克说得好："表现为一定价值的价值对象性，是由客体在社会实践中所获得的地位和功能所决定的。"[①] 而审美价值更是和人的精神属性发生密切联系，满足的是人的精

---

① 布罗日克：《价值与评价》，李志林等译，知识出版社1988年版，第27页。

神需要、审美需要。花的美就是审美属性，能满足审美需要，我以为可以把这称为"灵性"，以区别于恒性、偶性。花的审美属性离不开花的自然属性，但不能归结为自然属性。英国哲学家梅内尔的《审美价值的本性》一书严格区分了两类客观性，即第一性质和第二性质的客观性，他称之为"客观A"和"客观B"。"对象之审美的善恶性质"，属于客观B，与人相关，具有价值。而我们"在观赏本身具有审美价值的对象时，所产生的愉悦经验似乎是对具有这种价值的对象的肯定"。在这里，审美价值还是属于对象本身的性能，审美体验乃由审美对象所唤起。而朱光潜的美学进入心理学，只把意象看作审美对象，意象是物乙而不是物甲，物甲没有美可言，只有物乙才美，所以美只在意象而不在物象，美是意识形态。朱光潜心目中的美实际已是人的内心意象，虽然还把它说成物乙，但已不是物，已不是梅内尔所说的客观B，而已进入精神领域，属于美的感受，当然就是意识形态了。在这里，美感代替了美。

我从自己的审美经验出发，常力求把美的感受和美的对象予以区别，不把两者混为一谈。可是，一涉及审美感受，情况就更复杂了。审美的发生，常常是审美主体和审美客体在一个特定的时空中猝然相遇才能进入审美状态。我把审美主体与审美客体相遇时的特定时空称为"境遇"或"场境"，审美客体（对象）和主体（自我）以及境遇构成了一个相对独立的气场，可称之为审美场，自成一个系统。每一审美事件的发生就是在这审美场中的主体、客体、境遇三个要素的相互作用，其结果产生了审美主体和审美体验。审美体验不仅反映了审美客体的审美属性，也反映了审美主体的精神属性，还反映了主客相遇时的特定的境遇，归根到底，审美体验是人和世界的审美关系的反映。审美对象的审美特性，即美、丑等等，只有在一定境遇中才能体验到。正如日本哲学家牧口常三郎在《价值哲学》中所说："价值只能存在于一个人在一定时刻与客体发生联系时所体验的感受之中。"阿根廷哲学家方启迪在《价值是什么——价值学导论》一书中也说："价值只有在一种特定的情况中才存在，并具有意义。"

审美是人和世界建立亲密关系的中介，一边沟通外面的现实世界，另一边沟通人的内在的精神世界。但是，审美体验只是在特定的境遇下的精神感受，稍纵即逝，离开那特定的审美场，审美体验也就消失了，只能成为脑海中美好的回忆。幸而人类凭借自己在实践中得来的智慧创造出了文学艺术，运用符号把自己从大千世界中获得的审美体验物化在作品中，从而保存起来。

　　文学艺术中表达的并不仅仅是作家、艺术家个人的审美体验，有着更为广阔的内容。在生活世界中，作家、艺术家在实践中不仅积累了种种人生体验，如社会的、政治的、文化的、道德的等等，还在交往实践中吸纳了其他人的人生经验。作家、艺术家在创作时，都有可能把这些直接的和间接的人生经验综合起来，按照美的规律加以组织，建构出一个意象世界。天地自然之象、人文创造之象都有可能进入这人心营构之象。正如德国哲学家卡西尔《人论》所说："在我们的审美经验中，它们全部都结合成一个个别的整体。"在这个有机整体中，主观世界和客观世界已经融为一体。"艺术从一种新的广度和深度上揭示了生活；它传达了对人类的事业和人类的命运、人类的伟大和人类痛苦的一种认识。"我对卡西尔的美学最感兴趣的是关于艺术美和自然美的区分。他把自然美称作"机体的美"，把艺术中的美称作"审美的美"，进而明确指出："一如风景的机体的美，与我们在风景画大师作品里所感到的审美的美，并不是一回事。"①我们在欣赏自然美时，是"生活在实物的实在性之中"，所面对的是"活生生的事物本身"。但在欣赏文学艺术时，面对的却是"活生生的形式"。正是这活生生的符号形式，唤起了我们的想象、联想、回忆等等，从而在我们的脑海里浮现出广阔而深远的意象世界。这个意象世界不是现实中的实在世界，而是现实生活中各种各样现象的映像，是由作家、艺术家创作出来的人心营构之象。但是，这人心营构之象吸纳了天地自然之象和人文创造之象，所以，既能"思接千载"，又能"视通万里"。

　　艺术美应该而且能够高于生活之美，但却不是必然。相对于那些平庸的、拙劣之作，生活中许多美景、美物、美事等远胜于文学艺术中的意象。所以，文学艺术之花只能扎根于生活的土壤才能生长出来，人类的现实生活才是文学艺术的源泉。每当我思索起艺术和现实的关联时，不由自主地想起恩格斯年轻时写的几篇美文。他对莱茵河风光的真切体验深刻地激起了我的共鸣。这位亲身参与了伟大历史变革的历史唯物主义者，却对大自然情有独钟。他把自己一生对大自然的思索上升到哲学的高度，写出了《自然辩证法》这一哲学巨著。他在年轻时就热爱大自然，终生未改。他自称："大自然是宏伟壮观的，为了从历史运动中脱身休息一下，我总

---

① 卡西尔：《人论》，甘阳译，上海译文出版社1988年版，第193页。

是满心爱慕地奔向大自然。"① 年轻时，他常泛舟莱茵河上，其中有两次给人留下的印象特别深刻。一次是乘船下流，从河口奔向大海。此时，他思潮起伏，在《风景》一文中记下了他深刻的体验。一次是逆流而上，沿莱茵河上溯，翻越阿尔卑斯山。此时他思绪万千，写下了《漫游伦巴第——翻越阿尔卑斯山》。

不同的现实场境引发的是不同的审美体验。当轮船从莱茵河驶入大海时，展现在面前的是："海水的碧绿同天空明镜般的蔚蓝以及阳光的金黄变融成一片奇妙的色彩。"面对大海，恩格斯的切身感受是，此时，一切人间的烦恼都烟消云散，人就"融合在自由的无限精神的自豪意识之中"。在这里，他真切地体验到的是一种壮美感：

> 整个大自然使我们感到如此亲近，波涛是如此亲密地向我们频频点头，天空是如此可爱地舒展在大地上，太阳闪烁着非笔墨所能形容的光辉，仿佛用双手就可以把它抓住。②

大海的壮美吸引着人和它亲近，融为一体。但是，爬高山的感受就不同了。在莱茵河上溯几个小时后，恩格斯弃舟爬山，面对的是高山峻岭、陡峭悬崖。当他沿着峡谷蜿蜒而上，达到山顶后的感受是："在这高山之巅，你自己会感到渺小，直至头晕目眩；土地会在你的脚下移动，你将会滚下重重山崖，跌个粉身碎骨。"③ 他感受到了大自然的力量。然而，在这崇山峻岭里，山上建起了可以通车的公路，他也感受到了："在这里，精神战胜了自然，山路如练，在峭壁间不绝。"在崇山峻岭面前，他体验到的是一种崇高感。

不错，文学艺术和美确无必然的联系，不同的人对文学艺术有着不同的追求。但是，我坚信，真、善、美是人类永恒的追求，对人类具有永恒的价值。文学艺术不必定是真、善、美的，但应该而且能够走向真、善、

---

① 中共中央马克思恩格斯列宁斯大林著作编译局：《马克思恩格斯全集》（第20卷），人民出版社1971年版，第535页。
② 中共中央马克思恩格斯列宁斯大林著作编译局：《马克思恩格斯全集》（第41卷），人民出版社1979年版，第95页。
③ 中共中央马克思恩格斯列宁斯大林著作编译局：《马克思恩格斯全集》（第41卷），人民出版社1979年版，第191页。

美。我们的文艺美学就应该进入艺术与审美的关系的深层,进一步探索文学艺术的审美特性,以推动文学艺术向真、善、美的方向前进。

文艺和审美既在形式上有关,又在内容上有关。正是因为文艺具有独特的审美内容,才要求有独特的审美形式来表现。因此,要弄清文艺和审美的关系,就要既研究文学艺术的形式特征,又研究文学艺术的内容特征,并且把两个方面结合起来,从而确定文学艺术作品和非文学艺术作品的联系和区别。

文学艺术的创造本身是人类的一种活动方式。艺术活动这种方式同人类其他活动方式有什么联系和区别?艺术活动本身就是一种审美活动吗?如果是,艺术这种审美活动又和非艺术的审美活动是什么关系?艺术审美活动和非艺术审美活动的联系和区别何在?这使得文艺和审美的关系更加复杂了。

我们可以从"微观"上来解剖文学艺术的个别现象,找出一部作品或艺术品的审美特征,在艺术形式和艺术内容的综合分析中,确定文艺与审美的关系。我们也可以从"宏观"上来考察文学艺术这种活动方式及其结果,弄清它在人类所有活动中的地位和作用,确定它的坐标和方位。对文学艺术的美学研究需要把"宏观"和"微观"的研究结合起来,做综合的研究。在这里,我先尝试从"宏观"上来探索文艺与审美的关系。

二

在这五彩缤纷的大千世界里,我们怎样来分清艺术和非艺术?

文学艺术是属于人工创造的东西,而不是天然形成的东西。这是我们首先要分辨清楚的。仅就这点来说,就可以知道,审美现象、审美活动并不就是艺术现象、艺术活动。

天然的东西也有审美价值。风吹草低见牛羊,这里描述的草原风光是美的。清泉十里出蛙声,这天然景色也是美的。辽阔海洋,蔚蓝天空,原始森林,未开垦的处女地,空气、阳光和水,即使没有经过人工的改造,但进入了社会生活,和人发生了社会联系,也可能有审美价值。当然,这些天然的东西如果同人类不发生任何关系,与社会生活毫无联系,是"自在"的天然,那就既说不上美,也谈不上丑。可是,天然的东西即使未经人工改造,却进入了人类生活,同社会发生了关系,那么,它就对社会的人具有这样或那样的客观意义,"自在"的就成为"为人"的自然存在。事物,不管它是自然的还是社会的,一旦进入社会联系之中,它对于社会的人就具有不以人的意志为转移的客观意义,我们称之为"价值"。不过,价值是各种各样的,有不同层次的价值。天然事物也可能有交换价值,但交换价值不同于使用价值。交换价值表现的是人和人的社会关系,而使用价值表现的是"物和人之间的自然关系"。马克思说:"使用价值虽然是社会需要的对象,因而处在社会联系之中,但是并不反映任何社会生产关系。"随着商品经济的发展,有些文学艺术也成了商品,因而具有交换价值,使用价值和交换价值的矛盾日益突出起来。交换价值服从资本的逻辑,不断扩张,主宰着使用价值;使用价值则遵循生活的逻辑,服务人类,不让交换价值主宰一切。马克思严格区别了使用价值和交换价值,尽管两者都是客观存在着的。天然物的使用价值,"不是以劳动为媒介"而同人类发生关系的。即使未经人的劳动改造,天然事物仍可以成为"社会需要的对象,而进入到社会联系中",因而具有使用价值。天然事物的使用价值也有不同形态,例如,它可能有实用价值,能满足人类的物质需要;也可能有审美价值,能满足人类的审美需要。但无论是实用价值还是审美价值,作为使用价值的不同形态,都和自然物的本身性能分不开。马克思在《剩余价值理论》中进行了这样的阐明:一物之所以具有使用价值,"正是由于它本身的属性。如果去掉使葡萄成为葡萄的那些属性,那么它对人的使用价值也就消失了"。最后马克思做出这样的结论:使用价值,"它是人们所利用并表现了对人的需要的关系的物的属性"。马克思曾以金银、珍珠、金刚石等为例来说明这些自然物的美学属性,这都是"关系属性"或价值属性。

自然之美有它自己特殊的魅力,不能为其他美所替代,但自然之美毕竟不是艺术之美。我们常说"风景如画",但风景毕竟不是艺术。当然,自然风光和文学艺术都有审美价值,两者都以审美性质而联系起来,作家、艺术家也常在作品中再现自然山水之美。人们不辞辛苦,长途跋涉,赶到西山去观赏那霜林红叶,并不一定有实用目的,而是为了获得审美享受。这是人类独有的一种特殊活动——审美活动。然而,这种审美活动并非艺术活动。欣赏自然风光,这只是在一定境遇下审美主体(在这里是欣赏者)对于审美客体(在这里是自然风光)的一种特殊的精神反映,即审美反映,属于精神活动。文学艺术的创造却不只是一种精神活动,还是一种实践活动。文学艺术的创造是双重的创造，它不仅是审美主体对客观世界在脑海中所做的精神上的营构，而且也是审美主体（艺术创造者）对于审美客体（物质材料）的一种实践上的改造，被称为"精神实践"或"精神生产"。特殊的活动方式产生出特殊的活动结果，构成文学艺术的符号系统。

艺术的东西首先是人工创造出来的东西。然而，人工创造出来的东西并不都是文学艺术。人类的活动方式多种多样，活动产品千姿百态，并不都有审美价值，更不一定美。人类的活动创造了崇高和优美，却也制造了罪恶和丑陋。剥削制度造成了畸形和贫困，人与人、人与物的关系都发生了异化，把人降低到动物水平，让人过着非人的生活，这样的生活不可能是美的。但是，人类又能按照"美的规律"来创造，使生活变得美好。

文学艺术活动应是按照"美的规律"创造的创美活动，是一种审美创造。

那么，按照"美的规律"[1]的创造，就都是文学艺术的创造吗？这也未必。

在按照"美的规律"的创造中，必须区别出两种不同的审美创造，即艺术的审美创造和非艺术的审美创造。

人类的审美创造，是按照"美的规律"进行的精巧而美妙的实践活动。人通过实践而作用于客观对象，改造世界，可以在掌握"必然"的基础上达到"自由"掌握的水平，从而进入审美的境界。于是，这种活动本身就成为审美享受，具有审美活动的性质。

能工巧匠，行家里手，在各自的活动领域里都可能把自己的活动上升为审美活动。庖丁解牛，主体（庖丁）通过工具（刀）作用（解）于客体（牛），这是实践活动。由于庖丁不仅对牛的生理结构了如指掌，而且熟练地掌握工具操作的高度技艺，所以在解牛时，运用自如，得心应手，主体和客体和谐一致，达到了"自由"境界。于是，庖丁解牛这样的实践活动上升为审美活动，在解牛的同时，获得审美享受。开荒治河、驾马驱车、体育活动、棋艺比赛都可以达到这种审美境地。

人对物的掌握能如此，人对人的交往活动又何尝不是如此的？高明的

---

[1] 中共中央马克思恩格斯列宁斯大林著作编译局：《马克思恩格斯全集》（第42卷），人民出版社1965年版，第97页。

教育家把人培育成崇高、美好的人，其教育活动本身就是一种审美创造，按照"美的规律"在进行。即使是人对人的斗争，如政治斗争、军事斗争，高明的外交家、军事家，使得政治上或军事上的敌人归于失败，那高超的斗争技艺使主体获得"自由"，进入审美的境界，以至于我们竟把这种活动赞为"艺术"：外交艺术、军事艺术。显然，这里说的"艺术"，正如外科艺术、烹饪艺术、缝纫艺术、象棋艺术等一样，并非文艺学上所说的艺术，只不过是技艺而已，却可以达到审美的境界。

这些精巧而美妙的实践活动在某种程度上都可以称为"审美创造"，然而却不是文学艺术的创造。这些实践创造，实用目的占主导，审美只是附带，属"依存美"。

无疑，艺术的创造也是一种审美创造。一切属于"表演"领域的艺术，如音乐、舞蹈、戏剧，其活动的结果和活动的方式紧密结合在一起，艺术创造在"表演"活动中得到体现，才算完成。这些表演活动本身就是一种审美创造。但是，并非一切表演活动都是艺术创造。杂技、体操、武术等表演活动也要按照"美的规律"来进行，成为审美创造，但并不必然都成为艺术表演。这绝不是说杂技、体操、武术的表演不可能成为艺术。两种表演可以互相转化，体操可以是艺术的，也可以是非艺术的，杂技、武术亦然。

那么，同是审美创造活动，什么是艺术的审美创造，什么是非艺术的审美创造，这就需要探索其界限所在。

正如审美创造活动有艺术的和非艺术的两类一样，审美创造的结果也有艺术的和非艺术的两类作品。

人类的物质生产如果按照"美的规律"来创造，就能产生美的产品。精制的家具、华美的房屋、漂亮的器皿，这些都是美的物品，然而，我们却不能说这就是艺术品。这些物品具有审美价值，能够满足人的审美需要，给人以审美享受。但它的审美价值却不是这些物品的主要内容。实用价值才是这些物品的主要内容，它主要满足人的物质需要，供人物质享受。审美价值在这里是次要的，是"依存美"，它服从于物品的实用目的。因此，这些物质产品无论怎样精美，它终究不是艺术，而属于物质文化的领域。

可是，实用物品如建筑、器皿等也能成为艺术作品，这就是建筑艺术、实用艺术。建筑艺术、实用艺术既有实用价值，又有审美价值，而且，审美价值上升为重要内容。然而，非艺术的东西变为艺术的东西，这不仅是审美价值和实用价值这两种因素的比例变化，而且是一种新质的审美价值的创造。在建筑艺术、实用艺术中，具有非艺术的建筑、器皿、家具那里存在着的审美外观，因而保留着物质文化的审美特征。但它们之成为艺术而与非艺术相区别，是因为又创造了一种新质的审美价值。在建筑艺术、实用艺术那里，那美的物品作为物质形式，体现了一种精神内容。精神内容与物质形式相结合，形成一种独特的新东西——艺术形象。在不同的艺术样式中，精神内容和物质形式之间的结合比例和方式各不相同，因而形成不同的艺术形象。但不管什么类型的艺术，都需要创造出一种具有审美价值的符号，作为物质形式，用来体现一种精神内容，构成艺术的意蕴。这种精神内容是艺术所必不可少的东西，它使得艺术具有了新的审美价值。正是文学艺术的这种精神内容，使它又具有了精神文化的性质。

那么，文学艺术的这种精神内容是什么呢？

这不是一般的思想意识，而是按审美理想、审美观念、审美趣味所组织起来和系统概括化了的审美体验。在艺术作品中，这种精神内容成为意象、意蕴。

在实际生活中，人在从事各种各样的实践活动时，都可能产生这样或那样的审美体验。面对自然风光，会有审美体验；面对社会人生，也会有审美体验；甚至回忆和想象，也能产生审美体验。审美体验是人对生活的一种审美反映，是把审美主体和审美客体融为一体、作为整体的复杂反映，它饱含着感知、理解、想象、感情等多种心理因素。但是，在日常生活中，我们对生活的审美体验是零散的，未经加工整理，也未创造出一种物质形式，使之固定。文学艺术的创造则依照一定的审美理想、审美观念、审美趣味，按照美的规律，把生活中那些零散的审美体验组织起来，集中概括，予以系统化，从而构成一种新的审美体验，并且把它固定于一种物质形式。因此，文学艺术的创造是人对世界的特殊把握方式，是组织人类经验的特殊方式。

这种被概括化和系统化了的审美体验已经吸纳了现实生活中的诸多人生体验（道德的、政治的、认识的），但这些人生体验都已按照美的规律被组织在美的整体中，所以已不是普通的日常生活意识，而是和哲学、政治、道德、宗教等属于同一序列的高级的意识形态。

然而，文学艺术终究是一种特殊的意识形态，它既区别于科学的思想体系，又区别于哲学等意识形态。这是因为文学艺术的精神内容是概括化和系统化了的审美体验，而不是普通的哲学观点、政治观点、道德观点、宗教观点的总和。文学艺术也要描绘政治、道德、哲学等现象，表现政治、道德、哲学的观点，但是，这些东西都要经过审美体验的折射而转化为自己的审美体验，在艺术作品中表现为意蕴，这才是真正的艺术内容。

同样是用优美的语言文字作为物质形式，体现的精神内容可能是审美的，也可能是非审美的。科学著作、历史传记、新闻特写所用的语言文字也应该很优美，所体现的精神内容也可能富于形象性，描写生动逼真、有声有色，然而却不一定是艺术作品。传记文学、科学小说、艺术特写同那非艺术的作品区别何在呢？这不仅在于文学是对生活的形象反映，还在于文学是审美的反映。马克思的《资本论》和巴尔扎克的《人间喜剧》的不同，不仅是抽象和形象的差别，还是反映的性质的差别。

何止文学如是，其他艺术也是这样。绘画、雕刻、摄影、电影、电视等可以成为艺术，但也不必然都是艺术。我们的文艺学曾长期把摄影排斥于艺术之外，把它作为造型艺术的对立面。其实，摄影可以是非艺术的，也可以成为艺术的，关键在于它是否对生活做审美的反映。摄影也可以按美的规律把自己的审美体验组织在形象中，从而成为艺术。

对生活做审美的反映不仅再现了审美客体的状态，还表现了审美主体的状态；既表现了对生活的审美评价，又表现了对生活的审美态度。审美体验作为审美反映的结果，融主客为一体，反映的是现实中的一种价值关系：在人类生活中客观存在着的人与现实的审美关系。

文学艺术的创造就是把这种复杂而独特的精神内容体现于物质形式中，形成艺术形象。艺术形象独立构成了一个符号系统。它把特殊的精神内容和独特的物质形式融为一体，创造出了艺术美，具有特殊的审美价值："艺术价值是一种新的、更复杂的审美价值。"①

三

马克思主义经典作家告诉我们，文学艺术是意识形态性的上层建筑，

---

① 斯托洛维奇：《审美价值的本质》，凌继尧译，中国社会科学出版社1984年版，第167页。

它具有一般社会意识形态的共同特点，是经济基础的反映，通过政治并最终反作用于经济基础。艺术是特殊上层建筑和意识形态，它不仅不同于政治，也不同于哲学、科学、道德、宗教。艺术是对世界进行精神把握的特殊方式。这种把握既不同于从理论概念上的把握，也不同于宗教式的形象的把握，而是用审美意象来对审美对象加以审美把握。这是一种特殊的形象思维，始终带有主体的强烈情感、想象的意向性。艺术有着自己独特的反映对象和内容——反映的是作家、艺术家这个自我和周围世界的审美关系，一种独特的价值关系；有着自己独特的反映方式——意象思维，融对象意识和自我意识为一体的关系思维。

在我看来，文艺和审美是一种辩证的关系。

首先，审美活动是人类活动中的特殊形态，是随社会的发展而发展的。人类的审美活动产生于人类实践活动中，是人类特有的辨别美、丑、悲、喜等审美现象的精神活动。在实践中，人与自然、社会首先形成了实践的关系，内含着价值关系。在此基础上，当社会发展到人们不以直接的、实用的态度对待自己的产品时，才出现了比较成熟、比较纯粹的审美关系。因此，人对自然美、社会美的审美是由实用价值向精神价值的发展。

人对自然美、现实生活美的审美活动与其他活动（如科学活动、认识活动等）相比，具有虚用性、想象性、愉悦性等不同的特点。审美活动具有非实用性，如听音乐会，并非对音乐的占有，而是一种对音乐的审美体验，是自己对音乐美感的自我享受和确证。审美活动的想象性表明它与非审美活动的不同之处在于其超越性。审美活动已经从狭窄之境、实用功利中超越出来，从而具有精神价值的愉悦性，而非"囿于粗陋的实际需要的感觉"。艺术活动本质在于审美创造性，审美创造性不同于一般审美活动（对自然美、社会美观照），是审美活动的高级形态，它创造了一种新的使用价值，供人审美。

其次，艺术活动是审美活动的集中表现形态。艺术活动内含审美活动，具有审美的一般属性，但又有与一般审美不同的特点。我们可以从以下几个方面对其特点加以把握。

（1）从审美活动与艺术活动的性质看：审美活动是主体对客体的审美感受、审美评价，是一种精神活动。如对西湖的游览、赏西山红叶、庖丁解牛都可以是审美，但不可以是艺术。艺术创造除了在审美体验中形成审美意象外，还要借助物质手段将这审美意象物化出来。艺术活动是精神活动与实践创造活动的统一。所以，我们说艺术内含着审美活动，而审美活动却不一定是艺术活动，是否有艺术传达（即艺术符号化）是艺术与审美的一大分水岭。

（2）从审美活动与艺术活动的关系看：审美活动领域比艺术活动领域更广，生活中充溢着审美活动，但并不都在创造艺术。生活美与艺术美相比，虽然具有无比的生动丰富性，可以称得上一切艺术的源泉。生活中有不少美比起那些平庸和拙劣之作具有更多的价值。但现实生活中的美毕竟是基始的、分散的，远不如艺术美来得那样集中、典型，那样理想。郑板桥的墨竹和现实的竹相比，具有了新的因素，那就是精神意蕴。生活美要受时间、空间的限制，稍纵即逝，而艺术美是审美体验的物化，是一种将瞬间神态、动态凝定下来的美（如徐悲鸿的奔马、齐白石的虾）。优秀作品具有永恒的魅力，而且艺术欣赏引发的共鸣也远比对现实美的体验来得更强烈。这是在感知、理解、情感、想象更高且更自由地统一起来所达到的艺术审美体验。所以，只有当艺术作为一种独立的社会意识形态出现以后，人对现实的审美关系才算真正地从人对现实的实践关系、人对现实的其他精神关系中独立出来。

（3）从审美活动和艺术活动的对象看：世上许多事物主要是因具有实用价值而存在，虽也可作为审美对象来欣赏，但审美价值依附于实用价值，只是依存美；在不作为审美对象时，仍可作为实用对象发挥它的作用。"马"可以拉车，"虾"可以做肴馔，"竹"可以做器物。而艺术美虽然也有使用价值，但并非供人实用，而是一种虚用，是专供人们作为欣赏对象而产生的。艺术是精神产品，具有精神价值。艺术美比现实更易拉开审美距离，更易培养人的审美人格和审美能力。

再次，文艺是审美体验的典型化、物态化，具有一般审美活动所不具备的特殊的审美价值。从艺术生产的性质来看，文艺是一种精神生产，其精神内容是一种审美理想、审美观念、审美体验。因此，艺术美是内容美（即意蕴美，包括审美的理想、感悟、体验等）与形式美的统一、主题与题材的统一、再现与表现的统一。艺术美是审美化、典型化的艺术形象。从艺术消费的性质来看，作为特殊的上层建筑，艺术美具有一种其他审美类型（如自然审美、人文审美）所不能代替的特殊价值。

艺术美在于提高人们的审美能力、审美趣味，陶冶人们的思想感情，塑造美好人格，其具有特殊价值。艺术美具有审美教育作用，能在人们心中燃起为实现美好理想生活而创造的火焰，通过改变人们的精神面貌，达到推动社会生活前进的最后目的。

总之，文艺与审美的关系是：人类的审美活动并不一定是艺术活动，审美的东西并不就是艺术的东西。但是，艺术活动是审美创造活动的特殊方式；艺术作品具有特殊的审美价值，不仅艺术的物质形式具有审美价值，而且艺术的精神内容（意蕴）也有审美价值；艺术文化的审美特征不同于普通的物质文化，也不同于普通的精神文化。美妙的艺术不仅要形美、声美，更要意美。

四

审美价值是文学艺术的基本价值，却不是全部价值。文学艺术追求真、善、美的统一，这才是艺术的最高价值。但进入文学艺术中的真和善，都应按美的规律组织到艺术美的整体中。

艺术审美价值，至少体现在三个层次。一是在艺术的精神内容中，反映了作家、艺术家和周围世界的审美关系，概括了对审美关系的反映所形成的精神价值。二是艺术创造的符号建构也要遵循美的规律，形成形式美。三是延伸到艺术的接受，读者、听众、观众在通过艺术审美（欣赏）所获得的审美体验（二度体验）中，不断形成的新的审美趣味和审美心理结构，也就是对人的审美塑造。因此，艺术价值不仅在于完成作品，而且在于完成人的灵魂的铸造，从而改造人的个性心灵，影响他的感觉、情感、理智和想象。

我们知道，艺术具有创造性和不可重复性。这表明，在艺术价值中，人的自由自觉的创造达到全新的高度。然而，艺术价值并非纯粹主观意志的产物，艺术价值的产生和存在是以审美活动的客观规律为依据的。只有当人在"按照美的规律"进行创造的过程中，不断在创造中渗透、融入作者的审美体验，艺术品的审美价值定向才能形成。由此看来，人对世界的审美关系在艺术价值中得到最为充分的体现和物化，艺术价值成为一种更新的、更复杂的审美价值。正是在这个意义上，我们应该赞同斯托洛维奇的看法："审美理想不仅在描绘审美价值的形象中，而且在描绘反价值的形象中，在艺术品的整个结构中被揭示出来。体现在艺术作品中的审理想获得新的价值性质，它成为艺术价值。"①

艺术作为一种特殊的意识形态，其"特殊"之处在于，艺术并不是哲学、政治、道德或科学思想等形式的简单重复。艺术世界与人的生命世界同构，它有可能包含哲学、道德的思想，包含通过活生生的艺术形象传达的世界审美的多样性。可以说，艺术作品中所包括的现象的宽广范围是其他任何文化现象所不能比拟的。政治集中在人际和阶级之间的关系上，哲学集中在思维与存在的关系上，而艺术则将自己的视界投注在人与世界的整个关系，即人与自我、人与他人、人与社会（人类）、人与自然四个层面上。这些关系比最深刻的思想体系还要复杂和丰富。这多个层面所展示的广度和深度，表现出艺术所发掘出和展示出人性的广度和深度。这是艺术价值的根本所在。

艺术始终要面对人与自我的关系。正是艺术使人直面自己的灵魂，使人去追问：我是谁？我从何处来？到何处去？从而在追问中将自己的全部心灵秘密揭示出来。艺术荡涤着灵魂中的黑暗一面，使人的心灵渗入生命意义之光。因此，真正的艺术家敢于揭示自己的生命的真实，哪怕那里有恶欲、有污脏、有晦暗，他用解剖刀一般犀利的笔将自己的意识和潜意识的冲突，自己的人性和兽性的冲突，自己的真、善、美与假、丑、恶的冲突揭示出来，并进行艺术的描绘。艺术成为人将自己心灵袒露到何等程度的直接标志。这里，心灵的辩证法的底蕴正在于——"惟情不可以为伪"。

艺术价值的重要一点还体现在它对"人与他人"的关系的深切关注上。舍斯托夫说得好："这种我与你的关系，相当普遍的表述是'看一看别人的灵魂'。凭艺术直观感领则呈现分明，而想凭理性去考察却模糊不清。试设想弯身于别人的灵魂之上，你们将什么也看不清，在那巨大而又幽暗的灵魂深渊中，结果只是体验了眩惑。我们力所能及的只是据外部情况推断内在体验，从眼泪推断痛苦，由苍白推断惊惧，由微笑推断欣喜等等。……总之，无所畏惧，直面灵魂，以自己那同样深不可测的陌生的眸子去探测灵魂的深渊。"② 艺术正是通过我与你的对话，达到人类心灵相

---

① 斯托洛维奇：《审美价值的本质》，凌继尧译，中国社会科学出版社1984年版，第160页。

② 舍斯托夫：《开端与终结》（俄文版）"结语"。

通的程度；正是通过灵魂相契，达到深切的理解。艺术使人们认识到，追求生命、生活的意义是人的价值所在。正是在追寻生命答案的过程中，人类对真、善、美追求的意义才得到揭示。

艺术不仅关注"我与你"，也关注"我与人类"的关系。它使你、我、他通过审美体验而沟通。"艺术的重要人道主义意义就在于，它通过自己的杰作证明：历史的进步不仅应该通过人的努力来创造，也是为人的利益服务的，这种进步不应违背个人的意愿，而只能通过个人并服务于个人来实现。肯定个人自身价值成为使个人社会化的附加推动力。"① 可以说，艺术将存在的真理昭示出来，唤醒人生。作品的现实层次虽面向当前的社会，但它的深层次则诉诸整个人类，正唯此，才使艺术作品从本体论上富有长久的地位。因为作品从整体来说不只是对具体的、现实的当代状况的反映，而且是关注整个人类根本处境和终极价值，为了表现人类总体的长久的生活走向和价值取向。

艺术价值同时表征在人与世界的关系上。这不仅标示出人对宇宙洞悟的程度，也标志着人关于存在本质的最高哲学的艺术解决。鲍列夫认为："对艺术所塑造的人的活动的一切类型，个人与世界的各种关系，艺术都是从它们的审美意义和它们与人的相互关系的角度加以把握的。这就决定着艺术的人文性质，揭示出艺术的审美特性的本质。"② 真正的艺术品所体现出的"形而上的品质"③ 表明，艺术对人与世界总体关系的揭示，使人达到一种对人身处其间的世界的透明性洞悉。艺术使人与世界的意义凸现出来，人通过艺术既认识了世界，又认识了自己。

艺术审美价值的本质不仅表现在以上四层关系的揭示上，而且集中表现在艺术的超越性、艺术与未来的接通上。可以说，艺术是人超越有限存在而与人类大同远景"先行对话"的中介活动。鲍列夫认为：

> 艺术中存在问题有三种尺度，过去、现在和将来。在艺术作品中既有人类对他的过去历史的追忆，也有对未来的预测。艺术家既面向

---

① 鲍列夫：《美学》，乔修业等译，中国文联出版公司1986年版，第325页。
② 鲍列夫：《美学》，乔修业等译，中国文联出版公司1986年版，第274页。
③ 罗曼·英伽登：《文学的艺术作品》，陈燕谷译，中国文联出版公司1988年版，第78页。

他自己的社会环境，面向同时代人和"亲近的人"，又面向"遥远的未来人"，面向整个人类。艺术家努力介入今天的关系，同时又力图切断当代的界限，把自己时代的经验用于未来，用永不过时的全人类价值的数据来测量当代。这里既有永久的伦理标准（善与恶），又有全人类的审美价值（美与丑）。①

艺术是指向未来的，也就是说，艺术超越今天而指向明天。然而有不少人并没有认识到艺术价值的超越本质，仅仅看到艺术是时代的产儿，没有看到它也是未来的启示性到来。康定斯基说得好："艺术仅仅是时代的产儿，无法孕育未来。这是一种被阉割了的艺术。它是短命的，那个养育它的环境一旦改变，它也就立刻在精神上死亡。除此之外，还存在着一种能够继续发展的艺术，它同样也发源于当代人的感情。然而，它不仅与时代交相辉映，共鸣回响，还具有催人醒悟、预示未来的力量。其影响是深远和广泛的。"② 因此，在我看来，艺术不仅关注现实世界，也关注未来世界，不仅关心今日人生境况，也关心未来人性新维度。

艺术审美价值的本质特征在于：艺术具有审美超越性，它使人不在现实生活中沉沦，而是坚定地超拔出来，达到人格心灵的净化。艺术以其不断的创新为人类开拓出一片澄澈的境界，实现完美创造的图景。艺术是由美而求真的进程。它将真理置入艺术作品的同时，对个体人生和整个人类重新加以塑造。艺术的审美价值存在于艺术创造和人格塑造的双重创造之中。

艺术是意识形态，所以艺术的审美价值主要是精神价值而不是物质价值或符号价值，这精神价值是使用价值的一种，使用价值包括实用价值和虚用价值。正如马克思所说，"物对于人的使用价值，表示物对人有用或使人愉快等的属性"，既有实用价值，又有精神价值，"使人愉快"。马克思还曾说过，使用价值"必须满足一定的现实的或想象的需要"。满足"现实的需要"的应有现实价值，而满足"想象的需要"则具有想象价值。

马克思说得好："我思想中的事物永远不会变为现实中的事物，因而

---

① 鲍列夫：《美学》，乔修业等译，中国文联出版公司1986年版，第276页。
② 康定斯基：《论艺术的精神》，查立译，中国社会科学出版社1987年版，第16页。

它也就只能具有想象中的事物的价值,也就是只有想象的价值。"① 艺术创造的艺术世界不是现实世界,而只是想象的世界。所以,艺术的审美价值不同于现实世界中的事物的审美价值,但不能因此而否定现实生活中事物的审美价值。马克思在《资本论》中说:"每一种有用物品,都是许多属性的一个全体,从而可以在多种不同的方面有效用。发现这种不同的方面,是一种历史性的工作。"列宁就以玻璃杯为例,说明它既可有实用价值,又可有审美价值。艺术美不同于现实美,但都是美。

文艺美学只有将艺术美和生活中的其他美联系起来考察,才能见出艺术之美的独特价值。法国启蒙思想家狄德罗早在 200 年前就对美的多样性做过精彩的阐发,给人颇多启示。狄德罗所说的"美在关系"有多重意义。但最根本的还是说,物之美存在于主体与客体的关系之中,美"只是对可能存在的、其身心构造一如我们的生物而言,因为,对别的生物来说,它可能既不美也不丑"②。人类生活中的美丰富多样,他把它区分为二:一类是真实的美,也就是外在于我的美,这是不以我的意识为转移的美,这其实也是卡西尔所说的"机体的美";还有一类是见到的美,也就是已映入我的眼帘中的已被认知到的美,这其实也就是卡西尔所说的"审美的美"。狄德罗还把艺术中的美称作"想象的美"或"虚构的美"以区别于"真实之美"和"见到的美"。狄德罗的这些美学见解和郑板桥的审美经验很接近,"胸中之竹"和"眼中之竹"以及"园中之竹"是不一样的,更不要说"手中之竹"和"画中之竹"了。

1989 年春于深圳湾海涛楼

(原载《文艺美学论》,华中师范大学出版社 2000 年版,后收入钱中文、童庆炳主编的"新时期文艺学建设丛书")

---

① 中共中央马克思恩格斯列宁斯大林著作编译局:《马克思恩格斯全集》(第 47 卷),人民出版社 1965 年版,第 62 页。
② 狄德罗:《狄德罗美学论文选》,人民文学出版社 1984 年版,第 25 页。

虚实相生取境美

虚实结合这一创造意境的艺术手法在诗人杜甫手中得到充分的运用，收到了以少见多，以小见大，化虚为实，化实为虚的意境美的效果。

杜甫的《月夜》："今夜鄜州月，闺中只独看。遥怜小儿女，未解忆长安。香雾云鬟湿，清辉玉臂寒。何日倚虚幌，双照泪痕干。"妙就妙在诗人不写战乱中自己如何思乡，而说家人怎样想念自己。化实为虚，化景物为情思。抽象的情感（思念妻子）附丽于具体的形象（对月怀人）画面上，令读者的想象驰骋于虚实之间，从诗人对妻子念之深去推想妻子对丈夫思之切。再如，杜甫的《自京赴奉先县咏怀五百字》："忧端齐终南，澒洞不可掇。"把无形无象心理之"忧"进行感情物化，说自己的忧愁堆积得如同终南山一样高，像无边的茫茫大水那样无法收拾，化虚为实。"写一代之事"的巨构《北征》："平生所娇儿，颜色白胜雪。见耶背面啼，垢腻脚不袜。床前两小女，补缀才过膝……"这里，诗人没有写战乱带来的灾难，没有写自己的深悲，只写爱子的饥色，只写他们啼哭、垢腻等战乱的灾难，诗人内心的悲痛却淋漓尽致地表现出来。

"朱门酒肉臭，路有冻死骨"，杜甫的这两句诗是人们非常熟悉的。两句诗将截然不同的两个画面摆到一块，不仅互相映衬，顿增魅力，而且从字面上呈现出第三个画面的意义：朱门内外仅一墙之隔，却是如此不同的两个世界，这是一个不合理的社会！形象的直接性提供了联想的线索，发人深思：荒野上那冻死的穷人的骸骨是"朱门"敲骨吸髓的剥削所致；朱门的酒池肉林是"损不足以奉有余"的社会制度所造成的。这些情理在作品里并没有从字面上说出来，但读者根据自己的生活经历与审美感受去补充和丰富诗的想象，就可以深刻地感受到。杜集中这类剔骨析肌地洞穿社会病根的诗句还有："富家厨肉臭，战地骸骨白"（《驱竖子摘仓耳》）；"甲第纷纷厌粱肉"（《壮游》）；"犀箸厌饫久未下，鸾刀缕切空纷纶"（《丽人行》）；"彤庭所分帛，本自寒女出"（《自京赴奉先县咏怀五百字》）等。这不是诗人对现实简单的感受和反应，而是诗人取境的审美把握中感情浓缩的表现，是融合真、善的审美评价。可见对社会的本质揭示得越深刻，概括的程度越高，作品的境界越高、大、深，其美学价值也就越大。

> 国破山河在，城春草木深。
> 感时花溅泪，恨别鸟惊心。
> 烽火连三月，家书抵万金。
> 白头搔更短，浑欲不胜簪。

杜甫的名诗《春望》创造了一个独特的境界，自成意境。诗中写景、抒情结合得很完美，真正达到情景交融。但是，诗里出现的不只是情和景，还有事和人。写景、状物、叙事、绘人等各种因素综合为一个独立天地，恰好完美地表达诗人的思想和感情。由景、物、事、人等结合而成的"境"，和诗人所要表达之"意"完美地融为浑然整体。蕴含着诗人对于国破家亡的无限悲痛幽怨之情、忧国思家之意。有限之境与无穷之意完美结合，融合无垠，这就成了意境。前人曾云"古人为诗，贵于意在言外，使人思而得之"，举出的典型例证就是这首《春望》。"'山河在'，明无余物矣；'草木深'，明无人矣；花鸟，平时可娱之物，见之而泣，闻之而悲，则时可知矣。"（司马光《续诗话》）诗人的不尽之意正是在这有限之境表现出来，意深藏在境中，使人思而后方能得之。

而唐代大诗人李白也善于在自己的诗篇中以虚实相生的手法创造一种独特的境界。我们仅以他的一首小诗为例，看诗人是怎样通过28个字以实带虚、以虚寓实创造意境的。

> 李白乘舟将欲行，忽闻岸上踏歌声。
> 桃花潭水深千尺，不及汪伦送我情。

这首诗是李白天宝十四载（公元775年）游览安徽泾县桃花潭后临别赠友之作。当诗人登舟欲行之际，"忽闻岸上踏歌声"。妙就妙在未见其人而先闻其声，以歌声代人，以虚寓实而虚实相生。诗人轻舟待发而送行者踏歌相送（一边唱，一边用脚顿地打拍子），"忽闻"表明这踏歌相送对诗人来说实出意外，而就诗来说，也是绝巧的意外之笔，使诗承首句铺叙之后陡起一笔。不仅使此景、此歌、此情犹如耳目，其人物情状呼之欲出，丰富了诗境的视听（时空）感，并显出情感心曲的回流。若没有以虚寓实是难以臻此妙境的。

"桃花潭水深千尺"非一般浅潭小流可比，然而，千尺之深的潭水比起汪伦那种诚挚、朴素之情来是远远"不及"的，而汪伦的"送我情"到底有多深，诗人留下了大片空白（虚），任人去度量、去驰骋。汪伦情意之深豁然于人眼目之中，让人回味良久。后二句这种触物感兴、即兴象征以丰富诗的意蕴境界之法看似平易，道的是眼前景，写的是意中情，然而却是非扛鼎之笔所难以道出。李白诗之不同凡响就在于他那"妙境只在一转换间"（沈德潜《唐诗别裁》），而"不及"二字是其关键。这种托物即兴、以物象征、化抽象的情谊（虚）为具象的形象（实），将难以丈量的无形情愫借用"眼前景"加以比较度量，这一"转换"使诗别开生面，空灵有趣，余味涵包，新颖警人。

全诗仅28个字，却在一开头以"忽闻"为一波折，使歌声以及送行人之姿犹如在耳目之前；再以"不及"为另一波折，李白运用虚实相生的手法，使人透过潭水千尺去体味诗人与歌者之间的情谊。如此一来，诗的画面有动有静，跳跃转换，灵动自然；情感曲线有起有伏，将诗人的若明若暗、瞬息转换的情感形象展现出来而为人们所激赏。

通过上述诗篇的分析，可以看到诗歌艺术的意境往往与"虚实"关系紧密。唐代刘禹锡说"境生于象外"（《董氏武陵集记》），指出艺术意境所具有的"象"（实）与"境"（虚）的两个不同层次，通过"象"这一直接呈现在欣赏者面前的外部形象去传达"境"这一象外之旨，从而充分调动欣赏者的想象力，由实入虚、由虚悟实，从而形成一个具有意中之境、"飞动之趣"的艺术空间。

1987年冬于北大畅春园

（原载《文艺美学》，北京大学出版社1989年版，后收入人民教育出版社2001年版《高中语文读本》第五册）

超越古典向当代

一

我喜好做美学的思辨,在沉思中享受思辨的愉悦。但伴随着抽象的思辨,也时常会被引发许多美好的回忆,唤起不少意象,浮现在脑海中,从而享受到审美的愉悦。

这些从回忆中唤起的意象不少是来自我喜爱和熟悉的艺术形象,特别是来自能背得下来的诗词名篇。但是,给人印象最深的意象,却还是来自我体验过的自然风光。

我对文艺美学的爱好,初始是由对自然山水的陶醉而引发的,继而爱好文学艺术,然后才由此而对美学感兴趣。我的无锡同乡、前辈杨绛声称,她第一爱好是自然,然后才是文学,我颇有同感。而对朱光潜的自然无美之说,我一直感到困惑。

在生活中,最早引起我的浓烈兴趣的是我周围的山山水水。我的家虽在苏州城里,但我却出生在江南第一古镇——无锡和苏州之间的梅村。我父亲在太湖之滨辗转任教,因而父母经常流动,我就跟随我祖父母在梅村长大。这是像同里、周庄一样典型的江南水乡,小镇依水而筑,门前是清澈见底的河,门后就是竹林鱼池。白天,最使我们孩童兴奋的是跳到河里光着全身相互嬉水。忽而,捕鱼的鱼鹰呼啸而过,我们追着跳着,欢欣雀跃。晚上,渔火点点,水影闪烁,引得我们这些孩童按捺不住,也点起灯笼,结伴到河边抓起虾来,真是其乐无穷。正是这种真切的体验在我脑海中潜伏着,不知不觉在意象中储存着,而当后来有人要我写《枫桥夜泊》的赏析短文时,脑海中立即涌现出这样的意象,忍不住先要抒发出来。

随着岁月的增长,少年时代的我对于我周围的山水有了更广的接触、更多的体验。足迹所及,太湖、石湖、阳澄湖;惠山、虎丘、灵岩,那山那水多迷人!我为之深深陶醉。

使我最早对文学艺术发生兴趣的也是自然山水。虽然后来我也进过教会学校，但我最早上学进的是私塾。塾师虽教三字经、百家姓、千字文，但颇有风趣，能自编自唱，教我们唱"三月三，清明到，去游山"；教我们写的第一篇作文就是《清明游山》，要我们记下游鸿山的情景，是自然山水引发了我对文学艺术的兴趣。父亲时常去苏州玄妙观买来一些书画挂在墙上，最吸引我的还是钱松嵒画的太湖风光，使我至今难忘。

那时，我对自然山水艺术的关系了解得十分简单：真山真水好，画出了真山真水的自然也好。我也喜欢上了江南丝竹乐和广东音乐，每当我听父亲用二胡拉起用"苏堤春晓""柳浪闻莺""姑苏吟"等命名的乐曲时，觉得好听，为之吸引。好听在哪里？这大概是因为让我想起了真情实景罢！父亲教我背《唐诗三百首》，最容易记住的还是孟浩然的"春眠不觉晓，处处闻啼鸟"、王维的"明月松间照，清泉石上流"这一类写景诗，这不仅是因为这些诗短小精悍，更因为所写的景是最为我熟悉和喜爱的。当我长大成人，远离水乡，久居燕京，最常想起的竟是白居易的那首"江南好，风景旧曾谙。日出江花红胜火，春来江水绿如蓝，能不忆江南？"这让我回想起18岁前一直耳濡目染的江南山水。

引发我对理论感兴趣的还是朱光潜的那本小书《谈美》。这本书不是故作深奥，使人望而生畏，而是紧密结合生活和艺术中的实际现象，从中引出道理，娓娓道来，平易近人，通俗易懂，感到亲切。特别是对艺术美的分析，使人茅塞顿开，豁然开朗。但《谈美》也引起我的困惑，那就是他在书中说："自然中没有美，自然本身无所谓美。"这对于我这个中学生来说是无法理解的。然而，也正是这种困惑，在我心中萌发了做美学思考的兴趣。接着，我读到了周扬编的《马克思主义与文艺》，苏联的季摩菲耶夫的《文学原理》，知道研究文学艺术这是门大有可为的学问。于是，我为奔向文艺学而跨入了大学之门。

在我面前展现了一个广阔的文学艺术的海洋，任我自由观赏。不过，在我们那个学习年代，主潮还是古典文学。在讲堂上，除了吴组缃、王瑶为我们分析当代文学和现代文学之外，其余一概是古典文学。游国恩、林庚、浦江清为我们讲中国古典文学，何其芳、吴组缃开的专题讲座是评说《红楼梦》。冯至、季羡林、李赋宁为我们讲的是外国古典文学。苏联的季摩菲耶夫的门生毕达可夫在北大讲文学理论，我一听，分析的实例也都是俄罗斯的古典文学。大学时代，我读的大多是古典名著，欣赏的大多是古典艺术，中外都有。毕业后当研究生，跟随杨晦学文艺学，他要我研究中国古典文艺理论，而向朱光潜、宗白华学美学，接触的也主要是古典美学。于是开始我的学术研究时，我最早集中在这个问题：古典作品为何至今还有艺术魅力？马克思曾经关注过这个问题，这个问题也引起了我的学术兴趣。我开始尝试从美学上来分析，千百年前，古典艺术这一审美客体本身所具有的审美特性怎样会激起了千百年后的我们这一审美主体的兴趣，从而做出审美反应？我写出了一篇文艺学副博士研究生毕业论文，表达了我当时的理解，古典作品之所以有不朽的魅力，还是由于其中表现了真、善、美，因而具有永恒的价值。此文在20世纪60年代初的《北京大学学报》上发表，给蔡仪留下了印象。

古典传统哺育了我，但我终究又生活在当今，离不开当下现实。20世纪50年代后期，文学艺术有了新的发展。周扬一再倡导关注现实，立志建立和发展马克思主义文艺学、美学。他还亲自带着何其芳、邵荃麟、林默涵、张光年到北大设列讲座。周扬一开讲，就旗帜鲜明地提出："建设马克思主义美学。"作为这个讲座的助教，我也被卷进了这个潮流，不能不受影响。于是，我在关注古典之外，也开始关注现实。我曾探讨过文学艺术中怎样把表现理想和再现现实统一起来，现实主义精神和浪漫主义情志如何做到相互结合，在《文学评论》和《文艺报》上都发表过论文。作为《文艺报》的特约评论员，我还曾写过一些文艺评论，如评论王愿坚的短篇小说、李英儒的《野火春风斗古城》等。文艺评论的影响远远超过文艺学、美学，不仅可在著名报刊上发表，而且一本薄薄的评论小书一下就能印上十万册，书斋中人很难想象。

但是，平心而论，我真正的学术兴趣还是在文艺学和美学。在参加编写《文学概论》的过程中，我和蔡仪、王朝闻有许多学术交往，我逐渐萌发了一种意向，想融文艺学和美学为文艺美学。但是，在那政治运动连绵不断、高潮迭起的年代，这仅仅是一种意向而已。"文化大革命"中，我的主要心思一是集中在评论《红楼梦》，二是认真研究了马克思的资本论和剩余价值学说。但我读马克思的书不是为了研究经济学，而是想弄懂价值论。马克思的价值论的重心当然是在研究交换价值如何引发出了资本运动，但也不时对使用价值做过精辟论说。在他看来，像空气、处女地、自然草地、野生林木等等，虽然不具交换价值，但具使用价值。即使是人类通过劳动创造出来的人工物品，也不一定具有交换价值而有使用价值。劳动的目的本是创造使用价值，供人使用。只有物品成为商品，可以交易,才有了交换价值。交换价值主宰了使用价值,就发生异化。回归之路就是使交换价值服从使用价值。但使用价值又有多种多样,并不只是实用价值。使用价值中还包括精神价值,是为了满足人类的"想象"或"愉快"的,文学艺术就是为了满足精神需要而创造出来的,其中就有审美需要。马克思说得好:"一个歌唱家为我提供的服务,满足了我的审美需要。"我把这称为"虚用价值",以区别于实用价值。我们过去的文艺学、美学研究审美,只依据认识论,缺少的正是价值论。

二

改革开放之初,我集中精力来思考文艺美学自身的问题。

从我自己的体验出发,如果美学只停留在争论美是客观的还是主观的这样抽象的水平上,这并不能解决艺术实践中的复杂问题。审美现象,乃是一种特殊的社会现象。美学要研究审美现象,实乃审美之学,必须揭示审美活动的奥秘。人类的审美活动产生于实践活动(生产实践、生活实践),这审美活动又生发为艺术活动。因此,艺术活动离不开审美活动。但艺术活动又自成系统,从文学艺术家体验生活到艺术创造的实践活动,再到艺术为人所接受,均需按照美的规律进行。这种艺术活动的审美本质和创美规律应该获得系统的研究。为了和其他美学相区别,我把这称为"文艺美学"。

我这想法形成之后,就开始自己的探索。1980年春,中华全国美学学会成立,我陪朱光潜老人在昆明与会。在会上,我提出:艺术院校和文学系科,应该开设文艺美学课程,发展文艺美学这一学科,使美学和文艺学结合起来。我这想法引起了艺术院校从事理论教学的教师的共鸣,也得到了美学前辈王朝闻、朱光潜、伍蠡甫等的支持,这使我受到了鼓舞。

散会后,我回北大写的第一篇文章就是《文艺美学及其他》,先在北大的《大学生》创刊号发表,修改后又收入《美学向导》。接着,我在1980年年初写成的长文《论艺术形象》也发表了,其中我论及艺术的审美本质。差不多在同时,我的《艺术掌握世界的方式》《艺术的意境》以及论艺术美的文章也陆续发表。为了使美学理论尽量和艺术实践相结合,我也陆续写过一些从美学上分析古典文学的文章,对《红楼梦》、古典诗词尝试做美学阐释。目的还是想具体地而不是抽象地谈论艺术的美学问题。

我全力投入文艺美学的研究,在 20 世纪 80 年代初期我招收硕士研究生时,一开始就明确定向为文艺美学。1980 年,当我开设的文艺美学课程不仅引起了中文、英文、西语、东语、俄语以及哲学等系研究生的兴趣,而且吸引了一些大学本科生时,我确实受到了很大鼓舞。于是,北京大学文艺美学研究会应运而生,使文艺美学爱好者相互沟通。在盛天启的积极奔走下,由我主编的《文艺美学丛刊》曾出版过数辑。由叶朗、江溶和我发起的"北京大学文艺美学丛书"曾出版了数十种,我的《文艺美学》一书也收入其中。此外,我也担任了王朝闻主编的《艺术美学丛书》的编委。文艺美学成为我学术关注的中心。

围绕文艺美学的学科建设,我和我带领的研究生曾编辑过几种理论资料。中华书局出版了我和王一川、陈伟、丁涛编的《中国古典美学丛编》三册（1988 年）,北京大学出版社出版了我和陈伟、王一川选编的《中国现代美学丛编》（1987 年）。有了中国传统的材料,却缺少外国材料,当代的知道得更少。为此,我尝试走出古典。这时,国家教育委员会为推动教材建设,鼓励我主编一套当代西方文艺理论的教科书。我说还是得请前辈学者伍蠡甫来主编,但 80 高龄的伍蠡甫老人说,20 世纪的西方文论他也所知不多,还是要我张罗。这样,我就把这作为自己补课的机会。我过去熟悉的外国文艺理论只是外国古典文艺理论,对外国现代所知甚少。为此,我曾去香港大学、香港中文大学搜集资料。开始时,我和李衍柱等几位编写了《西方文艺理论名著教程》,其中涉及现代的只有刘小枫、李寿福、石文年、边平恕写的 4 章,篇幅极少。到 1988 年再版,我邀王岳川请了一些年轻学者增写了十多章,现代部分共有 20 章,专成一卷,才弥补了出版的缺憾。此后,我受国家教育委员会之托,和张首映合著了《西方二十世纪文论史》,配上四卷《西方二十世纪文论选》,由中国社会科学出版社在 1988 年出版。不久,我和王岳川又主编了《文艺学美学方法论》,由北京大学出版社在 1994 年出版。

然而,我的学术兴趣并不因此走向西方现代。我关注西方现代是想解释我们自己的艺术现象,取其新视界,借用新方法,以促进我们自己的学术发展。

改革开放以来,我曾关注过海外华人文学和美学,但是我所写的论文属评介性质,对我来说,只是为我开阔视野。

近年，我逐渐感到，我们的文艺学、美学重视了艺术特性的研究，却忽视了研究艺术珍品如何按照美的规律来创造这一根本。所以，我把目光投射到美的规律问题上来，写了几篇文章。1999 年发表在《文艺研究》上的《艺术：按美的规律创造》一文，重新呼唤重视对美的规律的研究。

我们这一代人的学术生命大多不长，学术生涯蹉跎甚多。20 世纪 50 年代中，学术刚起步，还未成熟，就遭受"文化大革命"的摧残，学术生命浪费了将近 20 载。待到改革开放后，才真正获得了学术生命，奋斗 20 年，亦将冉冉老矣。如今，年轻一代学者遇上了学术好时代，获得了新的知识结构，可以充分施展自己的学术才华，实在令人羡慕。

三

经过文艺学界的共同努力，文艺美学如今已成为文艺学这一学科的重要方面。文艺美学今后将如何建设和发展仍是我关注的中心，但我同时也在密切注视着更为广泛的文化和自然的美学问题。

我一向认为，中国古典文艺学也好，西方现代文艺学也好，对今人说来，都只是建构中国的当代文艺学的思想资料而已。但这绝不是说中国古典文艺学或西方现代文艺学不能、不必成为独立的研究对象。无论是中国古典文艺学，还是西方现代文艺学，都还需要做系统而深入的研究。

在朱光潜、伍蠡甫两位前辈的鼓励下，我也曾对西方现代文艺学下过一些功夫，希企有一个较为全面的了解，并在改革开放之初向国内做过一些粗浅的介绍。但我并非专治此学，只是浅尝辄止，未能再做深入钻研。西方现代文艺学中的许多根本问题如何能得到更深的阐释？希望专攻西学的青年学者能充分发挥自己的聪明才智，做出更大贡献。

当西方现代文艺学被迅速引进、弥漫课堂文坛之际，却又激起了我对中国自己的古典文艺学的思索。难道中国古典文艺学就只剩下文献价值而失去了现实意义？中国古典文艺学能否对中国当代文艺学的建构发挥积极作用？还在 20 世纪 50 年代中，杨晦、罗根泽、宗白华三位前辈曾引导我向中国古典文艺学迈步，思考过一些问题，积累过一些资料。如今，我很想回过头来，尝试对中国古典文艺学中一些重要问题做些新的阐释。我看，这也许对中国当代文艺学的建构能起些实际作用。

然而，中国要建构的当代文艺学既不可能只是西方现代的，也不可能只是中国古典的。文艺学是对实际存在的文艺现象的理论概括和阐释,中国的当代文艺学不能不关注当下现实,回答新时代文艺实践中的新问题,对新时代的文艺现象做出新的概括和阐释。

这样一来,势必把我们的视野引向更为广阔的领域。文学艺术作为文化的一种重要现象,离不开整个社会的文化发展。而我国的当代文化,已越来越走向多元化。我们正在追求现代化。高雅文化也好,通俗文化也好,文化的现代化趋向日益成为主流。但现代文化是否一定都好,前现代文化就一定都不好?后现代文化现象也在渐渐出现,我们如何看待这些错综复杂的文化现象?这倒提醒我们在这急奔现代化的急剧变化时代,必须更加注重历史的辩证法,从而尽可能避免西方在现代化过程中出现的历史失误。

如今,我们都很注重"存在",不时听人说"存在就是合理",其实黑格尔早就说过这句名言!然而,所谓"合理"有两层意思:一是说存在的必有其理由,自有其道理;二是说存在的符合真理,此存在是历史发展应有的。黑格尔所说,存在的就是合理的,是说的第一层意思,事物的存在都有自己的缘由,不可能无缘无故地存在。这是一种事实判断。而第二层意思,说的是这存在是否符合历史发展的必然要求,对历史发展具有肯定价值还是否定价值,这是价值判断。事实判断和价值判断两者有联系,但不能混淆。如今,我们在评价错综的文化现象,常只满足于描述,却不愿做价值分析,甚至颠倒黑白、混淆美丑,实应引起我们的高度关注。

我国的文艺创作数量正在急剧飙升,且不说那积压了多少存货的电视剧,前几年,仅长篇小说就年产约800部左右,但究竟有多少是按照美的规律创造的?三年前,《布老虎丛书》高悬百万酬金想征集现代爱情小说优秀佳作,要求小说写出90年代的现代爱情,但要体现"中国古典浪漫主义艺术精神"。小说要逼近现代生活,而"内在的意蕴走向要超越现实,能够在小说开辟的虚构境界上完美地表达作家的审美意图和生命理想,并对人类普遍面临的爱情处境做出自己的回答",从而给人以真正的审美享受。征文一出,应者如流,收到书稿600多部,但绝大多数难以入围。只有一部《比如女人》差强人意,却亦未能入选,因而还在继续征集。看过书稿的评论家分析,目前小说创作中存在的主要问题是:价值观念混乱,使人无所适从;审美境界不高,缺乏审美理想;过多的感官刺激,停留在生命浅层。看来,当代文艺学应更多关注当下现实,探索文学艺术如何按照美的规律来创造。

当代文艺学需要扩展文化视野,更要对复杂的文化现象做价值分析,辨别真、善、美和假、丑、恶。因此,我们不仅需要发展文艺美学,也需要发展文化美学。

更进一层,我们还要学会如何按照美的规律来安排这个世界,安排人类自己的生活。人生活在这个世界之中,离不开周围环境。人和世界的关系,不仅是功利关系,还应建立审美关系。杜夫海纳把这称为"人类与世界最深刻和最亲密的关系"(《美学与哲学》)。在这个关系中,审美主体以及审美客体都是活生生的客观存在。大自然作为审美客体,有丑也有美,而且自然之美并不必定就比艺术之美低。当平庸的、拙劣的、庸俗的艺术充斥于世之时,人们宁愿逃出重围而走进大自然怀抱,去享受那自然之美。

蔚蓝的天空,悠悠的白云,灿烂的阳光,叮咚的泉水,弯弯的小河,高高的山峰……大自然中客观存在着美。清人叶燮说得好:"凡物之美者,盈天地间皆是也,然必待人之神明才慧而见。"(《集唐涛序》)大自然中充盈着美,就看人能不能去发现。人能否发现大自然中之美,这有赖于人是否具有审美素质,这是人类历史长期发展的结果,本身就是人的本质力量的表现。只有具有审美素质的人,这美景、美物才成为他的审美对象。正如马克思所说:"忧心忡忡的穷人甚至对最美丽的景色都无动于衷;贩卖矿物的商人只看到矿物的商业价值,而看不到矿物的美和特性。"(《1844年经济学—哲学手稿》)但是,景物之美,矿物之美仍是客观存在,并不能因商人、穷人不会欣赏而否定其自身价值。大自然的天然之美并不是因为自然被人化了,打上了人的烙印,或者说,被人的本质力量对象化了,而是因为自然山水进入了社会联系之中,它作为审美客体,客观上对于人的全面发展具有肯定意义。大自然本身对于人类客观上存在着一种潜能,对人类具有肯定或否定的意义,因而具有审美价值。马克思对唯物主义的创始人培根所说的一番话极为赞赏:"物质带着诗意的感性光辉对人的全身心发出微笑。"在人和世界的和谐关系中,自然美向人呈现出来。随着人类实践活动的扩大和实践能力的提高,大自然的天然之美越来越多地被我们发现。人和大自然的审美关系将越来越广阔。

人生活在这个世界上,就必然要和周围自然进行物质、能量和信息的交换。在人和大自然的紧密联系中，发展出了审美关系，进而又创造出文学艺术。清代文史学家章学诚说得好：世上万事万物，因象而见，有"天地自然之象"，也有"人心营构之象"，自然美就因有"天地自然之象"而为我们所感受到。"天地自然之象"不同于"人心营构之象"。张潮在《幽梦影》中就提到："有地上之山水，有画中之山水，有梦中之山水，有胸中之山水。地上者，如在丘壑深邃；画上者，妙在笔墨淋漓；梦中者，妙在景象变幻；胸中者，妙在位置自如。"

多年来，我们的美学更多地把关注的目光放在研究审美活动的心理分析上，这自然有历史的缘由。朱光潜的文艺心理学曾长期被忽视，我们自然要继续接着说下去。但是，若美学只研究审美活动，甚至把美学只归结为审美学，忽视实践创造中的"美的规律"，那就又把美学引向狭窄的道路。其实，美学不仅研究审美活动，物的生产、心的生产（精神实践活动）以及人自身的生产都存在符合不符合"美的规律"的问题。"美的规律"存在于人类的多种多样的关系和活动中，席勒在《审美教育书简》的第二十五封信中说到："美对我们来说固然是对象，因为有反思作条件，我们才对美有一种感觉；但美又是我们主体的一种状态，因为有情感作条件我们对美才有一种意象。因此，美固然是形式，因为我们观赏它；但它同时又是生活，因为我们感觉它。总之，一句话，美既是我们的状态，又是我们的行为。"① 艺术的创造，本身就是一种创美活动，它凝集了在世的人生体验（审美活动），进而促进人的育美活动。

1998 年冬于深大新村

（原载《文艺美学论》，华中师范大学出版社 2000 年版。此书收入钱中文、童庆炳主编的《新时期文艺学建设丛书》）

---

① 席勒：《审美教育书简》，冯至、范大灿译，北京大学出版社 1985 年版，第 133 页。

艺术应求真善美

随着我国现代化建设的全面发展，文化的现代化建设也在加快推进，文化事业和文化产业双翼齐飞，蓬勃发展。文化生产的规模、技术和数量急速提升，发展空前未有。数年前，长篇小说年产还只有千部左右，到了今年（2014年），竟已跃升至四千部。电视剧的数量也已达到年产一万七千集，但能实际播放的只有一半左右，出现了供过于求。

但是，数量如此众多的文化产品，为广大读者、观众、听众所喜闻乐见的文化精品却不是太多，不能满足广大人民日益增长的精神需求，对于真、善、美的渴望和追求。习近平总书记在文艺座谈会上指出了当前文化艺术存在着"有数量，缺质量，有'高原'而缺'高峰'的现象"。这种现象的出现当然有多种多样的原因，颇可引起我们做进一步的深思，做些理论的探索。

文化生产要发展当然要遵循所有生产（包括物质生产）共有的普遍规律，但也不能违背精神生产自身的特殊规律。我们需要更加重视精神生产特殊规律的研究。

马克思主义创始人把精神生产看作一种"生产的特殊形式"，以区别于物质生产和人类自身的生产。整个社会的全面生产主要有三大部类：物质生产、精神生产和人类自身的生产。为了简化，我在前几年曾称之为物的生产、心的生产和人的生产。这三类生产相互联系，彼此促进，构成整个社会生产的有机整体。马克思说得好"不应把社会活动的这三个方面看作三个不同阶段，而只应看作三个方面"，或者，"把它们看作三个因素"①。这三类生产都受生产的普遍规律所支配，但是，每一部类的生产又都自成特色，具有各自的特殊规律。

人类的实践活动是人的有意识的活动，既要付出体力，又要运用心力，既要"做"，又要"想"，是体力劳动和脑力劳动的结合。但是，不

---

① 中共中央马克思恩格斯列宁斯大林著作编译局：《马克思恩格斯选集》（第1卷），人民出版社1995年版，第80页。

同的生产实践的体力和心力的结构方式不同，着力点不同，因而有了不同的结果。物质生产的活动方式是以体力劳动为主的，成果为物质产品，功能则是满足人类的物质需要。精神生产的活动方式是以脑力劳动为主的，成果是以符号为标识的精神产品，功能则是满足人类的精神需要。

然而，无论是物质生产还是精神生产，其产生和发展都是为了人类自身的生产和再生产，使得人类的"现实生活"或"直接生活"能够进行下去。人的自身生命的生产既包括个人自我的生命生产，又包括他人生命的生产，由此又生发出社会关系的生产。在人和人的交往中，产生了社会关系。这是人自身生产的延伸。马克思、恩格斯在《德意志意识形态》中说："一开始就进入历史发展的过程的第三种关系是：每日都在重新生产自己的生命的人们，开始生产另外一些人。"一旦人的生命的生产开始，生命生产"就立即表现为双重关系，一方面是自然关系，另一方面是社会关系"。随着人的生命生产的发展，人的自然关系和社会关系逐渐复杂起来，人的物质生活、精神生活和社会交往生活日益丰富，对物质生产和精神生产就会有更高的需求。

物的生产、心的生产、人的生产这三类生产自人类历史最初起就同时存在着。但是，这三类生产的地位和作用却在不同时代有着历史的变化。在人类历史的初级阶段，人的生产占着最重要的地位和作用，正如马克思所说，"人的依赖关系（起初完全是自然发生的），是最初的社会形态"，此时，个人主要靠人与人的相互依存而生活，物质生产和精神生产还只能在狭窄的范围内和孤立的地点存在和发展。要在物质生产有较大发展之后，社会才进入到第二种形态，即"以物的依赖性为主要基础"的时代。历史从前现代发展到现代，现代化的结果是物质生产提升到了支配的地位，个人也通过交往关系的发展而从人的依赖关系中解脱出来，具有了相对独立性。但是，人类并不会仅停留于此，随着后现代的到来，精神生产的地位和作用正在日益上升。未来还将发展到第三种社会形态，那就是在物质生产和精神生产的高度发展的基础上，个人得到全面发展而获得自由个性的时代。此时，人的生产、物的生产、心的生产将得到高度的协调与和谐的发展。

但在当今世界，社会发展极不平衡。一些国家至今尚处在贫困落后的前现代，发展物质生产尚是当务之急。一些发展中国家在发展物质生产的同时，已意识到要同时发展精神生产。而一些发达国家已从现代发展到后现代，走向信息社会、知识经济时代，文化生产的比重已日渐超过物质生产。我国是这个世界上的人口大国，虽然已发展成仅次于美国的第二大经济体，但仍在走向现代化的路途中，尚在为全面实现小康而奋斗，物质生产仍需放在第一位。然而，当今中国的发展也不平衡，前现代、现代和后现代并存，对不同领域的生产需做具体分析。在我们的物质生产领域，已经出现结构性的产能过剩（如钢铁、水泥、煤炭、玻璃等），需进行调结构、快转型。在发展高新科技产业以外，更应致力于文化产业的发展和提升，加快向知识经济、信息社会转型。当前，精神生产的地位和作用更显得重要。

精神生产领域最重要的是两大部类，一是科学技术，二是文化生产。科学技术在当今世界已发展成为第一生产力，不仅直接应用于物质生产，也成为文化生产的重要手段。文化生产则为时代生产意识形态提供价值理念，引导社会走向先进方向。科学精神和人文精神是我们这个时代理应高扬的时代精神。

精神生产当然要以物质生产为基础，但精神生产反过来应该而且可以促进物质生产的提升。精神生产不仅为物质生产提供精神动力，而且为物质生产的提升提供更新手段。物质生产要有新的创意和设计，才能生产出创新产品，而创意和设计有赖于精神生产的发展。精神生产越来越渗透到物质生产中去，甚至成为主导因素。物质生产要提高层次、升级换代、结构调整等等都急需精神生产的参与，物质产品要增加精神含量才能升值。中国已经迈向生态文明时代，面对自然资源不足，自然环境恶化，我们更应控制物质生产的规模，加快质量的提升，更加重视精神生产的发展。

但是，发展精神生产并不只是为提升物质生产的水平，更加重要的是，其根本目的在于促进人自身的生产和再生产要向培养全面的自由个性这个方向发展。自由个性是德、智、体、劳、美全面发展的结晶，不可能只凭物质生产的发展来实现，更需要精神生产的发展来促成。精神生产不仅能满足人类的精神需要，还能提升人的精神境界，塑造具有真、善、美品行的人格。

物质生产只能创造硬实力，精神生产方能创造软实力。精神文化有两大类型，马克思对此曾做过考察。一是静态的物化产品。作家写出的作品、画家创制的画作、雕塑家塑的雕像等都是创造活动的结果，精神凝结在符号中，以物化的形式存在。二是动态的行为活动本身的呈现。教师、演说家和一切表演艺术家的表演不是以静态的物化形式,而是动态的活动本身的存在,给人以精神享受,此时的产品和生产行为不能分离。不论是静态的物化产品,还是动态的表演行为,作为精神文化,都不应是简单的重复,最突出的特点在于要求创新。不是去重复别人的复制,而是别具风格地进行创新,这是文化艺术的必然要求。但是,对于文化艺术说来,创新还只是一个初步要求,创新的更进一层要求是创优,使精神产品更加优化,新而不优,难成精品。艺无止境,文化艺术不仅求新创优,更进一层,要从优化进而追求卓越,在众多的精神产品中出类拔萃,卓然超群。我们文化艺术生产的当务之急不是要在量上扩展,而是要在质上提高。我们将巨大的人力、财力、物力投入精神生产,但产出的平庸之作太多,更有不少伪劣商品,而精品杰作却不多。

文学艺术的创造自有独特的规律。文学艺术作为精神生产的一种,可以成为商品,因有具有交换价值,并能产生剩余价值。马克思曾以歌女的歌唱为例,说明歌女可以自行卖唱,维持生计,也可以被剧院老板雇用,从而为老板赚钱,生产剩余价值。但是,文学艺术更重要的价值还是精神价值,因而绝不能沦为市场的奴隶。作家密尔顿创作了《失乐园》,当然可以拿到市场出卖,成为商品。但正如马克思所说:"密尔顿出于同春蚕吐丝一样的必要而创作《失乐园》,那是他的天性的能动表现。"艺术生产出来的是精神价值。

人类生产的最高精神价值应是真、善、美。早在1844年,马克思就提出了人类的生产应有真、善、美三个尺度,应该而且能够按照美的规律来创造。马克思说,动物也能进行生产,但是"动物只是在直接的肉体需要的支配下生产,而人则甚至摆脱肉体的需要进行生产,并且只有在他摆脱了这种需要时才真正地进行生产"。人不仅能从事物质生产,还能进行精神生产。马克思最后概括了人类生产的最根本的原理:"人则懂得按照任何物种的尺度来进行生产,并且随时随地都能用内在固有的尺度来衡量对象;所以,人也按照美的规律来塑造物体。"这里,马克思对人类的生产提出了三个尺度:一是真的尺度,要懂得任何物种的尺度,即物的尺度;二是善的尺度,运用人的内在尺度来衡量对象,即人的尺度;三是美的尺度,要按照美的规律来创造。

马克思虽然未来得及对"美的规律"做进一步的阐发,但对美的重视却一直持续到晚年。他曾摘录了不少美学家的言论,其中对席勒所说的一番话颇感兴致，将之摘录了下来："美既是我们的对象，又是我们的主体的情状。美是形式，因为我们判断它，但它也是生命，因为我们感觉它。它既是我们的情状，又是我们的作为。"

综观中外古今，文学艺术之所以具有不朽的魅力，那都是因为文学艺术是符合真的尺度、善的尺度和美的尺度的独特创造。不同的艺术的价值重心可以不同，有的重真，有的重善，有的重美，但艺术的最高境界是真、善、美的统一结晶。正如习近平所说，真、善、美具有永恒价值，追求真、善、美是文艺的永恒价值。文学艺术应该表现自然的美、生活的美、心灵的美，直至信仰的美、崇高的美。这是人类文明价值的高度概括，值得我们永远汲取。

在中外文艺理论学会召开的"文化产业发展与
文艺理论创新"学术研讨会上的主旨演讲
2014年冬于深圳望海书斋

（原载《胡经之文集》第一卷，海天出版社 2015 年版）

胡经之自选集 第二辑

文化美学

走向文化美学

也许只是我的一种直觉印象。我感到文艺学或艺术学在近几年正向两个方向发展：音乐、舞蹈、美术、戏剧、影视等的研究越来越趋向门类专门化，音乐美学、舞蹈美学、戏剧美学等越来越深入探索不同艺术独具的艺术奥秘，即各自遵循的"自律"。但是，对文学的研究却越来越趋向于文化普适化，把文学与整个文化融合起来，逐渐向文化研究转移。

本来，多年前就知道西方当代美学早已出现向文化研究转移的趋向，没有想到，这种趋势很快在我们国家也出现了。

有朋自远方来，畅谈之后，更加深了我的这种印象。多年不见的香港中文大学美学教授王建元博士前不久来访，他的一番宏论使我越发感到，我们这个时代的变化真是太快了。这位在台湾曾以研究"雄浑""崇高"著名的美学博士坦率地告诉我，他现在不研究抽象的美学问题了，已经转向文化研究，关注很具体的文化现象，如西方文化如何影响香港文化、香港如何应对迪士尼乐园落户等。

当然也有不同声音。香港中文大学美学教授刘昌元博士就不以为然。在最近一次美学的国际研讨会上，他宣读一篇长长的美学论文，还是探讨美学的基本理论问题。他对我说："美学自身的基本问题不能由文化研究所替代。"他还将继续做美学沉思，不想转移。他对美学的执着令人敬佩。

我却觉得，美学、文艺学的这两种发展趋势相反却又相成。自上而下，由下而上，应可互补，关键是如何将两者结合起来，促成新的整合。

我向来十分敬重哲学美学，但我不满足于仅对审美做哲学结论，而希望美学能解释人类具体的审美和创美。艺术创造和艺术审美是人类审美现象中的一种独特形态，和自然审美、文化审美相比，有其独特的性质和规律。因此，在20世纪80年代初，我热切期盼发展文艺美学或艺术美学。如今，文艺美学的发展成为文艺学中的一个学科方向，绘画美学、音乐美学、电影美学等也都在向更纵深的层次发展。我想，文艺美学或艺术美学还应有新的发展。

但是，文艺美学或艺术美学并不要也不能代替哲学美学。美学的领域广阔得很，它至少应对这两类审美现象做出理论概括：一是对自然的审美，二是对人文的审美。艺术创造和艺术审美只是文化现象的一部分，属艺术的文化。人文现象比自然现象更为复杂，需要做更深入的探索。

大自然为人类带来了连绵不尽的美感。我们赞叹大自然之美鬼斧神工，自然天成，不由人力所致，具有独特的魅力。随着人类实践领域的扩展，人在大自然中越来越多地发现天然之美。伴随而来的自然生态环境日益恶化使天然之美越来越显得珍贵。中国传统美学对天然之美情有独钟，对自然审美有许多真切的体会和精辟的描绘。但是，对自然如何审美和自然本身怎么会美不是同一回事。对自然本身之美至今尚未有一个合理的符合实际的解释。物种自然属性说、人的本质力量对象化说都不能令人满意。而马克思主义的价值论可以把我们引向对自然美的更合理的解释，似应大有可为，且可发展为一门新的学科：生态美学。前两年，我在主编"人与自然丛书"时，就期盼《生态美学》的早日出现。

但人生活在这个世界上，已不可能完全回归自然。我们每个人都已不可能脱离人自己创造出来的文化世界。作为主体的人在和作为客体的自然不断相互作用的过程中，自然不断在人化；人和人的相互作用的发展使主体间的关系更为复杂多样；个体自我本身和周围环境的相互影响使得个体世界也越来越丰富复杂。物和物、人和物、人和人的相互作用都在影响着个体世界。

我们可以把文化区分为物质文化和精神文化，但任何文化都是处于一定人文关系中的人的活动的结果，是人化的产物。对于我们生活于其中的文化世界，其中，我们可以从不同的角度去对待，但我最感兴趣的还是如何从美学的角度来审视。我们需要各种各样的文化研究，其中，我更希望走向文化美学。

文化之美是人所创造的美，不同于天然之美。美并不都是人的创造；劳动创造出来的也并不一定美。文化正如其他实践，可以创造出美，也可以创造出丑。如果人能按照美的规律来创造，人类就能创造出美。但是，如果人类劳动违反了美的规律，创造出来的就不一定美。人的本质力量的对象化未必都美，这要首先决定于人的"本质力量"是否符合真、善、美。人间有多少假、丑、恶！这不都是人的自我异化活动中滋生出来的吗？那么，人间的文化创造怎样才能符合美的规律？这是文化美学必须回答的首要问题。更进一步，人间的文化创造并不只是为满足审美需要而展开的，很可能首先是为满足实用需要，甚至可能把交换需要放在首位，交换价值的无限扩展、追求资本的增值把人引向异化的道路。马克思在《资本论》，特别是在第四卷《剩余价值理论》中，科学论证了使用价值、交换价值、剩余价值的联系和区别。使用价值不像交换价值（它表现的是人和人之间的关系），它"虽然是社会需要的对象，因而处在社会联系之中，但是并不反映任何社会生产关系"。使用价值反映的是人和自然的关系，是"对人的需要的关系的物的属性"。在马克思看来，审美价值是使用价值的一种，满足的是精神需要。文化美学应沿着马克思的价值学说，进而探讨人类的文化，应如何按照美的规律来创造。人类创造的文化产品的交换价值、审美价值和符号价值等应是什么结构关系？这也是文化美学必须回答的问题。按照"资本的逻辑"，交换价值需主宰使用价值；但遵循"生活的逻辑"，交换价值应服从使用价值。消费社会的来临，更使符号价值凸显出来，使审美价值沦为资本的奴隶。文化产品成为商品之后，社会应如何调节，值得及早研究。此外还有文化的审美同自然审美、艺术审美是怎样的关系，它们之间的联系和区别，这涉及更为复杂的审美标准、审美理想等，亦应是文化美学不能回避的问题。

　　人更应成为文化美学关注的中心。人是万物的尺度，万事万物之所以有美丑，是因为它们对人来说具有肯定或否定的客观价值。人类的三大生产——物质生产、精神生产，以及人自身的生产要相互促进，良性互动。但最根本的还是人类自身的生产。人类之所以要创造文化，是因为自然不能完全满足人。人生活在这世界上，不只是为了生存，还要求发展，更要完善。所以，人要按照美的规律来创造文化，不断在创造中自我完善，成为自由而全面发展的完整的人，和周围环境（既有自然环境，又有人文环境）达到动态平衡。当然，人的自由本性的发展、人的理想人格的建立、人和环境的动态平衡是不断发展的历史过程。马克思在1857—1858年写的《经济学手稿》中，曾这样论述人如何从现有环境中获得自由的历史过程：一是"人的依赖关系"的时代，个体不能独立，只能依赖于人才能生存。二是"以物的依赖性为基础的独立性"的时代，个体从人的依赖关系独立出来，却又堕入依赖于物的关系之中。三是"建立在个人全面发展和他们共同的社会生产能力成为他们的社会财富这一基础上的自由个性"的时代。①

"人的依赖"时代，就是我们所说的前现代。"物的依赖"时代包括现代、后现代的整个现代化时代。而对于"自由个性"的全面发展，更需要我们面向现实，做更为深入的探索。每个时代都有自己的文化，文化美学应该面向自己的时代的文化现象。

我们这个国度现正处在社会主义初级阶段，正在为实现社会主义现代化而奋进，目标自然是朝向着"自由个性"全面发展。但中国地广人多，各地发展极不平衡，广大的西部地区正力争全面实现小康，由前现代向现代转化。即使是沿海发达地区，也还在为基本实现现代化而奋斗，前现代的文化现象也还到处可见，而西方却已舶来后现代文化。这样，我国目前的文化现象极为错综复杂。我们急需对现代化过程中涌现出来的错综复杂的具体的文化现象做文化研究，也需要及早对文化发展做宏观审视，从整体上关注文化发展的美学方向。

文化美学、文化研究相辅相成，既相联系而又各有区别。在我国，它们都应受到重视，都该得到发展。

关于文化研究，美国学者卡勒教授在《文学理论》一书中曾有较为精辟的评述。文化研究在西方从20世纪60年代兴起，但其实在19世纪就已有萌芽。从歌德、卡莱尔、爱默生的时代就出现了一种新型的著作，它既不是评价文学作品，也不是思想史，也不是哲学、社会学，而是所有这些的融为一体，形成一种新的类型。到了20世纪60年代，从事文学研究的人开始研究文学之外的著作。文化研究已经不只是对文学做研究，而是涉及广泛的社会领域，用卡勒的话说，它"包括人类学、艺术史、电影研究、性研究、语言学、哲学、政治理论、心理分析、科学研究、社会和思想史，以及社会学等各方面的著作"。发展到20世纪90年代，文化研究成为人文科学一项主要活动。文化研究的对象已扩展到整个广义的文化领域："令人吃惊的是，随着文化研究的发展，已经说不清它究竟跨了多少学科。"文化研究已近乎包罗万象，从莎士比亚到肥皂剧，从弥尔顿到麦当娜，从失乐园到迪士尼，高雅文化和通俗文化、过去文化与当今文化都在文化研究视野之中。

---

① 参见中共中央马克思恩格斯列宁斯大林著作编译局《马克思恩格斯全集》（第46卷），人民出版社1986年版，第104页。

文化研究是从文学研究发展而来的，那么，文化研究兴盛起来之后，还需要文学研究吗？文化研究和文学研究是什么关系？文化研究有利于文学研究的深入。按卡勒的说法，"文化研究因为坚持把这研究作为一项重要的研究实践，坚持考察文化的不同作用是如何影响并覆盖文学作品的，所以它能够把文学研究作为一种复杂的、相互关联的现象加以强化"。但是，文化研究并不能替代也不会取消文学研究本身。文学研究应该深入研究作为艺术文化之一的文学的特殊性："文学研究关注的要点正是一部作品与众不同的错综性。"如果不能掌握文学的特殊性，而只停留在对文化的一般性的探讨，"文化研究很容易变成一种非量化的社会学，把作品作为反映作品之外什么东西的实例或者表象来对待，而不认为作品是其本身内在要点的表象"。所以，卡勒在这部《文学理论》中主要还是阐释文学的特殊性，语言、修辞、叙述、意义、解释等仍然是主题。

我国的文化研究也在近几年兴起。我们也有了《文化研究》杂志，好些刊物所登的文化研究文章也多了起来。关注文化热点，分析文化现象，涉及教育、家庭、男性、女性、扶贫、下岗、腐败、污染、色情、暴力、黑社会、全球化等等，这些都是社会关注的现实问题。我们的美学也在面向现实，剖析当代审美文化现象，出现了多部研究当代审美文化的专著，使人耳目一新，令人鼓舞。依我看，美学如能面对当下现实，更多关注文化现象，进一步发展，正可走向文化美学。

无疑，文化美学首先应关注当代审美文化。但当代审美文化并不限于大众文化，高雅文化当亦在其列。文化美学可以通过对高雅文化和通俗文化的研究，探索当代文化如何走雅俗共赏之路。不只是当代审美文化，连非审美文化也应列入文化美学的视野。艺术文化之外，政治文化、道德文化、科技文化、教育文化等也应得到文化美学的关注，从美学上加以审视、评析。研究领域因现代化的发展而日益扩大，这正是文化美学和文化研究相近之处。然而，西方在解构主义、反本质主义兴起以来，文化研究关注具体问题的具体分析，从一个具体问题引发出思考。像福柯的《性态的历史》，就把"性"放在具体的历史中来评说，说它是由一系列社会实践、话语实践共同造成的。人们把原本相去甚远的、各个不同领域里的东西，包括一些我们认为与性有关的行为、心理的区别、身体的部位、心理的不同反应，还有最不同的社会意义，组合到一个统一的范畴之内（即"性"）。文化美学也重视具体的文化现象，并从文化研究中吸收养料；但更应重视归纳，从对众多的文化现象做出的分析中，从美学高度进行思考，做出理论概括，走向文化美学。

文化美学是文艺美学的扩大和延伸，不妨先从研究大众文化着手，做些美学探索，然后再逐步推进到更广的领域，但精神文化应成为文化美学的基本对象，对真、善、美的追求应是文化美学的终极目标。

无疑，我们要密切关注西方的文化新思潮，但并非要我们去赶浪潮。文化美学还是要面向我们自己正在走向社会主义现代化的当下现实，研究文化实践中出现的新问题，而且绝不能丢弃我们自己的价值取向，要有我们自己的价值评判。也只有这样，我们的文化美学才能对世界先进文化的发展做出独特的贡献。在1995年深圳召开的国际美学会议上，法国一位美学和艺术学教授曼纽什在题为《中国哲学对西方美学的重要性》的发言中说道："我期望随着中国思想对西方美学影响的增长，会产生这样一个结果：目前流行一时的一些方法论论述，诸如读者反映的批评主义、结构主义、后结构主义、解构主义、新历史主义等等，最终都将变得了无意义，因为所有这些被人们大量讨论的主义，早就失去了其应有的目标：视觉艺术和文学。相反，艺术对人之存在的意义问题，将再次变成人们注意的焦点。"

深圳大学是一所年轻学校，但近20年来，陆续来了许多青年学者，如今已成长为学术中坚。我们约请了热心文化的人文学者分别撰写了专著，编成一套"文化美学丛书"出版。希望这套丛书能对文化美学的发展起一些积极作用。

为《文化美学丛书》所作总序
2000年秋于深大新村

（原载《胡经之文丛》，作家出版社2001年版）

文化美学应时生

时代需要文化研究

大众文化的兴起,引发了文化研究,并在不断拓展新领域,很多年轻学者都在转向文化研究,令人高兴。本来,中国在迅速走向现代化的过程中,各种文化现象纷纷涌现,时而令人振奋,又时而使人困惑、眼花缭乱。文化研究能把视角转向当下现实,捕捉社会实际中的复杂现象,深入剖析,这正是适应了现实需要,使人耳目一新。

目前的文化研究已出现了三种类型:一是对所有社会现象做研究,经济、政治等现象都已包括在内,从饮食男女,穿着打扮一直到社会暴力、黑暗势力都在文化研究的视野;二是对社会中的精神文化现象做研究,研究对象缩小到哲学、宗教、道德、艺术等领域;三是对精神文化中的更小范围做研究,对象专注于文学艺术这类现象。依我看,这三种类型的文化研究都有自己的发展前景。这也正说明了文化研究并不限定于一个学科,而是一种跨学科研究;有些文化研究的倡导者就是要消解学术殿堂已有的学科,跨越各种各样学科的限制。这也无妨,关键是要有正确的价值评判,并逐步走向探索文化发展的规律。

文化现象错综复杂。以研究世界的复杂性著称的哲学家埃德加·莫兰在他的《迷失的范式:人性研究》一书中阐明了人类社会远比自然界复杂的观点。自然界已够复杂了,但"在自然界享有最大自由的人类社会"能够以"对自然界的多种依存性来滋养它的自主",变得更为复杂、丰富、多样。而人类社会中最复杂的还是"人类个体",这是个"复杂性的最后果实","对人类社会既享有最大的自由,又具有最大的依赖性"。这个"人类个体"的活动只能在两个重叠的层次上展开,"而这两个层次又是相互依存的:它们一个是社会环境系统,一个是自然环境系统"。"人类个体"既生活在自然环境中,又生活在社会环境中,为了既适应环境又改造环境,就产生了多种多样的文化,物质文化、精神文化、社会文等等，并且都各自有其独特的复杂性。文化研究可以自由选择研究不同文化的复杂性，但我更有兴趣的是关注其中的规律性。

文化是人创造的，却是许多"人类个体"共同创造的结果。恩格斯在给约·布洛赫的信中曾精辟地分析了历史事变是怎样创造出来的。许多的"人类个体"都参与了进来，"融合为一个总的平均数，一个总的合力"。由于有众多个体的参与，"这样就有无数相互交错的力量，有无数个力的平行四边形，而由此产生出一个总的结果"。作为历史现象的一种，文化也是这样创造出来的，社会文化的复杂性就更为突出。作为总的合力、总的平均数、总的结果，社会的规律不以个人的意志为转移。但是，恩格斯进而阐明了个人的意志也参与了历史，"每个意志都对合力有所贡献，因而包括在这个合力里面"。"人类个体"具有相对独立性，面对复杂的社会环境和自然环境，既要掌握社会规律，又要掌握自然规律，方能生存、发展和完善，这里就生成出个体如何处理和周围环境的关系的人文规律，以和社会规律、自然规律相联结。美的规律就属于人文规律。

研究文化也需要美学

文化研究走向跨学科，但对文化现象的研究确也可以从美学的角度来研究。

所谓文化，就是"人文化成"，乃相对于天然而说的，本来就包含了两个方面：一是"人化"，把"物"按照人的需要加以加工改造；二是"化人"，使"人"的品性自身得以提升，"人化"和"化人"相互促进，使文化不断从野蛮向文明提升，向真、善、美方向发展。文化的产生和发展使得我们这个世界有了三个层次：一是天然的世界，这是一个广阔无限的没有人涉足的大自然；二是人化自然，不断被人加工改造着和扩展着的世界；三是人类自身构成的社会。美学研究人类的求美活动不仅涉及艺术审美、文化审美，还涉及自然审美，特别当我们的生态环境日益恶化之时，就更需要研究自然审美（包括如何保护天然生态之美以及如何按照美的规律来改造自然）。美学要面向现实，生态美学确实大有可为。但在当下，我们又面临着另一种现实，那就是在发展的过程中，又在生产着许多文化垃圾，我们的美学如何应对？我觉得这就需要发展文化美学，研究我们的文化生产如何按照美的规律来创造。文化既然包含"人化"和

"化人"两个方面，那么，无论是物质文化还是政治文化、精神文化都应按美的规律来创造，都为满足人的需要。不过有的文化主要用处在实用，而有的文化主要是为虚用。经济、政治、文化，这里说文化主要用来说精神文化，这也正是文化美学应作为重要考察的对象。精神文化的创造也是一种实践活动，是精神生产，主要靠精神劳动。但若精神劳动还只停留在脑海中，那还不算是实践，而只是虚践。虚践也是一种存在，但不是实在，而只是虚在。这头脑中的虚在要用符号来物化，才转化为实在。作为精神生产的产物，精神文化是符号化了的文化，把人的内心世界予以符号化了。作为商品生产的精神文化产品，实用价值、交换价值、审美价值和符号价值常交织在一起。文化美学要重点研究审美文化，必然要研究实用价值、审美价值、交换价值以及符号价值之间的关系，更要研究审美价值和其他精神价值（认识和评价、思索和感悟、科学和道德等）的关系。真、善、美这古老命题，在当下现实中究竟有了什么新的内容，需要文化美学做新的阐释。大众文化发展起来之后，中国的审美文化格局发生了新变，大众文化、主导文化、高雅文化三足鼎立，互补互动，相互影响，共同促进了当代审美文化的发展。随着社会现实和思想观念的急遽变化，崇高和荒诞、悲剧和喜剧、优美和丑恶等等都会产生新的内容和形式，需要文化美学从现实生活中的实际现象出发，做出新的阐释，如色情、暴力、权谋等等文化现象，如何从美学上给予评判等等，需要研究的问题多多。审美文化是为满足人的审美需要的，可什么是人的审美需要，和人的其他需要是什么关系？马斯洛把人的需求分了好几个层次，我看，主要是三个层次：生理需求、心理需求、精神需求，这三者是什么关系？精神现象学正在深入研究。文化美学自然也不能回避这样的问题：审美愉悦究竟和生理快感有什么样的联系和区别？不妨对娱乐性做些更深入的研究，区分一下审美的娱乐和其他娱乐的区别，以利大众文化向先进文化方向发展。

随着日常生活的渐趋审美化，今人的视听等五官感觉日益精致，物质生活的丰饶使官能享受迅速发展。但文化美学应及早提醒世人，不要过多沉湎于官能享受，而应关注提升审美文化的水平，在"五官感觉"之上，更要着力于培育和发展马克思所说的"精神感觉"和"实践感觉"（意志、爱等等）。

文学艺术仍需要美学研究

　　大众文化的发展推动了艺术的生活化、生活的审美化,审美向生活渗透和泛化,于是,美学的领域正在日益扩展,文化美学必然也更关注生活的美学。但这并不意味着艺术和生活的界限消失了,艺术活动也是人的生活活动,但并不就等同于日常生活。审美活动已泛化到日常生活,日常生活的审美因素日益显现,审美性已非文学艺术之专有特性,于是有人以为对文学艺术的研究已用不着美学,只要文化研究就行。

　　诚然,文学艺术的生产、交换和消费作为一种文化现象,应以文化学的角度、视点、方法,把它放在整个文化系统中去进行研究。文化研究拓展了文艺研究的视野,反过来促进文艺研究向纵深发展。把文学艺术放在美学视野中来考察,这是传统美学题中应有之义,因为文学艺术是人类审美活动的集中表现形式。当下社会的急剧变化使大众文化、通俗艺术空前活跃,传统的文学艺术正在被挤向边缘,不少文学艺术在走向实用,纯文学走上杂文学,艺术只用来做包装外壳。然而正是在这种现实面前,我们仍然需要文艺美学。诚然,艺术创造和物质生产、日常生活都需要按照美的规律来创造,但艺术创造仍然有和其他生产不同的特点。艺术创造要用物质材料按照美的规律创造出一种符号样式来,但这种美的符号样式却是为了表达出作家艺术家对人生的审美体验,自有独特的创作规律。要把审美体验组织起来,通过意和象的结合,进行构思,转为意象,营构意境,予以符号化,成为一种独特的美的创造,和其他文化产品不同。如今的日常生活、衣食住行,我们都在追寻美,但这并非艺术之美,而是生活之美。艺术美的价值和功能,自有独特的内涵。文化美学要发展,文艺美学也仍需深入。在我们面前,要研究的问题多多,道路十分广阔,从中文系出来而又长于研究的年轻学子大可不必担心。文化美学、文艺美学、生态美学,生活美学等都要发展,大家可以依照社会的需要和个人的志趣,各显神通。

　　我在20世纪80年代初倡导文艺美学,但绝不认为美学只研究文艺,美学的领域广阔得很。

　　从历史发展来看,人类长期有美而无学,直到1750年德国哲学家鲍姆加登才提出要建立美学。那时,他还只把美学理解为"感受学"或

"感性学",研究的是"朦胧的认识",以便和"明晰的认识"相区别,目的是使这种低级认识也能完善,"感性认识的完善"就是美。因此,美学在当时只是一种"低级认识论"。到了康德,才把美学提升到和逻辑学、伦理学相并立的地位,真正成了审美学。审美活动成了独立的研究对象,它虽连接着认识活动和实践活动,但又不是一回事。审美活动是一种感性活动,但感性中有理性,审美理性不同于纯粹理性和实践理性。审美判断是一种感情判断、价值判断。由此,黑格尔把美学称作"研究感觉和情感的科学"。但他的关注重心在艺术,所以把他的美学称为"美的艺术的哲学",其实,艺术创造已是一种实践活动,是精神实践。到了席勒,更是把美学扩及另一实践领域,即教育实践。他高扬古希腊的美育精神,倡导实施美育,培育人不仅要懂得审美,"对丑恶的东西会非常反感,对优美的东西会非常赞赏";而且还要从审美中吸取营养,培育美的品性,"使自己的心灵成长得既美且善"。美育是直接育人的实践活动。

到了马克思,美学的关注更从精神生产和人自身的生产延伸到物质生产领域,不仅是康德所关注的道德实践,而且人类的物质生产,都应按美的规律来进行,通过实践来创造美。物质生产如此,那精神生产和人自身的生产就更应重视美的规律了。随着时代的发展,美学应时而进,领域在不断扩展,审美、育美、创美都成美学研究题中应有之义。依我之见,发展到如今,美学的旨归,应是探索人类如何按照美的规律去掌握世界(外在世界和内在世界)。

在深圳大学中文系研究生座谈会上之发言
2002年春于深大新村

(原载《胡经之文集》第四卷,海天出版社2015年版)

焕发新审美精神

在走向现代化的进程中,审美现代性也悄然而生。改革开放之初的那股文化启蒙思潮本身就充盈着现代审美精神,推动着文学艺术的与时俱进。大众文化、通俗艺术的兴起推进了审美现代性的新变,成为我国审美文化的新维度,从而改变了审美文化的格局。如今,主流文化、大众文化、高雅文化已三足鼎立,各显神通,三分天下,各领风骚。在审美文化的发展过程中,三者既分立又互动,相互作用,彼此影响。随着新世纪的到来、国际文化交流的扩大和深入,文化美学要自觉把握这个契机,在促进文化的互动和沟通中提升,向着先进文化方向发展,唤起和焕发新审美精神。

一

从"文化大革命"噩梦中醒来的人们迎来了精神的自由和解放,对未来充满了美好的憧憬和希望。于是,美学热应运而生,文化生活中洋溢着一股和呼唤现代化相应的现代美学精神。

在改革开放之初的那个年代,大众的生活还远未摆脱贫困,百废待兴,一切都要重新开始,但心里充盈着对美好生活的期盼。所以,这时的审美精神主要是对未来的一种审美期待、审美向往,呼唤崇高,富有浪漫气息、理想色彩。这种启蒙型的审美精神高扬人的主体性,呼唤精神的自由和解放,把美看作人的本质力量的对象化,美也被主体化了,因而成为人的自由象征。

这种富有浪漫气息、理想色彩的现代审美精神起着呼唤奔向现代化的文化启蒙作用,唤起了我们的自我意识的觉醒。文学艺术中出现的从舔吮"伤痕"到内心"反思",一直到文化"寻根",其实都渗透着这种启蒙型的审美精神。不过,多年之后,社会生活出现了新的变动,不仅"官本位"未能消退,而且新出了"钱本位",这两者相互争夺而又相互勾结,权钱交易甚嚣尘上,把文学艺术挤向了边缘。尽管少数精英还在艺术创作中坚守着精神启蒙,但更多的人却转向大众文化、通俗艺术的创作,甚至审美转而向日常生活扩散,促成了审美精神向生活靠近,向实际生活泛化,发展为生活型的审美精神。

也许我从中心走向边缘较早,所以较早就感受、体验到了这种审美精神的转变。为了能把理性分析和个体经验联结起来,我还得从个人体验切入。

我最早接触的大众文化、通俗艺术是从我国香港、台湾地区传入的。20世纪80年代初,我第一次看到台湾歌星奚秀兰放歌《阿里山的姑娘》,引起了我的一种惊奇感。这位歌星在台湾并非一流,歌喉只能说圆浑,说不上优美,更称不上高雅,但那唱法却很新颖,充满生命活力,富有青春动感,表情甚为丰富,内容洋溢着生活气息,给人以一气呵成的鲜活之感。过去,习惯于太多的沉闷、迟缓、拖沓的节奏,突然听到了充满青春活力的歌曲,一下感到惊奇,发现歌还能这么唱,世上还有这样的歌!之后又听到了三毛的歌曲、邓丽君的歌唱,更加深了我的印象:这同传统的审美已有了很大的不同。

受了古典审美的熏陶,我对世界名曲一向充满崇敬,但没有想到,当代钢琴王子克莱德曼竟会那样演奏古典名曲。第一次听到他演奏经他改编后的古典名曲,我的直觉是:这些古典名曲和我们亲近了,流进了我们的现代生活。他对古典乐曲做了现代阐释,赋予了现代气息,加快了节奏,多了自由发挥,适应了现代人的审美需要。受这古典新曲的激发,我曾一度全神贯注、如痴如醉地沉迷于中外名曲的欣赏中,以致高价的音碟机刚在香港面世,我就迫不及待、不辞劳苦地运回,以便尽情一饱耳福。我曾在华盛顿郊外的一个小镇上盘桓数天。20世纪90年代初的夏天的一天,正当我在餐馆准备进食之时,忽听得音箱中放出以牧场抒怀为主题的新乐曲,一下就吸引了我。我静静地听着,忘了动手进食。至今,我始终不记得那次吃了什么、食物是什么味道,但一想起那情景,就不知不觉地沉沦于那缭绕的余音之中。那次,我又一次体验到了孔老夫子所慨叹的余音缭绕、三月不知肉味的意境。回来后,我到处打听能否买到这一乐曲的音碟,终未如愿,留下了深深的遗憾。

从古典审美走向现代审美,对我说来是在不知不觉、潜移默化中悄然行进的,并未借助于什么理论。80年代初期,我在不时来往于香港、内地之际,不由地也看起港台小说来。先是看琼瑶的爱情小说,那古典式的爱情的理想境界也能给人以审美享受,但终究离现代尘世太远,渐感乏味。继而看亦舒的爱情小说,感受到爱情的现代境界,扑朔迷离,惊心动魄。我惊异于作者能那样深切体验女性内心世界而捕捉到了现代生活中爱情的复杂性,这是在大陆作品中从未见到过的。后来再看梁凤仪的财经小说,虽然作品也以爱情为纽带展示出人与人的多重复杂关系,但已更多地关注商界的兴衰浮沉,少了心灵的深掘,虽仍可读,却已逐渐少了阅读的兴趣。对于铺天盖地而来的武侠小说,虽然我年少不经世事之时曾为之着迷,但长大后再也引不起我的兴趣,即使是香港文友送我金庸小说,也只是翻了几页就感到昏昏欲睡,于是赶快转送了别人。心里总觉得那上天入地的武侠离现代尘世太远。若要好奇,还不如看一看陈娟的《昙花梦》,那还离尘世近些,尽管这也是艺术的虚构。

那时的主流文化、精英文化的变化都不大,没有什么吸引我非看不可的东西。于是,我的审美意向就转到近十年来获得奥斯卡金像奖的影片上来。在深圳每天都能看到香港电视台播放的一到两部的欧美影片,连续好几年,真看了不少。这是一种现代审美,那新鲜的感受持续了数年。其中一些优秀之作已渐成经典,确实耐人寻味。但更多的则是走向模式化,暴力、色情、黑幕、西部片均有不少重复的套路,无多少韵味,看多了也就感到无味。大约在20世纪90年代中期始,我已很少再转向香港电视台去看好莱坞影片,非不敢也,乃不为也,实已提不起精神,引不起多少兴趣了。此时,引起我的兴趣的已是对发生在我们自己身边的现实的审美反思。

改革开放激发了中国人的惊人创造力。我国香港、台湾地区和欧美的大众时尚之风吹来之后,当初受过审美精神感召的文化人中,开始有人把目光转向大众文化实践,出现了自由制作人、自由经纪人、自由写作人、自由卖艺人,从对港台、欧美大众文化的仿制逐渐走向中国自己的大众文化的创造。于是,发展到20世纪90年代,大众文化、通俗艺术已成为一道独特的景观。

如今,越来越多的自由文化人走向了大众文化、通俗艺术的道路,就连以抒发心灵见长的诗歌也是如此。1986年,深圳的青年报就推出了《中国诗坛:1986年现代诗群大展》,张扬诗歌要表现日常经验、平常生活、普通形象,嘲讽崇高、典雅、神圣。不久,大众化、通俗化、日常化的思潮也渗入小说,新写实小说兴起,一反过去的艺术典型化和宏大叙事的观念，着力于描写日常生活的"原生态"，审美的触角向日常生活延伸。也曾出现了《一地鸡毛》《烦恼人生》等颇有影响的作品，为小说开拓了新的领域。但发展到新生代小说，则走向了只关注个体自我，不顾他人，厌弃社会，竭力把自我的"绝对隐私"有意暴露出来，进行自我展示，以此招揽读者，这就完全消解了文学艺术的审美判断，甚至颠倒了价值关系。

大众文化、通俗艺术日益发展为审美文化新格局中最活跃的因素。它正在冲击着主流文化和高雅文化。这样发展下去，大众文化、通俗艺术会不会像香港那样，扩展成为我国的主流文化？①

这就不仅决定于大众文化今后会怎么发展，而且还决定于在我国历史上已长期形成的主流文化会怎样发展。

在我国50年前逐渐发展起来的主流文化一直高奏主旋律，弘扬社会主义、爱国主义、集体主义。但是，在文艺为政治服务的道路上，途径越来越狭窄，发展到"文化大革命"，文艺只剩下了几个"样板"，其他则被一扫而光。改革开放也解放了精神生产力，主流文化也从"政治化"的唯一途径上走向"启蒙"和"审美"的道路，特别是在大众文化、通俗艺术兴起之后，主流文化徘徊、反思之后，进行自我调整，吸取了大众文化、通俗艺术之长，也关注起文艺的娱乐性来，开始摆脱过去那种单调的政治说教，探索使文艺如何"寓教于乐"，寻求"雅俗共赏"。正是这样，主流文化在自我反思、自我调整中走向更加宽广的道路，巩固了自己的主导地位。

在整个审美文化格局中，高雅文化始终是一个最为薄弱的环节。改革开放以来，不少文化精英转向大众文化、通俗艺术，也有不少人转向主流文化，但坚守高雅文化的人却越来越少。高雅文艺也仍在发展，但成就大多在"古雅"领域，对古典艺术、民间艺术进行加工，而甚少出现"新雅"佳作。

我们的文化美学大可关注一下"春节演出"这一重大的"文化事件"，做些深入的分析。在我们国家的电视台上，"春节演出"已出现了

---

① 香港的学者、文友告诉我：大众文化、通俗艺术在香港已发展成为主流文化。香港也有学院派文学艺术，但和大众隔离，不和大众文化、通俗艺术发生关系。国际上著名的交响乐团、歌剧舞剧也不时出现在香港舞台上，还有自己的水平很高的中乐团，但构不成文化主流。

三种类型。一是持续了十多年的综合众多艺术表演的正宗演出，竭力在寻求为大众喜闻乐见、雅俗共赏的道路，尽管年年受到非议，精品不多，精彩渐少，但营造了一种传统节日的热烈气氛。这是否代表了我国当今审美文化的主流？不妨深入下去做些学术探讨。但心连心艺术团走向全国各地基层所做的艺术演出，当是如今的主流文化无疑。二是文化部组织的另一种文艺晚会，显然更重视艺术的审美价值。中外古典名曲和中外民间乐曲成为主导内容，无论是名曲还是民歌，都是历史上沉淀下来的优秀之作，成为百听不厌的经典。这些名曲或民歌或经文化精英的加工、改编，或经文化精英的现代阐释，都显现出了典雅，即使是来自民间的乐曲、民歌，也都提高为精美之作，我愿把这称为"精美文化"。在日益扩大的国际文化交流大潮中，我们能真正"送出去"到金色大厅去展示的其实主要还是这些做了现代阐释的传统文化，特别是民族歌舞、民间杂技、民歌民乐。经过王洛宾加工了的西部民歌、经过提升了的华彦钧的《二泉映月》、由越剧曲调提炼出来的小提琴协奏曲等等，现在不都走向了世界？三是一种专为青少年组织的青春动感的演出，融摇滚、蹦跳、撞击于一体的劲歌猛舞，这是否算是大众文化的极致？但在我心灵上引起的已不是审美愉悦，而是撕裂之感，看来已非我这样年纪的人所能享受得了的。但看看那些歌迷、舞迷的如痴如醉，兴奋迷狂，不由得引发我的思索：大众文化之火是否会越烧越旺？这真是大众文化发展应有的方向？

二

面对审美文化格局的新变，文化美学应把探索大众文化、主流文化、高雅文化各具的特点以及相互关系综合起来研究，在它们相互渗透中把握发展趋向，真正研究发展中的一些问题。

对于大众文化的研究成果渐多。国外的文化研究不断进入我们的视野，西方马克思主义的文化批判学说，社会交往理论，后现代主义文化理论，英国文化主义理论，甚至欧洲新兴起来的以批判文化相对主义为特征的文化理论，都得到了我们的重视。这为我们提供了文化研究的新视角。但它们在不同的文化土壤上产生，面对的是不同的文化现实，对大众文化的评价并不一样，所要解决的问题也不同。我们需要有广阔的理论视野，但需要解决的还是我们自己的问题。文化美学所应持有关注的是"国际视野、中国问题"。

大众文化本应包括民俗文化和流行文化。民俗文化是传统的大众文化，在民间流传，也在发生变化，出现了新民俗文化。但城市却被流行文化所笼罩，以至一说起大众文化，在我们心目中习惯上就只指流行文化。

当前的大众文化究竟有什么特点？说法已有很多，诸如商品性、市场性、产业性、技术性、标准性、平面性、复制性、游戏性等，还可以列出更多。但这大多是从文化生产方式和流通方式着眼而做的抽象，而且并非大众文化所独有的，主流文化、精英文化也在走向产业化、技术化、商品化，服从现代生产的一般规律。因此，还是要探讨大众文化自身所独具的价值、功能、结构。

若把大众文化和主流文化、高雅文化放在一起考察，大众文化给我印象最深的还是它的世俗性、娱乐性和流行性（或叫"即时性"）。大众文化可以有许多价值、功能，但它的最突出的目的和功能，就是给大众即时的快乐，正如西方学者所说，"大众文化的花样很简单——就是尽一切办法让大伙儿高兴"①。流行的文化就是要为大众逗乐、找乐，即时享受，引起大家的高兴。当然，招人逗乐的背后，隐藏着利益，那就是我给你逗乐，你交给我钱，通过交换，我得到的是实利，所以，当然要招揽越来越多的顾客，大众越多越好。文化市场必然要面向大众，正如《中国文化蓝皮书》所说："市场唯大众的马首是瞻，认定最畅销的东西就是最好的东西。"流行文化就是以当时最流行的时尚来逗乐大众。

审美文化本从日常生活中来，由日常生活中的审美发展而为审美文化的不同形态。大众文化则是最贴近日常生活的那种审美文化形态。它从日常生活的审美中提炼出新形式，从而又回归日常生活，引发大众体验生活的乐趣，享受生命的欢乐。改革开放以来，大众的生活发生了剧烈变化，紧张劳动之余，渴求享受生命的欢乐，体验生活的乐趣，大众文化应运而生。它适应了日常生活的需要，推动了大众向日常生活的回归，促进了生活的审美化和审美的生活化，使日常生活具有了一种新的意义，正如丹尼尔·贝尔在《文化：现代与后现代》所说："运动感和变化——人对世界感知方式的剧变——确立了人们赖以判断自我感觉和经验的生动而崭新的

---

① 丹尼尔·贝尔：《资本主义文化矛盾》，赵一凡等译，生活·读书·新知三联书店1992年版，第91页。

形式。"① 大众文化、通俗艺术表现了生活剧变引起的运动感、变化感，创造出自己特有的艺术方式，富有青春动感和生命活力，因而受到大众的欢迎。

尽管审美和娱乐相通，审美也要求娱乐，但并非一切娱乐都是审美。娱乐有娱感官之乐，也有娱审美之乐。大众文化、通俗艺术不能只停留在满足感官的享受，而应提升为精神的体验。生命的意义当然也包含感官的享受，但是"囿于粗陋的实际需要的感觉只具有限的意义"（马克思），审美才使我们能体验更高、更深的人生意义。因此，大众文化、通俗艺术要向关注审美意蕴方向提升。最困难的是如何使其提升。已有许多尝试，一手伸向经典、一手伸向民俗，且已初见成效，像《涛声依旧》借用了古诗意象，《霸王别姬》引进了京剧曲牌，《中华民谣》则融入了民歌；还有不少干脆就将民歌改编，运用了一些民歌旋律，却改换了内容，变成了新腔，名为新民歌，其实已是面目全非。但不管怎样，多少还有一些文化意蕴，有所提升。伸向经典、伸向民俗都很必要，今后仍需要继续，以求创新。但是，依我看，大众文化、通俗艺术更应在提炼生活经验上下功夫。还是要面向当下现实，关注大众生活，和大众日常生活的实践更贴近；但又要通过自己对大众日常生活的体验、领悟和反思，对日常生活又有所超越。正是在对大众生活的新体验、新领悟、新反思中，焕发出新的审美精神。

这也不正是对整个当代审美文化所应提出的要求？大众文化、通俗艺术就是整个审美文化中的一个有机组成部分。但当我们把目光转向主流文化时，我觉得对主流文化却应有更高的要求。

主流文化受主流意识形态的主导，应反映社会的公共要求。我们所要实现的是社会主义现代化，社会主义思想教育当然是精神文明建设的灵魂。主流文化担负着社会主义教育的伟大使命，实施德、智、体、美、劳的全面教育。因此，主流文化并不只是审美文化。就是从我自己这个个体来看世界，我们也并不是仅仅要审美教育，而要广阔得多，真、善、美都是我的价值追求。我需要认识和了解我生活于其中的这个世界，这世界究竟是怎样的，正在发生着什么变化，不同的人在这世界上怎么生活着。我也需要体验和评价这个世界上发生的变化、人的各种不同的生活。我更需

---

① 转引自王岳川编《后现代主义文化与美学》，北京大学出版社1992年版，第4页。

要学会以什么态度，怎样来对待这个世界、生活中发生的一切。因此，只要有助于我认识、评价、体验以及如何对待这个世界的文化，不管体现为艺术还是科学，我都乐于接受。在我们这个发生急速变化的时代，人的生活和命运也千变万化，我们的文学急于反映这种变化，不一定都要变成主要为满足审美需要的艺术的文学。可以是现实的实录，也可以是调查报告，只要有助于我们认识这个世界，又有何不可？因此，大文学、杂文学的发展已势在必行。回想起来，能引起我阅读兴趣的其实不一定都是审美的。我爱看这样的纪实：我那见过的可爱的太湖、滇池、洞庭湖甚至洱海怎样被污染了，在咱们自己国土上生活的各种各样的人是如何生活的，中国人远离国土后在异国又是怎样生活的。当然还有普通百姓都关心的问题，如那些贪官污吏是怎样被挖出来的。而能及时反映这些的大都是调查报告、新闻报道或是纪实文学，没有多少审美意味，但却都是反映了我们生活中已经发生的事件，这正是我所要急切知道的，没有审美意味，也照样读，它满足了我认识世界这个需要。文学不一定都是美的文学，也可以有真的文学和善的文学，具不同的特长，有不同的价值。

但如果我们对主流文化有更高的要求，希望主流文化重视发展审美维度，教育我们如何从审美上去体验和评价我们这个世界，做出诗意的裁判，教会公众如何以审美态度对待这个世界，那就不仅要对日常生活做审美超越，更应超越大众文化、通俗艺术。

在商品生产的刺激下，最近几年在我国形成了规模空前宏大的创作之潮。如今，我国每年生产出来的长篇小说就有八百到一千部，而影视制作每年更在万集之上，有时高达一万五千集，这真是历史罕见的。艺术生产都在向产业化、工业化、技术化、商品化、规模化发展，艺术产品急增并不奇怪。不仅业余作家、艺术家在走向大众文化，连由国家供养的专业作家、艺术家也在向大众文化靠拢。但规模日益扩大的艺术生产究竟产出来了多少艺术精品？是不是获得形形色色各种奖状的作品就是精品？不见得。艺术精品乃艺术中之精品，就不只要有较高的认识价值、思想价值，更必须要有高度的审美价值，认识价值、思想价值就寓于审美价值之中。恩格斯一再说，他是从"美学观点和历史观点"来评价艺术作品的，而且这是衡量作品的"最高标准"。作为审美文化的最重要部分，主流文艺应有很高的审美价值。为此，主流文艺应该站在时代发展前列，具有超前意识，把握时代脉搏，抓住人民大众共同关切的人类命运问题，"入乎其内",有真切的体验和深刻的领悟,又"出乎其外",唤醒自我意识,进行自我反思。我们高兴地看到,负有社会主义教育使命的"五个一工程",在注意抓重大题材的时候,鼓励提高艺术质量,促进"主旋律"具有更高的审美价值。近几年,我们的文艺更增强了审美批判性,多年不敢涉及的政治领域渐渐成为热门话题,现代官场小说、肃腐反贪作品、扫黄打黑的影视纷纷涌现,触及人民大众关注的问题。《抉择》《大厂》《至高利益》《大雪无痕》《大法官》等优秀之作吸引了广大读者、观众。作家、艺术家的审美视野原应十分广阔,激烈的政治斗争、崇高的道德行动都可以审美的眼光做出审美评价,从审美上做出肯定或否定的态度。如今,主流文艺又在重拾宏大叙事,发扬敢于面向现实的审美精神,使我们在严酷斗争的描绘中重新体验正义,在盖世太保枪口下的中国女性形象中又重新感受到崇高。但是,应该清醒地认识到,真正称得上艺术精品的还是不多,珍品则更是罕见,平庸则随处可见,艺术垃圾日益增多。当下不应再鼓励量的疯长,而应重视质的提高,特别要关注审美评价中的价值取向,应有更高的审美追求。商潮涌动中,在人与人的关系、人与自然的关系、人和自我的关系中,异化现象都在滋长,作家、艺术家如何对人与世界的关系不时做审美反思,焕发直面人生而又超越现实的新审美精神,增强审美批判性应是提升主流艺术审美品位的必要途径。

在我心目中,高雅文化应是既对大众文化的吸收和超越,又应吸收主流文化的精华,做出新的超越,创造出来的应是弥足珍贵的精美珍品、传世之作。但在启蒙型审美精神退潮之后,确有少数文化精英受西方形式主义美学影响,致力于形式之美的建构,只在符号本身下功夫,不在体验生活上着力,忽视在现实生活中体验、领悟人生价值和意义,把艺术美仅仅归结为形式美。这种重在形式的审美精神使得少数精英只关注形式审美,导致作品失去审美意蕴,受到时代和人民的冷落。幸而一些文化精英在改编古典名著和改做民俗艺术这两个领域还是取得了一定成功。对中外古典名著的现代阐释,对民俗音乐的深度开掘,苏州评弹的艺术提升,梁山伯祝英台民间故事被演绎成多种艺术,对王洛宾编改的民歌的再演绎等等,都给人留下了深刻印象,不少已登上国际舞台。对古典艺术和民俗艺术的再创造的前景广阔,道路宽广,尚有很大潜能可挖掘和发挥。但若要在我们这个时代实现中华文化的伟大复兴,创造中华文化的新的辉煌,我们的作家、艺术家就要有伟大的艺术抱负,吸纳中外文化的精华,熔铸和焕发新的审美精神，不仅追求对大众文化的超越，更要对主流文化做新的超越。

三

不同时代的审美精神有着不同的特色。在改革开放之初，我们曾经高扬过富有浪漫气息、理想色彩的现代审美精神，推动了这次新启蒙。美学热潮消退，审美精神向社会更广泛的领域弥散。在大众文化、通俗艺术中发展了一种以感性享乐为特征的审美精神，而在少数精英文化中则发生过一种以形式追求为特征的审美精神。在主流文化中，更多地在发扬着面向现实、关注人生的审美精神。在文化的相互碰撞、沟通、互动过程中，现代审美精神也在逐渐发展、提升。

随着新世纪的来临，国际文化交流正在迅速加快和扩大，我国的社会主义现代化进程也在向纵深发展，人的现代化问题更加突出起来。在呼唤中华民族的伟大复兴声中，中华文化的发展将进入一个新的历史时代。新的时代需要唤起和焕发新的审美精神。不是要重归当初那种审美情景，不可能也无必要再兴美学热潮。文化美学应在汲取、反思这些浪漫审美、感性审美、形式审美、现实审美的审美经验的基础上，继承和发扬中华文化的古典审美精神按照我们这个新时代的实践需要，着眼未来而又面向现实，实现新的超越。

这种与时俱进的新审美精神，应富有时代气息而又蕴含东方神韵。我想从时代感、人性化和超越性这三个方面略说一下这种审美精神应有的品格。

（1）时代感。我们这个时代的审美精神应面向当下现实，把握时代脉搏，富有时代感。

我们正在经历着一个剧烈变动的时代。尽管我们在一个世纪前就在尝试着走向现代化，但历经磨难，多受波折。等到我们真正睁开眼睛看世界，痛切地感到我们已落后得太久，就匆忙奋起直追，赶快引进国外生产力，加足马力赶上去。待到一些地方迅速发展，生产的物质生活资料已丰富起来之后，我们又发现，生产出来的许多商品已经销不出去了。于是，我们就转而扩大内销。但广大的内陆地区还刚在奔向初级现代化，不少地方还正从前现代向现代化转化，刚解决了温饱，而世界上西方发达国家所占的人口不多，却早已抢先垄断了世界上大多数的物质财富。人家早已从初级现代化越过了高级现代化而进入后现代，一些先知先觉在享受过丰饶的物质生活之后，又在追求简朴的生活，发展精神生产，以丰富精神生活。我们在一些地方刚经历了资本原始积累，又在加快现代化步伐，初级现代化（以工业化为特征）还未完成，马上又迎来了知识经济时代，仓促间又要赶上信息化，两步并成一步走，要做跨越式发展。而西方后现代思潮却已悄然舶来，激发我们自我反思。那西方现代化所造成的许多弊端发人深省，物欲高涨、人欲横流、人我疏离、生态破坏、人性扭曲等异化现象在我们这里也在发生着。我们还需要西方那样的现代化吗？究竟我们应追求什么样的现代化？能不能探索一种新的现代化？我们需要什么样的跨越式发展？一些人沉醉在眼前享乐和狂欢，一些人在焦虑、急躁，而我们更该做的是对我们这个时代做审美的反思，增强对社会中所出现的各种异化现象的批判性，从时代高度持批判态度。在肯定我们时代中的真、善、美的同时，必须加大批判假、恶、丑的力度，深化审美的批判性，这应是我们这个时代的更高审美追求。

无疑，这种审美追求是新感性和新理性的融合，蕴含了理性思考的科学精神，又富有当代人文精神。只有将科学精神和人文精神辩证结合起来，人类才能获得真正的自由。

（2）人性化。新的审美精神应从人民大众的审美追求中提升出来，反映人民大众的审美需要。尽管个人审美体验极为个性化，但在主体间的交往中，可以引发相似的体验。关注人的命运，重视人文关怀，提升人类本性应是新审美精神的重要内容。

审美本身就是人类本性的表现，只有人类才有。人经由劳动而从自然关系中提升出来，成为人类，人类和动物有着本质的差别。马克思在《1844年经济学—哲学手稿》中说道：动物如蜜蜂、海狸、蚂蚁等也进行生产，但只能在直接的肉体需要的支配下，凭本能来生产，而人却只有在摆脱了肉体时才自由进行生产。动物只是按照自己所属的那个物种的尺度来生产，而人却懂得按照任何物种的尺度进行生产，并且，"随时随地都能用内在固有的尺度来衡量对象；所以，人也按照美的规律来创造"（朱光潜译文）。人能不能用"内在固有的尺度来衡量对象"，这是能不能按美的规律来创造的前提。那么，什么是"内在固有的尺度"呢？前人常用"主体的需要"来解释，但依我的理解，这"内在固有的尺度"是人内在固有的"类特性"。正是"类特性"把人和动物的生命活动区别开来,"而自由自觉地活动恰恰就是人的类的特性"。人能用"自由自觉"这一类特性做内在尺度来衡量对象,所以才有审美。类的特性、人类本性是衡量对象是否按美的规律创造的价值尺度、根本标准。审美活动、创美活动、育美活动则是更高的自由自觉活动,突出体现了类的特性、人类本性。

但是,历史发展的曲折使得人应有的人类本性、类的特性发生了异化。马克思在考察社会关系中发现,人与人、人与物、人与我在历史发展中都在发生着异化。人的异化活动不是创造真、善、美,而是造成假、恶、丑。在异化的干扰下,人类本性、类的特性只能在曲折中发展,自由自觉的活动不能顺利展开。当人类刚从自然界提升出来之时,原始人还无大的分工,个人的活动"显得比较全面",人的个性还具有"原始的丰富"。但这是一种狭隘范围内的原始丰富性,"在这里,无论个人还是社会,都不能想象会有自由而充分的发展"①。分工的发展,特别是精神劳动和物质劳动相分离,使得人有了更多的自由自觉。但在"人的依赖关系"中,受血缘、地缘、族缘的束缚,人的个性只能"在狭窄的范围内与孤立的地点上发展着"。当商品经济发展起来,人从"人的依赖关系"中解放出来,个性获得独立。但这是一种"以物的依赖性为基础的独立性",人的个性受物的支配,甚至沦为物的奴隶。只有"建立在个人全面发展和他们共同的社会生产能力成为他们的社会财富这一基础上",自由个性才能获得全面而自由的发展,自由自觉的活动才能充分展开。② 现在,我们还处在社会主义初级阶段,还在竭尽全力发展商品经济,还只能"以物的依赖性为基础"。但是我们要奔向的是"社会主义"现代化,如何及早防止物的片面发展,更多关注人的现代化,必须未雨绸缪,在促进社会发展的全面进步中更加重视人自身的生产,关注人的全面发展。物质生产和精神生产都应按照美的规律来进行,人自身的生产(我把这简称为"人本生产")就更应如此了。马克思呼唤人性复归,在更高阶段上提

---

① 中共中央马克思恩格斯列宁斯大林著作编译局:《马克思恩格斯全集》(第46卷),人民出版社1986年版,第109页。
② 参见中共中央马克思恩格斯列宁斯大林著作编译局《马克思恩格斯全集》(第46卷),人民出版社1986年版,第104页。

升人类本性，发挥人的自由自觉的潜能，这正是新审美精神需包含的应有之义。

（3）超越性。审美是个体的一种自由自觉生命活动，是自由个性的一种存在方式。审美和艺术都根源于生活，但又是对日常生活的超越。马尔库塞说得好："艺术只是在它使自己与我们可能有的日常现实相区别和相分离的这个意义上来说是超越性的。"① 在审美活动中，个体是审美活动的主体，在审美的主体与客体融为一体的过程中，主体体验到了自我实现的愉悦，感受到了自我的价值。但是，审美的根本目的乃人格自我的提升。怎样才能实现这一目的，那就必须超越自我，以人类本性、类的特性（即类本质）作为价值尺度来衡量自我，发展自我意识，对自我做审美反思。这就需要如马克思所说，就像"在意识中所发生的那样在精神上把自己划分为二"。这种划分为二不仅是要区分对象意识和自我意识，而且在自我意识中区别出"客我"和"主我"。当自我在审美中沉醉在自我体验中时，心灵"入乎其内"，随对象喜怒哀乐，不能自拔，贪官的贪婪、商人的奸诈、市民的鄙俗都要体验。但体验种种丑恶心理，并不意味着心灵的自我也要跟着沉沦下去。因此自我又要"出乎其外"，从自我体验中跳出，把那种体验作为客体来加以审视、观照，而以"主我"的视界来评价那"客我"，从而采取相应态度。"主我"的价值观念的不同，对"客我"的审美评价审美态度就不一样，这正表现了这自我（审美主体）的审美人格的品位。有的对丑恶引不起审美的反感，有的则对美好引不起审美的快感，这种审美态度恰好表现出了自我的审美趣味的低劣、恶俗。这就需要以人类本性、类的特性（类本质）作为衡量"客我"的尺度，使"主我"向人类本性、类的特性方向提升，提高审美品位，完善人格自我。

然而，超越自我不仅是对客我意识和主我意识所做的调整，还是对自我意识和对象意识的融合。审美意识是一种自我意识，是对象意识的超越。但它又以对象意识为前提，对象意识是自我意识的基础。审美意识是自我意识和对象意识的交融，提升为有关系意识。审美活动产生的审美体验中，主客统一、物我同一，已分不清对象和自我。但在进入审美活动之

---

① 马尔库塞：《作为现实形式的艺术》，见伍蠡甫、胡经之主编《西方文艺理论名著选编》（下），北京大学出版社1988年版，第724页。

初，在人和世界的审美关系中，仍然存在着审美主体和审美客体的区别。审美关系在实践关系中生发出来，在实践中和世界达致动态平衡，为人类建立了实在的家园。而人和世界建立了审美关系，通过审美活动和世界建立了自由的精神关系，在精神上和世界达致动态平衡，为人类建立精神家园。人和世界是对象性的关系，主体和客体相依相动，在实践中相互对象化，主体于对象既受动又能动，主体客体化，客体主体化。审美活动则是一种意向性活动，包含了审美主体对审美客体的价值评价，更有审美主体对审美的价值态度。在审美关系中，审美主体和审美客体是相依互动，审美主体必须具有审美的本质力量（素养和能力），但也必须有相应的审美对象。"对象如何对他说来成为他的对象，这取决于对象的性质以及与其相适应的本质力量的性质；因为正是这种关系的规定性造成了一种特殊的、现实的肯定方式。"① 马克思说，忧心忡忡的穷人对"最美丽的景色"无动于衷，那是因为主体缺乏审美的心情，进不了审美关系之中，但那"最美丽的景色"还是客体那里的客观存在。只懂购买矿物的商人只重矿物的商业价值，而看不到矿物的"美和特性"，那是因为那商人缺乏审美能力，看不到矿物的审美价值，但那矿物这一客体所具有的审美价值仍是客观存在。②

在走向新世纪的时代，我们更需要美学，而不是要消解美学。不过，这是一种把握时代脉搏、密切关注人生、面向而又超越现实的新美学。

我们的美学曾离开了人这个主体而只在对象中找美的本质，后来，又只从人的主体本身来寻美的本质。但是人的本质又并不就是美的本质，这里存在着辩证关系。美不是主体情感投射或人性外化，却也不是客体的自在物性，而是对象只对人这个主体才显示的一种价值属性，是一种对人类特性具有肯定意义的价值。客体对象的审美价值，美、丑、悲、喜、滑稽、荒诞等，虽然是对人所具有的肯定或否定的意义，只在审美关系中才显现出来，在审美活动中才能被把握；但是，审美价值仍是处在关系中的关系客体的客观存在，不是主体的主观体验。审美活动所产生的审美体验是对审美价值所做的审美反应，所以是审美主体的心灵和审美对象自身价值的融合。审美活动的结果是主体自身的心灵世界和对象世界的精神交流

---

① 马克思：《1844年经济学—哲学手稿》，人民出版社1979年版，第78页。
② 参见马克思《1844年经济学—哲学手稿》，人民出版社1979年版，第80页。

和融合，在心灵世界中实现物我同一，已分不清主体与客体。但审美关系还是主体和客体的关系，不过这是一种特殊的主客体关系，是那种类似主体间的亲和关系，难怪有人想把审美关系说成主体间关系。但我还是把审美关系看作类似主体间关系的特殊主客关系，主客间的一种亲和关系。

不过，审美对象并不就是实践对象，而是人的精神世界中的对象。人所面对的整个世界，自然环境、人文环境只有进入审美主体的精神世界才是审美对象，而且，精神世界中出现的各种意象本身也可成为审美对象。在审美关系中，审美对象的美呈现出对人的亲和力，展示出自己的诗意光辉，而审美对象的丑却表现出对人类本性的否定意义，审美主体则对它做出诗意的裁判。在审美活动中，主客体互动交融，对象意识和自我意识相互激发，能动和受动相互交融，顺应和同化相互作用，审美主体在心灵自我中形成动态平衡，从而在人和世界之间建立起精神上的动态平衡。随着人类实践领域的扩大，人不仅需要通过人文审美，深化和人文环境的审美关系，而且应重视自然审美，拓展人和自然环境的审美关系，寻求和人文环境、自然环境建立精神上的动态平衡。马克思渴求的未来的理想社会应是自然主义和人道主义的统一。依我看来，在人和世界的关系问题上，不应是人类中心论，也不应是自然中心论，而应是动态平衡论，在改造世界的动态过程中，以人为本，寻求动态平衡。当今时代的新审美，亦应是自然审美和人文审美的统一，并在文化创造中首先实现和人文、自然的审美关系的这种统一。因此，探寻自然主义和人道主义在审美中的统一正是新审美精神的不懈追求。

2002年春于深圳望海书斋

（原载刘纲纪、王杰主编《马克思主义美学研究》2002年第6辑，后收入《美的追寻——胡经之学术生涯》，北京大学出版社2003年版）

文化美学待深探

社会要以人为本,渐已成为我们大家的共识。个体的生命价值也日益受到重视,个体生命的日常生活已被纳入哲学视野,成为文化哲学的重要对象。从哲学高度来审视人的日常生活,乃文化哲学题中应有之义。那么,美学是否要面对日常生活?

当代人的日常生活随着"初级现代化"的推进,正在向全面小康发展,发生了急遽变化,丰富多彩,新奇纷呈。古人云:"食必常饱,然后求美;衣必常暖,然后求丽;居必常安,然后求乐。"审美需要伴随着日常生活的提高也逐渐发展起来。

于是,日常生活中的审美问题也就凸显出来。一方面,审美的日常生活化、自然审美、艺术审美、文化审美等多种审美活动,逐渐进入普通人的日常生活。"昔日王谢堂前燕,飞入寻常百姓家。"过去只有极少数文化精英、文人雅士所能享受的,如今的"小资""中产"乃至小康人家也渐能享受。生活空间的拓展、自由时间的增多已容许人们把更多的时间与精力投入审美活动,逐渐使日常生活丰富、完美起来,审美正在逐步走向日常生活化。另一方面,日常生活本身也在逐步审美化。衣食住行、日常起居的消费质量在提高,日常生活的品位在提升,普通人可以从日常生活中获得更多的审美享受,生活本身有了更多乐趣。

无论是日常生活的审美化,还是审美的日常生活化,都在提醒我们,文化美学,应对此加以关注。文化美学理所当然地要把日常生活的美学纳入视野,探索人们应如何按照美的规律来安排生活,什么样的生活才是美好的生活,生活的意义究竟何在。

确实,当代人的审美活动已经超出了文学艺术的范围而渗透到大众的日常生活中,如广告、流行歌曲、时装、电视及至环境设计、城市规划、居室装修等广阔的领域,城市广场、购物中心、超级市场、街心花园的日益美化,必然引发人们的美学思考。

日常生活的急遽变化呼唤文化美学不能只停留在文艺美学,而要进入日常生活领域,探讨生活的审美问题。

审美如何才能日常生活化关键在于怎样把人类创造出来的人文之美以及由天造地设的自然之美引入普通人的日常生活，这要历史发展到较高水平才能做到。过去就很难，皇家园林、苏州园林只有极少数人才能享有，就是大山名川，也只有不为稻粱谋的徐霞客等文人雅士方能去体验。如今，现代媒介能把世界文化遗产和世界自然遗产——呈现于影视屏幕。现在的问题反而是涌入我们日常生活的审美实在太多，使普通人无所措手，先进文化能进入日常生活当然好，落后文化、腐朽文化难道也要进入寻常百姓家？我们已经在生活中遭受到了那么多的"审美疲劳"，难道还要忍受更多的"审美反感"？我们的文化美学不能不回答。

日常生活的审美化的关键问题则是如何在日常生活中把日常体验提升为审美体验，而不是仅仅沉溺在日常生活的物质消费中。但是日常生活的审美化是否就消解了艺术？为什么就不能进而促进艺术的进一步提升呢？为什么在把日常体验提升为审美体验之后再提升艺术体验呢？面对日常生活审美化，艺术究竟应何为？我想就此稍做谈论。

依我看来，艺术和生活应是相互促进的关系。艺术不必然比生活高明，平庸的、拙劣的艺术远比生活贫乏，这样的艺术若是消解，并不奇怪，也不足惜。但艺术可以而且应该有比生活高明之处。如果艺术真正发挥了自己的长处，在日常生活审美化的基础上有更高的提升，艺术怎么会被日常审美化所消解？所以，我们的艺术应该正视日常生活的审美化，把日常生活的审美体验提升为艺术体验，推进艺术创造更上层楼。

何为日常生活？日常生活就是每个人都要进行的个体得以生存和再生产的生命活动。衣食住行、起居作息、养儿育女、生老病死、亲友往来、闲聊杂谈等等，这都是日常生活的基本内容，大致包括了个人的日常消费和日常交往以及伴随而生的日常观念活动。人在这个世界上生活既离不开物，也离不开人，要直接面对人和物。因此，日常生活中最紧要的就是每个人如何待人接物、为人处世。

人类对生活的反映存在不同的方式，视要达到的目的而定。若要认识生活，那就要遵循感性—知性—理性这条途径，获得对生活的理性认识，从理论上去掌握生活。若要去体验生活，获得对生活的精神享受，那就可以沿着直觉—反思—领悟这条途径，获得对生活的深切体验。所谓日常生活的审美，其实就是从日常生活是否能满足人的审美需要这个维度去体验日常生活，在审美体验中获得审美享受。作家、艺术家在从生活中直接获得的审美体验基础上，加以再体验，在再体验中反思，对美、丑、悲、喜、荒诞、滑稽等现象做出审辨、评价，然后加以符号化。在艺术创造中，应有作家、艺术家对生活的审美判断，而审美判断就是审辨什么是美、丑、悲、喜等等。审美一定需要体验，但体验中有理性，有对生活的反思，通过反思而领悟人生的价值、意义。在康德之前，所谓判断力被说成审辨力；康德之后，审辨力才转说成判断力。审美确是一种体验活动，但这里确实含"审辨"在内，是一种含有"审"的反思性体验。

反思我们的艺术创作，数量的增长飞速，长中篇小说年产已近千部，电视剧也在万集以上，但可称为精品的究竟有多少？有，但为数不是太多。大批量的作品乃平庸之作，而卑劣之作也在不时涌现。对生活缺乏深切体验，而只能停留在概念认识的作品，虽仍然存在，但缺少艺术感染力，很难给人留下深刻印象。武侠、戏说、传记倒出现颇多，但远离当今的现实，恍如隔世，很难引起在世的现实体验，而有的更在欢笑中宣扬暴力、劫杀、权谋，需引起世人的审辨。用力在日常生活体验的作品日渐多起来了，一些作品逼真表现出了另类人的"独特"体验，甚至连形形色色的"绝对隐私"也在公众面前大肆渲染。张扬物欲、肉欲、食欲，成了一些卑劣之作或伪艺术的主旨。这是在宣泄本能体验，既无"审辨""反思""领悟"，更无审美判断。

我们的许多艺术失去了审美判断力，关键还在价值观念的混乱、价值标准的颠倒。暴殄天物、骄奢淫逸、纸醉金迷、肉欲横流、纵欲无度，这本都是对人的本质力量的否定，是生活中的丑恶现象，可是在一些艺术作品中大肆渲染反而成了一种荣耀。中国还处在社会主义"初级阶段"，现代化程度尚不高，还属基本小康，还在向全面小康奋斗，离后现代还差得远。可是，我们的一些艺术已经在为奢侈做宣传，夸耀西方消费社会中的奢侈消费、虚假消费、畸形消费、标榜"超前"。其实，早在一个多世纪前，马克思已在《1844年经济学—哲学手稿》中对那种刺激、畸形消费的"工业宦官"做过辛辣的讽刺："工业的宦官投合消费者的最下流的意念，充当他和他的需要之间的牵线人，激起他的病态的欲望，窥伺他的每一个弱点，然后要求这种殷勤的服务付报酬。"想不到如今有文化人也加入了这个行列，悲哉！

而对韩剧洪流滚滚而来，愤愤不平之声随之而起，韩剧美工布景不精，制作水平不高，角色表演不真，怎么会席卷中国甚至东亚荧屏？其实，这真可引起我们进一步的深思。韩国在经历了东南亚金融风景的巨大冲击之后，痛定思痛，深刻反思，决定立即转轨，在1982年鲜明提出"文化立国"，文化成为韩国的立国之本。发展文化产业当然是"文化立国"的题中应有之义，眼光不能只停留在制作层面，而是着眼于文化内容的探求。为此，2001年，韩国专门成立了宏大的韩国文化内容振兴院，甚至在北京、上海都成立了分支机构，研究中国人的文化需要。韩国对文化内容的研究已经深入到历史深处，把历代的风俗、服饰、饮食、兵器、音乐、舞蹈以及丰富的历史故事，运用现代科技手段贮存在"故事银行"和"原创文化"数码机构中，作家、艺术家随时都可以使用。正是韩剧最重视内容的构思，把传统文化和现代生活相结合，创造出了富有文化内涵的影视作品，所以才受到人们的欢迎。

韩剧注重展示普通人的平常生活，不去渲染暴力、凶杀、色情，而是着力突出在待人接物、处世做事中的亲情、友情、爱情。尽管生活中也有丑恶、伪善，但最后还是正义、美好取得胜利。韩剧的主旨是在弘扬东方文化的精髓：社会应该而且可以和谐。

从美学的角度看，韩剧并非完美的。我只想说，我们的艺术创新可以从中受到启发：艺术手段很重要，但更需我们重视的是文化精神。

日常生活乃个体生命的根基、人类文化的起点。但在日常生活世界之上，还存在着远比个体生命生产更广阔的非日常生活、超日常生活的生活世界——一个为了社会能再生产而展开的整个社会生活。整个社会的大厦从经济基础到上层建筑都奠基于日常生活之上。一个完整的生活世界是日常生活、非日常生活、超日常生活相互渗透、相互促进、相辅相成的动态过程。因此，艺术反映生活也不能仅仅着力于日常生活的审美化，而是应着力于开掘无限广阔的道路。

2005年秋于深圳望海书斋

（原载2005年10月27日《文艺报》，原题《生活审美化，艺术应何为？》，后收入《胡经之文集》第四卷，海天出版社2015年版）

人文之美靠创造

爱美之心，人皆有之。追求美是人类的社会本性。

人来到这世界上，不仅仅是为了活着，而且要活得好，活得有意义。我常说，人要生存、发展、完善。寻求美好人生应是人类的共同理想。

我们生活中本来就有美，需要我们去发现，也需要我们去创造新的美。近代启蒙思想家梁启超说得好："美是人类生活一要素——或者还是各种要素中最要者，倘若在生活内容中把'美'的成分抽出，恐怕便活得不自在甚至活不成。"1912年，蔡元培任教育总长时倡导美育；后任北京大学校长，亲自讲授美学，为国内首创；1927年，他专门写了一篇《真善美》，研究"人类探求真善美的状态"。美国著名人本心理学家马斯洛论证了：一个追求自我实现的人一生都在不断超越基本生活需要，谋求新的发展，在社会实现自我价值，而人类发展需要的最高价值就是对真、善、美的追求。人性的最高品性应是真、善、美，正如王国维在《论教育之宗旨》中所说："完全之人物不可不备真善美之三德。"艺术的最佳功能也是弘扬真、善、美，正如鲁迅在《摩罗诗力说》中之所云："美善吾人之性情，崇大吾人之思理。"

美好的人生要靠人自己去创造。关键是如何去创造？马克思告诉我们：要按"美的规律"去创造。人类有三大生产领域：物质生产、精神生产和人自身的生产（简称"人本生产"）。无论是哪一种生产，都需要按"美的规律"去创造，才能使人的活动和产品都具有审美价值。随着现代化步伐的加快，我们对生产的要求越来越高，生产的物品，不仅要实用，而且要美观，审美价值的地位越来越高。

如果说，以主要满足实用为目的的生产，其审美功能已在日益上升；那么，以主要满足审美需要为目的的生产，其审美的功能就显得更为突出和重要了。如今要发展美丽的经济，当然要以创造美丽为直接目的，那就更需要按照"美的规律"来创造了。

大自然自身就具有天然之美，鬼斧神工，天造地设，并非人工所致。但如何利用自然之美来为人服务，却也必须懂得如何按照"美的规律"

来安排。深圳得天独厚，在两千平方公里上，山海交错，东部海岸可以发展成旅游胜地。但这需要精心的策划、艺术的设计，真正显现出其海滨特色，使人文和生态融为一体，让人回归自然而获得美的享受。

我们生活在这个世界上，每个人都在和周围世界进行着物质、能量和信息的相互交换。但人和周围环境的交流并不都能让我们感受得到，我们能直接感受得到的只是显"现"在我们面前的"象"。清末文史名家章学诚说得好："万事万物，当其静而动，形迹未彰而象见矣。故道不可见，人求道而恍若有见者，皆其象也。"但我们周围的环境既有自然环境，又有人文环境，不同环境显现于人类面前，也就构成不同的象。章学诚就精辟地进行了区分，在我们面前，既有"天地自然之象"，又有"人心营构之象"。依我看来，自然美就显现在"天地自然之象"中，而艺术中的意象美、意蕴美、意境美都是"人心营构之象"，是作家、艺术家通过头脑中的"虚践"（而不是"实践"）营构出来的，又通过建构符号，即符号（语言的和非语言的）实践，使"虚践"转化为"实践"才创造出艺术作品。所以，我们把艺术创造称为"精神实践"，以区别于物质实践。

我想在"天地自然之象"和"人心营构之象"之外，增添一种"人文创造之象"，人文之美就在"人文创造之象"中。人文之美不同于天然之美，需要人来创造。这创造是"实践"，而不是"虚践"。人文之美源自两个方面，一是物的"人"化，人对物进行人工改造，有可能造成物之美；二是人的"文"化，人自身用"文"来改造，使人的身心都趋于优化。但无论是物的"人"化，还是人的"文"化，都需要按照美的规律进行，"人"化、"文"化的结果才能是美的，动态的化，化成静态的美。但人对物的"人"化和人对人"文"化都是由"活动"造成的，而无论是人和物的相互作用，还是人和人的相互作用，既可能违反"美的规律"，因而这"活动"本身也可能是美的，也可能是不美的。我们若要发展审美文化，使物不断"人"化，使人不断"文"化，就需要遵循"美的规律"，才能使活动和产品都成为美的。

艺术之美当属人文之美，是人的创造。但艺术之美却非一般的人文之美，而是一种特殊形态。艺术创造出一种艺术符号，是传达一种特殊的信息：人类的审美体验。作家、艺术家从生活中获得丰富的人生体验，从而把人生体验提升为审美体验，用艺术符号表达出来。我们的日常生活正在日益审美化，但并不能代替艺术创造，文学艺术并不因此就要消失。艺术审美并不能由生活审美来替代或消解。

  从自然审美、艺术审美、人文审美到日常生活的审美，都需要发展，因此，对审美活动的研究如何走向深入，美学仍大有可为，其前景阳光灿烂。随着社会的发展，人类审美活动的范围在不断扩展，不仅审美对象日益多样而丰富，而且审美方式也更灵活多变。我们可以暂时从各种实践活动中抽身而出，对审美对象做静观默察，专心致志，目无旁骛，这是静态审美；我们也可以不脱离实践活动，在交往实践、生产实践、精神实践中直接审美，这是动态审美；我们还可以在外在对象不在场时，经由回忆、联想、想象等，对内在意象做内观、内游、内省而获得审美享受，这是内在的精神审美。审美的方式并不只是移情、拟人、幻觉等等。

  对审美活动的研究可称为"审美学"，应是美学的基础。但美学不能只停留在对审美活动的研究，而应进而再研究创美活动和育美活动。美学应把审美、创美、育美作为一个整体来研究。审美活动只是一种精神活动，只发生在人的内心世界，使心灵发生变化，提高了审美能力，塑造了心理结构，但并未对外在世界产生什么影响。人类在现实生活中获得了美的享受，但不满足于此，想进而从精神活动转向实践活动，按照自己的求美需要而去做新的创造，由审美提升为创美，从而使外在世界得到了改造。创美活动是在审美活动基础上发展出来的实践活动，自身也在不断提升，不仅物质生产要按美的规律来进行，生成物质文化，而精神生产则就更要重视美的规律，生成精神文化。从政治实践中生成政治文化，在社会交往中生成社会文化，从和自然的关系中生成生态文化，文化的每次进步都是人向自由迈进了一步。文化的发展都是为了人类自身的发展和提升，人自身应成为真、善、美品性的完整的人，自由个性、育美活动就是为了人的完善而进行的一种教育实践活动。审美、创美、育美这三大求美活动相互促进，美学应在三者的统一中，探索美的规律。

在深圳市美学学会"人文精神"座谈会上的发言
2001年秋于深大新村

（原载《胡经之文集》第四卷，海天出版社2015年版）

美学伴我悟人生

我对美学产生兴趣乃在年少时,但美学真正融入我的人生却要在我自己投入美学研究之后。

我的人生历经江南稚子、北大学子、南海游子三阶段。在北大的岁月最长,历30多年,到深圳亦已25年了,在老家太湖之滨反而不到20年。但江南水乡风光无限,引人入胜,少年时常沉醉于审美状态之中而不自觉,实际上已开始了我的审美人生。只是,那时我还没有意识到自己在审美,更不懂什么叫"美学"。

我年少时最早接触到的美学是朱光潜的《给青年的十二封信》和《给青年的第十三封信》(又称"《谈美》"),引导我入美学之门。到我19岁考入北大,有缘直接聆听到朱光潜、宗白华、蔡仪、王朝闻、杨晦等师长的教诲,方进入美学的思考,开始了美学人生。在我美学生涯中,前期着重研究文艺美学,中间走向文化美学,后来,我又更多投向自然美学。

我对美学发生兴趣乃出于我自己内心的需要,要回答我在自己的审美活动中遇到的内心困惑:自然中不存在美吗?艺术怎样才能美?什么样才是美好的生活?我要对人生做美学思考。越到后来,美学越融入了我的生命,伴我感悟人生,给我精神愉悦,优化我的人生,鼓舞我追求美好人生。

美学怎样融入了我的生命,从而使我的人生由审美人生走向美学人生?

一、缘起美的困惑

我从小生活于江南水乡、太湖之滨,受东吴文化的哺育。

1933年我出生在被称为"江南第一古镇"的梅村。这古镇地处苏州与无锡之间,现今归属无锡市,成为文化旅游胜地。一条从大运河分出来而东流入苏州河的伯渎江穿过小镇,把苏州和无锡连接起来,鲁迅笔下的乌篷船在这里来往穿梭。这条江之所以古来就名为"伯渎",乃因三千多年前来到这荆蛮之地的周太王之长子泰伯常在此洗濯，乃泰伯洗渎之江。这里是吴文化的发源地，留下了有关泰伯的许多古迹，伯渎江之外，还有宏大的泰伯庙、巍伟泰伯墓、鸿山等等。每年正月初九（泰伯生日）定为纪念泰伯的盛大节日，许多人都来瞻仰泰伯塑像。

我虽出生于梅村，但从小就常在苏州、无锡间行走。我祖籍苏州，祖父在苏州丝织厂里做技师。我父亲胡定一当小学校长，时而在无锡，时而在苏州，在苏州有一套十居室的住宅，一家过着小康生活。我小时常跟着父亲到好几所小学读过书，去过国学大师钱穆家乡鸿声里读了半年。我读过私塾，在苏州城里，我还读过教会学校，礼拜日还去唱诗班唱赞歌。如果在无锡读书，一到放寒暑假，父亲也总要租上一条乌篷船，带着我们全家，带上无锡的土特产，到苏州城里住上一两个月。所以，我对苏州比对无锡要更熟悉些，体验也更多些。苏州作家陆文夫请我在苏州酒家吃饭时，我半开玩笑说："我是苏州人，却无福在苏州享受；你不是苏州人（他老家在苏北），却能真正享受苏州，我太亏了！"他回说："谁叫你不回来。"后来，我也常和鲁枢元这样半开玩笑，无非是对故乡苏州的一种怀念，忘不了在苏州的美好岁月。在阔别了20多年之后，改革开放的第一年，我回到苏州，不乘任何车，一个人踏着石子路，遍访我少年时曾住过的好几个地方，勾起那个时代的美好回忆，重新体验少时曾有过的审美体验，思绪万千，感慨系之。

在东吴文化的熏陶下，年少时，我逐渐培育了自己的审美爱好。引起我的审美兴趣的主要有三类现象。首先是自然风光。太湖、西湖、阳澄湖、惠山、鸿山、白丹山、东南胜景四时常有，湖光山色，山水宜人。其次是风土人情。江南胜地，人文荟萃，吴侬软语，温柔敦厚。更有那些民间习俗、乡土风情，多姿多彩，丰富生动。苏州玄妙观、无锡崇安寺、普陀禅院、灵隐寺、梅村泰伯庙等等，儒道佛文化都在这里各放异彩。还有，便是那吴中艺文。富有地方色彩的苏昆越剧、常锡文戏、评弹说唱、丝竹歌舞、琴棋书画都在散发出江南艺术的特有韵味。但在这些审美爱好中，最先发生和最感兴趣的还是那自然风光。在这点上，我和古人甚有同感。

白居易在《忆江南》中的第一阕就这样说："江南好，风景旧曾谙。日出江花红胜火，春来江水绿如蓝。能不忆江南？"最早唤起他的记忆的还是那自然风光。可见这不是我一个人的感受。我对自然审美的兴趣早于艺术的审美，而且引发我艺术审美兴趣的最初也是自然审美。我对苏州的园林艺术最为赞赏，因为在这里，艺术美和自然美融为一体。拙政园、狮子林、网师园都是我少时的挚爱。我最喜爱的画也是山水画。这自然情结可能在那时已经逐渐形成了。

就在我进入初中之后，我开始接触到朱光潜美学了。在1946到1948年间，我先是读到了《给青年的十二封信》，那是我父亲在苏州给我买来的，后来，我的语文老师何阡陌给我看了《谈美》。我的高中时的语文老师陈友梅则让我读了他新买的《诗论》。我这才知道，世界上还有这样一门研究美和艺术的学问。其中谈到艺术之美的地方，我感到大开眼界，读起来饶有兴味。但在谈到自然之美时，我就大惑不解，使我感到困惑。按照书中的说法，自然本身无所谓美不美，只有艺术美，没有自然美，自然所以美，那是已经把自然加以艺术化了。自然没有美不美的问题吗？这，从此就贮存在我的脑海中，开始引发我的美学思考。

但是，现实的残酷扼杀了美学的思考，在炮火隆隆声中，我参加了三年学生运动。

二、致志文艺美学

真正能使我进行美学思考的是在我跨入北大之后。

1952年，我考入北京大学中文系。我一进校门，就被燕园的美景所吸引，那湖光塔影，亭台楼阁，未名湖畔散发着古典园林之美。但是，我那时美学思考的重心已转向艺术美。在进北大之前，我教过半年小学、半年中学，教三门课：语文、音乐、历史。我对历史缺乏钻研的兴趣，但对音乐、文学有一种出自内心需要的爱好。在弹唱乐曲之后，脑海中常闪现这样的问题：为什么有的乐曲悠扬悦耳，令人赏心悦目，而有的乐曲却枯燥无味，甚至刺耳烦心，令人讨厌？在讲读语文的过程中，也常出现类似的问题：为什么有的作品动人心魄，扣动人心，而有的作品却索然无味，催人昏睡？带着这些困惑，我跨进了北大，我的目的很明确，我要攻读文艺理论，探索文学艺术的奥秘。

那时，北大和全国所有大学一样，没有开任何美学课程，只有一门"文学概论"由中文系开设，授课教授是系主任杨晦。我入学后上的第一堂课就是"文学概论"，而且，我是这门课的课代表，从此开始了我和杨晦的30多年交往。

　　杨晦谈文学向来不从现成的抽象理论出发，而是从他自己对文学现象的分析理解出发。那时，苏式理论还没有在讲堂上出现，"文学概论"这门课既没有教材，又无统一的教学大纲，全凭杨晦说自己的文学体会。他从文学现象本身的事实出发，分析文学和文章的异同，区分以语言塑形象的艺术以及使用语言本身的艺术，文学创作的不同方法现实主义和浪漫主义有什么特点。特别是他后来说到文学和社会的关系时，又提到了他在《文艺与社会》中所用的比喻：文艺好比地球，社会好比太阳，地球围绕太阳旋转，又有自身的旋转，文艺既有公转律，又有自转律，文艺就要把他律和自律统一起来。这一比喻给我极大启发，为我以后从美学上研究文学艺术提供了一个重要视角。他考察文学，先从分析现象入手，经过理论分析，最后又要回到事实上来，这种方法也吸引了我，我得益匪浅。后来我听苏联专家毕达可夫讲《文艺学引论》，到中国人民大学马列主义研究班听哲学课，其有一个共同特点：都是从既定概念出发，推演出抽象理论，生产力—生产关系、基础—上层建筑，再推演出各种意识形态：科学、道德、艺术、宗教等等，这里只有公转律，却无自转律，可文学艺术究竟为何物，还是不知所云。所以，我当了半年马列主义研究生，在1956年杨晦开始首次招收文艺学副博士研究生时，我还是赶快回到杨晦门下，用四年时光专心致志地研究文艺学。

　　文学艺术是社会的一种复杂现象，应该而且可以从不同的视角来加以审视，哲学的、社会学的、心理学的研究方法都可以运用。我读过朱光潜的《诗论》，从美学角度解读古典诗词，很吸引人。听说朱光潜在北大，尽管他并不开课，我在进北大的当年冬天就到他家里拜访，后来在燕东园又成了多年邻居，请教的机缘更多。第二年，1953年初春，我又在未名湖认识了常来散步的宗白华，这位从常熟出来的吴中老乡因院系调整从南京大学调入北大哲学系做中国思想史研究，虽然不教美学了，但一交谈就又谈到美学上去，由此我读了他过去所写的美学、文艺学著作。结果，我对宗白华的美学发生了浓厚兴趣，觉得他对美的阐释较符合实际，我的审美体验和他比较接近。1957年春，学界争论美究竟是主观的还是客观的，高尔泰《论美》力主美是主观的，乃人的主观判断。宗白华提出质疑，并阐明自己的看法："当我们欣赏一个美的对象的时候，此乃我们说'这朵花是美的'，这话的含义是肯定了这朵花具有美的特性、价值。"后来，他在《美从何处寻》一文中又说："美有艺术的美,自然的美。从美的客观存在来说,是不以意志为转移的。美的对象(人生的、社会的、自然的),这美对于你是客观存在的。专心在心内搜寻是达不到美的踪迹的。美的踪迹要到自然、人生、社会的具体形象里去找。"我很赞同他的见解,说得投机,话语自然也多了起来。我们之间常可以做自由的、随意的、放松的交谈。

在北大期间,我还和另两位美学家蔡仪、王朝闻有了学术交往。蔡仪是我导师杨晦的好友,沉钟社时就交往密切。北大文学研究所在1952年成立时,所长郑振铎、何其芳把蔡仪从中央美术学院调来创建理论组,就住在燕东园,和杨晦邻居,我也就得以认识了,并读了他的《新美学》《新艺术论》。他也是从美学观点来阐释文学艺术,突出文学艺术要创造典型,很有道理。但他把美归结为物种的典型,尚缺乏足够的说服力。王朝闻原在中央美术学院,后到中国艺术研究院,是新中国第一本《美学概论》的主编。在《美学概论》编写期间,我们几乎天天见面,晚饭后就常去颐和园漫步聊天。王朝闻谈笑风生,诙谐幽默,有说不完的话,面对什么人、物、事,他都能做出美学的评析。他的审美感、艺术感之敏锐实在惊人,使我敬佩得五体投地。但他对于50年代那场关于美究竟是主观的还是客观的争论,坦言兴趣不大,因为这解决不了文学艺术创作中的复杂现象。这话说到我的心坎上了,使我永远不忘。后来,我主编《文艺美学论丛》(每年一辑),就请了王朝闻、宗白华两位师长当顾问,王朝闻主编《艺术美学丛书》,他邀我为编委。我和这两位美学老人的交往,可以推心置腹,无所不谈。我到深圳大学之后,第一位请来讲学的就是王朝闻。深圳市成立美学学会,选我当会长,我立即聘请王朝闻为名誉会长。

为了从美学上探索文学艺术的奥秘,我在20世纪50年代中期开始尽量阅读德、法、意等国的音乐美学、绘画美学、电影美学等的论著。继而,苏联在斯大林时代之后,美学有了新的发展,我对艺术学的审美学派发生了浓烈兴趣,读了卡冈、斯托洛维奇、波斯彼洛夫、洛特曼等多家美学。我数次建议精通俄语的朱光潜的研究生凌继尧把苏联当代美学能系统地译介过来。我自己从苏联当代美学中吸收了营养,持美是价值、艺术自成系统诸说,但我绝不轻信一家之说,而是从自己的审美经验出发进行考量。特别是到了改革开放之初,为了扩大学术视野,我和李衍柱等一起为国家教育委员会编出了国内第一部西方文艺理论教科书《西方文艺理论名著教程》，特地编选了三本教学参考书作为辅助资料。后来，我和张首映又出版了《廿世纪西方文论史》，四卷参考书同时出来，目的是了解西方。但在了解西方的同时，又必须掌握传统。所以，我在1981年招收的首届文艺美学研究生一入学，就组织大家编选《中国古典美学丛编》三卷，王一川、陈伟、丁涛和后来的王岳川都参加了。在此基础上，我带领的博士生李健又参加了编选成一百多万言的《中国古典文艺学丛编》三卷。最后，我和李健出版了《中国古典文艺学》一书，目的都在接续传统。

但是，中国古典也好，西方现代也好，在我心目中，这些都只是构思文艺美学的思想资料。我想从美学上来对文学艺术的全过程做系统的考察，从作家、艺术家对人生的审美体验开始，进入审美活动，从而对自己的审美体验做再体验和反思，建构意象、意境，生成意蕴，予以物化，形成艺象。读者、受众和艺象相遇，引发感受，做出新的解读，产生新的体验。文艺美学本身就内含着体验美学、创作美学、接受美学。而前人对文学艺术的思考，对我说来都是可以引发我自己思考的思想资料。

我在1980年初开始准备"文艺美学"的课程。当年春天，我在中华全国美学学会成立大会上，倡导在大学中文系和艺术院校应开辟文艺美学课程，促进艺术创作应按美的规律进行。回北大后，关于文艺美学的构想，我曾先后写了《文艺美学是什么》《文艺美学及其他》《文艺美学：对文学艺术的系统研究》三文。1981年我第一次开始招研究生，首次在北大设立了文艺美学这一新的专业方向，以区别于传统的文艺理论。我在1980年秋开始讲授文艺美学课程，最后成书《文艺美学》，于1989年在北京大学出版社出版。

我把文学艺术放在整个审美文化系统中来考察，发现文学艺术现象有三个层次的规律：一是文学艺术和其他所有审美文化共有的特性和规律；二是文学艺术共有而与其他审美文化不同的特性和规律；三是艺术系统内不同艺术部类又各具自身的特性和规律。我在《文艺美学》中，主要探讨了文学艺术共具的特性和规律，如何按美的规律来创造，也兼及了不同艺术部类各自的特性和规律，如何按美的规律创造了不同的艺术。但是，对文学艺术和其他审美文化同具的特性和规律却探讨不多，因为，当时的哲学美学就是在探索人类整个审美活动的特性和规律，我这里就不多谈了。

三、走向文化美学

致志于文艺美学廿年，来到新世纪初，我觉得文艺美学要发展，必须拓展视野，进而走向文化美学。

这不是一时的心血来潮，而是我到深圳以后较早接触到了许多新的文化现象有感而发的。

一所新的大学正在诞生，清华大学副校长张维院士受命创建深圳大学。1984年元旦，他在清华寓所约见我和汤一介，邀我和汤一介、乐黛云去深圳大学参与创办中文系，不需脱离北大，可以常在北京与深圳之间行走。这样，我在1984年春就来到了深圳这个改革开放的前沿阵地，而且可以自由出入于香港，每年还能经由香港到海外进行文化交流。从封闭到开放，许多新的文化现象一下就纷纷涌现在我面前。继金庸武侠小说之后，琼瑶的言情小说、亦舒的激情小说、梁凤仪的财经小说，纷至沓来，应接不暇，我惊异爱情还能这样写！邓丽君、梅艳芳、蔡琴等那种特别而生动的歌唱，给我的也是另一种新的审美体验。香港大学、中文大学的学友告诉我：大众文化已成香港文化的主流，精英文化只在边缘，这使我大吃一惊，怎么会呢？等我在钱穆创建的新亚书院住过一阵之后，我才相信，在香港的世俗社会中，大众文化确成主流。但我立即发现，在高等学府里，精英文化绝对主宰讲台，而文化精英不仅待遇极好，而且社会地位很高，如饶宗颐、金耀基等，都极受人尊敬。而香港的作家、艺术家的社会地位比起学者、教授来相差甚远，真可说是望尘莫及。获得成功的那些娱乐明星会有许多痴迷崇拜者，但在学者、教授面前也不敢趾高气扬、自我炫耀。

深圳受港台的大众文化影响最早，那时兴起的歌舞厅里，从香港过来表演的艺人最多。更重要的，那时深圳的电视节目竟是香港的传播占主位，一开就是香港节目。香港当时已有四个电视台，其中有一个台，每天晚上都要连续播放两场奥斯卡金像奖得奖电影，还有一个台则常放香港的搞笑表演和香港歌舞。一洋一土，使我的文化视野一下子扩展了。不久，"港台"之风也吹到内地，我们的大众文化随之亦风起云涌，蔚为奇观。

在这里，生活的审美化也开始得早。深圳本是个边陲小镇，才两万多人，沿袭的是岭南文化习俗。我来时，移民潮刚开始，外来人不断涌入。但在

80年代末，大家不知道深圳的前途如何，一下又纷纷回到老家去，一到年底，这里几乎成为空城，街上见不到行人。等到邓小平的第二次"南方谈话"，深圳方缓过气来，外来人又蜂拥而来，城市建设飞速发展，高楼大厦遍地而起。住在这现代化的居所，生活怎么才能现代啊？大约在20世纪90年代中期，生活审美化的追求在深圳悄然兴起，蔚为潮流，这些是我亲身感受到了的。

新出现的种种文化现象向美学提出了新的问题，超出了美学的视域，美学应如何面对？香港中文大学的美学教授王建元博士坦率地对我说，迪士尼乐园已马上在香港兴建，他要转向，以后就要研究这种新文化现象了。这位在台湾以研究"雄浑""崇高"著名的美学家实际上要转向文化研究了。但另一位朋友刘昌元教授却不以为然，不想转向，仍要继续他的美学深思，研究哲学美学。我则以为美学要面向现实，仍可有所作为，应及时提出：走向文化美学。我鼓动文学院院长郁龙余教授，提出深圳大学应及早组织编写一套"文化美学丛书"，推进文化美学的建设。就在新世纪初，我为"文化美学丛书"写了一篇总序，就叫《走向文化美学》。广州的《学术研究》后来发表了我这篇总序。此时，中国艺术研究院的《文艺研究》正在回顾文艺美学廿年的历程，探索今后如何发展。我写了《发展文艺美学》《超越古典：文艺美学新方向》等文，其中也都表达了我的这种意向：走向文化美学。

那么，文化美学研究些什么呢？这就要面向我们当前现实，考察我们的文化世界，出现了哪些重要的文化现象，出现了一些什么问题。2002年，我应《马克思主义美学研究》主编刘纲纪之约，写了一篇长文《焕发新审美精神》。我在这里从宏观上审视了新时期来的文化新格局，大众文化、主流文化、高雅文化已成三足鼎立之势，相互补充而又相互影响。当时大众文化正在蓬勃发展，方兴未艾，但我以为还未成为国内的主流文化，高扬主旋律的文化还是主流，而高雅文化还多为"古雅"，急需跟上时代步伐的"新雅"却最为微弱。文化美学正就可以从美学上来研究大众文化、高雅文化、主流文化之各自之所长，又如何促进相互之间的取长补短，相互提升，各得优化，共同繁荣。当下，不管大众文化、高雅文化、主流文化，都急需自己的水平，焕发新审美精神，从时代感、人性化、超越性三方面提升，按美的规律来创造。这篇论文的主体部分曾在2002年被《辽宁日报》转载，产生了一定的社会影响。

但文化美学不能只停留在对当前文化做宏观透视,还需要对具体文化现象做微观剖析。生活审美化、审美生活化既然已在我们生活中发生,文化美学就要给予研究。我以为,出现这种文化现象是好事,不能简单否定,不能因此而否定文学艺术在社会生活中的重要作用。我在《文艺报》上发表过一篇《生活审美化,艺术应何为》,大概意思是:生活审美化使审美进入平常百姓的生活中,那么,文学艺术的使命不是减轻了,而是应在生活审美化的基础上提高审美水平,而审美水平提升了的文学艺术,反过来又进入平常人的生活里。艺术审美和生活审美相互促进,逐步提升,这才是良性循环。而文化美学正就可以研究艺术审美和生活审美的互动关系,促进这种良性循环。所以,走向文化美学,绝非要消解文艺美学,而是要让文艺美学超越古典,面向现实,使文艺美学更深入发展。

无论是文化美学,还是文艺美学,都不能离开价值论。我们的审美活动是一种感性活动,审美体验也是感性体验,这已成了美学共识。但我们常忽视,审美活动中含有审美判断、反思判断,审美体验中含有反思性体验、价值体验。艺术创造更是一种创造价值的实践活动。因此,文化美学、文艺美学不能没有价值视角,更不能缺少价值目的。在这世上存在的文化艺术并不都是美的。正如人类的劳动,既创造了美,也制造了丑(异化劳动);艺术既有美的,也有丑的。20世纪60年代末,我完成的博士论文《古典作品为何至今还有艺术魅力》是说经典作品中体现了真、善、美,最高的价值追求应是三者统一,但有的以"善"见长,有的则突出了"真",有的则以"美"取胜,具体作品要做具体分析。所以,若要细析历史上留下来的,有"真"的文学,有"善"的文学,当然也有"美"的文学。但我如今见识越多,就愈加明白:在这世上,还有那么多的"假"的文学,"恶"的文学,"丑"的文学。这里的关键之处就是文化艺术是否按美的规律来创造。文化美学的价值目的就是促进文化艺术能按美的规律来创造。如今,文化事业正在欣欣向荣,文化产业也在蒸蒸日上,但我却不时担心:究竟生产出来的是什么产品?如果对人类无益,生产再多又有何用?但愿我这是杞人忧天,庸人自扰。

四、倾情自然美学

过了古稀之年,我招收的文艺美学博士生逐渐少了,可以不必都围绕着文化艺术来言说。此时,我国的生态危机日渐凸显,对自然美的呼唤在我内心里也就突出浮现出来。

我自小就对自然之美情有独钟,到了北京,也是对大自然心向往之,念念不忘,一有机会,就去游访名山大川,欣赏自然风光。当初到深圳也与校长说好,来去自由,只要中文系办起来,就可以回北大。但我初到深圳,就为这个还未被人污染的处女地所深深吸引。虽然当时还只是一个像我在20世纪50年代初到北大时见到的北京海淀区那样只是个小镇,但自然风光迷人,蓝天、白云、碧海、青山、绿水,令人豁然开朗,心旷神怡,这样的地方在国内已是稀有的。我喜欢这样的自然环境,只是当时还未下定决心要来定居。这里的人文环境也好,单纯、宽松、自由。学校初创,清规戒律的束缚不多,办了三年中文系,我竟可以自由决定把它扩建成国际文化系,只需校长认同,不需再惊动更多上层。这在当时国内实属首创,尚无先例(北大还只有国际政治系),直到20世纪90年代,国内才有其他院校设立国际文化专业。为此,《光明日报》还在1988年做了头版介绍,这为中文系的发展开拓了新路。正是有了这样的自然环境和人文环境,我做了这样的重大人生选择:不回北大了,就在这里潜沉下来。我为自己写了四句,记下当时的心态:"漂泊京都数十年,半生尽染书卷气;到此放眼看世界,方知尚有新天地。"

廿年的飞跃发展使这里的自然环境和人文环境都发生了急速的变化,有使我欢欣鼓舞的,也有令人沮丧的,令人最伤心的是不少原生态的自然之美被毁灭了。无数青山被削平,所有河水都污染,天空常被阴霾所遮蔽,阳光、空气和水,这些大自然赐给人类的最基本的礼物,都在损失其自然本色,自然被人化了,但这种人化不是都在优化,很多是在劣化。深圳大学本靠海湾,我初来时,住在紧靠海边湿地的"海涛楼",晚上真的能卧听海涛声。海边湿地长着碧绿的红树林,生机勃发,给人美感。1986年深圳市成立美学学会,我特聘王朝闻为名誉会长,接他来深圳大学住了几天,天天陪他们夫妇来红树林散步,使人流连忘返。回去之后,王朝闻还写了一封信来,谈他此行的感受,盛赞那红树林之美。可惜,数年之后,那后海湾的一角已被填平,美景不再,红树林消失了,我恋恋不舍地搬离了这海边湿地,怅然若失。

自然环境的急速变化和我的生活息息相关,不断触发我对自然的思索:现代化就一定要破坏自然环境,难道这就是人类的命运?人的发展和自然的开发之间能否找到动态平衡？海天出版社要出一套"人与自然丛书"，邀我担任主编。这设想正合我意，欣然同意，有感而发，我很快在1999年春写就了丛书的总序：《珍重自然》。在这篇总序中，我发挥了在上年所写的《按美的规律创造》一文中的观点：人不能只在想象中求得"诗意地栖居"，而要在实践中真正实现，创造出真正美好的环境，这如马克思所说："按美的规律创造。"人类的创造既要运用"人"的尺度，又要顾及"物"的尺度。人和自然的关系应是"以人为本，动态平衡"，既不是人类中心论，也不是自然中心论，而是以人为本的动态平衡论。为了求得动态平衡，人类要充分发挥自己的智慧和潜能，珍重自然，善待自然。人类不能只把自然看作我们物质生活的资源，它还是我们精神生活的精神食粮，我们人类得以存在的环境。自然之美乃"大美"，可以把我们引入"天地境界"——人类的最高境界。

生态危机日益凸显，我对自然美学的思索也就越来越多。进入新世纪后，我阅读了大量生态学著作，拓展了美学视野。但我又感到，若要从美学的视野来考察世界生态，还是要和自己的审美经验联系起来。如果没有对自然的审美体验，就很难理解生态美的真谛。2005年8月，我应山东大学之邀，赴青岛参加生态文明的国际研讨会，我结合自己对自然的审美体验，宣读了一篇《生态之美究何在》，不谈人文生态和精神生态，专说自然生态。依我看来，自然之美还是存在，不只存在于朱光潜所说的"意象"中，而且也存在于人的"生活"中。这自然之美，并非蔡仪所说的物种典型，也不是李泽厚所说的自然的人化，而是自然进入了人类生活而显出来的对人生的价值。自然之美只有在自然和人类发生了联系，在和人的关系中才生成和显呈出来，但这不是人的创造，而是自然本身向人的生成。天工造物，鬼斧神工，有的要亿万年才能生成，进入人类生活之后，人对自然发生了审美关系，天然之物也成了人的审美对象。人从大自然中来，最后又要回到大自然中去。人在活着的时候，在社会中生活，也在自然中生活，无时不刻不在和自然接触，我们的生活能离开空气、阳光和水吗？在自然生态正在被加速破坏的时候，我们应比过去任何时代更要彰显自然之美，通过自然审美来唤醒更多人来珍惜自然，爱护自然。为此，我在文中着重分析自然之美的独特魅力，不同于人文之美、艺术之美的不同特色。中国古来就有特别重视自然审美的传统美学，我们应把这传统发扬光大，关注自然美学。

我喜欢从自己的审美经验出发来谈美，但我也尊重别人的审美经验，想从别人的审美经验中获益。廿年前，我写《文艺美学》时，还未去过郑板桥故居，但对他所谈论的园中之竹极感兴趣。2001年，我去扬州开会，姚文放特别为我和钱中文、童庆炳等与会者安排，去访察郑板桥、刘熙载的故居。我在板桥门前小小庭园的数枝竹前徘徊良久，思绪万千。郑板桥自叙"晨起看竹"，看的就是园中的这几枝竹，这"园中之竹"是物的存在，人不去看它，也就无所谓意向对象。但板桥去看了，和"园中之竹"相遇，映入眼中，成了"眼中之竹"，这就可说是意向对象。但这"眼中之竹"在不同的人的"眼"里并不一样，要视之看的人"意向"如何，既可成实用对象，又可成科学对象，也可成审美对象。到了郑板桥眼里，这眼中之竹成了审美对象，引发了他的情趣，对这"眼中之竹"放在胸中玩味，就在胸中产生了"意象"，这意象和情趣一契合就如朱光潜所说，生出了美感。这和情趣相契合的意象，存在于心中，也就是板桥所说的"胸中之竹"。这"胸中之竹"在板桥心胸里流动，"胸中勃勃，遂有画意"，就是想把这"胸中之竹"画出来。于是，板桥付诸实践，挥笔作画，"倏作变相"，成了"手中之竹"，最后作画完成停笔，这"手中之竹"转化成"画中之竹"。如今美学上争辩不休的，其实是把什么样的"竹"指称为美。叶朗发挥了朱光潜物甲、物乙的理论，毫不含糊地称：美在意象，只有"胸中之竹"才美，那"眼中之竹"说不上美，更何谈"园中之竹"了。而更多的人则以为美在画上，"画中之竹"才美。当代现象学中，对"现象"究何所指，也是众说纷纭，知觉之象？联想之象？想象之象？存在论的所说"现象"，也并不和这些一样，那么对美是什么现象，理解就更不同了。

诚然，和情趣相契合的意象确可成为审美对象，即使那黄山、太湖已不在我眼前，但我心中有黄山、太湖的意象，我自己在心中对这意象玩赏，也能得到审美享受，产生美感，这时，那意象本身就是我的审美对象。但是，若我亲去黄山、太湖，那真山真水直接在场，通过现象学所说的"本质直观"，迅速把握住了这真山真水的意象，这心中的意象引发了我的美感，那么，我也可以把那真山真水说成我的审美对象，这是因为那真山真水直接在场，现象直接转化为意象，由此发生了审美活动—纯粹的精神活动。在我看来，审美活动不是认识活动，更不是实践活动，而是内心的意象活动，但那审美的对象既可以是我以外的物象、人象、事象，也可以是我自己心中的意象。而从我个人的审美情趣出发，更喜爱亲临真山真水，直接和大自然亲密接触，对直接在场的审美对象进行自然审美。我不愿只看画中自然、影视中的自然（这也能产生美感），而宁愿长途跋涉，每年尽量要寻觅一个远离尘嚣的海岛安静一阵，从南海的文莱、沙巴，一直到印度洋的马尔代夫，在海天一色中体验大自然之美，领悟人生价值。

感谢命运的恩赐，我感到最大欣慰的是，跨入古稀之年的我在这已经显得喧嚣的现代都市里，终于找到了一个可以亲近自然的家，在靠近深圳河的地方安居了下来。这里面向香港的流浮山和后海湾，从高处可以远眺山和海，前无遮拦，视野开阔，每天都可以体验到自我在天地之间，和自己有着亲密接触。天一亮起身就直奔泳池，身水交融，还可仰卧水上，仰看悠悠天空，浮想联翩。早餐后自由阅读，看报、读书、撰文，读自己感兴趣的书：从小的为什么美，到大国如何酿成悲剧，从美国梦、欧洲梦到中国梦，从社会为何成败兴衰，到我们的地球究竟怎么了，都在我的视野之中。休歇间，放眼室外，远眺近邻香港，欣赏海湾、红树林，和自然融成一片，我把书房叫作望海书斋。

我深深体验到，这里一年中最好的时光，乃是在冬天的下午。每天冬泳归来，回坐客厅，正好夕阳西下，和煦阳光照在海面之上，把整个海湾都染成琥珀色。那晚霞在变化多端的云层中透射下来，蔚成在平地很难见到的绝色美景。在这美妙的时光，忍不住写了《冬泳》：

　　冬泳归来仍从容，遥看香江多青峰；
　　落日余晖染港湾，最美海上夕阳红。

越到后来，我越是感悟到，人类的文化艺术，也应向顺应自然这个方向发展，"师法造化，中得心源"这是文化艺术的根本法则。自我反思，我发现自己最喜欢的艺术还是音乐。我年少时是会弹风琴，如今却弹起钢琴来了。越弹越有兴致，在少年时听到的许多乐曲，竟然陆续都流淌到琴键上来了。记不起来的，才让我的一位研究音乐美学的博士黄汉华教授去找乐谱。如今，我能背下百首乐典，每天弹奏三次，夜间最佳，已无从自然审美，那就从弹奏中自得其乐。最爱弹的乐曲是《春江花月夜》《二泉映月》《茉莉花》等能引起对大自然联想的乐曲。高兴之余，曾写下《琴乐》：

老来好弹少时曲，日奏三旋久自熟；
胸存百首指间流，怡然自得心常乐。

随着岁月的流逝，我越来越领悟到，顺应自然的生活应是简朴的生活，暴饮豪食，暴殄天物，不仅伤害自然，亦乃自我戕害。人应以最少的时间和精力来满足自己的基本需求后，要多花时间和精力去读书、思索、漫步、游泳、赏乐。过简朴的生活，为的是追寻更丰富的精神生活。人活在这世上，一要生存，二要发展，三要完善。适者生存，善者优存，美者乐存。心有真善美的追求，才有完美的人生。我在反思了这人生之后，写下了《感悟》：

人生苦短波折多，不如意事常八九；
尚幸留得平常心，犹持真善美追求。

美学陪伴了我的一生，融入了我的生命；而我研究美学，也融入了我的生命体验，人生领悟。面对气象万千、丰富多彩的外在世界，无论是自然性的存在、社会性的存在，还是精神性的存在，天、地、人、心、符都涌入我的心灵，引发我的审美体验。日积月累，久而久之，在我内心也生成了一个精神世界，当外在世界不在场时，在内在世界里也会因联想、回忆、想象而引发内在的审美体验。但内在审美是和外在审美相通的，共同提升了我的审美水平，促进我始终向往真善美。所以，对我来说，美学首先是为己之学，助我如何完善自我，走向完美人格的培育。但美学更要探索人类如何按美的规律来创造，使我们这个世界更美好，所以美学不仅是为己之学，而且是为人之学。每当我坐在藤椅里仰望天空，面向蓝天白云，心中不由地感慨：如果世上已没有了真、善、美，那这个世界还值得留恋吗？

2009 年初夏于深圳望海书斋

（原载《美与时代》2010 年第 2 期）

梁启超的美学贡献

梁启超和王国维是同时代人。梁启超早生了4年（1873年），晚死了2年（1929年），两人都经历了晚清和民国两个时期，晚年都成了清华园国学门的著名导师。王国维因清亡末代皇帝被逐，身为侍读的他感到奇耻大辱，自沉于昆明湖。梁启超的一生先是投身维新变革，热心从政救国，后又潜心著书立说，演说讲学，最终以"战士死于沙场，学者死于讲座"的追求，逝于北京。对于王国维的死，我们深感惋惜，但对于梁启超的一生，我们却要以钦佩之情来表示。且不说他满腔热血投身维新，就只说他的博学多才、著作等身，实令人叹为观止。收入《饮冰室合集》中的文字竟有1500万字之多，共有184集，堪称那个时代之冠。若以梁启超的写作时间不到30年计算，那么，他每年平均都要写出50多万字，这在还无电脑写作的时代，真是一个令人惊叹的数字。要能达到这种境地，不仅需要刻苦勤奋，还要才思敏捷，更需要具有一种精神：视写作为自己的生命，欲罢而不能。

梁启超处在两个世纪之交，社会现实把他卷进了时代潮流的中心，不断为中国探索新路。他的老师康有为贬之为"流质多变"。说他多变，确是事实。他博览群书，中外古今，涉猎甚广。他对自己的论著做了自我剖白：优点是"博而新"，但弱点也很明显，那就是"浅而芜"。这和王国维那种专而深的治学道路颇为不同。梁启超治学的最可贵之处是虽然"多变"，却又并未"流质"。他在《善变的豪杰》中这样说道："大丈夫行事磊磊落落，行吾心之所志，必求志而后已焉。若夫其方法随时与境而变，随吾脑识之发达而变，百变不离其宗，但有所宗，斯变而非变也。此乃所以磊磊落落也。"梁启超的学术多变，但多变而不离其宗，那就是要唤醒国人，启发民智，更新人性，发愤图强，振兴中华。梁启超前后期的人生确有变化，但他的人生观却一以贯之。他自己说，他的一生是靠兴味来做生活的源泉，对学问和政治都有浓厚的兴味；两者相比，做学问的兴味更浓。在五四运动前，更多的精力放在政治的维新变革上面，但也不忘学问。1919年，他在欧洲游学，对西学发生了广泛的兴趣。他在那里最早得知巴黎和会传出的消息,作为战胜国的中国,反而要将德国在山东的权益移交给日本。梁启超气愤不平,立即将此消息传给国内学界,北京学生群情愤慨,北大学生带头烧了赵家楼,引爆了轰轰烈烈的五四运动。梁启超游学归来之后,就进了清华园国学门,将更多的精力投入到学术研究中去,走教育救国的道路。但他始终密切关注着政治,他说自己若不管政治,便是逃避责任,心里会感到不安。兴味和责任构成梁启超人生观的两大基础。他治美学,也以此为基础。

梁启超的美学前后期也有所变化,所突出的重点不同。当他热心政治维新、投身于社会变革之时,在美学上就特别强调文学艺术的政治教化作用,竭力倡导政治小说。而致力于学术研究时,他的美学就更多深入阐发文学艺术的审美教育作用。重点有变,其美学的宗旨未变。审美也好,艺术也好,其根本目的还是为了"新民"打动人心,更新人性,也就是后人鲁迅所说的改造国民性。作为一个启蒙思想家,梁启超一生不断地致力于"改造国民的品质",而审美教育就是对国人进行"精神教育"的重要途径。在他看来,"欲新一国之民",就要去"新人心"。审美教育的目的就是要去"新人心",塑铸"新人格",从而变革社会。梁启超在美学上的最大贡献是把审美这一人类独特的活动放置在社会人生的整体中来,揭示它如何影响人的心灵,从而又作用于变革社会的独特的社会功能。审美和艺术既有自身的直接功能,又有对外的间接功能,离不开社会人生,但自身又有相对的独立性。在这一方面,梁启超的美学,要点有三:其一,美在人类生活中必不可少。"美是人类生活一要素,或者还是各种要素中之最要者。倘若在生活内容中把美的成分抽出,恐怕便活得不自在,甚至活不成。"(《美术与生活》)美就在生活中,美的人生被放置在人类的本体论的地位,因此,爱美也就成了"人生目的的一部分"。美的追求是人生的一大目的。其二,审美之所以必要,在于审美所引发出来的趣味或情感,是"生活的原动力",是人类一切活动的"源泉"(《趣味教育与教育趣味》)。在梁启超的美学中,有时突出"趣味",有时突出"情感",我们不妨把这些合称为"情趣"。梁启超把由审美引发的情趣看得十分重要,将之看作"人类一切活动的原动力"。他把感情与理解做了区分,认为它们具有不同的功能。理解的功能,"顶多能叫人知道那件事应该做,那件事怎样做法";但感情却能激发人"到底去做不做"(《中国韵文里头表现的情感》),属于人的动力机制。其三,生活中的情趣要表达出来,最有效的手段就是文学艺术。文学艺术要能把情趣表达出来，就要创构出艺术的境界。依他看来，趣味是"由内发的情感和外受的环境交媾出来"，要表现趣味，在文学艺术中就要把产生这趣味的境界表现出来。此时，内发的情感和外受的环境在心灵中融合为境界，"把我的生命和宇宙的众生进合为一"（《中国韵文里头表现的情感》）。梁启超倡导的文学革命，不仅在于文学要运用新语句，更重要的是要创造出新境界。梁启超的境界说，虽然其根底是在推崇唯心，但却比前人拓展了更为广阔的视野，并以新理想来导向新境界。

梁启超谈论审美，始终紧紧扣着趣味、情感来深入展开。情趣说可以说是梁启超境界说的核心。这标志着中国美学在吸收西方美学之长和继承中国古典美学传统的过程中，正在逐渐自成特色。西方美学在向现代转化的过程中，审美趣味的观念越来越受到重视。英国经验主义美学标举审美趣味，发展到德国理性主义美学，同样重视审美趣味，康德甚至把审美判断就称之为趣味判断。梁启超在阐释趣味的"无所为而为"时，显然吸取了西方美学中的审美功利说。更进一步，梁启超还把趣味之说推向整个人生。人要变成有趣之人，民族要变成有趣的民族，社会也要变成有趣的社会，所以，他自称一个地道的趣味主义者。他没有想到的是，如今西方发达国家已发展到后现代，趣味之说更受到青睐。英国当代后现代主义哲学家罗蒂在他的《后哲学文化》一书中说道："所谓人类的进步，就是使人类做出更多有趣的事情，变成更加有趣的人。"

梁启超的美学虽然吸收了西方现代美学的元素，但其根本，还是深深植根于中国传统文化之中。他多次阐发了孔子所说的"知之者不如好之者，好之者不如乐之者"的观念，认为审美的愉悦，超越了其他快乐。审美之乐，正在于精神境界的提升，在审美的愉悦中得到的精神享受的同时，拓展和提升了精神境界。中国文人的人生理想，是要做到立德、立功、立言，通达时，"兼济天下"，实现自我；而受阻塞时，则要"独善其身"，自我完善。这两者又是相辅相成、相互促进的。只有做到自我完善，"正心、诚意、修身"，才能进而做到"齐家、治国、平天下"。审美、艺术不能直接用来"齐家、治国、平天下"，只能用来"正心、诚意、修身"，但也可以间接地对前者发挥作用。梁启超美学承续了中国文化传统，而又做了自己的发挥。

美学中一个最大的难题就是要回答审美怎样才能提升人的精神境界，

使人日益自我完善。梁启超美学的最有价值之处正在于深入到趣味、情感、境界的内部，进行价值剖析；对趣味、价值、情感本身进行了价值区分，从而给予我们莫大的启示：审美、艺术可以把人引向美好和崇高，却也可以把人引向丑恶、卑下，关键乃在趣味、情感、境界的价值取向不同，从而产生了不同的价值定向。梁启超的美学奠基在价值论的基础之上，他对趣味、情感、境界所做的价值分析使我们重新认识到审美活动其实是一种价值体验活动，在审美体验中蕴含着价值评价、审美判断，具有价值定向作用。

人的趣味有好坏吗？梁启超明确地说："趣味的性质，不见得都是好的。比如好嫖好赌，何尝不是趣味？但从教育的眼光看来，这种趣味的性质当然是不好。"（《趣味教育与教育趣味》）文学艺术应该培育高尚趣味，"若不向高尚处提，结果可能流于丑秽"（《晚清两大家诗钞题辞》）。情感呢？在梁启超看来，情感本身并不都是美好。"他的本质不能说他都是善的都是美的，他也有很恶的方面……好起来好得可爱，坏起来也坏得可怕。"情感既有好坏，那么，"情感教育的目的，不外将情感善的美的方面尽量发挥，把那恶的丑的方面渐渐压伏淘汰下去"。正是这样，人类方能不断前进。作家、艺术家的使命也正在通过情感教育，把情感向真、善、美方向提升，所以，"最要紧的工夫是要修养自己的情感，极力往高洁纯挚的方面，向上提挈，向里体验。自己腔子里那一团优美的情感养足了，再用美妙的技术把他表现出来，这才不辱没了艺术的价值"（《中国韵文里头所表现的情感》）。

审美情趣的差异表现于文学艺术，必然产生不同的艺术境界。依梁启超之见，艺术境界有的"狭而有限"，有的则"广而无穷"，有的"卑下平凡"。文学艺术应该创造"优美高尚""广而无穷"的艺术境界，"把我们卑下平凡的境界压下去"（《美术与生活》）。在他看来，只有"气象壮阔""寄托遥深"的艺术境界，方能是人"神思激扬"。他所倡导的文学革命，就是要在文学艺术中熔铸新理想，创造新境界。倘若"从天然之美和社会实相两方面着力，而以新理想为之主干，自然会有一种新境出现"（《晚清两大家诗钞题辞》）。当然，当代美学应该进一步追问：什么样的趣味、情感、境界是高尚的、美妙的、真实的？什么样的趣味、情感、境界是卑下的、丑恶的、虚假的？梁启超对趣味、情感、境界的价值剖析有待进一步深入，但他启示我们，我们的美学不能只停留在心理学的层次，而要上升到价值论，揭示审美和艺术的价值向度。审美体验是对价值的体验，在体验中领悟人生的价值，因而，审美判断既是趣味判断，又是情感判断，而且是反思判断，蕴涵着价值的反思。正是因为在审美体验中有着对趣味、情感的反思，能在心灵世界内部做出价值评估，从而促使心灵向高尚、美妙、真实的方向发展，才得以提升精神境界。审美不一定有外在目的，但却有内在目的，这种内在目的就是：提升精神境界，更新人心，塑铸审美人格。审美具有"无目的的合目的"性。这"无目的"是无外在目的，"合目的"是内在目的。梁启超所说的"无所为而为"，这"无所为"也正是无外在目的，"而为"则有内在目的。因此，审美的功用也就可以有直接功用和间接功用。王国维所说的"无用之用"，鲁迅所说的"不用之用"，蔡元培所说的"似无用，非无用"，其实都说的是审美只是指向心灵，并不能改变物质，无实用价值。我们可以把审美的功用看成一种"虚用"，但这"虚用"也可以成为一种大用。就像郭沫若所说，艺术形似无用，但在"无用之中，有大用"。这种大用就是"唤醒人性""鼓舞生命"。

那么，审美是否也可以对变革社会有用呢？精神问题只能靠精神力量来解决，物质问题也只能靠物质力量来解决。但是，物质力量和精神力量经由实践可以相互转化，审美影响人的精神，而精神的改变通过实践又会去作用于物质力量。不过，审美的功用影响精神是直接的，而作用于社会则是间接的。梁启超的美学，致力于把审美的外在目的和内在目的统一起来，通过审美的直接作用来对社会起间接作用，把审美的自律和社会的他律结合起来，这是他的美学最大的贡献，对我们今天仍有重大的现实意义。

为"梁启超美学研讨会"（杭州）而作
2010年秋于深圳望海书斋

（原载《社会科学辑刊》2011年第1期；后收入《胡经之文集》第四卷，海天出版社2015年版）

蔡元培的美育精神

在中国从近代转向现代的历史进程中，蔡元培是我国启蒙初起时代被公认的新文化运动的领袖，是一位启蒙思想家，也是一位杰出的教育家。他还是一位美学家，特别重视把美学与教育紧密结合，创建了自成特色的美育学说，把美育提升到人格教育、全民教育、终身教育的地位。蔡元培倡导美育，没有停留在抽象理论的层次，他不仅自己身体力行，而且付诸社会实践，向学校或更广的社会领域推行。在蔡元培的心目中，美育是在中国进行思想启蒙的一个重要途径。辛亥革命后建立了民国政府，孙中山任临时大总统，任命他为教育总长。他在鲁迅的积极配合下，旗帜鲜明地把美育列入整个教育方针之中。在中华文明史上，这是从未有过的伟大创举。蔡元培闪耀着启蒙思想光芒的美育精神，不仅在当时的新文化运动中发挥了巨大的作用，还影响了以后数代人，推动中国的文化教育向现代方向前进。在21世纪即将到来之际，中国为全面推进素质教育，终于把美育列入全民教育方针之中，德、智、体、美四育并举，协调发展，成了我国教育的方向。新的时代要求我们在更高层次上发扬蔡元培的美育精神，为的是实现马克思主义创始人对人的理想：按照美的规律培养自由全面发展的个性。

一

我生也晚，在20世纪30年代才来到这世上，进入北京大学则已是1952年。少年时期读了朱光潜的《给青年的十二封信》和《谈美》，才知道世界上还有一门学问叫"美学"，心向往之。可是，等我进了北大，方知道北大已经没有了"美学"这门课，只有杨晦教的"文学概论"还和美学有些关系。朱光潜、宗白华、蔡仪都在北大，但都不开美学课。我自己做了个安排，决心从1953年开始，自学中国现代美学。我先向杨晦请教，又在年初拜访了朱光潜，请教该从哪里入手。杨晦要我先读蔡元培，再读梁启超，后读蔡仪。杨晦是位"五四"老人，当年就和许德珩一起参加了火烧赵家楼的行动,后来当过北大的中文系主任、副教务长。他正是在1917年蔡元培任北大校长时考入了哲学门,聆听过蔡元培的教诲,听过他的美学演讲,对北大的美育耳濡目染,有亲身感受。他对蔡元培十分敬佩,所以要我钻研中国现代美学,就要从蔡元培入手。朱光潜则为我另辟蹊径,要我先读王国维,再读吕澂,后读宗白华。他说,他研究美学,受王国维的影响最早,印象深刻,要我不妨也从王国维着手。我自己做了选择:先读蔡元培,再读梁启超,然后读王国维。我安排两年时光,在听课之外,集中精力阅读"五四"以来的现代中国美学著作。我是从阅读蔡元培而进入中国现代美学领域的,所以,对蔡元培的美学印象较深,特别是对他那不屈不挠、坚持不懈的美育精神敬佩不已。80年代初期,我和叶朗、江溶策划"北京大学文艺美学丛书",就首推《蔡元培美学文选》优先出版。

　　蔡元培并非一开始就关注教育,更不要说重视美育了。1868年出生在绍兴的他,开始走的是封建文人的老路。那时,科举制度还未废除,蔡元培和梁启超同在1889年中了举人,但梁启超1890年参加全国会试落榜,从此放弃了应试做官的道路。蔡元培却一帆风顺,青云直上,24岁时就赴京会试得中,1892年殿试通过,成了二甲进士,不久,就被任命为皇家的翰林院编修。1898年戊戌政变,蔡元培虽未参加,但亲眼看见了百日维新的始末,极为同情康有为、梁启超的不幸遭遇,深感清王朝无药可救。蔡元培对康、梁维新的失败进行了反思:"由于不先培养革新之人才,而欲以少数人代取政权,排斥顽旧,不能不情见势绌。此后北京政府,无可希望。故抛弃京职,而愿委身于教育。"①(《蔡元培口述传略》)

　　戊戌政变之后,康、梁流亡日本,蔡元培愤而弃官。在新世纪到来之前,这位封建末世的传统文人,终于走出皇家翰林院,走向一条新的道路,回家乡绍兴从事教育事业。这是蔡元培人生道路的一次大转折,此时正好是他30岁。蔡元培在故乡生活了八年,全力投入教育事业,积极参与绍兴的中西学堂、上海爱国女学、南洋公学(交通大学前身)等的建设,发起成立中国教育会、爱国学社等社会组织,竭力推动教育事业向全社会发展。"教育救国"开始渐成蔡元培的伟大志向。但就在此时,他还没对美育有所重视。上海爱国女学成立之初,蔡元培就倡导教育要造就人

---

① 蔡元培:《美育人生》,江苏文艺出版社2011年版,第29页。

的"完全人格"。但"完全人格"如何培育？当时他还只是提及德育、智育、体育这三育，在他此时的心目中，还尚无美育的地位。

蔡元培后来极为看重美育，那是在他人生有了另一次大转折，学得了美学之后自然而然发生的。

1907年，蔡元培将届不惑之年，他毅然选择了去德国留学。蔡元培一去就是五年多，遍访德国、瑞士，考察教育、文化。他在莱比锡大学听了三年课。这所歌德曾经就读的古老大学，以教育学、艺术学、美学而著称。蔡元培在后来所写的《自写年谱》中说："我于讲堂上既常听美学、艺术史、文学史的讲演，于环境上又常受音乐、美术的熏习，不知不觉的渐集中心力于美学方面。"① 他在德国，不仅听美学课，而且知行并重，自己还学起弹钢琴、拉小提琴来，把学得的美学付诸自己的人生实践。自此，蔡元培对美学和美术（广义的美术，即文学艺术）发生了浓烈的兴趣，后半生都乐此不疲。他不止一次地向别人说道，自己"到四十多岁，专治美学"。后来他又数次出国考察，遍历英、法、美、俄等国，对美学、美育尤为关注。当时即将步入70岁的蔡元培，曾经发表了满怀深情的谈话《假如我的年纪回到二十岁》，谈话中说，若容许他能在年轻时就做出自由选择，他会"专治我所以爱的美学及世界美术史"②。正是在学得了美学之后，蔡元培结合实地考察，日渐懂得了美育的重要。欧美诸国重视人的完全人格的培育，美育必不可少。德国、法国尤为看重美育，只是法国人更喜爱优美，而德国人更看重崇高。这给蔡元培留下了深刻的印象。

当蔡元培的人生又一次发生大转折时，历史给了他一次机遇，竟能把美育引入国家的教育方针之内。这在中国实乃破天荒的奇迹。辛亥革命初定，国民政府成立，孙中山任临时大总统，立即急电蔡元培从德国回南京，受命担任临时政府的首任教育总长。蔡元培先调绍兴同乡许寿裳到教育部，许寿裳又推荐了一起在日本留学的周树人（鲁迅）协助蔡元培在教育部推行美育。1912年，蔡元培公开发表了《对于教育方针之意见》，旗帜鲜明地把美育列入教育方针中。

由蔡元培主掌的教育部先是设在南京，后又迁往北京，许寿裳和鲁迅

---

① 蔡元培：《美育人生》，江苏文艺出版社2011年版，第74页。
② 蔡元培：《蔡元培美学文选》，北京大学出版社1983年版，第212页。

也跟着到北京。鲁迅是蔡元培在教育部推行美育的得力助手。蔡元培针对教育方针的意见,由鲁迅起草一个教育部文件,予以推行。鲁迅在教育部的任职,先是做社会教育司的第二科科长,后升任为社会教育司的佥事,主管的就是文博图书和美术教育。蔡元培所说的美术教育并不仅是视觉艺术的绘画、雕塑等,而是含括所有的艺术,包括文学在内。受蔡元培的委托,鲁迅积极在北京实施艺术教育,向社会推行美育,甚至在暑假中还举办美术演讲会。鲁迅在暑期的美术演讲就先后举办了四次,1913年发表的《拟播布美术意见书》就是在这些演讲的基础之上进行了发挥而写成的。在这篇文章中,鲁迅对文学艺术(总称为美术)的作用和价值做了较为全面的阐释。在鲁迅的支持和配合下,蔡元培的美育精神初次得到了弘扬。后来,袁世凯复辟,蔡元培愤而辞职。1913年秋出走法国,又去钻研绘画、建筑、音乐。蔡元培出走后,教育部竟把美育从教育方针中删除。鲁迅悲愤交加,他在自己的日记中这样写道:"闻临时教育会议竟删美育,此种豚犬,可怜可怜。"(《鲁迅日记》)鲁迅对蔡元培的美育精神,一直深为敬服,他们都把美育看作改造国民性的重要途径。

二

蔡元培虽然在教育部受挫,但他的美育精神并未减退,反而在德、法养精蓄锐,终于有了在北京大学发扬的机会。1916年冬,教育部敦促蔡元培回国,要他就任北京大学校长。有人劝他,北大太腐败,无可救药,何必去那,怕要坏了名声。有人则鼓励他去,对北大进行彻底改造。孙中山虽已不当总统,但支持他去北大开创新的局面。蔡元培在做翰林院编修时曾经去京师大学堂讲过课,知悉内中的腐败与丑恶,但最后还是下定了要去改革北大的决心。1917年年初,蔡元培就任北京大学校长,开始实施他的教育方略。从1917年到1927年十年半的时间,蔡元培有一半时间在此坐镇。即使他不常在,代理校长蒋梦麟是他的学生,也一直支持他的教育方针,把美育放在整体教育中必不可少的地位。蔡元培的美育精神由此在北京大学扎了根。

蔡元培在北京大学大刀阔斧的改革乃从文科开始。他请李大钊任图书馆馆长,又亲到陈独秀的住所请他当文科学长,主掌文科。为此,蔡元培还把陈独秀在上海已办了好几年的《新青年》杂志社转移到北京大学。

当时，鲁迅还在教育部负责通俗教育研究会的工作，不能到北京大学担任专职教授，蔡元培就特聘他为兼职讲师，在北大开讲"中国小说史"，为此才有了以后的《中国小说史略》。鲁迅又向蔡元培推荐了还在绍兴的周作人到北大任专职教授，开讲外国文学。胡适之从美国回国，即由蔡元培请来北大，推动新文学的研究。蔡元培在北大提出由文科开设美学，可是无人响应，他就亲自出马，开设了美学课程。他在《我在北京大学的经历》中说到，在十年之间，"我讲了十余次，因足疾进医院而停止"[1]。而美学一课在北大一直延续着，他请留法回国的张竞生来北大当专职教授，继续讲授美学课程。就在北大期间，蔡元培开始了《美学通论》的撰写，写出了《美学的对象》《美学的趋向》《美学的进化》等文。

　　蔡元培对美育的重视，并没有仅停留在课堂上，而是更重在付诸实践，体现为行动。为鼓励北大学生向德、智、体、美全面发展，他发动师生开展课外活动，组织各类社团，学校为之创造条件。他一到任，就创办了《北京大学日刊》，鼓励校园社团相互交流。在蔡元培的激励下，各类社团如雨后春笋，蓬勃发展。仅在他就任校长的两年后，各类社团已达20个左右，其中就有陈独秀组织的社会主义研究会，后来又有李大钊组织的马克思学说研究会。在蔡元培美育精神的感召下，文学艺术社团最为兴旺，文学研究会、音乐研究会、绘画研究会、书法研究社等纷纷成立。后来，张竞生还发起成立了审美学社，出版审美丛书。这种由蔡元培倡导在讲堂之外展开美育的活动方式，成了北大的一个传统。我于20世纪50年代初期进入北大，还能亲身感受到这种课外的艺术氛围，国乐社、交响乐鉴赏会、文学社、新诗社、戏剧社等，一到下午社会活动时间，就各自活跃起来。发展到20世纪80年代，改革开放，又成立了由王朝闻、宗白华任指导的文艺美学研究会，公开出版"文艺美学论丛"。这要归功于蔡元培美育精神的鼓舞。

　　正是由于蔡元培怀抱"教育救国"的志向，全面推行德育、智育、体育、美育，采取"思想自由，兼容并包"的原则，才推动了教育向现代方向发展。北京大学成了新文化运动的发源地。五四运动在这里发生绝非偶然。蔡元培在北京大学厉行改革，逐渐引起了世人关注。在"五四"

---

[1] 金雅主编：《中国现代美学名家文丛·蔡元培卷》，浙江大学出版社2009年版，第260页。

发生的前一年,已经退出政坛在天津居住的梁启超,出于爱国之心,密切注视着巴黎和会的动向,力争将山东的权益收归祖国。为此,梁启超和蔡元培都积极参与了国际外交协会的领导工作,并在北京大学召开了国际联盟同志会。作为国际外交协会驻巴黎的代表,梁启超随同中国赴巴黎和会的代表前去巴黎当民间顾问。当他得悉国民政府首席代表陆征祥要在和会上签字,同意把德国在山东的权益转让给日本时,勃然大怒,当即把这一消息电告了国民外交协会的林长民(林徽因之父)。林长民又把这消息迅速传回了北京。蔡元培在1919年5月3日得知此消息,立即返校,召见了北大学生领袖许德珩。北大迅速行动起来,5月4日,联合北京的其他学校,在天安门集会,由许德珩带头举行游行示威活动。国民政府本想秘密在卖国条约上签字,但为梁启超所泄露,就引发了五四运动。从此,梁启超对北京大学刮目相看,和北大教授胡适之、丁文江多有交往,并去北大作过演讲。在百日维新之时,京师大学堂正在筹办,光绪皇帝命梁启超起草《大学堂章程》。梁启超参照了日本的学规,依据中国的国情,为京师大学堂制定了洋洋80多条学规。但最后任命的掌学大臣却不是梁启超,而是官僚孙家鼐。京师大学堂还是成了科举制度取消以后又一培养封建官僚的衙门。梁启超深知要把这培养封建官僚的京师大学堂改造成现代大学之难,所以,对蔡元培在北大的贡献甚为敬服。

蔡元培的美育精神在他主管北大的十年里得到了初步发扬。虽说是初试锋芒,但在国内实属首例,功不可没。此后的十多年中,蔡元培再接再厉,进而在南方倡导和推行美育,产生了更为广泛的社会影响。蔡元培的美育精神在更广阔的社会领域得到了发扬。

五四运动以后,国民政府加大了对北京大学的控制。蔡元培对此十分反感,早有南归之意,想回故乡另觅"报国之道",最想做的还是翻译一部西方艺术史、几部美学名著。但国民政府不想丢掉这个牌子,还要蔡元培继续当北京大学校长。他在长期坚持自己的教育方略之外,不时去欧洲法、英、德等国进行教育和文化的考察,在欧洲长达两年多,探索如何做进一步的教育改革。

北伐战争之后,全国政治中心转向南方。国民政府允许蔡元培辞去北京大学校长之职,请他担任大学院院长,以推动国家的教育体制改革。年过六旬的蔡元培有两年光景全力投入了在国内设立大学院的实验。所谓大学院,乃是参考法国的大学区制而实行的模式,将全国分成若干学区,每一学区以大学院为中心，全学区的中、小学都归大学院管理，不再设立教育局之类的行政机构。这种体制的好处是突出了教育家治校，更尊重教育规律，并且把学术和教育结合了起来，以推动教育和科研的加快发展。蔡元培做北大校长时，深受教育部行政官僚之苦，对官僚统治深恶痛绝，所以很支持这样的体制改革。1928年，作为大学院院长的他，亲自主持召开了第一次全国教育会议，大学校长及各省教育主管与会，共商教育改革方向。蔡元培想以江苏、浙江两省为试点做实验，再向全国推行。

正是在这次教育体制改革中，蔡元培的美育精神得到了进一步的发扬。在确定了大学院为全国最高学术教育机构之后，蔡元培进而突出了科学、艺术、劳动三者在教育中的地位："大学院以科学化、艺术化、劳动化相提倡，大学必须具备这三种精神。"他倡议，要在大学区中设立劳动大学，提倡劳动教育。更要"设音乐院、艺术院，实行美好教育"。这就在过去已有的德育、智育、体育之外，再加上劳育、美育，德、智、体、劳、美五育并举，方为完全之教育。而且，在蔡元培看来，美育还要进一步走向社会："美育为近代教育之骨干。美育之实施，直以艺术为教育，培养美的创造及鉴赏的知识，而普及于社会。"蔡元培要求大学院把艺术看得和科学一样重要："艺术能养成人一种美的精神，纯洁的人格。"①

在蔡元培的积极推动下，在大学院下筹备设立艺术教育委员会，以推进全国的艺术教育。大学院在蔡元培的主持下，很快在上海创建了国立音乐学院，请音乐家萧友梅当校长。接着，又迅速在杭州创办了国立艺术学院，请画家林风眠任校长。由此开始，艺术教育在江南地区蓬勃发展起来。大学院在1928年还支持美术教育委员会向社会推进美育，筹备全国美术展览会。这在国内实属创举，成为中国文化界的一大盛事。在大学院时代，蔡元培广开贤路，设置了特约著作员制，专聘国内学术上有贡献的专家、学者，任其自由著作，大学院给予特殊津贴。这时鲁迅也已在上海自由写作。蔡元培不忘鲁迅在北大的贡献，为他颁发了聘书。1936年鲁迅逝世，蔡元培和宋庆龄共同主持丧礼。蔡元培亲撰挽联："著述最严谨，非徒中国小说史；遗言太沉痛，莫作空头文学家。"

蔡元培竭力倡导教育独立、学术自由，在那个时代阻力重重。在官僚统治下，大学院制被取消，大学院又改成了教育部。蔡元培坚决不愿再当

---

① 蔡元培：《蔡元培全集》（第六卷），浙江教育出版社1997年版，第214页。

教育部长而只当国民政府中央研究院院长，但是，他仍然不忘坚持不懈地向社会推广美育。他仍陆续不断地发表美育演讲，撰写美育文章，参加文化艺术界的活动。他积极支持画家刘海粟创办的上海美专，参加刘海粟的画展，并撰文给予高度评价。李金发要创办《美育》杂志，蔡元培也给予大力支持。

蔡元培一直想写一本论美育的书，还想写一本美学著作。1936年，上海各界为蔡元培70岁大寿举办了盛大的庆祝活动。蔡元培在致辞中对自己的一生进行了反思，感触良深。他满怀深情地说道："回忆从前经过，可为而不为，与不可为而为的，不知多少；多一年，就增加一年的悔恨。……七十岁了，余年有限，还来得及补救吗？"① 他最后说，假我数年，还是想写一本书，专论"以美育代宗教"，还想编写一本美学。蔡元培的一生，对美育和美学真可以说是情有独钟，后悔没有把精力和时间更多地投在这里。但文化艺术界没有忘记他在美学事业上的杰出贡献，刘海粟、萧友梅、柳亚子等在此年成立了一个筹备委员会，要在上海成立"孑民美育研究院"，其宗旨就是要继承和发展蔡元培的美育精神。可惜，因"抗战"爆发而未能实现。幸而孙福熙在杭州已经建成了孑民美育院，实现了文化艺术界的一个共同愿望。

蔡元培在江南推进美育十年，影响深远。我的师辈就是在他的美育精神熏陶中成长起来的。我的父亲胡定一，生于1911年，其儿时在苏州读书，后入无锡师范，琴棋书画都要学，所以，尽管他主要教历史课，但写得一首好字，能画画，还能拉二胡，吹笛箫。我自小也是受这种气氛的熏陶，留下了不少美好的回忆。

蔡元培的最后岁月是在家国之恨和病痛交加中移居香港度过的。日本侵略、占领上海，蔡元培满腔悲愤，1937年年底他带着病痛之身来到香港，以图在此广结海外友人，争取国际对中国抗日的支援。就是在"抗战"全面爆发之后，他也不忘美育，坚信"美术乃抗战时期之必需品"。1938年春，蔡元培和宋庆龄受邀与港督夫妇一起参加一个国际美术展览开幕典礼。蔡元培在致辞中就鲜明地说："'抗战'时期也需要美术之陶养。"他不仅只是说，还行动起来，亲自为国际反侵略运动大会创作了中国会歌，调寄《满江红》。他自认为这一曲调适合表现中国人坚决抗日的

---

① 蔡元培：《美育人生》，江苏文艺出版社2011年版，第228页。

"壮气"，他所创作的曲词，"我中华，泱泱国，爱和平，御强敌""与友邦共奏凯旋歌，显成绩"①，洋溢着阳刚之气，崇高之美。1940年春，74岁的蔡元培因病与世长辞，在遗言中还不忘倡导"美育救国"。毛泽东电哀："孑民先生，学界泰斗，人世楷模。"周恩来送挽联："从排满到抗日战争，先生之志在民族革命；从'五四'到人权同盟，先生之行在民族自由。"

蔡元培与梁启超、王国维乃从近代转向现代的同辈美学家，其实，蔡元培最年长，生于1868年；而梁启超生于1873年；王国维更晚，生于1877年。但梁启超、王国维接触美学比蔡元培要早，在20世纪之初都已开始关注美学。王国维很早已上书提出要在大学开设美育。蔡元培在40岁（1809年）时才接触美学，1912年在教育部倡导美育。但把《共产党宣言》首次翻译到中国来的美学家陈望道（1891—1977年）在他所著的《美学纲要》中却这样说道："中国之有美学，实以蔡元培先生提倡为最早。中国人素讲智、德、体三育，近人更倡群育、美育，而并称为'五育'。美育即蔡元培先生所主倡。"② 这并不是要抹杀梁启超、王国维的美学贡献，而是因为蔡元培为推进美学和美育的发展着力最多，影响最广，作用最大。尤其是对于美育，他尽心尽力，鞠躬尽瘁，死而后已。王国维对古典美学（诗词、戏曲）钻研甚深，但在国民革命正向北平推进之时，1927年，王国维年仅50岁时，就跳昆明湖自尽。梁启超在戊戌维新失败后，由倡导诗界、文界和小说革命而推进美学，在社会上产生了巨大的影响，但在北伐战争后不久，1929年就在协和医院逝世，年仅56岁。蔡元培则不仅经历了戊戌维新、辛亥革命、五四运动，而且在北伐战争以后还有十年时光广泛参与了社会活动，且到"抗战"爆发，还在自上而下地为推动美育事业而继续奋斗。正如梁漱溟在40年代所作《纪念蔡元培先生》一文所说："蔡先生一生的成就不在学问，不在事功，而只在开出一种风气，酿成一大潮流，影响全国，收果于后世。"蔡元培的美育精神影响之大，乃这种缘由。

---

① 蔡元培：《美育人生》，江苏文艺出版社2011年版，第232页。
② 陈望道：《陈望道文集》（第一卷），上海人民出版社1979年版，第455页。

三

自蔡元培倡导和推行美育以来，历史已经过去了一百年。如今，美育已被我国纳入国家教育方针之中，提升为国家意识。但是，蔡元培的美育精神仍然值得我们继承和发扬，加倍珍视。重新领会蔡元培的美育精神，我觉得有三点值得我们特别关注，启发我们可以做进一层的思索。

（1）深思美育的使命。蔡元培从一开始就从哲学的高度来看美学和美育。他特别重视哲学中的价值论，他在《哲学大纲》中说道："价值论者，举世间一切价值而评其最后之总关系者也。"① 价值是对人所具有这样或那样的意义，真、善、美都是人生价值中的几种，是人生追求的最高价值。蔡元培曾作《真善美》（1927年）一文，研究"人类探求真善美的状态"。教育是"以人为本位"的，其目的就是"以完全之人格为本位"，造就具有德、智、体、劳、美全面素质的人。当然，我们今天已经知晓马克思主义创始人对于人的理想就是要成为全面而自由发展的人，因而加深了我们对教育这一伟大事业的认识。蔡元培所说的教育要培育"完全之人格"或"健全之人格"，也正符合历史发展的大方向。

那么，美育有没有自己独特的功用和使命？在谈论文学艺术的功用时，梁启超更重视政治功利，蔡元培更突出道德功利，而王国维则更关注审美功利。但是，蔡元培却并不忽视美育的独特功能。在他看来，爱美是人类性能中固有的要求，"如其能够将这种爱美之心，因势利导之，小之可以怡性悦情，进德善身，大之可以治国平天下"②。美育的独特功能不仅在受美育的当时能得到美的享受，可以"怡性悦情"，而且可以获得审辨美丑的能力。他在《美学观念》中，把科学、道德、审美进行了区别："科学在于探究，故论理学之判断，所以别真伪。道德在于执行，故伦理学之判断，所以别善恶。美感在于欣赏，故美学之判断，所以别美丑。"③所以，美育能提高人的审美判断能力。更进一层，美育还可以"陶养吾

---

① 金雅主编：《中国现代美学名家文丛·蔡元培卷》，浙江大学出版社2009年版，第6页。
② 金雅主编：《中国现代美学名家文丛·蔡元培卷》，浙江大学出版社2009年版，第172页。
③ 金雅主编：《中国现代美学名家文丛·蔡元培卷》，浙江大学出版社2009年版，第11页。

人之感情，使有高尚纯洁之习惯"①，久而久之，就能培养"人人有一种美的精神、纯洁的人格"②。在他看来，要通过美育来培养一种美的精神、纯洁的人格，才能达到治国平天下的根本目的。

正是因为美育具有独特的作用，所以蔡元培就有了"以美育代宗教"之说。1917 年，蔡元培发表了《以美育代宗教》的演讲，针对当时一股要在中国掀起倡导宗教的思潮，提出中国不需要倡导宗教，可以而且应该以美育来代替宗教。他把美育和宗教进行了优劣的比较：①美育是自由的，而宗教是强制的；②美育是进步的，而宗教是保守的；③美育是普及的，而宗教是有界的。③ 所以，我国只能以美育来代替宗教，而绝不能以宗教来代替教育。在这里，蔡元培和王国维就有不同。王国维也倡导美育，但却给宗教留下地盘：美育只适合于上层社会，而在下层社会却还需要宗教，好给予下层人民一点希望，能继续有勇气活下去。

美育确实应该而且可以用美育来代替宗教，蔡元培的"以美育代宗教"说言之成理，持之有故，具有中国特色。但是，美育究竟能不能实现这一使命，除了我们要更进一步深思如何理解"美的精神，纯洁人格"之外，更重要的是如何把它付诸实践，在实践中推进美育的实施。

（2）推进美育的实施。美育贵在实践，切忌空谈。如何在美育中使理论和实践相结合，达致知行合一，这是美育中的一大难点。蔡元培极为重视美育的实施，尽力使美学教育和美感教育结合起来，这给我们的美育有很好的启示。

什么是美育？蔡元培在 1930 年为《教育大辞典》写下一个"美育"的条目："美育者，应用美学之理论于教育，以陶养感情为目的者也。"④可见，他心中的美育还是以陶养感情为目的，但必须有美学上的研究，用学理来指导美育。怎么来陶养感情？那还要有美的对象，而不只是美学的理论。他在 1931 年发表的《美育与人生》中说："陶养的工具，为美的对象；陶养的作用，叫作美育。"⑤ 蔡元培倡导美育，注重美学教育和美

---

① 金雅主编：《中国现代美学名家文丛·蔡元培卷》，浙江大学出版社 2009 年版，第 95 页。
② 金雅主编：《中国现代美学名家文丛·蔡元培卷》，浙江大学出版社 2009 年版，第 87 页。
③ 参见金雅主编《中国现代美学名家文丛·蔡元培卷》，浙江大学出版社 2009 年版，第 109 页。
④ 金雅主编：《中国现代美学名家文丛·蔡元培卷》，浙江大学出版社 2009 年版，第 104 页。
⑤ 金雅主编：《中国现代美学名家文丛·蔡元培卷》，浙江大学出版社 2009 年版，第 125 页。

感教育的结合，使美学教育与美感教育融为一体。他身体力行，多次去欧美游学，不仅重点研究美学理论，而且自己把它付诸实践，学习乐器，欣赏艺术，还遍访名山大川，亲身感受审美体验。他在北大十余年，别的课不讲，就开了一门美学，但并不停留在讲堂，而是鼓励文艺社团开展美育实践。蔡元培写过的《美育实施的方法》体现了他那种理论和实践相结合的美学精神。

蔡元培这种竭力使美学教育和美感教育相结合的美育精神，对我们今天实施美育具有重要的价值。它促使我们反思，我们的美学教育是不是只能停留在一味作抽象的推理和演绎水平上，而一旦沉溺在美感教育中，又言不及义，只重技，不言道。如何真正把美学教育和美感教育结合得好，需要我们不断探索。

（3）拓展美育的途径。美育离不开艺术的教育。蔡元培在倡导美育之初，曾突出了艺术教育。1921年，他向国民政府提议创建国立艺术大学的提案中，就这样说道："美育之实施，直以艺术为教育，培养美的创造及鉴赏的知识，而普及于社会。"① 但是，随着美育实践的逐步推进，蔡元培越来越意识到，美育绝不限于艺术教育。他对美学、美育、美术三者进行了区分，提出了美育不同于美术（广义的美术包括了所有艺术），范围不同，作用也不同。艺术里包含了真、善、美，文学的道德功利更为明显。美育则重在怡性悦情、陶冶感情、培养美的精神、塑造纯洁的人格，但美育的范围却要比艺术教育广泛得多。美育的工具离不开美的对象，而美的对象广泛存在于世界上，所以，美育的途径十分广阔。针对当时文化教育界普遍把美育和美术混为一谈的这种倾向，他特别地指出："有的人常把美育和美术混在一起。自然，美育和美术是有关系的，但这两者范围不同。"不同在哪里呢？"美育的范围要比美术大得多，包括一切音乐、文学、戏院、电影、公园，小小园林的布置，繁华的都市（如上海），幽静的乡村（如龙华），等等。此外，如个人的举动（如六朝人的尚清谈）、社会的组织、学术团体、山水的利用以及其他种种的社会现状，都是美育。"②

这就是说，我们这个世界上所存在的各种现象从社会上的人文现象、

---

① 金雅主编：《中国现代美学名家文丛·蔡元培卷》，浙江大学出版社2009年版，第217页。
② 金雅主编：《中国现代美学名家文丛·蔡元培卷》，浙江大学出版社2009年版，第121页。

精神现象一直到自然现象，都可能成为美的对象。美育可以运用这些美的对象，把其作为美育的手段，因而美育的范围无比广泛。当然，蔡元培也没有忽略，由于时代的不同，美育的内容也会有所区别。在社会动荡需要奋起之时，美育就更需要进行"壮美""崇高"这样的美的精神教育，但也无须废弃"优美"。蔡元培说得好，优美使人和蔼、安静，对于一切能持静，遇事不乱，应付裕如；壮美使人有如受压迫，如瞻望高山，观览广洋狂涛，使人感到压迫，因而有反抗、勇往直前、一种大无畏的精神和奋发的情感。①

蔡元培美育思路的拓展引发我对整个美学的发展做出思索。蔡元培在《哲学总论》中说到过美学和美育的关系："审美学论情感之应用，而教育学教情感之应用。"传统的美学主要还是审美学，研究的是审美活动，对美育活动却较少注意。蔡元培的美学更多地关注美育，扩展了美学的内容，哲学美学或美的哲学确实应该在审美学之外，加进美育学。传统的美学也重视艺术活动，但却把艺术活动只归结为审美活动，把艺术仅作为审美对象来研究。其实，艺术的创作是一种实践活动，正如蔡元培所说，艺术的创作是美的创造。艺术创造不同于审美活动，也不同于育美活动，而是一种创美活动。人类追求真善美，审美就是求美的一种精神活动。但人类并不仅仅停留在审美，还要进而去创美，使精神活动转向实践活动，创造一个更美好的世界。如今的物质生产也都需要按美的规律来创造，更不要说精神生产了。物质的生产、人的生产、心的生产都应该而且可以按美的规律进行。所以，哲学美学或美的哲学正在不断拓展，应该包含审美学、创美学、育美学。创美活动是人和物的相互作用，育美活动是人和人的相互作用，审美活动是人和心的相互作用，都是由人来进行而且是服从于人的需要的，当然要以人为本。

但是，人来到这世界上，离不开这个世界。人这个此在和世界上的存在息息相关，和我这个此在有着关系的，不仅社会性存在，还有精神性存在和自然性存在。我这个此在必须和其他存在和谐相处，动态平衡。人类追求生态平衡，实际上，既要和人文生态、精神生态，更要和更广阔的自然生态达到动态平衡。所谓生态美学，就是哲学美学或美的哲学，还是要

---

① 参见金雅主编《中国现代美学名家文丛·蔡元培卷》，浙江大学出版社2009年版，第87页。

以人为本的。但生态美学是比传统美学拓宽的哲学美学，既包括人文美学、精神美学，又扩展到自然美学。这样一来，从日常活动的审美化到超日常生活的审美化，一直到精神世界的天地境界，都被列入美学的研究领域。如今，当自然生态的危机日益加剧之时，生态美学当然应该更加关注研究整个生态中的自然维度，但也绝不能忽视整个生态中的人文维度和精神维度。新时代美学应该研究人如何按照美的规律来掌握世界，其中包括如何处理人和周围环境以及内心世界的关系，建立和谐相处的关系，获得动态平衡，人和自然的关系、人和人的关系、人和自身的关系，天、地、人、心、符如何统一起来构成和谐世界。蔡元培在把美学和科学、道德进行比较时说："美学的主观和客观是不能偏废的。在客观方面，必须具有可以引起美感的条件；在主观方面，又必须具有感受美的对象的能力。与求真的偏于客观，求善的偏于主观，不能一样。"① 这启发我们去进一步思考，美学在建设和谐社会、和谐世界的伟大实践中，究竟应该而且可以起到什么作用。

最后，我要说，此文只是谈论蔡元培的美育精神，未曾涉及他的政治观点。恩格斯在评论歌德时说道："我们绝不是从道德的、党派的观点来责备歌德，而只是从美学的和历史的观点来责备他；我们并不是用道德的、政治的或'人的'尺度来衡量他。"后来，恩格斯在评论拉萨尔的作品时又说："我是从美学的观点和历史的观点，以非常高的即最高的标准来衡量您的作品的。"我在这里也只是从美学的观点和历史的观点来谈蔡元培的美育精神。今天，我们从马克思主义的高度，从建设和谐社会、和谐世界出发，批判地继承和更好地发展蔡元培的美育精神。

为蔡元培倡导美育 100 年而作
2012 年 11 月 5 日于深圳望海书斋

（原载《深圳大学学报》2013 年第 2 期；后收入《胡经之文集》第四卷，海天出版社 2015 年版）

---

① 高平叔编：《蔡元培美育论集》，湖南教育出版社 1987 年版，第 129 页。

胡经之自选集

第三辑

自然美学

珍重天地自然美

都说"天塌不下来"。古人曾嘲笑"杞人忧天"是瞎操心,以后谁再要说"天"真的要塌下来,肯定要被人说是天方夜谭,贻笑大方。然而,英国科学家最近证实,就在近短短的30年中,地球上方的大气层顶部,距地面的高度已经降低了8公里多,而且会离地面越来越近。科学家惊呼:天正在从我们头顶上塌下来!

之所以会这样,那是因为全球的环境正在恶化,大气污染增加,气候变暖,温度上升,而大气层上反而变冷,导致大气压减弱,天空顶端高度就降低。于是,人类的天空变得越来越小。

然而,全球的海面却正在渐渐上升,使得我们的天地变得越来越窄。也是因为全球环境的恶化,气候变暖,高山冰川融化入海,海洋本身也因增温而膨胀,彼此互动,促使海面上升。目前全球海平面已上升18厘米,预测未来将上升20厘米。无怪威尼斯水城正在不断下沉,人们担心这座历史古城什么时候会沉没海底。

天塌、海涨都是自然现象,不能全怪人类,然而,其中确有人类活动的影响。人口的急遽膨胀,对大地、海洋的开发无序无限地增长,有害气体不断排放,气温连续上升,气压反而降低,冰川却日渐融化。于是,天空在缩小,海水在上升。

这就不能不引起我们的审视:人和自然的关系究竟怎么了?进而引起我们的沉思:人和自然应该建立什么样的关系?

长江遭受百年不遇的洪水,这当然是天公不作美。然而,咱们也要扪心自问:咱们究竟如何对待长江?不说别的,就说长江上游,保护水土的森林地带,连年受到乱砍滥伐。过度的树木砍伐使长江上游的森林覆盖率仅有百分之十,致使水土大量流失。接着是连锁反应,滚滚泥沙自上而下,流入中原,经过九曲十八弯,沉积下来,堆成滩地民垸。于是水涨堤高,不仅长江大堤不得不向上提升,洞庭湖也在不断淤积,洪水一来,哪里还能正常泄导?

这不禁使我想起了一百多年前恩格斯的一番语重心长的话。他在

《自然辩证法》一书中说到了这样的事例:美索不达米亚、希腊、小亚细亚以及其他各地的居民为了得到耕地,把森林都砍完了。但是他们却想不到,这些地方今天竟因此成为不毛之地,因为他们使这些地方失去了森林,也失去了水分积聚和贮存的中心。阿尔卑斯山的意大利人在山南砍光了松林。他们没有预料到这样一来,就把高山畜牧业的基础给摧毁了;他们更没有预料到,他们这样做竟使山泉在一年中大部分时间内枯竭了,而在雨季又使更加凶猛的洪水倾泻到平原上。

这些砍伐森林的人也许原意是要为本地居民谋福利,求发展,但其后果则是为大家带来了灾难,受到了大自然的惩罚。这是因为这些人并不了解自然本身的规律,不知道物与物之间有着怎样的联系,更不知人与物之间有怎样的关联,相互有着什么样的制约和作用,只从眼前的直接利益出发去任意改变自然,以为征服了自然。然而,这却遭到了大自然的报复,人民倒了霉,害了自己。所以,恩格斯语重心长地告诫人类:

>"因此,我们必须时时记住:我们统治自然界,绝不像站在自然界以外的人一样——相反地,我们连同我们的血、肉和头脑都是属于自然界,存在于自然界的;我们对自然界的统治,是在于我们比其他一切动物强,能够认识和正确运用自然规律。"①

是的,人属于自然界,永远是自然这个大系统的一部分,离不开大自然。尽管人由于劳动而从大自然中提升为万物之灵,而与其他的物有了区别,但人仍然归属于这个世界。比起其他的物,人这个特殊的物极为复杂,人类活动已不是简单的物与物的相互关系,而是人与物的相互作用,还有人与人的相互交往,因而人类活动还要遵循社会规律,但这并非取消了自然规律。随着人类活动的发展,不仅要重视社会规律,更要重视自然规律,在实践中达到人与自然的动态平衡,建立人和自然的和谐关系。恩格斯说得好,人类应该过着"同已被认识的自然规律和谐一致的生活"。只有人和自然和谐一致,才能"诗意地栖居"。

可惜,生活于自然界这个大系统中的人类却常常遗忘了大自然的养育之恩,不是珍重自然、善待自然,反而把自然当作可以任人宰割的征服对

---

① 恩格斯:《自然辩证法》,人民出版社1971年版,第159页。

象、随意杀伐的猎物。有时，为了一点微小的利益，竟然破坏了大片森林。有的地方为了生产一次性木筷，一年就要砍伐600多亩的森林。一亩森林可产的木筷也仅8箱，只值2400元人民币；可是把一亩树林所"呼"出的氧气加以利用，就值近8000元美金，即6万多元人民币。这样的生产不仅是得不偿失的，而且是贻害无穷的。精明的日本人绝不会在自己土地上干这种蠢事，好好地保护了自己的森林，却到中国的土地上来廉价购取，难道这不应引起我们自己的深刻反思？

珍重自然、善待自然，这不是要像古人那样俯伏在自然脚下，做自然的奴隶，顶礼膜拜，祈求恩赐。人类需要控制自然，不让自然加害于人，要避害趋利，求得适应自然。人在这世界上，一要生存，二要发展，三要完善。当世界不能满足人类的生存、发展和完善时，人类也需要改造世界。但是，这种改造既要顾及自然的生态平衡，又要顾及人类自身的协调一致，使人类和自然达到动态平衡。人类的实践活动是一种价值活动，人类和自然的价值关系应该既有利于自然本身的优化，又符合人类的共同利益。马克思说得好，社会化的人、联合起来的生产者应该：

"合理地调节他们之间的物质变换，把它置于他们的共同控制之下，而不让它作为盲目的力量来统治自己；靠消耗最小的力量，在最无愧于和最适合于他们的人类本性的条件下来进行这种物质交换。"①

改造自然应该使自然更加优化，又使人类自身更加完善。但是无序的开发、盲目的生产常常是竭泽而渔，杀鸡取卵，暴殄天物，花了极高的成本，不仅破坏了自然本身，而且戕害了人的本性。淮河两岸，不少个体和集体在几年中一拥而上，抢建了不少小型造纸厂，污水横流，裹着砒霜，直泻淮河，流进巢湖，不仅鱼虾遭殃，而且居民倒霉。国家为此必须付出巨大代价，治理污染的支出远远高于那些纸厂得到的蝇头小利。而更令人惋惜的是，要想淮河、巢湖再回到那水清湖秀的时代，难矣！

人改造自然应是自觉的自由活动，从心所欲而又不逾矩。所谓"从心"，就是要依从马克思所说的"人类本性"或"人类应有的合乎人性的

---

① 中共中央马克思恩格斯列宁斯大林著作编译局：《马克思恩格斯全集》（第25卷），人民出版社1974年版，第927页。

准则"来改造；而不逾矩则是不能违背自然规律。人类的最伟大创造也不能违背内在和外在的两个尺度，必须按照美的规律来进行。这正是人类实践活动的特点。动物也能生产，蜜蜂、海狸、蚂蚁也能为自己营造巢穴。但是，动物只能按本能生产，永远只能按自己的那个种的尺度，重复生产出那种巢穴。"而人却懂得按照任何一个尺度和需要来进行生产，并且懂得处处都把内在的尺度运用到对象上去；因此，人也按照美的规律建造。"[1] 著名美学家朱光潜把最后一句翻译成："人还按照美的规律来创造。"我觉得更为精当。

人类对自然的改造也应按照美的规律进行。这就要把自然的外在尺度和人类的内在尺度两者统一起来，按照美的规律来改造自然，使自然和人类都得到优化，人和自然达到动态平衡，建立起人和自然的和谐关系。西方发达国家曾经走过了先污染、后治理的现代化道路，终于懂得了要按美的规律来发展。我们是后进国家，应该避免走上先污染、后治理的现代化道路，一开始就应按美的规律来发展。可惜，有些地方没有来得及早些具有这种自我意识，盲目、无序的开发使太湖、滇池这样风景如画的湖泊遭受了不应有的污染。亡羊补牢，犹未为晚，期待这些地方能按美的规律及早得到治理，重现美丽的湖光山色。也希望像苍山洱海、青海湖、九寨沟、张家界这样的美景，永远不要遭受破坏。

不错，人类劳动可以而且应该创造出美。但是，可悲的是，劳动创造了美，却也产生了丑。人类在生产着各种各样的物品，当然大多是有益于人类的；但人们哪里知道，就是在不少有益于人类的产品中，可能也存在着有害的因素。比如，在我们生产出来的塑料制品、农用药物、食物添加剂、化妆用品、装饰器材中，就有一些扰乱人体的化学激素，被国际上称为"环境荷尔蒙"。这些激素可以通过空气、土地和水，直接影响人体；也可以通过动物、植物被人体摄入，间接影响人体。这种激素不仅破坏生态平衡，使其他动植物受害，使青蛙多腿、海豚死亡、鱼类雌雄同体、鸟类发育畸形；而且威胁人类存亡，使人的机能异常、行为失控、神经紊乱、婴儿畸形。

我们不得不反省：我们平日孜孜以求的那些物品，究竟对我们人类自

---

[1] 中共中央马克思恩格斯列宁斯大林著作编译局：《马克思恩格斯全集》（第42卷），人民出版社1979年版，第97页。

身有多大利，又有多少弊？被滥捕乱捉而送到餐桌上供人享用的奇珍异兽究竟对人有益还是有害？狂饮暴食、纵欲无度不正是在摧残自我？

其实，并不是人类生产出来的物品都对人自身有益。即使对人有益，但盲目的、过度的物质享受也会不利于人自身的健康发展。一些人的物欲可能是无限的，所谓欲壑难填，但物欲所得来的愉快不仅是短暂的，而且是有限的。人应该更多地注重精神的追求，精神享受带来的愉悦不仅是长久的，而且是无限的。人类应该更加注重对真、善、美的追求。

即使是人类的精神追求，也离不开大自然。马克思说得好：

"人（和动物一样）靠无机界生活，而人比动物越有普遍性，人赖以生活的无机界的范围越广阔。从理论领域来说，植物、动物、石头、空气、光等等，一方面作为自然科学的对象，一方面作为艺术的对象，都是人的意识的一部分，是人的精神的无机界，是人必须事先进行加工以便享用和消化的精神食粮。"①

马克思紧接着从实践上做出论证："人只有依靠这些自然物才能生活。"人类不仅直接从大自然中取得现成的自然物作为生活资料，而且还从大自然选取自然物予以加工改造，甚至改造成为生产工具，为人类提供生产资料。但马克思所说的"人靠自然界来生活"不仅是物质生活，还是精神生活，这其中就包含了大自然给人类提供了美的享受。所以，马克思最后做出结论："人的物质生活和精神生活同自然界不可分离。"

这并不是要回到古代，首肯万物有灵论。天地自然本身并无灵魂，但人是万物之灵，宋代理学家张载说得好："天无心，心都在人之心。"正是人有了灵明，所以才能"为天地立心"。人为天地自然立心，天地自然因人而具有了自我意识。王阳明说得好：天没有我的灵明，谁去仰他高？地没有我的灵明，谁去俯他深？天地自然之大美还是靠了人的灵明，才得以领悟，获得丰富的审美体验。大自然的花朵乃客观存在，但若没有人去观赏，"此花与汝心同归于寂，你来看此花时，则此花颜色一时明白起来"。花的潜在性能只在人去体验时才显现出来，不然，就只处在潜在状

---

① 中共中央马克思恩格斯列宁斯大林著作编译局：《马克思恩格斯全集》（第42卷），人民出版社1979年版，第95页。

态。也正由于人的灵明，对天地自然的审美体验得以不断提升价值水平。就像康德所说，对自然的体验如停留在感性水平，得到的是感官享受；上升到知性水平，得到的是道德感性的愉悦；而再升到理性层面，领悟到的是整个大自然的"合规律的一致"，此时，"大自然好像含有较高的意义"，引导人走向人生的"终极目的"。

阳光、空气和水是道道地地的天生自然，没有经过人工改造，不是"第二自然"，但却具有天然之美。这是因为阳光、空气和水已经进入人类生活之中，和人客观上存在着对象性关系，对于人类的发展、完善具有肯定意义，客观上存在着审美价值。因此，这天然之美就成为人的审美对象和艺术对象，为人类提供精神食粮。自然景色的美、自然矿物的美都是大自然中客观存在着的。只是，忧心忡忡的穷人对美丽的景色无动于衷；而贩卖矿物的商人只看到矿物的商业价值，看不到矿物的美。那是穷人和商人，或者缺乏审美兴趣，或者缺少审美能力，因而面对天然之美无从审美，却不能因此而否定大自然中客观存在着天然之美：它是对人的一种价值，对人的本质力量的感性肯定。马克思曾对金银等天然物的"美学属性"做出精彩分析，甚至还谈到了珍珠、金刚石。依他之见，金银之所以能成为人类的财富、美的贮藏形式，是因为"它们具有天然的美学属性"，即"表现为从地下世界发掘的天然的光芒，银反射出一切光线的自然混合，金则专门反射出最强的色彩红色"。金银的使用价值的性质既不能用来直接消费，也不能成为生产工具。正是金银"所特有的自然属性，即它的使用价值的属性"，带着诗意的感性光辉对人的全身心发出微笑，光彩照人，令人赏心悦目，给人美感。马克思说："而色彩的感觉是一般美感中最大化的形式。"① 他在《剩余价值理论》第三册中说道："珍珠或金刚石所以有价值，是因为它们是珍珠或金刚石，也就是由于它们的属性，由于它们对人有使用价值。"马克思对自然物的使用价值做出清晰的说明，"使用价值虽然是社会需要的对象，因而处在社会联系之中，但是并不反映任何社会生产关系"。大自然只有在和人类发生关系，在人和自然的关系中显示出它的使用价值，使用价值既有实用的，也有无用的，但只是"表示物和人之间的自然关系"，并非人和人的社会关系。

---

① 中共中央马克思恩格斯列宁斯大林著作编译局：《马克思恩格斯全集》（第13卷），人民出版社1974年版，第145页。

既然大自然中有着天然之美，那么，人类在改造自然时，应该尽量保持和发展这种天然之美，不要为了急功近利而牺牲自然之美。

欧美一些发达国家较早觉悟到，在发展经济的同时，应该保护自然之美，把环境美化也纳入开发的视野之中。城市建设尽量和原有环境相统一，尽可能保持原来的优美景色，充分发挥生态环境的优势，使城市依山傍海，绿地如茵，房屋掩映在树丛之中。就像华盛顿、波恩这样的首都之地，人口也控制在数十万人，有着结合得很完美的人文环境和自然环境，从城市的整体中展示出它的美。像澳大利亚、新西兰这样较晚发展的国家，吸取了别国之长，后来居上，在优化自然环境上，做得更好，使人能更多地享受到自然之美。

经过一些周折之后，我们的许多城市也开始觉醒到经济发展不能牺牲自然环境。海南、厦门、苏州、杭州、大连、青岛、烟台、威海等地都在关注着自然环境，研究如何使环境更优化。令人兴奋的是，深圳，在我生活的这块土地上，对于如何优化自然环境，终于有了高度自觉的自我意识，并且采取坚定有力的实际行动，尽力净化、绿化、美化这个城市。本来，深圳自有一些自然优势，东部有长长的海岸，西部有即将入海的珠江，北部有连绵的山林，南部还有和香港接连的深圳河。如何安排我们这一块乐土，使它更加美好，大家都在关注。如今，深圳有了一个令人满意的发展方略，对东西部都做了规划，要使深圳这地方"天更蓝，水更清，地更绿，花更多，城更美，风更正，气更顺，命更长"，令人鼓舞。我期望，在实践过程中，这种发展能得到不断完善。比如，南部的深圳河如何得到更加完善的发展？能不能继续拓宽，并和后海湾打通，接连到沙头角、盐田港成为旅游一景？比如，西部田园风光地带，千万别忘了要在鱼塘周围多多植树。我常想起我故乡苏州靠近阳澄湖边的鱼池弄。那里，有连绵不断的鱼塘，塘边都种上了柳树，看过去葱茏一片，意境深远，唤起无穷的美感，使人永远不忘。如今是在岭南，常是烈日炎炎，如果没有树荫覆盖，要去观赏烈日下的鱼塘，恐怕要令人扫兴了。不知然否？

自从以关注人类前景为目标的罗马俱乐部成立以来，30年间，以研究人与自然关系为中心的自然生态学、社会生态学、文化生态学、生态哲学、生态心理学、生态伦理学、生态美学等新兴学科陆续崛起，人和自然的关系已成为全球共同关注的重大问题。如何处理好人与自然的关系不仅决定我们的经济能否得到持续的发展，而且直接关系到人类能否继续生存、发展和完善。依我之见，人和自然的关系应是以人为本，动态平衡。既不是人类中心主义，又不走向自然中心主义，而是寻求有利于人类发展、完善的动态平衡。

我们可以从中国传统的价值观念中受到启发。和西方的传统观念突出"天人相分"不同，中国的传统观念更重"天人合一"。什么是"天人合一"？历来也是众说纷纭，我倾向于宋代理学家张载的解释，"天"指的是天理，"人"所指乃人道，"天人合一"说的是人道和天理（天道）的统一和一致。天虽无心，但是有道，天有天道（天理），人有人道，天道和人道互为因果，人道应合天道，天道应合人道。理想的世道，应是"合内外之道"，人道和天道一致起来，"天人一理"。如何能将人文规律、社会规律和自然规律统一起来，这是当代哲学的最大难题，这只有依靠马克思主义的实践辩证法来解决。

我因研究美学的需要，一直在关注着人和周围环境的关系这一人类根本问题。人应和自然建立一种什么样的关系，我常从美学角度进行思考。人和大自然不仅是实践关系，在实践关系的基础上还产生了认识关系，并且更应提升到审美关系。人和大自然在实践中达到和谐平衡，就会产生审美关系。因此，当海天出版社邀我一起参与"人与自然丛书"的编审工作时，我欣然应允。我希望通过这套丛书，能唤起更多人来关注人与自然的关系问题，珍重大自然，善待大自然。

为《人与自然丛书》所作总序
1999年初春于深大新村

（原载《胡经之文丛》，作家出版社2001年版）

生态之美究何在

生态有广义和狭义两种理解。生态既可是物的生存状态，又可是人的生存状态。而人的生存状态既有人文的、精神的，又有自然的维度。人文状态，精神状态和自然状态，都反映出人的生存状态。所谓人的生存危机，就是人文危机、精神危机和自然危机。我这里且不说人文的、精神的，而只说自然的生存状态。

当今，自然生态之美越来越受到了社会的关注，这是时代发展的必然。

物以稀为贵。当这个地球上的人口越来越多（到2005年年初，全球已达60亿人，而中国就占了13亿人，预计20年后全世界将有80亿人口），经济高速膨胀，自然环境日益恶化，人类生存空间越来越小的时候，我们生活于其中的生态还能美吗？

审美品位的转移。流行艺术的非美化趋势日益发展，大众文化中的反美学倾向大行其道，这使得过去主要从艺术欣赏中获得审美享受的人们只好弃此而去，转而移向大自然，从自然中获得美的享受。

审美的生活化和生活的审美化，促使自然审美更显重要。随着生活水平的提高，小康之家、中产阶层在享受到衣食住行等日常生活的乐趣之后，已不满足于日常生活的审美，而想走出家居，远离尘嚣，面向自然，走向名山大川、汪洋大海，游山玩水，甚至走向渺无人烟的原始森林、荒山僻壤，去体验那和文化审美情趣各异的自然之美。

自然之美和文化之美、艺术之美相比，其独特之处究竟在哪里？

首先，自然生态之美乃天造地设，自然生成的，并非人力而致，不像文化之美、艺术之美都是人的创造，属人造之物。大自然广阔无垠，无边无际，无始无终，时空无限，所以自然生态之美是"大美"，古人所追求的"天地境界"是在审美中体验到的最高境界。且不说中国古典美学早就把自然审美放在最高位置，即使那把自然美贬得很低的黑格尔，暂时忘却他那价值理念而置身现实，在大海面前也不得不赞叹："大海给了我们茫茫无穷、浩浩无际和渺渺无限的观念；人类在大海的无限里感到他自己的有限的时候，他们就激起了勇气，要去超越有限的一切。"人不过是大自然中浩渺万物中的一物，虽然是万绿丛中一点红，但有始有终，有生有灭，只占有限时空。人从大自然中来，最后还要回到大自然中去。由于人的活动，创造了一个人的世界——社会。在这里，人和人相互作用，结成错综复杂的社会关系，涌现出无数人间奇迹。但人的世界还是建立在物的世界的基础上的，大自然是人的世界的根基、源泉。人是大自然之子，人和自然的关系是最基本的本源性关系，应是最亲和的关系，和谐社会之本。所以，自然生态之美应是人类最根本的审美对象，虽然在过度"人化"的社会中，自然生态之美常被遮蔽着，但是现在该去蔽返魅了。在社会的发展过程中，自然不断在被人化；虽然已有广阔的领域，已被人类觉察而成为已知自然，但还未来得及去人化；而大自然中还未为人类觉察到的领域就更为广大。所以，自然生态之美随着人类实践的不断扩大和提升，必将不断更多地被人类所觉察和体验到。

其次，自然是一个有机整体，每个人都生活在大自然之中，和自然密不可分。作为人的环境，大自然环绕着"人的周围"。空气、阳光和水，永远在养育着人，自然，如马克思所说是人的"无机的身体"。人以自己的劳动创造了人的世界，但无论是生活资料还是生产资料，都要依赖自然，直接或间接地来自大自然。马克思在《资本论》的开篇中就曾突出阐明了自然在人类劳动中的地位和作用，依他之见，人类创造的商品，"都是自然物质和劳动这两个要素的结合"，人在生产劳动中，"只能和自然一道来进行工作"。所以，"劳动不是它所生产的使用价值即物质财富的唯一源泉"。马克思称赞当时的一位经济学家配第说得好："劳动是它的父，土地是它的母。"马克思甚至还说到，天然物自身也可能对人类具有使用价值："一物可以是使用价值而不是价值。只要它对人类的效用不是由于劳动，情况就是这样。例如，空气、处女地、自然草地、野生林木等等。"这些未曾经过人类劳动、未经人化的天然物可以不具交换价值，但却有使用价值，不管是实用还是虚用，都对人类有用。

尽管我们可以在意识中把自然和人分开，区别为主体和客体，但在生活实践中，人和物融为一体，很难两分。人若要体验到自然的美，只有投向大自然的怀抱，亲眼看见，亲身感受。山水的独特之美只有投身自然怀抱才能感受得到，黄山之奇、泰山之雄、峨眉之秀、华山之险、青城之幽也只有身历其境，从真山真水中获得真切的审美知觉。在大自然中，我们面对的是一个实在真切的世界，不是一个象征其他的物的符号，无论是艺术符号还是其他文化符号。自然之美就在自然之中，而不是在符号之中。自然审美给人的是三维空间的全方位的享受。大自然动静交错，声色共在，形美、声美、色香味等相互交融，迎面扑来，调动着人的听觉、视觉、动觉、触觉、嗅觉等，多种感觉都被大自然激活，给人以全身心的审美享受。自然审美，既可成为一种世俗的享受，又可成为一种高雅的享受（达到天地境界），真可谓雅俗共赏，旅游已成为人类的世界性的行为就是明证。自然审美乃旅游的题中应有之义。因此，自然审美绝不能由文化审美、艺术审美所代替，艺术符号或其他文化符号诚然也能再现自然，但相比之下，其中的自然映像就要比真山真水相形见绌，正如前人早已指明的那样，最高明的画家所用的色调要比自然色调狭窄得多："无论他所用的色调多么黝黯或多么灿烂，但和辉煌夺目的阳光或柔和朦胧的月光相比都无可企及。"① 没有去过雪山、天池、九寨沟、张家界的人，可以在摄像中见到那里的映像，也许也能获得一些美感。但这已不是直接的自然审美，这里的自然审美已是间接的，眼前见到的不是真山真水。只有亲临其境，才能真正体验到这些真山真水之美，而艺术符号不能替代之。

　　再次，自然之美具有自在性，并无意向性。大自然自由自在不是人造的，又非符号，本身并不具有人工作品、文化符号的意向性。由人的劳动所创造出来的物品或多或少都体现了制作者的意向，像艺术作品，创造出来的艺术符号，更是体现了艺术家对人生的体验，以至被现象学家称为"纯粹的意向性对象"。马克思主义更把艺术归属为审美的意识形态。艺术生产是以符号为手段、工具的精神生产。艺术生产用符号做工具、手段创造出来的是一个由心营构出来的意象世界、一个心构的天地，表现了艺术家的意向。所以，艺术之美和自然之美不同，自然之美并无人的意向性，只有自在性。朱光潜先生一再说美具有意识形态性，这只适用于艺术美。自然美就并无意识性，所以他否认自然有美，对此，我一直心存困惑。在我看来，只要大自然和人发生了关系，自然现象一旦进入社会联系之中，人和自然就有可能发生审美关系，自然之美就会在审美关系中呈现出来。大自然在人的面前只是自在地呈现出自己的形象，在这形象中客观地存在着对人的意义、价值。人能否体会和如何理解自然的意义、价值，

---

① 李斯托威尔：《近代美学史评述》，蒋孔阳译，上海译文出版社1980年版，第85页。

关键在人。"天地有大美而不言",大自然本身并不评价,又无态度,不像在艺术作品中,艺术家不仅对审美对象做出了评价,还时常直接表现出艺术家自己的态度。"美不自美,因人而彰",正因为大自然没有人的意向性,缺乏确定的含义而具有更大的普泛性,人类对大自然的审美,也就有了更大的自由。

如此突出生态之美的自在性、天然性、普泛性,意在阐明我们人类不要去随意破坏生态之美,不要破坏生态系统本身的动态平衡。要吸引更多的人去体验大自然的美,从而激发出珍惜大自然、生态环境的热忱。但是,由此不能引申出这样的结论:自然全美,生态必美。

现代化的实践已证明:自然的人化可以创造美,却也可以毁灭美、制造丑。人类的实践活动为社会创造了无数美好事物,却也制造出多少污秽、丑恶!人类的生命活动本身既有美好的,也有丑恶的。所以,人化自然才美之说已为人类的实践本身所否定。实践活动也好,生命活动也好,只有按美的规律进行的,才能是美好的,才能创造美。

大自然并非人的创造,没有经过人化,本身也能有美。但是,自然也并非全美、必美。大自然自有规律,生态系统在自我调节、自我组织、自我平衡,弱肉强食,适者生存,在世界上留下来的动物、植物、无机物都是生态系统中不可缺少的成分。大自然在走着自己的路,并不都符合人类发展的文化规律。大自然中也存在着对危害人类、对人类具有否定意义的客观现象:穷山恶水、洪水猛兽、火山爆发、海啸地震不时在侵袭着人类。所以人类不能不对自然做些改造,使得危害人类的那些自然现象得到控制,人和自然保持动态平衡,使自然向符合人类的利益这个方向发展,促使自然的发展,也能符合美的规律。正因为大自然不全美,也不必美,所以人类才能发挥主观能动性,使自然人化:这"人化"不是"劣化",而是"优化",促使大自然向人类优生,符合人类向真、善、美的方向发展。

如今,在对自然人化时碰到最大的问题是:对自然大加"人化"的同时,破坏了大自然向人而生的美,这"人化"变成了"劣化";而对那些危害人类的自然现象,却又不去精心"人化",或对此无能为力,大自然得不到"优化"。这为我们的生态美学提出了难题:既要马儿少吃草,又要马儿跑得快,我们的社会既然要现代化,自然生态究竟应如何发展?这世界怎样才能变得更美?

自20世纪70年代以来,我一直把美丑看作一种价值。苏联的审美学派斯托洛维奇受马克思的价值学说的启发,写出《审美价值的本质》。马克思的《剩余价值理论》三卷要到20世纪70年代才从苏联翻译到中国,使我最感兴趣的还是其中对使用价值和交换价值两者关系的阐发。依他之见,人类通过劳动而生产出来的物品对人类具有价值,但价值有两种:"价值的第一个形式是使用价值,是反映个人对自然的关系","价值的第二个形式是与使用价值并存的交换价值,是个人支配他人的使用价值的权力,是个人的社会关系"。但是,大自然不是劳动的产物,可以不具有交换价值,却具有使用价值,空气、处女地、天然草地、野生森林等等,都能满足人类的需要,供人使用。观赏大自然也是一种使用,不过这不是实用,而是虚用,满足人的精神需要。自然之美存在于人和自然的关系之中,只在审美关系中才向人展示出来。但是,"使用价值表示物和人之间的自然关系",并不反映人与人之间的社会关系。自然之美离不开大自然本身。马克思说得好:"一物之所以是使用价值,因而对人说来是财富的要素,正是由于它本身的属性。如果去掉使葡萄成为葡萄的那些属性,那么,它作为葡萄对人使用的价值就消失了;它就不再(作为葡萄)是财富的要素了。作为与使用价值等同的东西的财富,它是人们所利用的并表现了对人的需要的关系的物的属性。"自然之美正是在人和自然的关系中表现出来的价值属性,它对人来说,客观存在着。

生态之美当然首先表现为自然之美,但并不仅限于自然之美。每当思考生态之美时,我时常会想起恩格斯在一百多年前所说的话:

> 当我们深思熟虑地考察自然界或人类历史或我们自己的精神活动的时候,首先呈现在我们面前的,是一幅由种种联系和相互作用无穷无尽地交织起来的画面。①

我们生活于其中的世界,是一个相互联系、彼此作用的有机整体,自然界、人类历史、我们自己的精神活动是这个有机整体的组成部分。人类的生存状态,就决定于人和周围世界处于什么关系状态。人和世界有多重关系,首先是人和自然的关系,其次是人和社会的关系,然后还有人和自

---

① 中共中央马克思恩格斯列宁斯大林著作编译局:《马克思恩格斯选集》(第三卷),人民出版社1972年版,第417页。

身的关系，身心的关系是关键。所以，人的生存状态既包括自然生态，又笼括社会生态和精神生态。当今出现的生态危机既有自然生态的，也有社会生态的，还有精神生态的，需要综合起来分别处理。在我心目中，生态美学既有自然维度，又有社会维度，还有精神维度，应作为一个有机体综合起来研究，所以生态美学应发展成为当今的哲学美学，研究人类存在状态的美学。当然，自然美学、社会美学、精神美学也仍可分别发展，但作为哲学美学，更需把自然生态、社会生态、精神生态作为一个整体来考察。

美学必须研究人类如何按美的规律来掌握世界，美的规律贯穿于物质生产、精神生产以及人自身的生产各种实践活动中。在自然生态中，美的规律不能归结为自然规律，而仍是人文规律，但不能违反自然规律。马克思一生主要致力于探索社会规律，但绝不是要以社会规律替代自然规律。在他1868年给库格曼的信中，谈到他自己的学说时这样说道："我对现实关系所做的分析仍然会包含对实在的价值关系的论证和说明。"他的《资本论》就是在研究资本的运动，探索价值规律，这都是社会规律。但马克思接着就说："自然规律是根本不能取消的。在不同的历史条件下能够发生的，只是这些规律借以实现的形式。"自然规律和社会规律相互发挥作用，自然规律发生了变化，但不是被取消。而人文规律更是联结了社会规律和自然规律，用来为人类自身的发展以协调和自然、社会的共同发展。

每个人作为个体，不过是世上一物，如同尘世的一粒灰尘，大海中的一滴水，岸边的一棵芦苇，微不足道。但是，人因劳动实践而由物变人，从万物中脱颖而出，成为万物之灵，有了灵明。正是人有了灵明，就能为天地立心，天地自然本身无灵，但因有了人的灵明，也就有了自我意识。人的灵明随着社会、自然、精神的不断发展而在不断提升，不仅发展了对象意识，而且发展了自我意识，更在联结对象意识和自我意识的基础上发展出了关系意识，直至系统意识，得以把天地自然到精神深处作为一个整体来反思，天、地、人、心，符尽入眼底。我们的生态美学正应该把自然生态、社会生态、精神生态作为一个有机整体，探索其中的美的规律。

为首届生态美学国际研讨会在青岛召开而作
2005年春于深圳望海书斋

（原载《人与自然》，河南人民出版社2006年版）

天地大美有奥妙

人从大自然中来，最后又要回到大自然中去。人生在世，不过百年左右，虽生活在社会中，却也离不开自然。大千世界，包罗万象，人要在这世上生存和发展，就不仅要对人自身以及周围世界，而且要对人和世界的多重关系都能有所认识和体验，从而使人活得更有意义。

为了想弄清审美现象的究竟，我的阅读视野逐渐扩展到精神现象学、脑神经学、人类现象学乃至宇宙现象学。我终于明白：我们这个大千世界是历史地生成的，并非历来如此。不仅人类现象、精神现象在一定的历史阶段的时空中生成，连地球乃至宇宙都是在漫长的历史发展中生成的。大千世界是历史生成的，但究竟是如何生成的，还有待细细探明。大千世界已发展到如今，呈现在我们面前的种种现象形形色色，错综复杂，使人眼花缭乱，这时就急需有人为我们理出一个头绪，告诉我们，这个大千世界是如何一步一步地生成的。

青年学者卢永利不辞艰难，花了十多年时间的心血，写出了一部大书《拨动宇宙的琴弦》，揭示了这个大千世界究竟是怎样历史地生成的。他在此书中，吸收了新近数十年来自然科学的先进成果，融入自己的独立研究，对宇宙现象、生物现象、人类现象、精神现象、审美现象等都做出了深入的阐释，一扫老生常谈，使人耳目一新。

"天地有大美而不言。"宇宙天地向我们人类"现"出它的"象"，呈现出它的"大美"，但是它不会言说，只是默默不语。只有人类，不仅会赏识而且还会言说这"大美"，那是因人类在与这世界的互动中萌生了意识，不仅有对象意识，而且有自我意识，更有把自我和对象连接起来，结成一体的关系意识乃至系统意识，从而能认识和体验到人和世界的多重关系。卢永利既深切体验而又清醒地认识到我们这个大千世界之美，进而在《拨动宇宙的琴弦》中向我们应该说了这"大美"。在这里，不仅"天—地—人"联结成一体，而且人的"心"（意识）以及心之"符"（符号都和"天—地—人"联系起来，被容纳在"天—地—人—心—符"这个更宏大的巨系统中，为我们更全面而立体地呈现出这个大千世界的"大美")。在这部书中,他巧妙地把整个宇宙世界比喻成能奏出美妙音乐的琴,这张琴乃由八根琴弦构成的,拨动琴弦,交相奏鸣,生成美妙乐曲。

书中为我们理出的那几根琴弦都是在历史中逐渐生成的。卢永利写此书的目的就是要"原天地之美,而达万物之理",揭示出这个大千世界历史地生成的奥秘。他在该书的后记中这样写道:"这部《拨动宇宙的琴弦》就是一部宇宙物质的演化史。"

就连最原初的宇宙也是历史地生成的。在第一根弦"宇宙之法"中揭示了:宇宙原来混沌一片,万物不分,处在原始高密状态。等到宇宙发生了大爆炸(约200亿年前),物质和能量向外膨胀,才生成为各种各样的银河星系。古人云"天地四方谓之宇,古往今来是为宙",时间和空间既是无限的,又是永恒的。宇宙甚至还可能是多重的,德国学者写了《多重宇宙》这样的书对此做出论证。虽然如今的宇宙学还不可能完全穷尽地言说出宇宙万物之理,但当我们在地球上仰视星空之际,还是能体验到宇宙之大美。对宇宙的崇高之感油然而生,连康德这样的思辨哲学家也为之赞叹不已。

地球在宇宙中历史地生成,成为宇宙这张琴的第二根弦。约在50亿年前的宇宙暴胀中,才生成了地球。在苍茫宇宙中,地球虽只是沧海中之一粟,但在卢永利看来,地球之美却要胜过其他星空,这在那些宇航员进入太空看地球后的感受中得到了证实。1962年,苏联宇航员加加林回忆了他从太空看地球的情景:"从宇宙上看,我们的地球显得更加美丽和亲切,从内心感到它分外珍贵。"2010年,我国宇航员杨利伟在回忆他首次在太空看地球时,不禁赞叹:"地球真的太漂亮了,漂亮得无可比拟!"他进而描绘:"在太空的黑幕上,地球就像站在宇宙舞台中那位最美的大明星,浑身散发出夺人心魄的、彩色的、明亮的光芒。"他们都是第一次从太空俯视地球,阐发了地球之美。但是,地球这一自然物质早经人化了,人化创造了美,却也造成了丑。美国航天飞机的指挥长柯林斯,更靠近地球进行近距离观察,就发现我们这个地球已被人类伤害得千疮百孔,伤痕累累。他在2005年回忆此情此景,在飞机上不时能见到"土地侵蚀现象,有时会看到乱砍滥伐造成的恶果,环境破坏在全球很多地方都相当普遍"。不过,不管宇航员看到了地球的美还是丑,他们却发出了共同的呼声:人类要保护好这个地球!尽管已有宇宙科学家发出了警告,要人类及早逃离开这个地球,但我们却应更加珍惜地球。这是因为地球是人类的家园，它与人类的关系最密切，人到目前为止，只能生于此，死于兹。我们只有一个地球，它生机勃发，生机盎然，地球之美胜过天堂。正是在这地球上，生成了宇宙的第三弦：生命之弦。

地球最初只是一团气体，并无生命，更不要说人类。在地球上生成了无机物和有机物，在生命有机物中才生成了植物和动物。约在35亿年前，地球上才有微生物蓝藻的出现，才有了生命的出现。从生命的出现到人类的生成还需要漫长的历史过程，约在300万年之前，人类才从动物中进化而成。人类的生成为大千世界开拓了一个崭新的时代，成为宇宙的第五根弦。人类的发展把高等动物已具有的大脑神经系统提升到了更高的水平，从而生成了人类特有的精神世界。卢永利在书中用了两章的篇幅，分别阐释了"心理之弦"（第五根弦）和"意识之弦"（第六根弦）。书中告诉我们：精神乃由物质演化而来的。人的精神就是人的内物质（神经系统）和外物质（体外刺激物）相互作用的结果，是内物质对外物质所做出的应激反应。外界刺激在人的神经系统中留了痕迹，而内物质（神经系统）自身的各种元素相互作用，从而在脑海中构筑起了错综复杂的精神世界，于是，艺术、科学、宗教等等也由此生成。

书中最令我感兴趣的当然是他在最后章中所要阐释的第七弦（审美之弦）和第八弦（文艺之弦），由此而通向了美学和文艺学。

人类在脑海中构筑起来的精神世界极为复杂。如果把人的精神世界本身比作一棵枝叶茂盛的花树，那么，人的审美世界和艺术创造就是这棵树上所开的花，它能给人带来无比的快乐。卢永利在这部著作中不是孤立地来谈论审美活动和艺术创造，而是把审美活动和艺术创造放在整个人类的历史发展中来考察如何生成，从而真正揭示出了审美活动和艺术创造成为推动人类追求更美好未来的精神动力，激励着人类向着更美好的世界迈进。

多年前，我读过法国古生物学家德日进所写的《人的现象》，给我留下了深刻印象。这位和丁文江、裴文中、赫胥黎同辈的学者，把人类放进整个宇宙世界中来考察，着重谈论了人类的进化。他把世界的历史发展区分为"前生圈""生物圈"和"精神圈"三个层次，逐层提升。第一卷《生命之前》专说宇宙和地球的生成，第二卷《生命》说的是生命如何生成，第三卷《思想》则论说了人类思想如何生成，从而怎样改变了世界。这部半个世纪前所写的著作之所以给我留下深刻印象，乃是因为书中阐明了人文现象，包括精神现象都是历史地生成的。但是，作为神父的德日进却把未来世界的希望完全寄托在科学和宗教的结合上，最后在尾声《基督现象》中更加突出了宗教在未来的作用，这使我感到十分失望。相比之下，《拨动宇宙的琴弦》一书不仅站在更高的科学水平上对这个世界的历史生成进行了更全面而深入的探索，而且更从美学的高度对这世界丰富多彩的美进行了比较符合实际的阐发，鼓舞人类持续焕发审美精神，追求更加美好的未来。

爱美之心，人皆有之。在人类生活中，美不可或缺而又无所不有。人的身体和心灵、行动和表情都可能是美的，人的自然环境和人文环境也可能是美的。美既可以在对象，也可以在体验过程和体验结果中，美的对象、美的体验、美的感情都是美的，是美的多样性的体现。我常喜以郑板桥的赏竹和画竹为例来说明美的多样性。园中之竹乃物象之美，眼中之竹是形象之美，而胸中之竹乃意象之美，手中之竹则是艺象之美，在这不同的"象"中都呈现出来。张潮在《幽梦影》中以山水为例，阐明了同样的道理："有地上之山水，有画中之山水，有梦中之山水，有胸之山水。"不同的山水各有其美，妙处不同："地上者妙在丘壑深邃，画上者妙在笔墨淋漓，梦中者妙在景象变幻，胸中者妙在位置自如。"美可以在意象，也可以在艺象，更多的还是存在于现实生活中的对象上。我固然也欣赏黄公望《富春山居图》中的山水，但我更喜爱那实实在在地存在着的富春江真山真水，必欲去亲身体验那山水之美而后快。正是这样，我也就特别重视卢永利对审美对象的探索。

在他看来，美并不神秘。美就存在于那些我们可以看得见、听得到、摸得着的万事万物中。不过，这大千世界中存在着的事物并不都美，必须是对人的生存和发展有用的，而且能使人愉快的对象才美。他对事物对人的是否有用进行了较为深入的阐发：事物对人不仅具有直接功利性，而且也有间接功利性。美的事物对人可以有直接功利，也可以有间接功利，但必须对人有用。他坚决否定康德关于美无功利性的说法，他呼唤我们的美学必须回归实际生活，研究分析具体的审美现象，然后才能探究到美的本质、美的规律。大千世界中的万事万物都可能是美的，美景、美物、美事、美人、美居、美眼、美饰、美食等都是对人具有直接功利或间接功利的事物。鲁迅说得好："在一切人类所认为美的东西，就是于他有用——于为了生存而和自然以及别的社会人生的斗争上有意义的东西。"当然，什么叫有意义，什么叫间接功利，在美学上尚可进行更深入的探索，美学研究尚有广阔的天地可以开拓。

马克思和恩格斯都重视社会发展规律的探索，但绝不忽视自然规律的探秘。他们在《德意志意识形态》一书中这样写道："历史可以从两个方面来考察，可以把它划分为自然史和人类史，但这两方面是不可分割的，只要有人存在，自然史和人类史就彼此相互制约。"马克思在《1844年经济学—哲学手稿》中就阐明了：整个所谓世界历史不外是人通过人的劳动而诞生的过程，是自然界对人来说的生成过程。世界的历史是先有自然的存在，然后人才从自然中生成，有了人类的存在。但人类生成之后，也不是只存在于社会中，而且仍然存在于自然中，更为自己生成了一个精神世界。所以，正如马克思所云，人类不仅过着物质生活，还过着社会生活（人间交往）、政治生活，又过着精神生活。作为一个个体的人，面对物的世界、人的世界、心的世界，可能会感到眼花缭乱，无所适从，我们就应学会把这错综复杂的世界从整体上去掌握，把人文规律和自然规律统一起来研究。中国传统向来重视"天人合一"，按我的理解，其实就是凸显人文规律和自然规律的统一。什么是"天人合一"？依宋代理学家张载的解释，天乃天理，人则指人道，天理和人道应一致起来。理想的世道，应是"合内外之道"，使人文之道和自然之道统一起来。人，就在与自然打交道的生产实践和人与人打交道的交往实践中不断生成。恩格斯曾精辟地说到过人的两次提升，一次是人通过劳动而在物种关系中提升出来，人的诞生；第二次是进而又在社会关系中得到提升。我时常产生遐想，希望我们人类还应有第三次提升，那就是在物种关系、社会关系的基础上，再在精神关系层次继续得到提升，让人类更加重视按美的规律来改造世界，更加彰显人类对真善美的向往和追求。

为《拨动宇宙的琴弦》所作序
2011年初冬于深圳望海书斋

（原载《拨动宇宙的琴弦》，上海交通大学出版社2013年版）

胡经之自选集

第四辑

中国古典文艺学

为何古典作品至今还有艺术魅力

> 困难并不在于了解希腊艺术和史诗是与社会发展的某些形态相关联的。困难在于了解它们还继续供给我们以艺术的享受,而且在某些方面还作为一种标准和不可企及的规范。
>
> ——马克思①

一

文学"共鸣"问题的争论很热烈,在这里,我不能也不想给"共鸣"下什么定义。定义是研究的结果,而不是出发点;何况感想不能代替定义,而这里我也只是感想而已。

还是从现实生活中实际存在的情况出发。供给我们以直接的艺术享受的不仅是现代作品,还有古典作品。而在那丰富的古典文学遗产中,至今深深地吸引着我们,继续对我们具有艺术魅力的不仅是那些完美地直接反映了阶级斗争、民族矛盾和政治、道德现象的巨著(例如,屈原、陶潜、李白、杜甫、苏轼、陆游、辛弃疾、关汉卿、王实甫、罗贯中、施耐庵、吴承恩、孔尚任、吴敬梓、曹雪芹等作家们创造的一些伟大的名著),还有那些虽未直接表现了政治、道德等内容,但艺术地反映了丰富多彩的社会生活的各个领域和不同方面的作品,如无数的山水诗、抒情诗、生活小诗等等。这些古典作品在今天不仅能在理智上引发我们的思考,而且它们在感情上感动我们。而在那真正表现了善良、智慧和美的地方,竟激起了我们内心的深深共鸣。我们在欣赏那些优秀的古典作品时,我们的内心世界竟会和古典作家本人的理解和感动达到如此深刻的一致(显然,一致并不就是等同)。正是古典作家把一些社会现象感受和评价为善或恶、真或假、美或丑的地方,我们在理智上也引起了相应的、一致的理解;而在

---

① 马克思、恩格斯:《论艺术》(第1册),人民文学出版社1960年版,第199页。

作家那里激起道德感、理智感和审美感的地方，我们心灵上也激起了相应的、一致的情感态度（或情绪体验）。因此，古典作品不仅帮助我们认识和理解，哪些现象是善的（或恶的）、真的（或假的）和美的（或丑的），从而提高了我们的政治、道德教养，增长了生活知识和智慧，培养和丰富了审美判断能力；而且激起了我们对于真、善、美的肯定态度，对于假、恶、丑的否定态度，从而丰富和提高了我们的道德感、理智感和审美感。

诚然，今人欣赏古典作品与古人欣赏同时代作品之间并不能混为一谈。清代吴、杭痴女因读《红楼梦》而呜咽哭泣，娄江女子俞二娘因读《牡丹亭》而愤惋以终，这类奇闻也许在今天已不会再有。但是，难道贾宝玉和林黛玉的悲剧就不再引起我们同情吗？难道杜丽娘和柳梦梅的追求真正爱情的理想就不值得我们赞美了吗？我们的心灵已不同于古人的心灵，古典作品引起我们的反应和古人的反应也已有差别。但是，优秀的古典作品仍深深吸引我们，古典作家对于所写对象在审美上的理解和感受，仍然能引起我们相应的、一致的反应。这是不依我们意志为转移的客观事实。

这就是说，古典作品至今还在继续给予我们艺术享受。而这种艺术享受绝不是从天外飞来的，也不是我们欣赏者自己在主观臆造中自我陶醉的产物，而是源自古典作品本身。古典作品并不就是古代生活本身，它是由古典作家创造出来的，是古代生活在作家头脑中的曲折的反映。因此，我们直接和古典作品发生关系的是艺术形象——这里凝结了古典作家对于现实对象的审美上的认知和感受。当然，古典作家的审美上的认知和感受归根究底是当时生活的反映，反映了作家和他那个时代的环境的审美关系。但无疑，反映和被反映之间绝不能等同。正是这样，古典作品的艺术魅力就在于当我们面对艺术形象，我们从艺术形象得到的审美上的体验和感受，恰恰又是和古典作家的审美反映是相应的、一致的，那么，我们就得到了艺术享受。

这种欣赏者和作者之间产生的审美上的体验和感受的一致现象是不是叫作艺术共鸣，这是无关紧要的、非实质的问题。值得引起我们深思和探索的倒是作为社会意识形态之一的文学艺术是随着社会存在的改变而改变的，但为什么已经经历了几种社会存在形态的古典作品却还能对我们发生艺术魅力？

毫无疑问，古典作品和我们之间确是有着难以调和的矛盾存在：古代社会生活离开我们的社会生活是越来越远了，我们绝不可能也不必要再重返古代社会；古典作家的思想感情也不会和我们相同，由于历史的局限和认识的局限，他们对现实的体验和感受和我们比起来，当然会有很大的差别。作为主、客观统一的古典作品也不可能与现代作品具有同一的性质。但是，优秀的古典作品和我们之间，在矛盾中却也有着统一的、一致的方面。在优秀古典作品中所体现的古人对生活的体验和感受，不但不与我们今天对现实的反映相矛盾，而且还是与之一致的、统一的。正是这样，马克思才在《政治经济学批判导言》中说，希腊人的艺术在我们面前所显示的魅力是与由它所产生的未发展的社会阶段不相矛盾的。深刻的矛盾、惊人的一致，这就是古典作品对我们的双重关系。而那些传之不朽、真正富有艺术生命力的古典作品，却总是在这两重化的矛盾中闪耀出它的艺术光辉。古典作品的这种两重性，使得我们能并不困难地把它和现代作品区别开来：就性质而言，它们有着根本的区别，这是不同时代、不同阶级的社会意识形态（它直接由当时的思想体系决定着它的面貌）。谁指望古典作品能给予我们社会主义思想教育或培养社会主义个性，不是有意欺骗，就是天真的幻想。然而，它既然包含了客观真理，那么它对我们就仍有价值。我们在这里可以得到教益，可以帮助我们认识世界从而改造世界。客观真理对于各个阶段都是一视同仁的，尽管各个阶级如何对待客观真理并不一样。也正因为古典作品具有这种两重性，所以我们不仅要以批判地继承的精神去学习古典作品，以使之直接地有利于我们的文学艺术的创造；而且要把批判地继承的原则贯彻到古典作品的欣赏方面，古典作品不仅可以作为我们创造的借鉴，还能直接供给我们欣赏、享受。

　　在漫长的历史发展过程中，客观真理的发现和积累不是一帆风顺的，它是在复杂的阶级斗争中发展的。客观真理的发展常因剥削阶级的狭隘利益（而这也表现在思想中，本阶段的思想家在思想体系中把它概括、系统化）的阻碍、歪曲，因而停滞甚至倒退。但是，在整个历史发展的长期过程中，客观真理一般也有着自己的上升、发展运动。甚至像道德这种最受阶级利益直接制约的社会意识领域，尽管"在这里终极的最后真理恰恰是最少遇到的"，但它"也和人类知识的所有其他领域上一样、一般地说有着进步"①。文学艺术也是如此，它所发现的客观真理是在发展、进步着的，当然，这种进步、发展是在阶级束缚中曲折地行进的。科学的领域、道德的领域是如此，美学的领域也是这样。毛泽东在《关于正确处理人民内部矛盾的问题》中说道："真的、善的、美的东西总是在同假的、恶的、丑的东西相比较而存在，相斗争而发展的。"在阶级社会中，这种斗争显得更为复杂、曲折，然而在长期斗争的过程中，真的、善的、美的东西还是得到了发展。因此，我们正是要研究，在古典文学艺术的领域内，真的、善的、美的东西的发展如何得到了反映。在社会主义社会内，真的、善的、美的东西也仍然是在斗争中发展的，但这种发展并不从零度开始，而是在过去的基础上的新的发展。因此，我们需要进一步研究：我们今天的真的、善的、美的东西究竟和过去的真的、善的、美的东西有什么联系？也只有这样，我们才能真正了解古典作品为何还能给予我们艺术享受。

马克思为我们解决这个问题提供了一把最好的钥匙。他在谈到古希腊艺术和史诗还继续给后代人以艺术享受时，曾有这样生动的比喻：

一个大人是不能再变成一个小孩的，除非他变得孩子气了。但是，难道自己的天真不令他高兴吗？难道他自己不应当努力在更高的阶段上把小孩的真实的本质再现出来吗？难道每个时代固有的特性不是在儿童的天性中毫不矫饰地复活着吗？为什么人类社会的童年，在它发展得最美好的地方，不应该作为一个永不复返的阶段对于我们显示着不朽的魅力呢？②

在这比喻中有着丰富而深刻的思想，第一，古希腊艺术把人类童年中一个最美妙、最正常的孩童的真实面貌再现出来了。正是因为它真实地再现出了这个美妙的、正常的孩童（它是人类童年的典型），所以它具有了吸引我们的前提。第二，这个美妙的、正常孩童的真实本质在成人那里以更高的程度在更高的阶段上再现出来，成人的本质中"复活"着孩童的真实本质。正是这样，我们才有可能对孩童感到亲切、为之吸引。但是，

---

① 恩格斯：《反杜林论》，人民出版社1956年版，第96页。
② 马克思、恩格斯：《论艺术》（第1册），人民文学出版社1960年版，第196页。

由于孩童的真实本质在成人那里是在更高阶段上的再现,而不是简单的重复,成人本身要远比孩童成熟、丰富;因此,孩童的美绝不可能去代替成人的美,其性质程度也不能相提并论。这是问题的一方面。另一方面,孩童的真实本质虽在成人那里得到发展,但成人也不能代替孩童,孩童作为完整的个体(而不是仅抽出其本质),它有其独立的魅力而给予我们独特的享受。古典作品之所以至今还能给予我们艺术享受,正应当像马克思那样去理解。

以所谓"永恒的人性"来解释艺术魅力是对马克思这一宝贵思想的曲解。但是,我们却也不能吓得赶快躲开这个问题,而恰恰是要去阐明马克思在这个比喻中的深刻思想,从而解决古典作品之所以还能引起令人共鸣的问题。当然,文学艺术的共鸣还涉及欣赏的心理特点,我们自然要联系到艺术欣赏中的心理特点来了解共鸣现象;但是,要回答古典作品为何还能激起我们的共鸣,不能局限在心理学的领域。

我并不要取消理解、感动、喜爱、欣赏和共鸣等心理活动形式之间的差别,但是,在这里必须和我们所要谈的艺术享受问题联系起来。它们之间的区别是客观存在的,区别它们也并不十分困难。理解和感动是相对的心理活动。理解是思维活动,人对现实对象在思维上加以理解,其结果可能产生概念、思想。感动则是情感活动,人面对现实对象由于直接感受而引起一定的情绪、感情等态度。思维和感情在心理科学上有严格区别,但是在实际存在的心理活动中,它们则是密切联系着的。情感活动的形式正如思维活动形式一样,也是多种多样的:对丑恶的事物可能感到厌恶,对美好的事物可能感到喜爱;也可能是事物引起了人的失望,或是满意;成功令人愉快、失败使人痛苦;还有其他多种多样的情感表现形式等等。喜爱,仅仅是情感的一种表现形式而已。文学艺术作品引起我们的感动,其结果会让我们体验到种种复杂的感情;而且,不仅是文学艺术作品能引起我们喜爱,就是现实对象本身也能使我们喜爱。我们不是喜爱天安门、北海、西湖、桂林山水吗?我们不也是喜爱孩子的天真的性格、熊猫的驯良的习性吗?至于欣赏,它是结合了理解和感动两者的统一的心理活动,不仅涉及理智,也涉及感情。我们欣赏文学艺术不仅在理智上去理解,而且在感情上感动,但显然并不一定是共鸣。欣赏的对象也可能是现实对象本身(从实物事件、鸟兽草木直到日月星空),并且从欣赏中也可能得到审美享受。西山深秋的漫山遍野的红叶无须诗人的诗句或是画家的图画,我们也能直接得到美的享受；西湖的美景，无须文学艺术的反映，我们也能直接欣赏。当然，西湖美景的艺术反映能帮助我们更好地去欣赏。"水光潋滟晴方好，山色空蒙雨亦奇；欲把西湖比西子，淡妆浓抹总相宜"（苏轼《饮湖上初晴后雨》）这样的诗句能够帮助我们去更好地享受西湖美景，引起我们的审美共鸣。但也显然，我们在欣赏山水风景、日月星辰、实物事件等现实对象时，无所谓共鸣不共鸣，因为它们本身是没有思想感情等心理活动的。只有当别人的心理活动，引起我相应的、一致的情绪体验时（也就是说顺反应时），才产生共鸣活动。当然，共鸣活动也是多种多样的，心理科学证实，即使是婴孩也会有最初级的共鸣活动；妈妈的愉快情绪引起婴孩的微笑，这已经就有共鸣了。而在生活中，共鸣现象则更为普遍，别人的爱或恨、喜或悲、苦或乐、哀或怒，我们可能也会随之产生相应的、一致的体验。甚至别人的思想也会引起我们共鸣，和平、幸福、理想已经激起了世界上多少人的共鸣。然而，文学艺术的共鸣具有自己的特点。

  我并不想夸大古典文学作品的特殊性，似乎古典精神财富中只有它才能引起我们共鸣。优秀的古典理论著作也具有自己的生命力，它不仅在作为专门研究者用以推陈出新而起着思想资料的作用，而且在作为直接供读者汲取知识、接受教育的工具而吸引我们。孔子语录《论语》、刘勰巨著《文心雕龙》、贾谊的《过秦论》、辛稼轩的《九议》《十论》等等不也是至今还以它们的理论力量吸引我们吗？但谁都会分辨得出来，文学作品和理论著作在影响人的方法上是有着显著的不同的。理论是现实对象的本质、规律的抽象的反映，它舍弃了现实对象的个体面貌，没有具体可感性，因此，它主要激起我们的理智。在一些理论著作中，也可能热情洋溢，作者对现实对象表示了自己的感情态度，因而也激起我们的感情上的共鸣（像辛稼轩的《九议》《十论》这样慷慨激昂的政论在古代是为数不少的）；甚至伟大的道德原则和深远的科学智慧本身也能激起我们的道德感和理智感。但这对于理论说来毕竟只是次要的作用，它主要还是以理论本身引起我们相应的、一致的认识，使我们接受理论思想。更重要的是，理论既然是现实对象的本质、规律的抽象（逻辑）反映，这里，人与理论著作之间就无所谓审美关系。抽象的逻辑本身无所谓美，也不能激起人的美感，因为美只存在于活生生的、具体的感性形象中。而文学艺术正是因为它从审美上以形象来反映现实，所以它本身具有审美特性（美或丑、喜或悲、崇高或卑下等等），并且表现了作家自己的审美态度。文学作品激起我们共鸣，不仅涉及理智，也影响感情，这是审美上的共鸣。文学艺术不仅形象地再现出了现实生活，还给予审美评价和表现出审美态度，因此，它不仅以形象本身让我们知道哪些事物是美的、丑的等等，而且激起我们对美的或丑的事物应该采取什么情感态度。古代社会生活究竟是怎样的我们已无法耳闻目睹，却能求助于古典文学艺术。《桃花扇》形象地再现出了明代被清朝覆灭过程中的一个片段的社会面貌，然而它不是简单复制。孔尚任不仅给予一些人物、事件审美评价，而且强烈地表现了自己的审美态度。我们在欣赏这部名著时就不仅感受到李香君、侯朝宗、柳敬亭、苏昆生这些人物是美的，阮大铖、马士英等人物是丑的，而且我们也和孔尚任一样，激起了对美的肯定，对丑的否定的审美态度。这里，我们对《桃花扇》的共鸣已经是审美的共鸣了。唐代张继把苏州城外枫桥夜景的美和他的美感一起表现在那首《枫桥夜泊》中了。今天我们读"月落乌啼霜满天，江枫渔火对愁眠。姑苏城外寒山寺，夜半钟声到客船"，所描述的夜景仍然使我们感到美，并产生了带有忧伤情调的美感，这正是审美的共鸣。古典作家们对现实从审美上进行了反映，表现在艺术形象中，而我们（欣赏者）在欣赏艺术形象时，假如产生了与古典作家相应的、一致的审美上的顺反应，这无疑就是艺术的共鸣。

我不希望自己也纠缠在究竟什么叫作"共鸣"的争论中，究竟这种欣赏者由欣赏古典作品而产生的顺反应是否叫作共鸣，这无关紧要，但这种现象却是客观存在的。当然，所谓由古典作品激起的相应的、一致的审美上的顺反应，并不与古典作家的审美感受完全等同（是相应、一致，决非等同）。我们感兴趣的是：这种现象产生的原因何在？因此，还是让我们回到马克思所谈的问题上来。

如果说，古典作品本身是客体（显然，它又是古代现实生活在古典作家的头脑中的反映），那么，我们今天的欣赏者就是主体。我们需要联系客体和主体两方面来探索古典作品的共鸣问题：古典作品中究竟是什么因素能激起我们的共鸣？而我们（作为欣赏者）为什么至今还需要并有可能去欣赏它？

二

我们说优秀的古典作品具有艺术魅力，这并不是说它的一切方面、一切因素都能发生这种作用。其中，有不少东西，我们已对它漠不关心，甚至，其中有一些因素还只能引起我们的审美反感。古典作品中的真的、善的、美的因素才能激起我们的共鸣，而其中假的、恶的、丑的因素只会引起我们反感。当曹雪芹在自己的作品中不时流露出对于旧贵族生活的无可奈何的留恋，把大观园里的腐败习气也看作美的、善的，我们不仅不会引起共鸣，甚至还会激起反感。因为我们不得不说，这位伟大的古典作家在这些场合所流露的思想感情不是美的、善的、真的。可是，当这位作家从真的、美的、善的理想上去严厉揭露和鞭挞贵族生活中的丑、恶、假，以无比热情大胆地肯定和赞扬了贾宝玉真正美的、善的行为（他和林黛玉的真正的爱情，对于晴雯、鸳鸯、平儿等被侮辱被损害女性的同情等等），我们不由得和作者的心灵之间产生了共鸣，因为作者给了我们以真的、善的、美的东西。许多著名的古典作家也常常在作品中表现出了这种矛盾性，正如恩格斯谈到的歌德、列宁谈到的托尔斯泰一样。正是古典作品中真正具有的真的、善的、美的因素，所以才对我们产生艺术魅力。当然，这意思绝不是说古典作品只创造了正面形象而没有反面形象。优秀的古典作品也可能揭示了现实生活中许多假的、恶的、丑的现象，给予我们的却是真的、善的、美的东西。这是可以理解的，优秀的古典作家在这里是由真的、善的、美的理想出发，不仅给予这些社会现象审美评价，还表现出了作者的审美态度（对于假的、恶的、丑的现象进行了否定，而肯定了真的、善的、美的东西）。假如把现实生活中真的、善的、美的现象当作假的、恶的、丑的东西来评价，那么，即使在作品直接写了真的、善的、美的现象，给我们带来的却还只是假的、恶的、丑的东西；相反，假如把现实生活中假的、恶的、丑的东西真实地描写到作品中，从真的、善的、美的方面予以鞭挞、否定，它带给我们仍然是真的、善的、美的东西。《红楼梦》展示出了美的毁灭，但它的审美态度却是肯定美，为美的毁灭而悲愤。

对真、善、美的追求是古典作品具有艺术魅力的客观原因。这是我们就全部古典作品而言的，但具体作品必须具体分析。在不同的具体作品中，真、善、美相结合的程度和形式均有所差别，它们的社会价值也各有不同，不能一概而论。最有社会价值的作品当然是那些直接反映了真实的政治、道德关系，直接表现了先进理想的名著，例如，屈原的《离骚》，悲剧叙事诗《孔雀东南飞》，杜甫那些反映了人民苦难的悲愤史诗，等等。无疑，这些都应列入古典文学遗产中最精华的部分，它们当然首先得到了我们的珍视。然而，也有无数虽没有给予我们直接的、显著的道德教育，但却主要以那深远的智慧、丰富的知识而吸引我们的作品，不也属于精华吗？像《中山狼》这一类作品，《聊斋志异》和其他许多短篇小说中的不怕鬼、不畏虎的故事，愚公移山、叶公好龙、庖丁解牛、揠苗助长这一类启发智慧的寓言、传说等等，不是至今还深深吸引我们吗？还有，那些主要是再现了山水风景之美，生活中某些情景、意趣之美，或抒发了刹那间引起的美感的山水诗、生活小诗、抒情短诗等，难道已经不再给我们审美享受了吗？显然，这些作品都还在继续散发艺术魅力。但同样也很明显的是，它们的社会价值是有差别的：一些作品的政治、道德作用特别显著、强烈，突出了善；一些作品则主要给予我们生活知识、智慧，显现了真；而另一些作品主要以它的美感作用见称。不承认这种差别，就会把所有的古典作品视作无分高低、深浅的等价物；但假如看不到它们在不同程度上都具有吸引我们的因素，那也会把这些古典作品全部否定。古典作品的这种差别决定于古典作家的生活经验、思想水平、审美经验（包括他的艺术表现能力）是有差异的。并不是所有的作家都像杜甫那样"行万里路、读万卷书"，具有如此广阔和深刻的直接经验和间接经验；并不是所有的作家都能像杜甫那样把自己同国家和人民的命运联结在一起；也并不是所有的作家都能像苏轼那样具有丰富的审美经验和高度的艺术表现能力。杜甫能写出《三吏》《三别》《北征》《赴奉先咏怀五百字》等那些真、善、美高度统一的诗篇，正是因为他有这样的生活、思想、技巧。但是，就是杜甫，也写出了不少像《赠卫八处士》《秋兴八首》等具有美感的作品。至于像王维、孟浩然等，当然写不出《三吏》《三别》那样的诗篇，然而，他们对生活中某些情景（并不和阶级利益有直接的联系）由于有长期的亲身体验、观察，发现了它的美，培养和提高了这方面的审美能力，并以高度的艺术技巧再现了这种美和表现了自己的美感体验。这些作品在今天也仍能给予我们审美享受。"春眠不觉晓，处处闻啼鸟。夜来风雨声，花落知多少"（孟浩然《春晓》）再现出了这种生活情景的美，表现了作者的美感，在今天读它，我们仍然得到美的享受，有正常感觉和感受能力的人都不会否定它的美。"空山不见人，但闻人语响。返景入深林，复照青苔上"（王维《鹿柴》），不是还给予我们美的享受吗？这首诗常常使我想起俄罗斯著名的风景画家施斯金的那几幅为今天苏联人民视作骄傲的森林风景画，我也产生了一种自豪感：我们的诗人早在一千多年前就能在诗篇中再现出这种美、表现出这种对于生活的喜悦。可是，却有人至今还在说《鹿柴》这种诗只能教人颓废、没落，这显然不符合实际情况。

这样说是不是就是把美和真、善割裂、独立出来？是不是把美看作与真、善无关或至今绝对矛盾的东西？不，我们这样说恰恰是说明真、善、美，既有区别又是密切联系的。唯美主义理论认为：政治、道德不能进入艺术，因为这些都是与美无关，甚至是不美的，只有表现"纯美"的艺术，才能永恒不朽。这就把美和善真片面割裂了。其实，真、善、美相互联系，而且可以相互转化。在实践生活中，虽然也有单纯美（康德称之为"自由美"或"纯粹美"），但普遍存在的还是依存美。艺术创造中，真、善、美更是相互渗透。梁山泊上的英雄好汉们的劫不义之财，杀不仁之贼，这不仅是合理的（合"天理人情"），而且在道德上是善的，在审美上也是美的。《水浒》真实地反映了这些方面，所以给予我们真、善、美。董卓对人民奸淫烧杀既是灭绝人性的，也是恶的、丑的。《三国演义》对此做了否定性评价，所以也给我们真、善、美（从否定中给予肯定）。"竹外桃花三两枝，春江水暖鸭先知。蒌蒿满地芦芽短，正是河豚欲上时。"（苏轼《惠崇春江晓景》）这景色是美的，也是活生生的真实情景。他面对眼前的真情实景，体验到了美。客观现实本身具有多种多样的性能和关系，人们也可能从不同方面去反映，客观现实的真、善、美可以由科学、道德和美学分别地去研究，不过科学是把这些属性从现实中抽象出来，研究它们的本质和规律。但是文学艺术是要审美地反映生活，要反映出现实本身的多样性统一的具体感性面貌，那就要反映出真、善、美在客观现实中的统一。当然，现实生活中有一些事物本身并无道德属性、道德关系，如山水风景、鸟兽草木、日月星辰，艺术作品反映这些现实对象是从审美上去体验的，而不一定是从道德原则出发的。但是，既是审美上的反映，就不仅包含了对生活的认识，而且还带有感情和想象。并无道德属性的事物，由于它们与社会、人发生了多方面的关系，我们还常从道德意义上去评价它们，赋予它们道德意义。由此，日常生活中就常有"好山恶水""恶兽良禽""良辰美景"这一类的话。在艺术中更是如此，人们心目中的凤凰、龙、孔雀等都具有道德象征的意义，我们今天的和平鸽也是这样的。至于"松柏常青""梅妻鹤子"，竹、莲、兰等常常在艺术中作为美德的象征。真、善、美在现实生活中是如此紧密地联系着的，所以当我们说文学艺术是从审美上反映现实的时候，并不意味着就与道德、真理问题无关甚至对立。真、善、美在现实生活中既然是对象的不同方面的性能，它们处在密切联系中，那么，文学艺术在反映现实时，自然也必须在多样性的联系和统一中来反映。只是，古典作品本身是复杂的，就具体作品而言，不仅假、恶、丑的东西和真、善、美的东西可能混杂在一起，甚至发生真、善、美的错位；而且在真、善、美这三方面的关系上，也可能是不平衡的。两千多年前，孔子就早已意识到了美和善的区别。他在鉴赏音乐时，既从善又从美的尺度来评价，称赞《韶》乐，"尽美矣，又尽善也"；但对《武》乐，他只说了"尽美矣，未尽善也"，尚未达到尽善尽美的境地。先秦时代已如此，后来的文学艺术发展就更不平衡，真、善、美错位屡见不鲜。一些作品可能充满了道德说教，给予我们一些抽象的道德训诫，很少美感作用；也可能有一些作品给了我们一些生活知识，但也只是以抽象思想图解出现的，缺少美感。显然，这些是并不成功的艺术。政治、道德现象只有从审美上去体验，也就是说道德现象只有作为具体的、可感的、活生生的生活现象本身那样完美地反映出来，它才变成真正的艺术。生活知识、真理也只有从审美上去体验，以活生生的、具体感性面貌出现，才能成为艺术。高尔基在《俄国文学史》中说得好，"假使作家把一个人描写成仅仅是一些恶行或者仅仅是一些善行的容器——这就不满足我们，这就不能说服我们，因为我们知道：善和恶的因素，或者更正确些说，个人和社会的因素，是交织在我们心理之中的"。文学艺术不能离开美，只有当现实生活是从审美上得到反映时，才可能有艺术；没有审美上的体验和感受，也就失去了艺术。优秀的古典作家总是以艺术形象的形式，从审美上真实地体验了现实，因此能给人以审美享受。而这种审美反映不是孤立地而是和道德、真理相联系着，所以，它给予人们的审美享受，也不是和道德教育、真理认识相割裂、对立的。

这样看来，古典文学作品之所以还对我们具有艺术魅力，首先在于它本身客观存在着真、善、美的因素。优秀的古典文学反映了古人的道德面貌，或者正面写出了古人优秀的道德品质，或者从善的方面对恶行进行了否定从而肯定了善；反映了当时社会的生活或者积累了古人丰富的生活经验、智慧、真理，或者否定了虚伪、愚蠢、谬误；反映了古人的审美经验，或者是从正面去再现现实中的美，或者是从反面去否定现实中的丑，从而赞扬和肯定了美，以及把这些表现在艺术中的经验等等。

到这里，人们自然会想到这样的问题：文学艺术既然是社会意识形态，具有上层建筑性和阶级性，那么，由那些并未超出剥削阶级思想体系的古典作家们创作出来的作品，怎么会具有真、善、美的品性？

这就需要我们把古典作家所接受的思想体系和他们在实践生活中直接获得的人生体验区别开来。古典作家在自己的生活实践中体验到的理智感、道德感和审美感并不与他所接受的思想体系相符合。

问题有时被一些人归结得极为简单。曾经有人认为，在马克思主义以前，人类的认识是一片谬误，一段漆黑，生活本身没有真、善、美，当然也谈不上发现真、善、美。按照这种武断，我们就根本不必去研究历史、了解过去了。作为人类先进的世界观和思想体系的马克思主义是客观真理，但是，这并不是说，马克思主义以前就根本没有客观真理；恰恰相反，马克思主义这一客观真理是在人类历史发展的基础上、在前人已发现的客观真理的基础上建立起来的。同样，我们要建立新的文化，根本不可能离开人类历史上的精神宝库。还有一种说法是，人类历史发展中虽有真、善、美和假、恶、丑的斗争，但是，只有被剥削阶级才可能发现真、善、美，而剥削阶级只能张扬假、恶、丑。于是，列宁的两种文化的学说就被归结为只是民间文化和文人文化的对立和斗争的学说；文学中的真、善、美和假、恶、丑的斗争仅仅就是民间文学和文人创作之间的斗争。按照这种理论，当然只好把王维、孟浩然、贺知章、杜牧、李商隐、杨万里、范成大等人的诗篇全看作假、恶、丑的东西，而只把诗经中的民歌、南北朝乐府中的民歌以及以后的许多民间故事、民歌等列入真、善、美的范畴。但是，这种理论的矛盾也正在这里：为什么屈原、陶渊明、李白、杜甫、白居易、陆游、辛弃疾等人的优秀诗词却可以列入真、善、美之列？而他们不都是出身剥削阶级，而且还做过官吗？更重要的是，他们的世界观、思想体系也都并未超出剥削阶级或转变为被剥削阶级的思想体系啊！（为了避免引起不必要的争论，我再重申一下，这里谈的是思想体系，而不是个别思想、心理）还有，为什么民间文学中那些充满了宗教迷信、荒唐色情内容的民歌和故事不能列入真、善、美的范围？等等。我们并不否认，文人之作常常把民间文学作为自己的养料和基础。优秀的文人创作常常吸取了民间文学中的真、善、美也可能是否定了民间文学中的假、恶、丑；另外，优秀的文人创作也可能直接从现实生活中去发现真、善、美。先进的文学艺术（不管是文人之作或民间创作）总是表现了与人民的联系，真实反映了时代。剥削阶级中的一些作家虽然在世界观、思想体系上并未超出本阶级的局限，但是，他的思想体系在当时还有先进之处（亦即还符合社会发展规律，还有客观真理的因素）；或者，他的实践还与人民的现实生活有这种或那种联系，也就自然有可能发现真、善、美。这不仅是说，先进的思想体系本身就是客观现实的接近客观真理的反映，而且还是说，这种先进的思想体系还帮助作家去进一步发现具体的现实对象的真、善、美。而在民间文学中，也可能有封建糟粕，由于剥削阶级的麻醉而在人民群众中灌输了愚昧、迷信、荒唐，一些人接受了这种影响而表现在自己的创作中，使得民间文学也可能有假、恶、丑的因素。因此，问题的症结并不在于民间创作和文人创作的差别。

有一些人正视了这种事实，承认当剥削阶级的思想体系还是先进的，多少符合社会发展规律的时候，它的成员确是可以发现真、善、美的。可是，进一步有人就提出了这样的理论：古典作家之所以能在作品中表现出真、善、美的东西，就是因为他的思想体系是进步的；古典作品之所以是假的、恶的、丑的，一定是因为作家的思想体系是反动或落后的。相反亦然，假如古典作家的思想体系是进步的，那么，他的作品就一定是真、善、美的；假如古典作家的思想体系是落后或反动的，那么，他的作品就一定是假、恶、丑的。显然，这种理论倒也概括了一些事实真相，因而可以解释一些现象，例如，屈原、陶潜、杜甫、李白等人的许多诗篇确是因为和他们的先进思想体系有着直接的关系。他们的思想体系没有超出剥削阶级的范围，但他们的思想体系还多少符合社会发展规律，而且受过被剥削阶级的个别思想的影响（如陶潜、杜甫）。他们创作的许多伟大诗篇是与他们这种先进思想有关的。但是，我们同样可以提出一些事实来怀疑这种理论的精确性，我们翻开《杜少陵集注》《李太白全集》浏览一下他们全部的作品，就会发现甚至连杜甫、李白这样伟大的诗人，也写出了为数不少的丝毫不真、不善、不美，甚至可以说是假、恶、丑的诗篇，其中恭维、阿谀、庸俗、应酬的气味并无区别于当时一般的官僚。那么，根据这些诗是否能把杜甫、李白的思想体系判定为落后的或反动的了呢？或者，根据他们的思想体系在当时还是进步的，是否就把这些诗也说成是真、善、美的呢？按照这种理论，就一定会两者必取其一说。对于王维、孟浩然、杜牧、李商隐等也就必然会这样简单，假如要承认他们的不少诗篇是真的、善的、美的，那么，就得千方百计地证明他们的思想体系是进步的；假如承认他们的思想体系是落后的、反动的，那么，就只能把那些在我们看来是真、善、美的诗篇全部判定为假、恶、丑的。这种理论实际上是把古典作品的内容归结为只是世界观或思想体系的纯主观表现，把作家的世界观或思想体系看作决定创作的唯一因素。

　　文学艺术是社会意识形态之一。而在阶级社会里，人们分为不同的阶级，作为社会意识形态的文学艺术确具有阶级性。文学艺术的阶级性明显地表现在：一定的阶级创造文学艺术是为了自己阶级的需要，以维护自己阶级的利益为目的。汉代的最高统治集团为了歌颂自己的功德而发展了汉赋、庙堂诗歌；而被剥削阶级则为了自己的需要而创作了另一种"街陌谣讴"（收在《乐府诗集》中的民歌）；建安时代的"邺下"集团则创造了适应中小地主阶级复兴的文学（以曹操的诗歌为代表）。其实，晋、宋特别发展了山水风景诗，也是和当时统治阶级中那个不能当权的集团利益的需要密切相关的。一方面，他们出身于"不劳而获"的阶级，能够有"闲情逸致"（有钱有闲），来游山玩水；另一方面，他们不能当权，只能寄情山水（这本身就是政治态度的表现）。文学艺术的阶级性当然也表现在：阶级的思想体系和阶级心理（感情、愿望、幻想和意志等等）时常也渗透到创作中，影响作品的内容和形式。这种影响首先表现在这个阶级究竟把哪些现实对象放入自己视野范围之内，敢于正视哪些现实对象，不敢正视哪些现实对象。这种影响也表现在这个阶级有无勇气和有无能力再现出现实对象的真实面貌，它在何种程度上接受和概括了人类的经验。文学艺术是现实生活的审美上的反映，它在反映现实时必定会有阶级影响，但它的内容仍然是对生活的感受和体验，而不是阶级的思想体系。文学艺术必须要运用人类丰富的经验来创造艺术形象，而不能直接表现本阶级的思想体系（它是抽象的、逻辑的、系统化了的）。高尔基这样正确地说道：

　　　　文学是社会诸阶级和集团的意识形态——感情、意见、企图和希望之形象化的表现。它是阶级关系最敏感的最忠实的反映；它利用民族阶级集团的全部经验来达到它的目的，而且，就当经验业已组织成宗教的、哲学的、科学的形式的时候，文学便掌握那经验，并且凭它自己的力量竭力去组织那经验。①

文学既是审美地反映现实，就一定要把对现实的感受和体验体现在活生生的感性经验形式中。人类在实践中去感受世界，从现实对象获得生动的、具体的体验，这是对现实对象的直接的反映。这种人生体验作为直接经验保存在人的头脑中。人生体验的内涵十分丰富，它不仅反映了对象的情况，还反映了作者自己的心态。因此，文学艺术当然不是感性认识，它是想象、思维、情感活动交互复杂作用的产物，但是，它保留了感性体验的生动、具体的优点。人类对现实对象的体验和感受在文学艺术中是以感性的形式被概括和组织在艺术形象中的。所以，艺术形象既不只是抽象的思想，也不只是感觉、知觉和表象，而是形象思维的产物。正因为如此，文学艺术就不能是阶级思想体系的演绎和图解，它必须以当时社会的经验（生活经验、审美经验和艺术表现经验）为基础，并把经验概括和组织到作品中来。这绝不是说，文学艺术只是纯经验的表现，当人类经验被概括和组织到作品中来时，必定要通过人的头脑，必定要经过思维活动，这时一个作家的世界观、价值观就会发生作用。但是，文学艺术的创造，在于把生活体验组织起来，通过意象经营而概括为艺术形象。作家必须从生活中自己去感悟，得出思想结论，而不能撇开经验作抽象判断。脱离了活生生的、具体的生活体验，也就没有艺术，形象一步也离不开生活经验。高尔基根据自己的创作实践经验，在一系列著作、论文中都十分强调了经验对创作的意义，他曾在《俄国文学史》说："经验的宝藏——所谓心灵这东西——充满着生活印象，就使得一个人相信他的观察和感觉越丰富，那他就越能够用更经济的方法去组织它们，而组织思想之最经济的方法就是形象。"经验是直接由实践中产生并直接和实践相联系着的，一切理论也都必须以经验为基础。毛泽东在《实践论》中说："一个人的知识，不外乎直接经验和间接经验两部分。"虽在数量上说，一个人的知识绝大部分是间接经验，个人的直接经验无论如何广阔、丰富，却不可能像整个社会

---

① 高尔基：《俄国文学史》序言，新文艺出版社 1956 年版，第 1 页。

为他提供的间接经验那样多；但是，直接经验却有无可代替的优越性。试想，别人无论如何把一个人的美谈得天花乱坠，但"百闻不如一见"，只有亲自审视一下，才能感受到他（她）的美。而且一个人要掌握和接受间接经验，不仅必须依赖于直接经验的帮助，就是他接受间接经验的可能性、程度以及如何掌握等等方面也都取决于个人的直接经验的特点。文学艺术的创造的特别可贵之处也正在于：作家把自己丰富的生活体验概括在艺术形象中，使思想感情都以直接体验的形式出现（作家也接受别人的间接经验，但都必须以直接经验的形式在艺术作品中出现）。因此，才使得读者在阅读作品时，能如历其境，如见其人，好似直接经验了现实生活。所以，即使哲学、科学、宗教等已在组织人类经验时，文学艺术仍然独立地在以自己特有的方式去组织人生经验。

  这一切还只能说明了人生经验对于文学艺术创造具有特别的意义。但是，只有经验十分丰富（不是零碎不全和狭窄的）和合于实际（不是错觉），才能根据这样的经验材料去创造真实的形象，而并不是一切经验都是能达到这些。而且这些经验被概括、组织为形象时，既然要通过思维、想象等的改造，那么，作家的世界观、价值观就会渗透到这过程中去。那些可以称得上伟大、杰出的古典作品都是不仅概括了人类宝贵的、丰富的、真实的生活经验、审美经验，而且是通过先进的世界观、价值观这面三棱镜去反映生活，从而得出了他自己发现的思想结论。先进的思想体系对于文学艺术的进步，无疑地起着巨大的推动作用，只要举出这样的事就可以一目了然：文艺复兴、启蒙时代、19世纪那种先进艺术的繁荣都与当时的先进思潮密切相关。我国许多伟大作家（如屈原、陶潜、李白、杜甫、白居易等等）的巨著的出现也都受到了先进的世界观、价值观的影响。作家、艺术家不一定都有思想体系，但可能会接受已由别人构建的思想体系。思想体系是一个阶级或集团的意识的最系统、最集中的概括，是从阶级意识中抽象出来的阶级观点的体系，它以政治、法律、伦理、美学、宗教和哲学观点的系统化的形式，反映整个阶级或集团最高利益和要求。而一个阶级或集团是进步的，他的思想体系应该比较符合社会发展的规律，具有客观真理的性质，那么，思想体系自然能帮助这个阶级或集团去真实地认识现实世界的个体对象。思想体系反映的虽然不是社会存在的一切方面，而只是涉及阶级的或集团的利益的那些根本方面，而且只有

"这一阶级的积极的、有概括能力的思想家"① 才能把阶级意识提高、概括、抽象为思想体系；但是，既然它是概括的、系统化了的观点体系，而先进阶级的利益此时还并不狭隘，它就能反过来帮助本阶级、集团的人们去认识现实世界的具体对象。还未登上统治宝座时的资产阶级在反对封建主义的那一瞬间，他的利益确实还与广大人民的利益有一致之处，资产阶级思想家的优秀代表们确实曾真诚地幻想未来社会将是一个无私的乐园。在这种思想体系影响下的先进作家们（有些本人就是思想家）视野广阔、敢于正视现实、能够真实地反映现实，帮助他们创造出伟大的作品。这些作品之所以至今还激励人民，主要原因也在于此。

可是，问题不能归结得如此绝对和简单。伟大的作品一定先有伟大的思想，这是对的。但伟大作家、作品之出现还必须有另外一些条件，包括广阔和丰富的生活经验（直接的和间接的经验）、高度的审美能力、精湛的艺术表现技巧等等。文艺复兴时代的许多作家不仅有先进思想，而且很多人都和李白、杜甫等一样，一手仗剑、一手捧书，远游四方，同时深入地学习和研究了古代艺术。19世纪俄国的"巡回画派""强力集团"（音乐家）也莫不如此。没有生活、才能、技巧，只会把艺术变成思想图解或说教，而不可能成为真正的艺术。且不说《水浒》《三国演义》《红楼梦》《儒林外史》这一类巨著中是概括了多么广阔、丰富的生活经验，而创作它们时又必须有如何高度的生活经验，高度的审美经验和表现经验即使是一首抒情小诗、一幅风景画，只要它真正吸引人，也都是必须以生活经验为基础，并必须具有一定审美经验、表现能力才能创造出来的。而作家的生活经验、审美经验、艺术表现经验都是从实践中来的。鲁迅先生是始终不渝地捍卫了文学艺术的先进思想性，但是他并不把文学艺术只当作普通的宣传，他深谙艺术之道，绝不能离开经验、生活：

现在有许多人，以为应该表现国民的艰苦，国民的战斗，这自然并不错的。但是自己并不在这样的漩涡中，实在无法表现，假使以意为之，那就绝不能真切、深刻，也就不成为艺术。所以我的意思，以为一个艺术家，只要表现他所经验的就好了。当然，书斋外面是应该

---

① 中共中央马克思恩格斯列宁斯大林著作编译局：《马克思恩格斯全集》（第3卷），人民出版社1960年版，第53页。

走出去的，倘不在什么漩涡中，那么，只表现些所见的平常的社会状态也好。①

显然，这里鲁迅先生并没有忽视艺术要表现先进思想；但是，他以为只有表现了"他所经验的"生活才能具有艺术价值。这可算得上他亲自体验过的重要艺术经验之一。这也正是古典作品艺术创造的普遍规律之一。

因此，也正是只有从古典作家的实践（他的社会实践、生活实践、艺术实践）着眼，方能解释文学艺术中一些更为复杂的现象。不能因为一个古典作家的思想体系没有跳出剥削阶级的范围，就以为他的一举一动、一诗一画都必定直接表现狭隘的阶级利益。马克思在《拿破仑第三政变记》中论到小资产阶级政治、思想、文学代表时说：

> 不应该以为，一切民主主义的代表都是小店主崇拜者，按照他们的教育程度和个人地位讲来，他们和小店主不啻有天壤之别。使他们成为小资产者的代表的是这个情况，他们的思想不能够越出小资产阶级生活所没有越出的界限，因而他们在理论上所得出的任务和解决办法，也就是小资产阶级的物质利益和它的社会地位使小资产阶级在实际上得出的任务和解决办法。一般讲来，阶级的政治和文学的代表，他们和所代表阶级之间的关系就是如此。②

即使当李白不满现实时，也没有从剥削阶级转为劳动人民的。无论在流放夜郎时作的"巫山夹青天，巴水流若兹，巴水忽可尽，青天无到时，三朝上黄牛，三暮行太迟，三朝又三暮，不觉鬓成丝"（《上三峡》），以及被释时作的"朝辞白帝彩云间，千里江陵一日还；两岸猿声啼不住，轻舟已过万重山"（《早发白帝城》），虽然都表现了思想感情，但是这里并不是他那思想体系的直接表现。思想体系既然是阶级利益的最概括、最

---

① 鲁迅：《给李桦信（1935年）》，见《鲁迅全集》（第10卷），人民文学出版社1958年版，第255～256页。

② 马克思：《拿破仑第三政变记》，见马克思、恩格斯《论艺术》，人民文学出版社1960年版，第169页。

系统、最抽象的反映，而且它只是由一些阶级的杰出代表们创立的，那么，它就不可能反映出现实生活的具体的方面。而且，正如马克思、恩格斯说过的，这个阶级的其他成员只是把思想体系作为间接经验来接受，而作家作为具有个性的个体是复杂的，他绝不是某某阶级或集团思想体系的化身。他有他的实践生活，他和社会不可避免地有着联系（人是社会关系的总和）。显然出身于剥削阶级的作家的个性必然会带有本阶级的烙印，他从小就受到本阶级的教养，生活在本阶级的圈子里，他自然而然地接受了本阶级或本集团的思想体系。可是生活本身总要比思想来得丰富，古典作家的实践以及从实践中得来的经验，即使是先进的思想体系，也不能包罗整个阶级的生活经验（前者只是后者的概括、抽象、系统化），何况思想体系的变化较为稳定，特别当剥削阶级登上统治地位，它就变成僵死物，不能反映社会的发展而变成谬论了。而生活是常青的，它在迅速变化、发展。假如这位作家不是脱离生活，他从实践中不断得到丰富的体验，理智感、道德感、审美感充沛和真实，那么，他所接受的思想体系和他自己在直接经验中获得的体验就会产生矛盾（而这归根结底是思想与实践之间的矛盾）。

由此而产生了历史上古典作家们多种多样的复杂情况。当然，我们必须先预计到这一点，古典作家的思想体系本身一般说是复杂的、模糊的、不自觉的。他接受了本阶级或本集团的思想体系的影响，成为自己思想体系中的主导方面，他也可能受到别的集团甚至别的阶级的思想体系影响。这里的矛盾统一于何方决定于他的实践和实际利益。也许，一些作家一生都没有统一过，甚至一生都没有自觉地意识到这种矛盾；古典作家不一定都是他那个阶级的思想家。但是，假如只就古典作家的生活经验和他那个阶级或集团的思想体系之间的关系来看，那么我们就会看到，可能是一些作家所接受的思想体系已经是僵死的、不能反映客观真理；但是他参加了社会实践，他从实践中获得了丰富的生活经验，从生活实践中对它做出了概括，对生活做出了正确的概括和判断，而这种概括和结论却是与他那个阶级的思想体系对生活的理解是矛盾的。他的生活经验越出了本阶级的范围，对现实对象的反映是符合实际的，他对生活的体验可能深刻而独特，尽管他的思想体系的主导方面仍未越出它。而有些作家由于有更为广阔、深入的生活实践，他从极为广阔的生活经验中得出了直接和他所受的那个思想体系相尖锐矛盾的思想结论，甚至像托尔斯泰这一类作家，最终由实践中转向了另一个思想体系。有许多伟大的作家，特别是没落时期许多从统治阶级中分化出来的杰出作家，常存在这种矛盾。高尔基在《俄国文学史》一书中自始至终都贯穿了这样一个思想：优秀的古典作家之所以能跳出本阶级的思想体系的范围，总是因为他从实践中积累了丰富的生活经验，服从了生活本身的真理。"一个经验丰富的作家总是自相矛盾的，因为经验充实，则要求广大的、有组织力的思想，而这些思想是同集团和阶级的狭隘的目的对立的。"高尔基认为思想体系这东西是阶级利益得到概括而系统的反映的观点体系，剥削阶级的思想体系总是不可能概括出人类整个宝贵的经验，并以资产阶级的思想体系为例做过详尽的分析。他说："资产阶级贪得无厌的心理的基本性质，在思想体系的范围内，正如在产生活动的范围内那样，都是以同等的力量表现出来的，而且无论在前者或后者，我们都看到这种急不暇待的贪欲如何迅速地利用现代的材料，不管这些材料是大地的宝藏还是思想也好，都是为了要达到狭隘的阶级目的。""在建立自己的学说之际，资产者—哲学家和学者—不能够利用全人类经验的全部成果。""资产者是需要教条的，他甚至在科学的范围内也不得不依照宗教，依照教条来思维，隐瞒了社会现象的矛盾，砍去了那些同他敌对的、同他的倾向矛盾的事实。""在掌握到经济权威之后，势必浪费人类所有的经验和世界所有的知识，用来建立政治体系与宗教体系，其目的却不是为了全人类利益而综合经验，而且是为了创造那种替私有主阶级的经济权威和图利政策辩护的思想体系。"但是，优秀作品却不是思想体系的图解，"它差不多总是比思想更广、更深，它把握着带有其精神生活的一切多样性、带有其感觉和思想的一切矛盾的人物。艺术创作是更忠实地对待现实的"。高尔基再三强调："经验越广则其中主观的及个人的余地便越少，一般的意义便越庄严地显露在面前，艺术家的社会形象也就越鲜明地呈现出来。"高尔基正是这样解释了托尔斯泰、普希金等一系列杰出的作家。他这样说道："普希金给无产阶级读者做了些什么呢？""以他的创作为例，我们便看出：这位作家，因为生活知识丰富，即所谓经验盈溢（这位作家，就思想来说，终始是阶级性的人，是个贵族），所以就能够在他的艺术概括上，走出了阶级心理的局限，超出阶级的倾向之上，于是对我们客观地描写出他自己的阶级来。"普希金"个人的经验比贵族阶级的经验更广、更深"。我国的曹雪芹、法国的巴尔扎克是更为突出的例证。列宁在《我们究竟拒绝什么遗产》中也以许多例证说明了：一些民粹主义者在理论上坚决信奉已经为社会发展进程本身所证实为谬误的小资产阶级思想体系，但是，他们在实践生活中，以及在艺术作品中写出他那丰富的经验时，却违反了那个思想体系而进行了现实主义的描绘。高尔基也同样以实践、生活经验的丰富来证实了民粹主义作家的一些作品的价值。

　　还有另外一些古典作家，他们接受了本阶级或本集团的落后或反动的思想体系，他们的思想没有超出过它，而且一生中也从来没有怀疑过它（甚至他们还在一生中多方地去宣扬过它）。这些人当然创作不出什么伟大的作品出来，他们的创作大部分都是受了这种思想体系的影响，因而对我们无多大意义。但是，这并不是说，他们的创作也就都是狭隘阶级利益和思想体系的表现。一个最彻底的唯心主义者为了要活命，他无论如何也不能不吃饭、睡觉，他不能不在实践生活中尊重某些事实和按照生活本身的规律办事，不然他只能离开人世而到天国彼岸去。思想体系是反映本阶级根本利益的阶级意识的概括，它并不能包罗所有对于现实生活的体验和感受。一个作家不可能没有生活实践，即使他的生活经验从来也没有超出本阶级许可的范围之外；但是，当他面对一些与本阶级根本利益并不矛盾、冲突的现象，他也可能会有真实的反映。他可能很会欣赏自然山水之美，也可能真实地体验生活中某些情景的情趣……当他们在欣赏这些现象时，不仅不与本阶级的利益相矛盾，他还能真切体验到这些现象的美，供自己享受欣赏。当然，当问题涉及本阶级的狭隘利益，他们就会从思想体系方面去歪曲事实真相，或看不到真相；但是，当问题并未和阶级利益联系起来（或者是现实对象本身并无阶级性，或者是作者并未意识到它与阶级利益的联系），他们却还是可能真实反映出现实对象的面貌的。这里，作家的生活经验、审美经验、艺术表现经验都在起着作用。高尔基在《俄国文学史》中论到那些不能被称为"伟大作家"的一些作家时，说明了他们如何还可能创作出一些有价值的作品："就其组织历史所积累的经验这方面而言，这些人都是所谓'青出于蓝而胜于蓝'，而且冯维津和茹可夫斯基也不过是概括了前人所遗下的成绩而已，同时他们所做的概括甚至可能是不知不觉的，换句话说，可能不是取之于书本上，而是取之于生活本身，而生活里面已经是溶解了书本所披载的经验。"对于王维、孟浩然、杜牧、李商隐、李清照、李煜等一系列作家，他们之所以能创造出具有审美价值的作品，也可以这样去解释。列宁在论及资产学者、教授们的一些话，也可以帮助我们了解这个道理。他说："这些教授们虽然在化学、历史、物理学等专门领域内能够写出极有价值的作品，可是一旦谈到哲学问题的时候，他们中间任何一个人所说的任何一句话都不可相信，为什么呢？其原因正如政治经济学教授虽然在实际材料的专门研究方面能够写出极有价值的作品，可是一旦说到政治经济学的一般理论时，他们中间任何一个人所说的任何一句话都不可相信一样。"① 这是因为一涉及本阶级的思想体系就直接与本阶级的利益联系起来，就一句话也不可相信他；但是，他们从生活实践中获得的真知灼见又十分珍贵。对于这些作家，我们也可以这样去理解，我们大可不必去理会他们的政治观念，但他们对生活的真实体验，从生活中产生的理智感、道德感、审美感的丰富和充实，对人生的感悟却对我们很有价值，能给我们真、善、美的启发。

　　古典作家创作不可避免地要受到阶级思想体系的影响。文学艺术中蕴含着作家、艺术家对生活的价值评价，因而是社会意识形态，但这是对生活的"诗意裁判"，却非思想体系。先进的思想体系固然曾一度促进了古典作家们去探索的概括生活中的真理，但是它的最根本任务仍然是维护剥削制度，当涉及阶级根本利益时，他们仍然会表现出严重的局限。它很快阻碍了客观真理的发展，使得古典作家的视野缩小，不敢正视现实，一些作家之所以能写出一些真、善、美的东西（但范围已大大缩小），主要只是从社会实践中、从现实生活中获得了丰富而真实的生活体验，并从生活实际中得出真实的思想结论，通过自己的审美经验、艺术表现经验，概括为艺术形象。所以，高尔基提出：古典作品究竟对于工人阶级有何价值？"在古典作家的作品里，吸引了工人读书的不是思想体系，而是作品的情节、引人入胜的形式、丰富的内容、观察和知识，以及语言描写的技巧。"②

三

　　正如乐音美之对于聋哑、色彩美之对于色盲并不发生作用一样，古典

---

　　① 中共中央马克思恩格斯列宁斯大林著作编译局：《列宁全集》（第14卷），人民出版社1972年版，第362页。

　　② 高尔基：《工人阶级应该培养自己的文化大师》，见《高尔基文学论文选》，人民文学出版社1959年版，第85页。

作品中的真、善、美对于既无欣赏能力也无欣赏的需要的人来说亦是毫无意义的。我们至今还能为古典作品深深吸引并得到艺术享受，除了客体本身具有真、善、美的因素外，自然还有主体（欣赏者）方面的原因。即使是最美妙的音乐，此曲只应天上有，具有极高的审美价值，但对于乐盲来说却毫无意义，因为对这个主体来说，既无兴趣又无能力来审美。古典作品中既有真善美，也有假丑恶，要看主体如何应对。因此，我们还需要从主体方面考察：今人为什么还需要，而且还能够从古典作品中得到享受？

人类在实践过程中，改造了客观世界，同时也改造了主观世界。广大人民在劳动和社会实践中也培养了艺术欣赏能力、审美能力。广大人民是人类一切真、善、美的真正的继承人；同时，他也是真的、善的、美的理想世界的创造者。当代人民在改造世界的过程中，产生了自己的社会理想，并在这理想的鼓舞下创造一切真的、善的、美的东西。那么，当代人还需要去欣赏过去时代的古典作品吗？苏联早期曾出现过一种理论，以为无产阶级要与传统彻底决裂，必须抛弃文化遗产。这种理论貌似"革命"，其实和马克思主义背道而驰。马克思、恩格斯在创立马克思主义这一完整的思想体系以前，曾经对英、法、德等国工人阶级状况做过调查研究，他们深深体会到："资产者是现存社会制度以及与之相联系的各种偏见的奴隶；他胆怯地避开和尽力地否认真正标志着进步的一切东西；无产者则眼光锐利地注视着这一切，愉快和有成效地研究它们。"① 雪莱、拜伦等人的作品几乎只在工人读者中间流行，工人读者孜孜不倦、富有成效地从中汲取营养。如果说这种情况在马克思主义产生以前还是不自觉的，那么，到了今天，马克思主义已深入人心，劳动人民就更有这种能力，并能自觉地以马克思主义为指导来汲取力量、营养。断言劳动人民没有欣赏艺术和美的"天性"的说法，不过是企图维护少数人垄断艺术的掩饰而已。不过，古典作品既然是糟粕和精华相混杂，劳动人民在欣赏它时，自然还要善于辨别善恶、美丑、真伪，剔除剥削阶级思想体系带来的影响。高尔基曾批评那种以为古典作品只会给工人阶级带来毒害的说法，因为工人阶级能够剔除毒素。劳动人民、工人阶级需要也能够从古典作品中汲取

---

① 恩格斯：《英国工人阶级状况》，见马克思、恩格斯《论艺术》，人民文学出版社1960年版，第331页。

营养。当然这只是就整体来说的，至于每一个成员是否具有这种能力、修养，就必须具体分析。今天，我们广大的读者群中，并不是所有的人已经巩固地建立了马克思主义世界观，但是，我们并不因此而就不去欣赏古典作品，我们恰恰是要通过不断欣赏，接触它而提高我们的艺术修养、审美能力。当然，对于具体的人要具体分析，不必把所有的古典作品推到他面前去，必须有所选择，针对不同的读者，推荐不同的书。古典文学的研究也要密切注意到这个方面：有步骤地评介一些古典名著，帮助读者从古典作品中认识和汲取真、善、美的东西；同时，也要提高他们的艺术鉴别和欣赏的能力。我们要使那些不能从古典作品中表现了真、善、美的地方激起共鸣的读者们，也能真正地共鸣起来；也要使他们能对古典作品中假、丑、恶的东西，真正地反感起来。我们要提醒读者们小心地不要受剥削阶级价值观、审美观的影响；但是，我们也要经常引寻他们去享受其中的真、善、美，而不是去吓他们：谁对古典作品产生共鸣，谁就是还有剥削阶级思想！

可是，当代人为什么还需要去欣赏古典作品呢？我们既然已有自己的新的政治标准、道德标准、美学标准，既然已有新的文学艺术，为什么还要去欣赏旧的"真、善、美"？

对此，列宁在谈到"应该把美作为根据，把美作为构成社会主义社会中的艺术标准"的同时，他绝不因此而要抛弃"旧美"；相反，严厉地批判了这种说法。他说：

> 即使美术品是"旧"的，我们也应当保留它，把它作为一个范例，推陈出新。为什么只是因为它"旧"，我们就要撇开真正美的东西，抛弃它，不把它当作进一步发展的出发点呢？为什么只是因为"这是新的"，就要像崇拜神一样来崇拜新的东西呢？那是荒谬的、绝顶荒谬的！①

当今人类需要"旧美"以及一切历史上有价值的东西，这不仅是因为当今人类不得不在前人遗产的基础上才能生存，而且要发展新的东西，也必须吸取前人的经验、成就，以作为"进一步发展的出发点"。恩格斯

---

① 列宁：《论文学与艺术》（第2卷），人民文学出版社1959年版，第911页。

在《反杜林论》中说得好："现代社会主义的根源虽深刻存在于'物质的'经济的事实中，可是它和任何新的学说一样，首先得从在它之前已经积累的思想资料出发。"哲学、政治经济学也未尝不如是。整个马克思主义思想体系，如果没有对人类全部发展过程中所积累的知识的批判、吸收是不可能建立的，工人运动本身不能够产生马克思主义。当然，马克思主义的产生也必须在工人运动的基础上才有可能。当今人类的思想体系的建立是如此，而要在这思想体系指导下建立整个新的精神文化更是不能离开以往一切有价值的东西。要想从半空中建立新义化，这是可笑的乌托邦。（关于这些，马克思主义经典作家们有不少言论，已为人熟知。例如，马克思、恩格斯的《德意志意识形态》序言，恩格斯的《社会主义从空想到科学的发展》，马克思、恩格斯的一些通讯，特别是列宁的《青年团的任务》、毛泽东的《改造我们的学习》，这里不再赘述。）

这里，我们需要进一步弄清的是：为什么古典作品不仅为今天的文学家们所继承、借鉴，而且还用它来直接供广大读者欣赏？这与事物发展的普遍规律以及文学艺术的特殊性有关。

社会主义时代的真的、美的、善的东西与以往社会中的真的、善的、美的东西相比，无疑有着质的区别。但是，这里有发展的继承关系，而发展是按着否定之否定的辩证规律进行的。所谓否定，不是像在形式逻辑中简单地说"不是"，或者宣布事物不复存在，或者用任何一种方法把它消灭。在辩证的否定中，新的事物还肯定、保留了其中积极的、向上的、永恒的东西。由于否定之否定，事物在每一新阶段上克服了原有的片面性，达到了更高级的真理，其中把原来一切积极的东西保留下来，而原来的相对的、暂时性的东西则消失了。事物的发展经过否定的否定阶段，在新的高级阶段上"综合"，掌握和改造了以前一切有价值东西，消灭和抛弃了一切腐朽的东西，因而整个发展阶段是沿着简单到复杂、低级到高级这样一条路线前进的。

阶级社会中虽受到了阶级束缚而使事物的发展受到阻碍，因而在发展中常有暂时的停止、退却，但整个历史过程依然是发展的。这种发展运动不是直线或圆圈式的，因是螺旋式或逐渐由低到高的波浪式的。由此，新的事物固然不是旧事物的全部的简单再现，但是，它也再现了旧事物的某些特性。列宁在《哲学笔记》中说得好："在高级阶段上重复低级阶段的某些特征、特性等等，并且仿佛是向旧东西回复（否定的否定）。"马克思所说的成人"在更高的阶段上把小孩的真实的本质再现出来",正是这个否定之否定规律的形象说明。天安门广场前,新建的人民大会堂、历史博物馆的宏伟建筑与那天安门、故宫的封建时代建筑紧相对峙,显然,这是两种不同性质的建筑,这里存在着一定的矛盾。然而,我们并没有因它们有质的不同而感到只有尖锐的对立;相反,我们还感到相得益彰,感到两种美的和谐、协调。这是因为:一方面,天安门、故宫本身具有美,并且它们和人民的关系也有了变化。而另一方面,我们今天的建筑"在高级阶段上重复低级阶段的"建筑的美。正是两者间有继承关系,我们才感到如此。我们今天的科学真理正是人的思想长期发展的结果。"人类思维按其本性是能够给我们提供并且正在提供由相对真理的总和所构成的绝对真理的。科学发展的每一阶段,都在给这个绝对真理的总和增添新的点滴,可是每一科学原理的真理的界限都是相对的,它随着知识的增加时而扩张、时而缩小。"① 这正如滔滔长江是由无数小河、溪水汇集成的,长江已经包括这些小河、溪水的某些特性。虽然长江大河不是那些小河溪水本身,小河、溪水本身已具有构成长江大河的某些因素了。我们今天已经有了新的道德理想、美学理想,对于现实对象也有了新的思想、观念,却也正是在更高阶段上重复了以往阶段的思想、观念的某些特性——这已抛弃了歪曲了现实的观念、思想,而保留了真实反映了现实的观念、思想,并在新的基础上被改造综合到我们新的观念、思想中。封建文人认为桂林山水、西湖风光、苏州园林等是美的,我们也认为是美的,这并不意味着我们和他们的美的观念完全一样,但是,这里确是有着一致的内容。我们无须因为封建文人曾对它发生了美感,我们就要说它是丑的(这是违反客观事实的),或者不肯或不敢承认我们也对它发生美感。这里,我们依据的是历史辩证法和心灵辩证法:今天和古人的心相通,欣赏主体和创作主体的共鸣。

　　古典作品之所以还激起我们的共鸣,正是从这里得到解释。古典作家在前代已为人类的客观真理长河中,献出了"几粒绝对真理"的水滴;我们的审美感受已与前人不同,然而它也在更高的阶段上重复了审美感受中的"几粒绝对真理"。优秀的古典作家们对古代生活在审美上进行了真

---

① 中共中央马克思恩格斯列宁斯大林著作编译局:《列宁全集》(第14卷),人民出版社1972年版,第134页。

实的反映。而现在，现实已发展了，我们的审美感受也发展了。而正因为发展是按否定之否定规律进行的，我们就不仅在审美感受上和古典作家有着一致的、相应的反应，还能帮助我们去体验今天的现实生活。庐山在今天无疑已经和古代有了不同。这主要不是指自然属性方面的变化，而是说它与社会的关系，人和自然的关系发生了变化，所以，它的社会意义有了变化（它已属于人民享受，人也通过了劳动改造了它）。因此，要能够真实地反映出它的美，我们需要今天的诗人、画家们从社会主义的审美理想上去创造新的艺术品。然而，我们仍然需要欣赏古典作家们的作品，并且从中得到审美享受。我们赞赏"横看成岭侧成峰，高低远近各不同；不识庐山真面目，只缘身在此山中"（苏轼《题西林壁》），我们也深深为这样的诗句所吸引："日照香炉生紫烟，遥看瀑布挂前川。飞流直下三千尺，疑是银河落九天。"（李白《望庐山瀑布》）这不仅因为李白、苏轼是从不同方面体验到了当日庐山的美，而我们的审美感受和他们之间有一致的关系；而且他们对庐山的这种审美上的反映，还有助于我们今天去欣赏、认识今天庐山的面目。他们发现的庐山的彼时彼地的美并不与今天庐山的美相矛盾，而且古人对庐山美的体验是独特新颖、不可重复的，甚至如马克思所说是不可企及的童年最美好的状态。我们今天仍能从中得到美的享受，并能启发我们有更新的体验。《牡丹亭》《西厢记》《红楼梦》中为作者所理解和肯定的爱情无疑并不是我们今天的爱情。但是，这种爱情在当时社会中是真的、善的、美的；而且，我们今天所理解的爱情（只有以真正的爱情为基础的婚姻才是道德的、美好的、纯真的）在那里已有某些因素。我们今天的爱情在性质上已远远高于古人的爱情，然而它也在更高阶段上重复了以前某些特性（其中有真的、善的、美的）。因此，我们从这些作品中不仅了解了古人的爱情，还有助于我们去理解新的爱情。我们为这里表现出来的真的、善的、美的东西引起了共鸣。古典作品之所以至今还对我们具有道德教育作用、认识生活作用和审美享受作用，其秘密也正在于此。

那么，当我们已经建立了新的文化、已有了社会主义文学艺术的时候，古典作品是否就已完成了使命而退出现代的舞台了呢？这是要由实践来决定的问题。但是，根据我下面的认识，我要说，它不仅不会消失，而且如果说优秀的艺术过去只是为少数人所了解，那么随着新文化的发展，我们将有越来越多的人去欣赏它，古典艺术将真正为人民所有。而随着我们审美水平的提高,我们还能从新的高度做出新的阐释和解读,它的真、善、美将为我们更深刻地感受和掌握。首先,我们的审美能力也是发展的,随着我们的认识愈益深刻,那么,我们对古典作品中的真、善、美也将有更进一步的掌握(不与今天的认识相矛盾,而是一致的,但这是在思维的更高阶段上的认识)。其次,文学艺术是在审美上反映了古代生活,它就具有了不可替代的意义。我们不能以现代作品的欣赏代替对古典作品的欣赏,正如后者也绝不能代替前者一样。优秀的古典作品"除了它的和谐、它的美这些美学价值以外,它对我们还具有无可争辩的历史文献之价值"[1]。古典作品虽然不能像在现代作品那样直接帮助我们认识今天的现实,但是,假如我们不去了解当下现实的历史发展,不了解它的过去,我们也就不能深刻地了解现在。我们可以相信黑格尔的这句话(列宁曾极为赞扬):"正像同一句格言,从年轻人(即使他对这句格言理解的完全正确)的口中说出来时,总是没有那种在饱经风霜的成年人的智慧中所具有的意义和广袤性,后者能够表达出这句格言所包含的内容的全部力量。"如果我们不想做列宁所说的只懂得马克思主义结论而不了解其全部丰富内容的人,那么,我们需要了解过去的历史,也就需要古典作品。

我想,我们之所以至今还能而且将来还能对优秀的古典作品发生共鸣,正在于我们今天的真、善、美的东西,与过去一切真、善、美的之间有着辩证的关系。我们当然也没有忘记,古典作品并不是把真、善、美的东西赤裸裸地、单纯地抽出于我们面前,它常常与假、恶、丑的东西混杂在一起,所以我们在欣赏古典作品时,是既有反感,又有共鸣的。至于究竟哪些东西是假的、恶的、丑的,需要我们今天扬弃掉,哪些东西是真的、善的、美的,它们在我们今天要改造后加以继承、发扬的,这要根据时代发展的需要做更深一层的研究。这里,我只能引用马克思、恩格斯的话来作为结束:

> 共产主义组织对当前的关系在个人中引起的愿望有两方面的作用:这些愿望的一部分,即那些在一切关系中都存在、只是因各种不同的社会关系而在形式和方向上有所改变的愿望,在这种社会形式下

---

[1] 高尔基:《俄国文学史》,新文艺出版社1956年版,第208页。

也会改变,只要供给它们正常发展的资料;另一部分,即那些只产生在一定的社会形式、一定的生产和交往的条件下的愿望,却完全丧失它们存在的必要条件。肯定哪些欲望在共产主义组织中只发生变化,哪些要消灭——只能根据实践的道路、根据真实欲望的改变,而不是依据与以往历史关系的比较来决定。①

1960年初夏于燕园

(此文为北京大学文艺学副博士毕业论文,原载《北京大学学报》1961年第6期;后收入《美的追寻——胡经之学术生涯》,北京大学出版社2003年版)

---

① 中共中央马克思恩格斯列宁斯大林著作编译局:《马克思恩格斯全集》(第3卷),人民出版社1960年版,第287页。

捕捉审美中轴线

我国历史悠久，文化灿烂，人对现实的审美关系丰富多彩，自成特色，形成独特的民族传统。

古人的审美经验凝结在历代创造出来的劳动产品里，特别明显地表现在艺术作品中。我国的文学史、艺术史集中反映了中华民族的审美关系的历史发展。

古人不仅以自己的艺术活动反映并发展了审美关系，还力图理解审美活动和审美关系，不时概括自己的审美经验，逐渐形成和发展了自己的美学思想、审美观念。古人的美学思想、审美观念不只较为集中地表现在诸如文论、诗话、乐论、词话、画论、曲话这类文艺评论中，而且广泛见于笔记、杂录、史传、书札、评点、批注以及许多类书、丛书中。

中国古代美学思想资料极为丰富，真可以说得上"浩如烟海"，为世界所少见。

但是，我们如何能从这些浩如烟海的思想资料中真正归纳、分析出古人的美学思想、审美观念，真正捕捉住古人在历史发展中形成的潜美学体系，这难度却极大。这不仅在于资料的杂芜，更在于中国虽有潜美学，却并未像西方那样发展成以抽象思维见长的纯粹思辨美学。古人的美学思想、审美观念和哲学、道德、政治的观点混杂在一起，并不单独标明。今天，我们要从那些扑朔迷离、相互混杂的思想资料中找寻出自己的特殊对象，捕捉古人的美学思想、审美观念，理出历史线索，实非易事。

在西方美学的历史发展过程中，曾出现过两大趋势。一是"自上而下"建立起来的美学，从思辨的哲学出发来演绎自己的美学体系。自古希腊以来，哲学家不时在谈论哲学时表现了自己的美学思想，并从自然哲学、历史哲学中逐渐分离，单独发展为一门科学，鲍姆加登给予命名，转译到中国，成了美学（当时还只是审美学）。康德、黑格尔把古典美学发展到思辨美学的高峰，在论证自己的哲学体系时，自上而下地推演出了自己的美学。这样的美学当然也要以这些美学家的审美经验为基础，也概括了当时的艺术实践、审美活动的经验，但其基本方法是从一般到个别，自上而下地从哲学引出美学，是一种形而上学。二是"由下而上"的美学，从实际的审美活动中概括出审美理论。18世纪产生的法国启蒙学派美学、英国经验派美学，19世纪出现的斯宾沙、格鲁塞等人的社会美学、艺术美学以及更后的心理美学、实证美学等，研究了许多具体的审美现象，对这些审美现象做了各种各样的解释。这样的美学当然也要运用哲学的思维，从一定的哲学观点来解释。但其基本方法是从个别到一般，由下而上地从审美现象概括出美学。当代美学的趋势，一方面是在向更高的抽象发展，哲学美学在更高的水平上做出哲学上的综合、概括；另一方面是在向更具体的领域发展，深入到各个具体审美现象做细致的分析，出现了越来越多的具体美学部门，有逐渐走向形而下的趋势。生活美学、劳动美学、工艺美学、技术美学、运动美学、心理美学等都蓬勃发展起来。文艺美学也在向纵深发展，电影美学、音乐美学、绘画美学、戏剧美学，以至摄影美学等等，都得到了独立的发展。毫不奇怪，随着人类实践的发展，人与现实的审美关系、人的审美活动越来越扩大和深入，美学自然也会越加具体。同时，美学的分工越细，分析愈深，也就需要有更高程度的综合研究、更高水平的哲学概括，哲学美学也要向更高的概括化发展。

具有自己独特形态的中国古典美学的情况怎样呢？诚然，中国古典美学总体来说注重实际，较少做抽象的逻辑分析，多是在即兴随感、杂谈品评中自然表露出美学见解、审美思想。但是，从整个历史发展过程看，类似西方美学的两大趋势，在中国古典美学中也隐约可见，只是没有像西方那样发展为高度抽象的思辨美学。先秦诸子的美学，是和哲学、政治学、道德学等混杂在一起的，并不单独发展，在儒、道、墨诸家的整个思想体系中，自然而然地包含着各自的美学观点、审美思想。这样的美学既是哲学美学，又是人生美学、道德美学、政治美学，是自上而下建立起来的，重点在于探求"道"，颇有形而上的味道。像较注重总结音乐这种具体审美现象的《乐记》，也不只是从美学上，而且还从哲学、政治、道德的观点来看音乐，从整个思想体系中引出音乐思想。在先秦时代，乐和礼、射、御、书、数等并列在一起，总称"六艺"，其同政治、道德等紧密相连。这个时代的"文学"也并不区分艺术的文学和非艺术的文学，学术论著、道德文章、哲学议论等等都是"文学"。《文心雕龙》就是这种广义的文学的理论总结。到了魏晋时期，艺术的文学越来越兴盛，和非艺术文学逐渐分开，独立发展。于是，人们对文学的看法也逐渐改变，不只把

"文"与"笔"区别开来了，而且对艺术的文学和非艺术的文学也从理论上做出分辨，那种"流连哀思""情灵摇荡"的艺术的文学得到了特别的注意。魏晋南北朝以后，美学和文艺理论越来越向更加具体的方向发展，文论、诗话、乐论、词话……一直到小说评点，大都是面对具体的审美现象、艺术创作，有感而发，随兴而评，自下而上地发展。由下而上，也能逐渐发展成完整的体系，像李渔的《闲情偶寄》、王夫之的《姜斋诗话》、叶燮的《原诗》、刘熙载的《艺概》和王国维的《人间词话》，都有由下而上、自成体系之势。

中国美学史应该对历史上出现的这两种趋势做综合的研究，不应只顾一面，只执一端。然而，这两类美学所侧重的问题不大一样，上限与下限，差别很大，内容并非都是美学问题。对这两种趋势做综合研究，首先要辨别清楚，哪些问题是美学思想、审美观念，哪些问题则不是；然后在这两种趋势中，理出美学的历史发展这根中轴线。美学史上的两种趋势，自上而下，由下而上、两条曲线，却有轴心。在两条曲线的背后，有一根轴线，那就是历代人对于审美活动、艺术活动这种社会特殊现象的认识历史。自上而下地从哲学、道德、政治的思想体系中，逐步分出美学思想、审美观念，由下而上地从具体审美现象认识审美活动本质，都是在向一个方向接近，那就是从不同的方面去认识审美活动、艺术活动。因此，我们的美学思想史的研究，应该在两种趋势中抓住审美这根中轴线。

像刘勰的《文心雕龙》，这是体系宏大、结构严密的古典文论巨著，美学史、文艺思想史著作都不可避免地要以很多篇幅来论述它。此书融合形而上之"道"和形而下之"器"，内容丰富、博大精深，形式优美、文笔高超，其本身不仅有学术价值，而且还有审美价值。然而，《文心雕龙》主要探讨的是什么？作文之道。这个"文"当然也包括我们今天所说的审美的文学，但更多的还是非艺术的文学。《文心雕龙》全书50篇，开头的《原道》《征圣》《宗经》《正纬》《辨骚》五篇是"文之枢纽"，其实是文章的总论，刘勰自己说："《文心》之作也，本乎道，师乎圣，体乎经，酌乎纬，变乎骚。"（《序志》）这开头的几篇就是论述文章与政治、道德、哲学等的关系的，并不是专说审美的文学。《文心雕龙》上编基本上是文章体裁的分门别类的分析，即文体论，其中当然也包括艺术的文学，但更多的并非艺术的文学。《文心雕龙》下编主要是论述文章的创作、风格及修辞，也不是专谈艺术的文学，尽管也包括艺术文学的创作、风格及修辞。因此，《文心雕龙》是一部文章理论之书，它的主要内容首先是揭示了文章（包括艺术的与非艺术的）共有的一般规律；其次是揭示了各种文体的特殊规律，当然也涉及了艺术的文学的一些特有的规律。对于中国美学史、文艺思想史来说，当然有必要弄清《文心雕龙》的整个体系，但着重要研究的不是文章的一般理论、作文的一般规律，而是要探索为文如何才是按照美的规律的创造，文章怎样窥意象而运文。在我看来，《文心雕龙》是一部文章美学。研究它，要真正抓住刘勰的美学思想、审美观念，其他只是枝节。

在研究那些"自上而下"的美学倾向时，我们应该"往下"靠拢，抓住审美这根中轴线。

在研究那些"由下而上"的美学倾向时，我们又应"向上"靠拢，目的也是找出美学思想史、艺术思想的中轴线。

中国的传统文论、诗话等面对具体审美对象、艺术作品，有感而发，即兴品评，画龙点睛，点到即止，很少推理论证，致力的是使那审美境界能再现出来，使人获得那艺术作品的"机心"，玩味无穷，品评本身就是一种审美享受。陆机的《文赋》、司空图的《诗品》对于艺术创作活动和艺术境界本身做了艺术的描绘、审美的品评，引导自己和别人进入艺术境界。即使到了清代，文论、诗话等向学术化发展，注意逻辑分析了，但也仍然重在审美欣赏、艺术品评，从诗文中自然地引发出审美思想、艺术见解。叶燮在《原诗》里，具体分析了杜甫《玄元皇帝庙》一诗，把人带进那诗的境界里，同时也使人体味到了作为艺术的文学的诗心。在这艺术品评中，阐发了叶燮的极为精辟的美学见解、审美思想。吴淇在《六朝选诗定论》中具体分析了陶潜《饮酒诗》，把人引入诗的意境，同时也阐发了评者的美学思想、审美观念。这样的文论、诗话典型地体现了中国"由下而上"的美学、文艺理论的特色。然而，大量的文论、诗话、词话等等虽也具有这样的特色，但也常常陷于零碎、烦琐，有的还沉溺于无益的考证，专注于声调、格律的抉微，真正的美学思想、艺术见解反而被淹没了、掩盖了。显然，对于这种趋势的研究，我们就应着重在找出淹没于其中的美学思想、艺术见解，探索不同艺术形式、文学样式（诗、词、曲、赋）的共有的审美规律，"向上"接近审美这根中轴线。

各门具体的思想史都有各自的中轴线。中国美学思想史有自己的中轴线，中国文艺思想史也有自己的中轴线，各门艺术思想史又各有自己的中轴线，它们相互联系而又区别。这些中轴线当然是围绕着经济、政治的轴线旋转的，正如地球围绕太阳旋转、月亮围绕地球旋转一样。太阳是地球公转的轴心，但地球自身也旋转，有自转的轴心。中国美学史、文艺思想史围绕经济和政治的轴线公转，但它们自身也有自转的轴线。恩格斯说："我们所研究的领域愈是远离经济领域，愈是接近于纯粹抽象的思想领域，我们在它的发展中看到的偶然性就愈多，它的曲线就愈曲折。如果您划出曲线的中轴线，您就会发觉，研究的时期愈长，研究的范围愈广，这个轴线就愈接近经济发展的轴线，就愈是跟后者平行而进。"① 在历史的长河中，美学史同经济、政治、道德、哲学的发展在总趋势上是一致的，但并不是在每一步上都是平行的。美学史上的斗争当然同社会的进步与落后、道德的善与恶、哲学的唯物与唯心有着密切联系，但并不因此而可以把美学史归结为政治学、哲学、道德学领域中的斗争史。美学史是在"自律"和"他律"的相互作用的"合律"中发展的。

美学是感性学，研究感性活动、感性认识的美的规律。审美和美的创造都离不开具象。在中国传统文化中，具象思维特别发达，从象中观道。象上通道，下达器。形而上者谓之道，形而下者谓之器。按朱熹的理解，所谓道者，就是事物当然之理，就寓于天地自然之象、人文创造之象中。台湾学者徐复观在形而上和形而下之间加了一个中介，称形而中者谓之心，要以心为中介来连接道和器。我则以为形而中者谓之象，以象为道和器的中介。艺术创作，就是通过意象经营，创造出人心营构之象。从中国的文化传统出发，中国的美学不应成为纯粹的形而上学和形而下学，而应发展为形而中学。

为中华全国美学学会成立而作
1980 年年初于燕园

（原载《北京大学学报》1980 年第 2 期；后收入《美的追求——胡经之学术生涯》，北京大学出版社 2003 年版）

---

① 中共中央马克思恩格斯列宁斯大林著作编译局：《马克思恩格斯选集》（第 4 卷），人民出版社 1995 年版，第 507 页。

重释古典为今用

《中国古典文艺学》即将出版。在付梓之前，我想对这部书稿的写作意图、整体构思，略做说明，作为前言。

这部书稿最初构想始于新世纪初。自20世纪50年代以来，我陆续接触了不少我国古人谈说艺文的资料，很想在整理这些资料的基础上，做出我对这些资料的阐释，谈论一番我对中国古典文艺思想的看法。但我在20世纪末正在思考文艺美学的发展，关注当下，未能顾及古典。随着审美文化的扩大，又在思索着文艺美学应如何超越古典，走向文化美学。在深入摸索的过程中，我发觉，文艺美学也好，文化美学也好，若要超越古典，就要更深入地研究古典，现代创新要以继承古典为基础。正好跟我攻读博士学位的李健钻研中国古代文论已久，对我的研究思路较为了解，很想沿着我的思路深入下去，做进一步深入的研究。于是，我们就一起着手《中国古典文艺学》的构思，拟撰写一部专著。

中国古代文艺思想是历史地发展着的，具有历时性。百年来出现的各种中国文学批评史、中国文艺思想史、中国文艺理论批评史等，都是从"史"的纵向发展做历时性的研究，已取得了巨大成绩。如今，面对浩如烟海的中国古代论说艺文的理论资料，能否在历时研究的基础上多做些"论"的综合，探索这些艺文论说的横向联系？中国古典文艺思想闪烁着精辟的见解，精彩纷呈，谈说艺文的范畴更是丰富多彩，若能将这些在历史发展进程中不断涌现出的思想、论点、范畴做深入探索，梳理其逻辑的内在联系，对弄清中国古典文艺理论的民族特征和历史传统颇有帮助。

中国古代对艺文的谈论形式多样，不拘一格，并无现代的理论形态，因而很难做理论的概括。我们这部书稿基本按照文艺活动必有的三个环节"创作—作品—接受"作为大致的轮廓，然后，把历代先后出现的、能表述一些重要文艺观点的基本范畴，分别在这三个基本环节中予以展开，进行现代梳理。全书十五章，第一章是"绪论"，总论中国古典文艺学的基本形态、内容和特征，研究中国古典文艺学的现代意义。然后，围绕文道、言志、缘情、形神、言意五个基本范畴，论述中国古代对于作品这个基本环节的思考。在创作这一基本环节，展开了对文气、神思、应感、物化、比兴、法度这六个范畴的论述。最后，在接受这一基本环节，集中讨论了知音、意境、风骨、趣味这四个范畴，展示出古人对作品接受过程的独特理解。

我之所以要想写这部《中国古典文艺学》，自有历史的缘由。

早在1956年，北大受国务院之命试行副博士学位制，中文系就有文艺学这一专业方向。我当时刚从北大中文系毕业，去中国人民大学马列主义研究班当研究生，听到这消息，就又回到北大，投杨晦先生门下，当文艺学副博士研究生。杨晦先生虽在大学本科时就教我文学概论，而且还主持过苏联专家主讲的文艺学研究班，但他对当时苏联的文艺学甚不满意，认为所论脱离中国实际太远。所以，在送走苏联专家毕达可夫之后，他就全心投入，研究中国古代文艺思想，探索中国文艺发展的规律。他的研究，虽然关注的主要是文学思潮，但也旁及其他艺术，连《世本》《乐记》《考工记》等都在他的研究视野之内。他希望我能跟随他沿着中国古代文艺思想发展的道路，一步一步向前走，目不旁骛。于是，从1956年始，我有近三年时光，两耳不闻窗外事，一心只读圣贤书，从老、庄、孔、孟之书一直读下来，一边读书，一边做笔记，最后做成卡片，积累了不少资料。

当时，我读了北大图书馆能找到的几种中国文学批评史专著，陈钟凡的《中国文学批评史》、郭绍虞的《中国文学批评史》、罗根泽的《中国文学批评史》、朱东润的《中国文学批评史大纲》等。在此期间，我还和罗根泽相识。当时，这位曾在清华大学讲授过中国文学批评史的著名教授，正在和郭绍虞合作，主编规模宏大的巨型丛书《中国古典文学理论批评专著选辑》。他从南京大学到北京来处理编务，屡次从人民文学出版社来西郊到北大找到吴小如和我，要我们依据北大图书馆的藏本，为丛书做审校。读了这些书籍，使我感到中国古代论说艺文的思想资料真是浩若烟海，对中国古代文艺思想的研究，不知如何着手。

后来，我又读了两本书，受到了新的启发，懂得研究中国古典文艺思想，不只有历史的方法，还可有逻辑的方法，使我茅塞顿开。一是方孝岳的《中国文学批评》。这本书虽然仍然沿着"史的线索"，但却并不是要梳理史实，而是"以史的线索为经，以横推各家意蕴为纬"，其目的是"要从批评学方面，讨论各家的批评原理"，如"兴观群怨"说、"文气"

说、"妙悟"说等等。全书注意到纵向的历史的发展，但更注重横向的逻辑的比较，并称这是"比较文学批评学"。不过，方孝岳此书的基本构架还是以传统的史传结合的方式勾勒中国古代文学批评发展的轮廓。二是傅庚生的《中国文学批评通论》。《中国文学批评通论》写作于20世纪40年代，该书却另辟蹊径，"另标体制"，突破了传统的史传结合方式。全书只以十分之一的篇幅"中国文学批评史略"描述了史的线索，然后集中笔力，以逻辑的方式，横向概括了中国古典文学批评的基本原理。傅庚生按照当时美国文艺理论所说的文学四要素，将中国古代文学批评的基本原则分成四大方面：感性论、哲学论、思想论、形式论，用中国古典文论的材料展开论证。这是中国学者以西方文艺理论来概括中国古典艺文思想资料的一种尝试。

中国古典艺文思想的资料是那样的众多，文评、诗话、词话、赋论、画论、曲话、剧说、乐记、书品、艺谭、笔记等等散见于各类典籍之中，历代出现的诸如《艺文类聚》《艺文志》之类也不少。读了两三年的古籍，我脑海里逐渐盘旋着一个念头：对于专门家来说，恐怕要穷毕生之力，才能深入堂奥，但对于生活于当今时代的初学者来说，如何能以最少的时间及早了解中国古典文艺思想的精粹？今人又如何理解和评价古代的文艺思想？我的导师杨晦在1959年开始为中文系高年级讲授《中国文艺思想史》，一个学期下来，只讲了一个问题：艺术的起源，对铸鼎象物做了详尽的论证却还意犹未尽。因时间不够，只好就此打住。我的另一位老师宗白华从1959年开始准备《中国美学思想史》讲座；1963年正式为中文、哲学系高年级学生开课，一个学期下来，主要讲了先秦时代的工艺美术、易经美学、《乐记》美学、《诗经》美学，先秦以后的却只能简略带过，无法展开。因此，我在当研究生的那几年，若要想较为完整地了解中国古典文艺思想，只能自己去找更多的书来读，除了郭绍虞、罗根泽主编的那套丛书外，还有《历代诗话》《中国画论类编》《中国古典戏曲论著集成》等等。

沉湎于古书堆中近三年，到了1958年秋，时代把我拉回到现实中。那时，被称为"马克思主义文艺理论家"的周扬，带着张光年（光未然）、邵荃麟、何其芳、林默涵，主动提出要到北京大学来开设"马克思主义文艺理论"讲座。魏建功和杨晦亲自做了安排，并同冯至、季羡林、曹靖华等一起商定，让中文、哲学、西语、俄语、东语等系的高年级生约

800人来听课,让我担任这讲座的助教,负责和周扬等联系,并与各系沟通。这样,该有一年的时光,我全身心投入了当下实务,并由此而开始接触文艺界。周扬当时正在呼吁建立中国自己的马克思主义美学和文艺理论,对这个讲座十分重视。他一个人就曾分别讲了两次,第一讲的"导论"就开宗明义题名为:"建设马克思主义美学"。第二次在1959年春,为使演讲有针对性,我先后去沙滩他办公室和沙滩外街他家里,直接面谈过三次。邵荃麟讲了革命现实主义和革命浪漫主义相结合问题,何其芳也针对当时的现实讲了几个理论问题。周扬等人的讲座激起了北大学生对马克思主义文艺理论的兴趣,当时的1955级学生在忙于编写"红色"文学史,一部分学生就动手编写《毛泽东文艺思想概论》,1956级学生则集中力量编撰《马克思主义论文艺》,要在周扬20世纪40年代末所编的《马克思主义与文艺》一书的基础上加以扩充,使之更臻完整。为《毛泽东文艺思想概论》和《马克思主义论文艺》的编写,我得以进一步和周扬交流,听他发表了不少在公众场合听不到的高见。例如,马克思、恩格斯为什么对文艺复兴有高度评价?精神生产和物质生产的发展为什么会出现不平衡?普列汉诺夫的社会心理中介说为什么很有价值?等等。第一次交谈时,他就知道我是杨晦的学生,在心理上就缩短了距离。他把杨晦看作文艺界前辈,很尊敬。1959年春,我和周扬有了最后一次交谈。当时,我已开始考虑我今后的研究方向应向哪里发展,在说完讲座之事后,我就借此机会向周扬提出我的困惑:我这几年埋在古书堆里,而现实又是迫切需要马克思主义文艺理论,像我这种状况,应向哪里发展?周扬当时就对我说,建设中国自己的马克思主义文艺理论,一定需要吸收中国古代文艺理论的精华,研究中国古代文艺理论,正是为了建设中国自己的马克思主义文艺理论,这不矛盾,只不过一个是手段,一个是目的。他反过来问我:你对什么感兴趣?我说喜欢研究文学艺术中的美学问题,比如音乐的魅力究竟何在?电影有什么艺术特征?周扬很有兴趣地说:"那好啊!朱光潜、宗白华不是都在你们北大吗?可以向他们讨教。我们对艺术的特性研究得太少,年轻人应该兴趣广一些。"最后,我大胆地问他:"马克思说古希腊艺术和史诗还能继续给予我们艺术享受,最大困难是要在理论上说清楚它。我对这个问题很感兴趣,想沿着马克思的思路来解说我国古典文学为何至今仍有艺术魅力,不知行不行?"周扬颇感兴趣地说:"这个问题很有意思,中国古典文学、艺术那么丰富,如能从马克思主义观点去说明古典文学艺术为什么至今还有艺术魅力，这对美学、文艺理论建设都有积极意义。你是跟杨晦学习中国古代文艺理论的，如能把中国古代文艺理论中的一些精华也吸收进来，那就更好了。"

周扬在北大的讲座开设过之后，他曾交代过，不要发表他的讲稿，所以，我只在北大学报上做过简单的介绍。当时，文艺界好多报刊闻风而来，要做采访，我都不给讲稿，只做简单介绍。于是，我开始和文艺界接触。就在此时，中国作家协会和《文艺报》举行讨论会，开始讨论革命现实主义和革命浪漫主义相结合的问题，文艺界的一些元老如欧阳予倩、曹禺、老舍等都参加了讨论会，北大请了杨晦、冯至、季羡林等，年轻的也请了我。我是当时最年轻的一辈，由于从未出席过这样的会议，所以很紧张。我准备了一个短稿，在会上宣读，后来在1958年第11期《文艺报》全文刊载了。这是我进北大后第一次发表文章，并由此成为《文艺报》特约评论员。接着，《文学评论》来约稿，我写了一篇一万多字的长文《理想与现实在文学中的辩证结合》发表在1959年第1期。

两耳不闻窗外事，不接触现实倒也罢了，可一旦面向现实，现实问题可就多了，会把你拖进文艺旋涡，就由不得你了。《野火春风斗古城》一出来，就有出版社约我写书评小册子，一印就是十万册。王愿坚的短篇小说出来，我也被约写了好几篇评论。照此发展下去，我可能会走文学批评之路。

在和周扬最后一次交谈之后，我意识到，我喜欢的还是书斋生活，平和宁静，但又不能不关切外界生活。如何找到一个适合自己的临界线，能将两者结合起来？我想，最好还是掌握中国传统文化，而又从当今文化的高度做出新的阐释，以适应新时代发展的需要。这样，我从1959年夏天就又回到书斋。这时，跟随杨晦研究中国文艺思想史的助手已有张少康、邵岳，而我的研究兴趣愈来愈向美学倾斜。杨晦也鼓励我向从美学观点来研究文艺这个方向发展，于是，我就潜心研究起我最感兴趣的美学问题：为何古典作品至今还有艺术魅力？这篇近三万字的论文在1960年写成，成为我副博士研究生四年的毕业论文，后来在北京大学学报全文刊载。

我于1960年年底毕业留北大任教之后，先是随蔡仪编写《文学概论》，后来也一直教此课程，或教马列文论。反而在"文化大革命"后期，为了要弄清楚《红楼梦》为什么是古典小说中最好的一部，我在两年多的时光中，从北大图书馆借来几乎所有的清代线装小说，浏览了一遍。等我重新关注起中国古典文艺思想来时，那已是开始探索"文艺美学"之时，视野由古典小说转向了古典文艺思想。

我读了西方的许多美学名著，深感其逻辑思维的宏大与精密确实令人赞叹。黑格尔《美学》将对文学艺术的思辨纳入到那样抽象的哲学构架中，达到了古典美学的高峰。但是，按照他的理论，我觉得仍很难完全解释中国的文学艺术。我国的美学前辈朱光潜、宗白华、蔡仪、王朝闻的美学开创了美学研究的新道路，他们要从美学上来解决中国自己的问题。到了我们这一辈，虽然先天不足，后天又失调，但是，还应尽可能在前辈的基础上有所创新。我在准备写作《文艺美学》的过程中，又重新审视中国古典文艺思想资料，琢磨如何吸收其中的精华，做一些新的阐释。我尽可能找到台湾学者和海外华裔学者如王梦鸥、徐复观、姚一苇、叶嘉莹、叶维廉、刘若愚等人的文艺理论著作来读，我发现他们都在运用西方的美学或文艺理论来重新解释中国传统文化，很受启发。

一个新的问题在我面前凸显出来。1980年，我在中华全国美学学会成立大会上倡导文艺美学，回北大后就开始讲"文艺美学"一课。1981年，我开始招收文艺美学专业方向的硕士研究生，怎样才能以最简洁的方式向他们介绍中国古代的文艺思想？中国古代文艺思想是那样丰富和复杂，我不可能再像过去的那些文学思想史、文学批评史那样做详细的历史叙述，怎么办？我想起了我当研究生时读古书时花了不少精力摘下的笔记、卡片，觉得不妨让研究生一入学就快些接触古籍，边读古书，边编资料，既掌握了基本的文艺思想资料，又可为后来的跟进者较快地登堂入室提供一些方便。于是，我和王一川、陈伟、丁涛编选了三本《中国古典美学丛编》（中华书局出版），后来又与王一川、陈伟编选了《中国现代美学丛编》（北京大学出版社出版），在材料取舍和编选方法上，不同于北京大学哲学系美学教研室编选的《中国美学史资料选编》（中华书局出版）。

我把近70万言的中国古典文艺美学思想资料归纳为三大类，分成三卷：一是作品，二是创作，三是鉴赏。我之所以这样分类，是因为我觉得文学艺术作为人类的一种特殊活动，主要就包含了这三个环节。20世纪80年代初期，叶维廉、刘若愚、李达三、袁鹤翔等曾先后到北大访问，我曾与季羡林、杨周翰、张隆溪一起接待过他们，交谈中，我最关切的还是如何研究文学艺术的活动过程问题。1982年春，刘若愚来北大，送给我他的刚从英文译成中文的《中国文学理论》（台湾联经出版公司出版）。我陪他在未名湖散步时，自然而然地就谈到文学理论的构架问题。英国文艺理论家理查兹（Richards）的美国弟子艾布拉姆斯（Abrams）提出，文学艺术的四要素是作品、艺术家、世界、欣赏者，"几乎所有力求周密的理论总会在大体上对这四个要素加以区辨"。他以作品为中心，勾画出一个世界、艺术家、欣赏者围绕着作品而作用的图式。刘若愚则在《中国文学理论》此书中肯定了这四要素，但他进而发挥，认为这四要素是相互作用的循环构架：世界与艺术家互动，艺术家与作品互动，作品与欣赏者互动，欣赏者又与世界互动。我认为世界、艺术家、作品、欣赏者当然相互作用，相互影响，但世界并不是艺术活动的一个环节，艺术活动的基本环节还是艺术家—艺术品—欣赏者。而这整个艺术活动都是在社会中进行的，不只是艺术家和世界的相互作用，而且艺术品也是世界的一种存在，和其他存在发生互动关系，欣赏者生活在世界上，在接受艺术作品之后，他和世界更是一种互动的关系。艺术活动的每一个环节都与世界发生关系，世界不仅仅是艺术活动的一个环节，而是世界渗入每一个环节，世界涵盖了整个艺术活动。对此，刘若愚并不否定，以为可以作为一说，予以更深入的阐释。

　　文学艺术存在于世界上，是这个世界的一种特殊存在。这个"世界"既包括社会，又包括自然，文艺究竟和社会是什么样的互动关系，这是文艺社会学的题中应有之意，再细一些，甚至还有文艺政治学、文艺经济学、艺术文化学等等门类。近来，文艺生态学也在兴盛起来，探讨文艺的生存、发展的生态，这"生态"就不仅是社会生态，还包括自然生态。这些都是文艺的宏观研究，十分需要。但是，如果把"创作—作品—接受"这个动态的过程作为一个相对独立的系统，那么，文艺美学就应对这三个环节做系统研究。所以，我在20世纪80年代初期写了一篇《文艺美学——文学艺术的系统研究》，探讨了这一问题。说来惭愧，当初孤陋寡闻，只读过台湾王梦鸥的《文艺美学》，直到2004年才见到李长之的《苦雾集》（1941年版），其中有《文艺史学与文艺科学》一文，是在翻译了一部书后和记者的对话。依李长之之见，文艺科学应是对文艺做科学研究的"文艺体系学"，并且画龙点睛地说："文艺体系学也就是文艺美学。"他虽然没有进一步展开论证，但观点十分鲜明。王梦鸥的《文艺美学》是否受到李长之的启发，就不得而知了。我听杜书瀛说起，他在台湾做过调研,发现在王梦鸥之前已有些学者在台湾开设过"文艺美学"课程。我猜测,从大陆到台湾去的学者中在大陆时可能受过老一辈美学家朱光潜、宗白华、李长之等人的影响,而我们这辈人却在20世纪五六十年代反而中断了自己过去的美学传统,一叹!

正是觉察到我们在建设文艺美学时必须接续和发扬自己过去的文艺美学传统,所以,在新世纪初,在李健的参与下,我们在《中国古典美学丛编》的基础上,增补了50多万字的古典文艺思想资料,重新编成《中国古典文艺学丛编》三卷:第一编创造,第二编作品,第三编接受;同时,着手写作《中国古典文艺学》一书,仍然是围绕着"作品—创造—接受"这个系统展开一些基本范畴的研究。李健长期从事中国古典文艺学的教学与研究,他来南方跟我攻读文艺美学博士学位,和我有共同的研究思路,所以很快进入状态。如今,献给大家的这部《中国古典文艺学》是我们共同思考和探索的成果。李健已经出版了博士学位论文《比兴思维研究》,对"诗思"做了深入研究。他另有一部专著《魏晋南北朝的感物美学》是他的博士后研究报告,亦将问世,目的亦在接续和发扬中国古典文艺美学的传统。

中国传统文化历史悠久,中国古典文艺学丰富多彩,为我们继承和发扬中华艺术精神提供了宝贵的历史资料。如今我们正在致力于建设中国特色的马克思主义文艺学,那么,中国古典文艺学在其中究竟能发挥什么样的作用?我常会想起恩格斯给我的启示。

恩格斯不止一次地谈到,他和马克思一起,最初的学术研究是把重点放在从作为基础的经济事实中探索出政治观念、法权观念和其他思想观念以及由这些观念所制约的行动。这在当时是应该如此做的。但这些观念是由什么样的方式和方法产生的,他们还没有来得及做探索。到了晚年,恩格斯就多次触及了这一问题。在给梅林的信中,他就这样说道:"在每一科学部门中都有一定的材料,这些材料是从以前的各代人思维中独立形成的,并且在这些世代相继的人们的头脑中经过了自己的独立发展道路。"①在给施密特的长信中,他更具体地说到那些"更高地悬浮于空中的思想领域",以哲学为例,阐明了每一个时代的哲学"都具有它的先驱者传给

---

① 中共中央马克思恩格斯列宁斯大林著作编译局:《马克思恩格斯选集》(第4卷),人民出版社1960年版,第501页。

它而它便由此出发的特定的思想资料作为前提"①。思想资料是历史传承下来的，但每个时代的哲学作为时代的思想精华，却是为了回答时代所遇到和需要解决的问题，以适应时代发展的需要，从而决定了现有思想资料的改变和进一步发展。

  在我看来，文艺学也在按着这样的规律在发展。中国古典文艺学是对中国古代文学艺术现象的概括，为我们今天提供了丰富而珍贵的思想资料，但不可能代替现代文艺学。中国文艺学在走向现代化的历史过程中曾尝试过多种发展模式，或以苏联模式为主，或以西方模式为主来进行建构，均难见成效，那么，可否回归传统模式，重走中国古典文艺学之路？不妨做些尝试。但我总觉现代文艺学的建设，全盘西化不好，照搬古典也不行，还是要面向当下现实，回答时代所遇到和需要解决的问题，以马克思主义为指导，做出新的理论概括，中国古典文艺学、西方现代文艺学都只是为我们提供的思想资料。马克思主义从国外传入中国实践相结合的道路，逐渐中国化、现代化、大众化，解决时代提出的新问题。中国要建设马克思主义文艺学，也要面向当下现实，以问题为导向，吸取中外的文艺学思想资料，以马克思主义为指导，做出新的理论概括，回答时代的新问题。简而言之，即建设和发展中国的马克思主义文艺学，应具：国际视野、中外资料、马列指导、现实问题。

2006年春节于深圳望海书斋

（原载《中国古典文艺学》，光明日报出版社2006年版）

---

① 中共中央马克思恩格斯列宁斯大林著作编译局：《马克思恩格斯选集》（第4卷），人民出版社1960年版，第485页。

中国古典文艺学的现代意义

当我们拈出中国古典文艺学这一概念时，我们就已明确意识到，它与西方的诗学概念在内涵上有着明显的不同。这种不同不仅表现在地域和民族的差异上，还表现在文学艺术的内在特质和思维方式的差异上。这些，并不足以成为阻隔中国古典文艺学和西方诗学的天然鸿沟。也恰恰是在这种不同中，我们明确看到了它们之间的精神意义相通。那就是寻求文学艺术创作和接受的内在规律性，寻求民族艺术自身不断完善的途径。

中国古典文艺学是采用纯正的古代文言文表述的，在这种语言表述的过程中，产生了一套属于我们民族的范畴和术语。今天看来，有些范畴和术语显得那么遥远，那么陌生，以至于让人难以思议。这是因为"五四"新文化运动不仅仅改革了语言的表达形式，促使文言文消隐、白话文兴起；更重要的是，它在很大程度上改变了中国人的思维方式，由古代的那种较为单一的感悟式的具象思维发展成为今天的具象与抽象并存的思维。这是一种必然。在思维方式的转变中，汉语言说的概念术语也发生了转变。这些概念术语大多是沿袭西人的，有时，很难在中国古代的语境中找出与其相对应的概念。这就使得我们今天的以白话文语境为代表的现代文艺学趋于西化，丧失了古典的个性。现在，我们已经习惯于西方的抽象的逻辑思维了，也就是说，我们已经认同了西方的逻辑思维的长处，以此反观古人，必然会发现古人的许多短处。不少学者怀疑中国古典文艺学的体系和价值实际上是有一个比较的参照，既然他们已经把西方的逻辑思维当作"是"，必定会把中国古代的具象思维当作"否"，因为西方传统的哲学本质是二元对立的。在这里，我们也非常清楚地看到二元对立的弊端。世界上的许多事物并不是"是"与"否"那么简单，这个道理很多人都已经意识到了。只有打破二元论，才会进入一个新的认识境界，就不会否定中国古典文艺学的现代意义了。

中国古典文艺学是中国古人对文学艺术创作和批评的理论和经验总结，数千年来，一直指导并推动中国古代文学艺术创作与批评的开展，使之成为世界文学艺术宝库的珍品，在世界文艺史上写下了辉煌灿烂的一页。我们为我们的《诗经》、楚辞、汉赋、唐诗、宋词、元曲和明清小说自豪，我们为我们的古代音乐、书法、绘画自豪，我们惊叹这些类型不同的文学艺术作品中所表现出来的美妙情思和精神力量。试想，如果没有一种经验理论的指导，我们会一代一代地延续这种文学的传统吗？文学传统会表现出如此旺盛的生命力吗？这种理论自有它的精髓存在。这种理论的精髓是什么？这正是我们应着力发掘和思索的。文学艺术虽有古今之别，但是，文学艺术的创作理论却是古今相通的，古代的理论仍然能够指导我们今天的文学艺术创作。也正是在这一方面，中国古典文艺学才具有现代意义。

人们常说，中国是一个诗的国度。其实，这句话只讲对了一半，因为它模糊了中国文学艺术的源头，仅看到了由原始艺术所派生的文学形式这一表面现象。严格地说，中国是一个乐的国度。音乐是中国古代艺术的源头。诗是乐的一个组成部分，诗的一切特质无不与乐有关系。今天，我们称为《诗经》的诗在先秦时期是配乐演唱的，每一首诗都有固定的曲谱，只是因为年代久远，曲谱不传，乐词独存，这便是诗。在先秦，"诗"或"诗三百"特指我们今天所称的《诗经》。诗、乐一体在先秦的典籍中有明确的记载，《左传·襄公二十九年》就叙述了吴公子札观乐的史实，观乐的内容就是对我们今天称为《诗经》内容的演绎。先秦时期，人们对乐特别重视，除《左传》《国语》等史籍之外，先秦诸子如孔子、墨子、老子、庄子、孟子、荀子、韩非子等都有大量的言论言说乐。他们并不把乐当作一个纯粹艺术的概念，而是将之作为传播政治思想、德行、礼义的重要工具。（当然，也有人把乐作为一个纯艺术概念理解，但一旦把它作为一个纯艺术的概念，乐便会失去在人们心目中的崇高地位，被当作否定的对象，如墨子、韩非子等。）由此，也生发了许多与文学艺术创作有关的思想，如"言志"与"和"等。此后的中国诗歌如汉乐府、永明体、唐诗、宋词、元曲等，无不与音乐有关。依韵作诗、倚声填词成为古代骚人墨客的创作习惯，许多诗词被谱曲广为传唱，极大丰富了中国诗歌的音乐性。关于这一点，如果我们认真检索一下中国文学史，就能得到较为完美的解答。有趣的是，中国的古乐均来自民间。先秦之乐无不与民间有关系。"诗三百"是精选各地的乐歌；楚辞是屈原放逐期间改造民间音乐的创作；汉乐府来源于民间；词、曲起初都是在民间演唱的；即使带有精雕细刻之痕的律诗，如果细细追究其来历，恐怕也要追溯到民间。可见，中国古代的音乐、诗歌起源于民间，它们是古代劳动人民的伟大创造。

由于中国诗歌与乐的关系极为密切，这就从根本上塑造了中国诗歌的品性：注重音律，注重抒情，追求语言的圆滑流美，悠然写意。中国的抒情诗特别发达，就是因为有音乐的渗入，是音乐品性的直接外化。

在此基础上的中国古典文艺学准确抓住了中国诗歌的这一特征，提出许多有价值的理论命题，在今天，仍有现实意义。

我们首先把目光聚焦于中国传统的"言志"观念。关于"言志"的意义，不少学者从文字训诂学、人类文化学等角度做了较为深入的阐释，很有启发。闻一多先生说："志有三个意义：一记忆，二记录，三怀抱，这三个意义正代表诗的发展途径上的三个主要阶段。"① 接着，闻先生做了具体分析：诗产生于文字之前，那时人们是依靠有韵律的诗帮助记忆的；文字产生以后，便用文字记载记忆，因此，古时几乎一切文字记载都叫志；诗、歌合流之后，诗的内容便发展为表达情思、感想、怀念、钦慕了。闻先生的分析尽管不少人赞同，但仍有不少疑问存在。比如，他讲的文字产生以前的情况佐证的是先秦的史料，应是推测之语。史前的诗到底怎样，甚至有没有诗，都是值得追究的。在这里，我们无法追究，也无须追究。依闻氏所言，"志"的内涵极为广泛，但他特别看重诗乐合流以后"志"的内涵，认为诗乐合流"真是一件大事"②。这就很值得玩味了。这说明，闻先生在某种程度上认识到乐对诗的品性的影响，是乐催生了诗的表情、表事、表意的功能。乐对诗的本质特征的形成起着至关重要的作用。

这样说并非有意抬高音乐的价值，事实应当如此！然而，先秦的"言志"观实际上是各种学术、政治思想的混合。先秦诸子都强调"言志"，这里的"志"不会是单纯的情感因素，政治抱负的因素恐怕就多了一些。但这并不妨碍"言志"成为一种有价值的文艺学观念。后来，陆机又提出了"诗缘情"的思想，标志一种纯文学观念的形成，因为"缘情"更近于诗的本质。"言志"的"志"是包含情的，"缘情"的"情"也包含志，情中含志与志中含情绝不能画等号。唐代孔颖达糅合二说云"情志一也"（《左传·昭公二十五年》正义），是一种稀里糊涂的见解，不足以作为一种有价值的文艺学观念，主要是因为他从根本上抹杀了诗的

---

① 闻一多：《神话与诗》，华东师范大学出版社1997年版，第201页。
② 闻一多：《神话与诗》，华东师范大学出版社1997年版，第207页。

特性，混淆了文学和非文学的界限。但是，从另一个角度来看问题，我们又不能不承认孔颖达的真理性。

基于诗的音乐品性，古人要求诗歌"言志""缘情"，在任何时代都不会过时，这是由这两种观念的人文本质所决定的。诗歌是对社会现实生活的反映，是人的情感反映，它给人以充分的美感，在诗歌中寄予了诗人深沉的生存意识和人文关怀精神，当然，诗歌也展现个人的情感和心灵天地。扩而及之所有的文学艺术类别，无不如此！

当今的文学艺术创作仍然超越不了古人为我们织造的"言志"和"缘情"之网。尽管它在表现手法和创作方法上超越了古人的藩篱。随着国外各种新的创作方法的引进，情感和志向的表现更加丰富多彩了。它的内涵充实了，它的审美功能增强了，真正呈现出一个五彩缤纷的多元世界。20世纪80年代的朦胧诗现象就是一个特异的文学现象。关于朦胧诗的论争其实交织着对传统艺术革新的论争，即如何表情言志的论争。朦胧诗并不是对传统的反叛，而是对20世纪40年代初和20世纪五六十年代以来的文学创作的反叛。传统的"言志""缘情"在狂热的"五四"时期都没被丢弃，可在40年代后被狭窄化和庸俗化了。诗歌应抒人民之情、应成为时代的颂歌和战歌等提法仅是出于政治的目的，并非出于艺术的考虑。因此，以表现个人感觉为主的朦胧诗自然会被作为异端横加指责。然而，艺术的魅力是永恒的，朦胧诗最终以优美纯真的情感力量取得了合法地位。

但是，当今的文学艺术创作也确实存在许多问题，一些怪异的创作方法扼杀了作家和艺术家的情感意向，许多作品转向过于私人化的内在心灵，追求让别人难以理会的私人语言和私人情感，甚至有人公开宣称文学创作就是语言游戏。特别是20世纪90年代以来的新诗创作尤其典型。正像孙绍振所批评的那样：

> 当前中国新诗显然是处于危机之中。主要表现是在于两个方面：首先是有追求的诗人陷于理念化。他们叛逆新诗和朦胧诗的全部理论基础是照搬西方诗歌的。西方当代诗歌，尤其是后现代的诗歌，其基本理论都是以诗歌表现某种西方文化哲学的理论为最高境界的。这种表现文化哲学的追求本身就与诗歌的艺术本性发生矛盾……其次是由于把表现理念作为新诗的根本任务，就必然导致新诗的艺术准则发生了混乱。既然诗歌的任务就是表现某种文化哲学理念，就必然与诗歌

的一切传统的艺术成就彻底决裂……但是艺术并不是在空地上能够建立得起来的。一些艺术的败家子至今还不清醒。哀哉！在可以预见的未来，我们八九十年代的诗歌，必然受到历史的嘲笑。①

抛弃了诗歌的音乐品性，是对"言志"与"缘情"的背离，这样的作品的结局只有一个——被人遗弃；相反，那些以社会道义为己任、充满人文精神的"言志""缘情"之作将会被载入文学艺术的史册。

中国古典文艺学对当今文学艺术创作和批评的指导意义还表现在一系列范畴的实际运用中，这些内容之多，难以列举殆尽。如形神、神思、风骨、比兴、意境等。由于这些范畴内蕴着无比丰富的内涵，我们今天的创作和批评仍摆脱不了这些问题。有的作为显形的批评话语在使用，如形神、比兴、意境等；有的则作为隐形的批评话语在使用，如神思、风骨等。显形的批评话语容易辨识，而隐形的批评话语则难以辨识，一些不熟悉古典的人往往从西方诗学中去找源头，最终弄得笑话百出。在古代汉语语境转向现代汉语语境的初期，出现这种状况我们抱以理解。但是，有些研究文学理论的人完全与古典隔绝，确实是一个危险的信号。

先说形神，古人以形写神的思想余韵远播，在文学艺术的创作和批评中影响深远。张九龄说："意得神传，笔精形似。"（《宋使君写真图赞并序》）他要求绘画不仅要形似，而且要传神。形似之笔宜精，传神之意应深，这才能称得上精品。当今的绘画不管是中国画还是西洋画都存在着形与神的问题。形是形而下的技法，神是形而上的意义，两者是一个整体，不可截然分开。中国古代有个"君形者"（《淮南子》）的概念就恰当表述了形与神合二而一的特点。一幅绘画作品如果技法不精，绘物粗疏，无法传达精深的意义。文学创作也是如此。叙事性作品以叙述故事塑造形象为主，所谓叙述"生动传神"就是准确抓住事物的外在肌理，进而表达深刻的思想，无论采用传统的创作方法还是西方现代派的创作方法都逃避不了这个问题。即使是对内心的刻画，仍有一个形与神的问题。至于诗亦是如此。屠隆说："诗道之所以贵者，在体物肖形，传神写意，妙入元中，理超象外，镜花水月，流霞回风，人得之解颐，鬼闻之欲泣也。"（《论诗文》）这用来评价中国古代诗歌再恰当不过了，可用于阐释现代汉

---

① 孙绍振：《向艺术的败家子发出警告》，载《星星》1997年第8期。

语语境中的新诗又如何呢？我们试一试解读北岛之《守夜》。该诗第一节云：

> 月光小于睡眠／河水穿过我们的房间／家具在哪儿靠岸。

我们不知道可不可以将北岛与唐代大诗人李商隐相比。总之，我们读过北岛的这首诗就会想到李商隐的《锦瑟》与《无题》，感到了它的巨大的时空感。北岛的诗歌表达了一种深沉的思维，展现了一个情感的世界，使人感到夜的安详、宁静，充满骚动。这里用了极不合逻辑和语法的词语搭配以展示思绪错乱了的时空。月光和睡眠怎会有谁大谁小的问题？可在这里却让人感到非常形象，确实达到了"传神写意，妙入元中"的境界。

我们继续接着北岛的诗说神思。神思是中国古典文艺学的一个重要的艺术思维范畴，在推动中国古代文学艺术的创作中曾起过巨大的作用。北岛的《守夜》便是神思的结晶。这首诗的构思极为奇特，它浓缩了诗人的丰富想象和创作灵感，展示了一个美妙的境界，通过音韵铿锵的语言表达再现了诗的音乐品性，这是极为可贵的。

风骨是一个内涵非常丰富的古典文艺学范畴，它标示的是一种慷慨悲凉的美学品格。这个范畴对今天普通的文艺学研究者来说可能已经陌生了，不懂了，是不是就据此可以认定它与当下的文学创作批评完全隔膜呢？不是的。风骨与西方的崇高内涵部分相似，而且它本身还有对语言的要求，要求语言刚健有力、骨劲气猛。实际上风骨纠缠着我们今天比较重视的西方诗学中符号学的相关理论，在具体批评时借鉴风骨的内涵完全可行，即使直接借助这一术语也未尝不可，不一定会像某些人想象的那样，会成为一个可怕的怪物。

由此可见，中国古典文艺学对现代的文学艺术创作和批评仍有意义。当然，我们不否认，随着社会的发展，文学观念的演进，古典文艺学中确实有些内容已经死了，没有意义了，但很多理论内容还是鲜活的。当务之急是使古典文艺学现代化，即在继承传统的基础上对它的概念范畴进行改造、消化，不一定严格按其在古代的意义来理解、使用，只要精粹不失即可。实际上，当下仍然活跃的古典文艺学的范畴、概念（如意境、形神、虚实等）已经超越古典了。从事古典文艺学研究的学者们应力所能及地做一些普及工作，而从事文艺学研究的学者应该认真对待中国古典文艺学，下一番功夫研究，不要眼睛盯着西方。倘若长久与中国古典文艺学绝缘，那么，我们的古典文艺学这一块珍宝恐怕真的要被埋没了。

现代社会已经进入了一个多元共生的时代。在当今中国，随着改革开放步伐的加快和信息技术的发展，各种文化交汇、渗透，人们的思想观念也迅速转变。对话是这个时代的显著特征。中国古典文艺学作为有中华民族特色的文艺理论必然会被推向前台，成为中国与世界诗学对话的唯一文本形式。这几乎已经成为学人们的共识。现在，不少学者提出古代文论的"现代转型"问题，并且有意识朝这一方向努力，就是寻求中西对话的途径。这是非常可贵的。但是，学者们在探讨"现代转型"时，明显地存在着两套话语形式：一套是研究现代文艺学的学者话语，他们只是从学理层次提出"应当如此"的依据，而找不准"应当如此"的方法；另一套是研究古典文艺学的学者话语，他们的眼光受到局限，对古典文艺学认识较准、较深刻，对现代文艺学和西方诗学没有把握好，陷入自言自语的独白。这两套话语很少搭界。最近，终于有人提出建议，要求从事现代文艺学研究的学者和从事古典文艺学研究的学者应好好坐下来，共商大计。我们也认为确实应当如此了。只是我们还有一点困惑：在共商大计之前，是否先补补课？双方应相互学习、相互借鉴，这一点很重要。

中国现代文艺学至今仍然没有形成自己的个性和特色。它的框架和理论内容的设定都是舶来品，缺少本民族传统文艺学的精髓，不符合本民族的创作和批评实际。尽管在理论内容的阐述中运用了中国古典文艺学的只言片语，并不能说明在这个文艺学体系中已经有我们民族的东西。在我们看来，只不过是把中国古典文艺学拆成一个个小小的零件往西方设定的框架上安装，至于安装得合适与否，是很值得怀疑的。用这种舶来的现代文艺学和西方对话，如何对话？只能陷入尴尬的境地。现代文艺学本身就存在着一种偏见：妄自菲薄！它不是把中西方的文艺学放在平等的地位上，而是主西次中，把中国古典当作彻头彻尾的陪衬，连中国人自己都这么干，如何对待西方学者对中国的鄙薄？这就不是真正的建设。

中国古典文艺学和西方诗学的对话应该在一个平等的层次上设定，在此基础上构筑中国现代的文艺学，这样才能使我们现代的文艺学魅力四射。

我们始终认为，对中西文艺学范畴的清理与比较是确立对话关系的关键，也是建立我们民族的现代文艺学的关键，这是一个基础性的工作。这个基础性的工作做不好，民族的文艺学大厦就建立不起来。五四运动以后，由于一种狂热的反传统的理念导致现代与传统的隔膜。中国要与世界接轨，引进西方的观念是适宜的，包括西方的文艺学。与此同时，开展了对中国古典文艺学的整理与思考。起初的工作是较为规范的，出现了一批代表性的成果，如朱自清的《诗言志辨》等。后来，好像就陷入了史的陷阱中，导致一部又一部文学批评史、思想史、理论史之类的著作出版，而且越写越大。在这里，我们无意于否定文学批评史、思想史、理论史的撰写之功，为中国文学古代的文学理论描述出一个清晰可信的线索是必需的。但如果学者们只是纠缠于史，未免有些片面了，应着眼于中国古典文艺学的框架打造，从宏观上考察并清理范畴，这样才能真正体现中国古典文艺学的价值，才有利于现代的应用。

现在，已有不少人在具体做这一方面的工作了，清理中国古典文艺学范畴，重新审理西方的诗学范畴，并且取得了一定的成绩，如赵沛霖的《兴的源起》、吴调公的《神韵论》、汪裕雄的《意象探源》、汪涌豪的《中国古典美学风骨论》等。另有一些综论范畴的著作，应特别提到的是顾祖钊的《艺术至境论》和蒲震元的《中国艺术意境论》。顾著的价值在于清理了中西文艺学中三个重要的范畴：意境、意象、典型，其中意境、意象是中国的（顾云意象为中西方共有，这也是事实，但源头在中国），典型是西方的。且不管顾著"至境"的提法是否恰当，艺术创作中到底有没有至境，将这三个范畴同等并列为艺术形象的范畴，应该是有意义的。这说明我们民族的意境、意象理论有独特性，它们是中国传统文学艺术创作的理论总结，同样适用于西方文学艺术的创作与批评，更毋庸说现代了。蒲著的价值在于从美学的高度较为深入地清理了意境的审美内涵、历史形态及深层的审美结构等，给我们全面认识意境提供了一个多元的视角，也给我们与西方对话提供了一种言说的方式。

中国古代的许多范畴如感物、趣味、知音、言意、文气、自然等在今天依然是一个独立自主的理论概念，但它们相互之间是互动的关系。它们对文学创作和批评的意义得到人们的充分认可，与世界诗学并非阻隔。发掘这些范畴的理论意义是构筑具有民族特色的现代文艺学的基础，也是中国古典文艺学融入世界、与西方对话的资源。

我们感到，中国古典文艺学中最具中国特色的是艺术思维理论，那种丰富性和包容性我们始终认为不亚于西方，而且更具有实践意义，但是没有很好地整理。我们的现代文艺学关于艺术思维的内容主干是西方的。现在，人们已经烂熟了诸如想象、联想、灵感、象征、隐喻等艺术思维的范畴，可对我们自己的神思、比兴、物化、虚静、应感、妙悟等艺术思维范畴缺乏深入了解。自己本民族已有好东西却偏偏又要借助于其他民族的同样的东西，实在可悲！当我们在理会西方的想象、联想、灵感、象征、隐喻等艺术思维范畴时，总会产生一种割裂艺术思维的感觉。也就是说，西方的想象、联想、灵感、象征、隐喻等不是自足的，而中国古典文艺学中的每一个艺术思维的范畴都是自足的，都代表一种个性鲜明的思维方式。如神思，在这一艺术思维范畴中包含有西方的想象、联想、灵感、象征、隐喻等内涵，应感、物化、比兴、虚静、妙悟等也大体如此，但是又各有偏重，各有个性。有人喜欢将中国古代艺术思维的某一范畴同西方的某一范畴对应，其实谬矣！中西文艺理论范畴没有严格意义上的对应关系。在这里，我们无意于评说谁优谁劣。我们清楚地意识到中西思维的民族差异，是这种民族差异造成了中西艺术思维的差异。西方的思维方式是严格逻辑意义上的抽象思维，这种思维要求对所思虑的任何问题都有一个严格的逻辑界定。而中国古代的思维方式是感悟式的具象思维，这种思维并不要求对所思虑的问题有一个严格的逻辑界定。抽象思维有利于科学理论问题的严谨与规范，而具象思维就不具备这一优势了。文学艺术创作的思维问题应该说不是一个严谨与规范的科学理论问题，它既是技术性的，又是经验性的。这种技术性和经验性的思维方式能更好地解决文学创作的实际情况。感悟是模糊的、无边的，但感悟却有非凡的魔力。如此看来，中国古代的艺术思维理论有着巨大的理论价值，丝毫不逊色于西方的艺术思维理论。以此来完善我们的文艺学体系，具有民族个性；以此来与西方对话，应该能找到相同的话题。通过交流，相互取长补短，共同完善世界的文艺理论。

中国古典文艺学是中华民族奉献给人类的宝贵的文化财富。研究中国古典文艺学，并不是仅仅为了怀念过去的文明，而是为了推动现在和未来，它的精深的理论内容对深化现代的文学艺术理论具有重要的意义。这一点，我们深信不疑。

2004年5月30日于深圳大学

（原载《中国古典文艺学》，与李健合著，光明日报出版社2006年版）

胡经之自选集

第五辑

比较文艺学

比较文艺学漫说

比较文学研究,虽然在18世纪已由欧洲的启蒙学派开启了(例如,法国的孟德斯鸠、伏尔泰,稍后又有德国的歌德),但是作为一门文艺科学的学科而兴盛起来,却是20世纪末的事。近数十年来,比较文学研究更是在许多国家(不只是西方,而且还有东方,如日本、印度、阿拉伯地区)得到蓬勃发展。许多学派出现了,最有名的有美国学派(以倡导"平行研究"著称)、法国学派(以主张"影响研究"为特点);还出现了一些国际学术组织,如"国际比较文学协会"。因此,比较文学研究成了国际性现象,难怪,它被称为"20世纪的孩子"。

中国,也需要这个"孩子"吗?我们需要比较文艺学吗?

依我看,这种需要是不言而喻、毫无疑义的,这是历史发展的必然和当前现实的实际需要。

作为社会现象,文学艺术广泛存在于世界各国,到处都有。文艺研究当然要从研究个别的民族、不同文化的文学艺术开始,它是整个文艺学的基石。只有在对个别民族、不同文化的文学艺术的研究的基础上,才可能做更高或更深一层的研究。因此,传统的文艺学注重于个别文学艺术的研究,弄清个别国家、民族文学艺术的来龙去脉、历史发展,这是十分必要的。然而,随着文学艺术在不同国家、民族之间的交往,特别是在全世界范围内的更广泛的交往,文艺学势必要对不同民族、不同文化的文学艺术做比较的研究,以便弄清究竟什么是世界各国文学艺术共同具有的普遍性,什么是某些文化体系(如欧洲的、东方的)文学艺术所独具的特殊性,什么又是个别国家(如中国的、印度的)所特有的个别性。

从历史发展的趋势看,比较文学研究的领域随着国际文化交流的发展,正在不断扩大和深入。比较文学研究开始主要是在英欧文化体系内部进行,但有的早已跳出这个范围。歌德很早就把中国文学(《好逑传》这类作品)和西方文学(歌德的《赫尔曼与窦绿苔》、理查森的小说、贝朗瑞的诗,等等)进行了比较。后来,比较文学研究由英欧文化体系扩展到美欧文化体系,美国学派扩大了法国学派的领域。进而,比较文学研究又推进到西方与东方文化体系之间,而且这种东西方文学的比较越来越显得重要。比较研究的范围也越来越扩大,不仅限于文学,其他艺术如绘画、建筑、雕塑、戏剧、歌舞以至实用艺术等等,也都在研究比较之列。于是,比较文艺学作为一门文艺科学,成为世界性的学科。历史发展的趋势是比较文艺学的方向日益转向东方,而中国的文学艺术更受到了特别的注意。国际上一些著名的比较文艺学家声称比较文学研究要注视中国;中文应是重要的国际语言。没读过《西游记》,就像没读过托尔斯泰和陀思妥耶夫斯基的作品一样,不能谈论小说理论。由此,北大杨周翰教授就旗帜鲜明地提出比较文艺学除了法国学派、美国学派之外,还应该有中国学派。

其实,中国也早有比较文学研究的传统。在20世纪初,我国较早接触了西方文化的先驱王国维、梁启超、苏曼殊等曾对中西文艺做过一些零星、点滴的比较。30年代以来,郑振铎、吴宓、朱光潜、钱钟书、戈宝权等人都曾在文学的不同方面做过比较研究的尝试。即使是鲁迅,虽无专著论述,但在评述中外文艺时也常有比较,发表过精辟见解。许多海外华裔学者以及我国台湾学者数十年来一直致力于中西文学的比较研究,取得了不少积极成果。

对比较文艺学究竟能否成为一门独立学科,尽管至今尚在争论之中,但我毫不怀疑,对不同民族、不同文化的文学艺术做比较研究应该也必然要成为文艺美学的重要方法。德国伟大的文学家歌德曾对中国小说和欧洲文学做过对比,在1827年和爱克曼的一次谈话中提出:不仅要发展民族文学,而且要建立世界文学。马克思在《共产党宣言》中也曾指出了历史发展的这样的必然趋向:随着人类的交往扩及世界各国,不仅物质生产领域结束了自给自足的闭关自守状态,而且精神生产也是如此,各民族的精神产品成了世界共同的财富,"于是由许多种民族的和地方的文学形成了一种世界的文学"。这里说的文学是广义的,包括科学、哲学、艺术等等精神文化,因此文学艺术也成了人类共同的精神财富。但这丝毫也不意味着,民族和不同文化的文学艺术就必然要损失民族独特性,这就促使文艺学必然要认真探索各国文学艺术中普遍、特殊和个别的辩证法。

比较文艺学对于我们来说,更有现实的需要。为了发展社会主义文学艺术以及马克思主义文艺学,我们也需要比较文艺学。

社会主义文学艺术不能在废墟上发展,必须继承和发扬中国自己的优秀历史传统，同时汲取和借鉴国外的优秀的文学艺术。这就需要对中外的文学艺术进行比较研究。有比较才有鉴别，不比较就会既不知己又不知彼，既不知长又不知短，更谈不上取长补短了。更糟的是把糟粕当精华，把垃圾当珍宝，还谈什么批判继承、洋为中用？

我们要建立和发展马克思主义文艺学，必须以马克思主义作指导。马克思主义是完整的思想体系，是指导一切科学研究的根本方法。但根本方法不能代替具体方法，正如具体方法不能代替根本方法一样。比较文艺学要在马克思主义这个根本方法指导下，运用比较研究这个具体方法，进行文学艺术的比较研究。马克思主义文艺学，只有在对许多具体文学艺术现象做比较研究的基础上，才能建立和发展起来。因此，对文学艺术做比较研究，乃是建立和发展马克思主义文艺学的重要途径，是通向马克思主义文艺学的桥梁。

马克思、恩格斯一向很重视"比较"的方法，对于法、美、英国人在实践中和理论中"经常进行比较"的这一传统，给予首肯。马克思自己在评说文学艺术时，就经常运用比较的方法，例如，把莎士比亚和席勒做比较，把拜伦和雪莱做比较，把歌德的《伯利欣根》和拉萨尔的《济金根》做比较。马克思、恩格斯还曾把文艺复兴时代的三位著名艺术家做过精辟的比较："拉斐尔的艺术作品在很大程度上同当时在佛罗伦萨影响下形成的罗马繁荣有关，而列奥纳多的作品则受到佛罗伦萨的环境的影响很深，铁相的作品则受到全然不同的威尼斯的发展情况的影响很深。"①各国的文学艺术，既有共性，也有个性；有相同的方面，也有相异的方面，毛泽东在《同音乐工作者的谈话》中说得好："艺术的基本原理有其共同性，但表现形式要多样化，要有民族形式和民族风格。"只有比较才有鉴别。没有比较，怎么知道不同国家文学艺术的异同和优劣呢？既不知己，又不知彼，所谓取长补短只能成为空谈。

在中国建立和发展比较文艺学的必要，曾受到怀疑。有人以为，中国只要马克思主义文艺学，不必再有比较文艺学——那是资产阶级伪科学。其实，这完全是形而上学的武断。为什么比较文艺学注定要和马克思主义文艺学对立呢？诚然，比较文艺学可能是资产阶级的，但也可以是马克思主

---

① 中共中央马克思恩格斯列宁斯大林著作编译局：《马克思恩格斯全集》（第3卷），人民出版社1955年版，第495页。

义的，关键在于是不是以马克思主义作为根本方法。我们需要比较文艺学，用马克思主义做指导，正是为了发展和丰富马克思主义文艺学，两者应该而且可以统一起来。比较文艺学应该而且可以成为马克思主义文艺学的组成部分。

当前，需要我们探索的是：我们的比较文艺学应该并且可以进行一些什么样的研究？研究应如何切合中国的实际？

比较文艺学的研究范围十分宽广。当前的比较文学研究并不限于国别比较。可以做历史比较，把当代文学和古代文学做比较研究；也可以做艺类比较，把文学和其他艺术样式做比较研究；还可以有其他种种比较，如主题比较、形态比较、渊源比较等等。就是国别比较也有多种途径，可以重在国别文学之间的影响研究（这是法国学派所注重的），也可以不顾国别文学的相互影响而作平行研究（这是美国学派的特点）。

显然，我们的比较文艺学首先要把注意力放在国别比较，特别是中国和外国的比较。西方的比较文艺学注重西方国家之间、西方与东方国家之间的比较研究，这是理所当然的。但是，"西方中心"说、"欧洲中心"说夸大了西方、欧洲文学艺术的作用和地位，不符合马克思主义，不符合实际，为我们所不取。我国的比较文艺学要以中国为一方，同其他国家做比较研究，这也是势在必然。当然，我们也不是要立足于"东方中心"说乃至"中国中心"说。我们是要运用马克思主义对具体实际做实事求是的比较研究，得出符合实际的结论。

中西文艺的比较在以往受到了较多的注意。中西文艺的影响研究曾有许多著述。例如，德国利奇温《十八世纪中国与欧洲的文化》一书，详尽地阐述了欧洲在18世纪出现的"中国热"，研究了当时中国的戏剧、绘画、歌舞、建筑、实用艺术等，如何影响了欧洲文化。美籍华人学者叶维廉在《中国古典文学的比较研究》一书中，研究了20世纪初美、英的意象派诗人如何从中国古典诗歌中汲取"意象经营"的艺术技巧。在我国，阿英的《易卜生的作品在中国》，茅盾、赵景深分别在最近发表的《外国戏剧在中国》等文，探讨了话剧这种艺术样式如何影响了中国的戏剧。王瑶的《论鲁迅作品与外国文学的关系》、乐黛云的《尼采与中国现代文学》等都是研究西方文学对中国文学的影响的。至于研究俄国、苏联文学对中国文学的影响，著述就更多了，如冯雪峰的《鲁迅与果戈理》。这种中西文艺的影响研究无疑应该扩大和深入。中西文艺的平行研究更是大有可为，天地广阔。朱光潜《诗论》、钱钟书《谈艺录》、朱自清《新诗杂话》、李健吾的戏剧论文等都曾对中西文艺做过一些对比研究。1980年，冯至在瑞典科学院宣读的《杜甫与歌德》，对于这两位大诗人在诗与政治、诗与自然关系问题上的异和同，做了平行的对比研究。最近出现的徐朔方、张隆溪等的《汤显祖和莎士比亚》等文也都是平行比较。郭麟阁早年曾尝试把《红楼梦》和西方小说做对比研究。显然，中国小说和西方小说的比较应受到重视，这种研究将是饶有兴味的。

中国和其他东方国家的比较应该受到我们比较文艺学的特别注意。中国的文学艺术和其他东方国家的文学艺术相互影响更多更大，历史传统也更为接近。例如，古印度的文学艺术特别注重"韵""味""情"，这同中国古典文艺很相近，甚至在文艺理论上也表现出来，这就可以从创作到理论做一番比较研究。印度画论中有"六支"说，中国画论中有"六法"论。英国人勃朗在《印度绘画》中介绍说，中国"六法"论受印度"六支"说影响，金克木用历史事实否定了此说，同时阐明了"六法"论和"六支"说的异同，这种研究很有价值。中日文学的比较也很有意思，紫式部的《源氏物语》就可以同《红楼梦》《金瓶梅》等做点比较研究。

比较文艺研究当然要从作家、作品等具体现象着手，从具体、个别开始。但这并不妨碍我们及早就注意中西文艺的系统比较，做出系统概括，反过来指导个别比较。国别文艺的比较研究是要找出不同国家文艺共有的一般规律，又抓住每一国家文艺的特殊规律的。因此，比较文艺研究必然要导致中外文学艺术理论的比较以及美学理论的比较。朱光潜的《西方美学史》、钱钟书的《管锥编》及一些其他论著、伍蠡甫的《试论画中有诗》、宗白华的《美学散步》、李泽厚在《美学论集》中谈意境和创作方法的论文等等都在这方面做过一些尝试。理论的比较虽然更为困难，但十分重要，需要更加努力。

不管进行什么样的比较，都需要马克思主义的指导。马克思主义的精髓是实践唯物主义、历史唯物主义和辩证唯物主义。在最近成立（1981年初）的北京大学比较文学研究会上，吴组缃教授曾以中外古典小说的比较为例，说明比较文学研究一定要运用历史唯物主义辩证方法，才能抓住本质的特征和内在的联系；不然，研究就会流于鸡毛蒜皮，表面现象，不得要领，走向歧途。如何运用历史唯物主义来进行比较文学研究，这是我们需要在实践中不断探索的重大问题。普列汉诺夫对于法国戏剧文学、绘画的研究，梅林对莱辛的研究，卢那卡尔斯基对世界文学的研究都值得我们借鉴。

建立和发展具有中国特色的马克思主义文艺学，这是文艺研究的共同的宏伟目标。为了达到这个目标，需要集思广益，通过多种途径和方法，共同努力。为此，我们既需要研究中国古典美学和文艺学，又需要研究西方现代的文艺思潮，并且从中外文艺的比较进而做中外诗学和中外美学的比较。但是，无论是中国传统的美学和文艺学，还是西方现代的文艺思潮，对于我们来说都不过是一些理论资料或思想资料，可供建立和发展具有中国特色的马克思主义文艺学做参考，需要用马克思主义予以分析和综合。正确的原则仍然是古为今用、洋为中用。毛泽东在《同音乐工作者的谈话》中说得好："要向外国学习科学的原理。学了这些原理，要用来研究中国的东西。……自然科学、社会科学的一般道理都要学。"艺术又怎么样呢？"中国的音乐、舞蹈、绘画是有道理的，问题是讲不大出来，因为没有多研究。应该学外国的近代的东西，学了以后来研究中国的东西。"中国的和外国的，两边都要学好，"中国的和外国的要有机结合"。向古人学习是为了现在的活人，向外国人学习是为了今天的中国人。学习古代的东西是要把它变成现代的，吸收外国的东西要把它变成中国的。"鲁迅的小说，既不同于外国的，也不同于中国古代的，它是中国现代的。"文学艺术是如此，那么，我们的文艺学是不是也应该这样呢？"应该学习外国的长处，来整理中国的，创造出中国自己的、有独特的民族风格的东西。"这是马克思主义的回答。

为北京大学比较文学研究会成立而作
1981 年年初于燕园

（原载《光明日报》1981 年 2 月 25 日；后收入《文艺美学论》，华中师范大学出版社 2003 年版）

艺术的民族特色

世界各国的艺术的基本美学原理是一样的，有其共同性。但是，各国艺术的具体表现又是不同的，各有独特性。每国艺术都是这种个性与共性、独特性和共同性的统一。每个国家都以自己饶有民族特色的艺术，为世界文学宝库提供了珍品。历史悠久、丰富多彩的中国艺术具有鲜明而独特的民族特色，在世界上自辟蹊径，独树一帜。

从未接触过中国艺术的西方人，乍看到传统的中国画，也许会提出中国画为什么不创造空间形象？因为欧洲绘画创造空间形象，习惯于在画面空间上画得满满的，很少空白。看惯了欧洲绘画，用这样的眼光来看中国画，自然就无法理解。

其实，中国画创造空间形象有自己独特的方法，不同于欧洲绘画，两者异曲同工，各有千秋。中国画和欧洲绘画都要力求反映对象和环境的关系，有共同的美学原理。但是，中国画在构图上不是直接地把对象的环境画出来，而是集中笔力画出特定环境下与其他现象处于特定关系中的对象的特定神态，着力于以形写神。徐悲鸿笔下奔驰的马的背后是空白，并无背景。但从那些马的奔驰的神态上，我们却可以想象出这些马在广阔的原野上奔驰。那画面空白，就是这广阔的原野。

应该指出的是，这种着力描绘对象神态映托背景的表现方法，在中国的传统戏曲中也得到了经常的运用。中国戏曲和欧洲戏剧都要反映出人物和环境的关系，但具体表现方法却不大一样，因而创造出来的戏剧形象也就各异其趣。在欧洲戏剧舞台上，用实物造型（门窗、墙壁、林木、山水等）作为背景，占有很大空间。中国戏曲的舞台空间却很少甚至不出现实物造型的背景，但我们在看戏时，脑海里又会浮现出背景，亦即在想象中出现背景。之所以能达到这种戏剧效果，是依靠独特的戏剧表现：剧中人物的神态、表情，特别是人物的虚拟动作。例如，行舟、爬山、过桥、下楼、骑马等等，在舞台上都不必出现船、山、桥、楼、马等实物模型，而只用人物的虚拟动作映托出来。

在中国古典小说中也在经常运用这种表现方法。许多古典名著很少中止情节的发展或离开人物性格来静止地描写环境，而是着力在情节发展的动态和人物性格的神态描写中映托出周围环境。在《红楼梦》里，人物和环境的结合，达到了水乳交融的地步。它不孤立地、静止地写景，就是在集中描写初建成的大观园景色的专章中，也不是中断了情节、离开了人物，而是围绕着"试才题对额"这个情节，围绕着宝玉和贾政的性格冲突，引人入胜地展开环境描写。鲁迅很懂得中国艺术的这个民族特点，并把它吸收、融化，在自己的文学创作中做了创造性的发展。他很赞赏"中国旧戏上，没有背景"、"新年卖给孩子看的花纸上，只有主要的几个人"这样的表现方法。鲁迅当然不是一概否定写小说要描绘背景，而是说："只要觉得够将意思传给别人了，就宁可什么陪衬拖带也没有。"这并不是中国艺术家没有能力描写背景，而是中国艺术有特殊的表现方法，着意于对象的神态的描写，这样既省了笔墨，又写出了对象，正如鲁迅所说，"寥寥几笔，而神情毕肖"。

中国艺术在创造艺术形象时，着力追求"意境"——这是具有中国民族独特性的艺术形象。中国艺术不仅注重以形写神，形神兼备，而且特别追求形神与情思（或情理）的结合，在形神中完美地体现出艺术家的情思。本来，中外艺术要创造美的形式，都需要把形神和情思结合起来。但由于意象材料的不同以及结合方式的不同，造成了各国艺术中的形象的独特性。中国艺术中所追求的"意境"，同西方艺术中的形象相比，不仅"意"和"境"的比例有差别，而且"意"和"境"中各种因素的结合方式也不相同。中国艺术力求形和神、情和思的有机结合，最终达到意和境的水乳交融、天衣无缝。诗歌要创造意境，不必说了。在中国古典文学中，许多优秀的作品都力求创造意境。散文、小说以至戏剧的"诗化"趋向不仅表现为文学语言的大量运用诗的语言（散文、戏曲的韵文化，小说的诗歌化，甚至有些"话本"成了"诗话""词话"），更重要的是表现为意境的创造，所以诗意盎然。清人王国维说，好的诗词有意境，好的戏剧也有意境，"元剧最佳之处"就在于"有意境"。从古至今的优秀抒情散文不仅音调铿锵、节奏鲜明，而且情意浓重、意境深远。优秀的散文家努力在散文中"寻求诗的意境"（杨朔语），音乐、舞蹈、美术，为了要成为真正美的艺术，哪一种不要寻求意境呢？就说山水画吧，"意境是山水画的灵魂"（李可染语）。中国的古典小说，像《红楼梦》这样的长篇巨著，通体构成一个意境，而局部的描写，或场面，或情节，也都自成意境，有机地编织在整个小说意境之中。

中国艺术的民族特色是中国社会生活的特点的反映。生活土壤不同，必然会开出不同的艺术之花。

一些有眼力的外国艺术家很能抓住中国艺术的一些独特性。德国作家歌德在19世纪初期曾看过一本中国的传奇（朱光潜先生猜测是《好逑传》）。在和爱克曼谈话中说到，他从这书里可以感受到中国人在思想、感情、行为上和德国人的共同性。但歌德又说，在中国人那里，"一切都比我们这里更明朗，更纯洁，也更合乎道德。在他们那里，一切都是可以理解的，平易近人，没有强烈的情欲和飞腾动荡的诗兴"。这就是说，中国文学不仅重视道德题材，而且在描写时力求把道德评价和审美评价结合起来，重视善和美的结合。作品中的思想感情也不游离于形象之外，不露痕迹。这不正是我国艺术中一向追求的"意"与"境"偕、融成一体的"意境"吗？歌德清楚地知道：这本书并不是中国文学中的最好的，但是他要把可取之处吸收过来，甚至还想在晚年据此而写一篇长诗，可惜这个愿望未能实现。

世界各国的艺术都有独特之处。无疑，我国的艺术要得到发展，就必须借鉴别国艺术的长处。特别像电影、话剧这样的样式，是先在西方发生、发展起来的，许多表现方法我们需要借鉴。但中国艺术必须以中国自己的经验为主，别国经验对于我们终究是间接经验，必须以我们自己的直接经验为基础。鲁迅从别国艺术中学到很多宝贵的东西，融化进了他创造的东西中去，创造出了中国作风、中国气派的富有民族特色的文学作品。曹禺在自己的创作中吸取了外国戏剧的许多特长，但他的剧作却是富有民族特色的。《雷雨》的戏剧冲突尖锐惊人，但全剧构成了一个总的意境，深深感染着读者和观众。他的近作《王昭君》民族特色更浓，诗与剧结合，创造出了深远的意境，使人看到舞台上的人物，也宛如在读一首抒情诗。中国人民需要的正是吸取了别国特长而又富于自己的独特性的社会主义内容和民族形式相统一的艺术。

由此而想到，我们的艺术研究要为繁荣社会主义文艺做出贡献，就不仅必须重视总结中国艺术的经验，更要注意中外艺术经验的比较，只有在比较中才能鉴别中国的和外国的艺术独特之处和长处，然后决定择优而吸收。以戏剧表演体系为例，俄国有斯坦尼斯拉夫体系，德国有布莱希特体系，而中国就有梅兰芳体系，自成特色，各有所长。我们要发展现代戏剧，就要对不同的表演体系进行比较研究，避其所短，取其所长，不断创新。这种文学艺术的比较研究十分必要，非常急切，比较文艺学这门科学理应得到重视。

作为艺术经验的理论概括的文艺美学，自然应该汲取别国的研究成果。但是，过去的经验告诉我们，文艺美学再也不能只停留在复述艺术基本原理的水平上了。中国的文艺美学不仅要研究世界各国艺术共同的美学规律，也要研究这些共同美学规律在中国艺术中的特殊表现，更要研究中国艺术独有的特殊美学规律。中国古代文论、诗论、画论、乐论、剧论中保存有我国古代大量丰富的审美思想、艺术经验。这些不正应该用来作为我们建设和发展文艺美学的宝贵思想资料吗？洋为中用、古为今用、推陈出新的原则在文艺美学的研究中同样适用。

1979年冬于燕园

（原载《光明日报》1979年11月10日；后收入《胡经之文丛》，作家出版社2001年版）

中华文化如何走向世界

世界的经济正在走向全球化,势所必然。世界的文化是否也在全球化?对此尚有不同说法。但不管如何,世界各地之间的文化交往正在迅速拓展和扩大,因此,中华文化如何走向世界,如何为世界所了解,这种文化自觉就日益显得紧迫起来。

一、由近及远

中华文化,源远流长,连绵不绝,自强不息,博大精深。

人类历史上,世界曾出现过 26 个文明形态,但在历史发展过程中,很多有过中断,或被融化,有的甚至被历史消解。至今犹存的几种古老文化中,埃及文化就曾因亚历山大帝国占领而希腊化,继而又被恺撒帝国占领而罗马化,后又因阿拉伯人移入而伊斯兰化。印度文化曾因雅利安人入侵被雅利安化。希腊文化、罗马文化曾因日耳曼人入侵而中绝,沉睡了千年,文艺复兴才又发扬光大。古老文明中,只有中国文化历经数千年,一直持续至今而未曾中辍。

中华文化富有凝聚力、融合力和延续力,它不仅融合了各地域的文化,如湘楚文化、吴越文化、巴蜀文化等;还同化了多民族的文化,如匈奴文化、鲜卑文化、契丹文化等;更吸收了外域文化,如佛教文化的中国化,使外来佛教变为中国式的佛教——禅宗,进而又把禅宗融入宋明理学之中,成为中华文化的有机组成部分。中华文化正是在和不同文化的互动交流、相互吸收的历史过程中向先进文化的方向发展,因而具有强大的生命力。英国历史学家汤因比曾和日本社会活动家池田大作对话,谈及中华文化的巨大生命力时说道:"就中国人来说,几千年来,比世界任何民族都成功地把几亿民众,从政治、文化上团结起来。他们显示出这种在政治、文化上统一的本领,具有无与伦比的成功经验。"①

---

① 汤因比:《历史研究》,上海人民出版社 1996 年版第 110 页。

在历史上，中华文化曾是一种强势文化。梁启超把中国的历史区分为三大阶段："中国之中国""亚洲之中国""世界之中国"。在秦统一中国之前的漫长历史阶段，是中华文化在本土形成并确立的时代，而从秦立国到清代的约两千年间，中国走向亚洲，中华文化在亚洲呈强盛文化之势，并且传播到欧洲，逐渐走向世界。

中外文化的交流，因时渐进，由近及远。从汉代开始，中外文化有了第一次交汇，先是西域文化（中亚和西亚），然后是晋、唐时代的佛教文化（来自南亚）。吸收了外来文化的中华文化，在唐代发展为强势文化，开始向亚洲其他地域辐射、扩散，对日本、朝鲜、越南、泰国等亚洲国家都发生过重大影响。不少亚洲国家都是主动到中国来"取经"，吸取中华文化。唐代的日本高僧在赴唐留学归国后，向日本朝廷上奏："大唐国者，法式备定，珍国也，常须达。"日本当局极为重视，在此后200年间派出的遣唐使就达18次，到奈良王朝达于全盛，使团多达五六百人。日本著名的"大化革新"基本上是"中华化"，中华文化此时是亚洲的强势文化。后来，欧洲文化在亚洲发展为强势文化，日本经"明治维新"就转而"西洋化"，迅速走上了西方现代化的道路，但日本文化中仍然沉淀着唐代文化的遗韵。

中华文化不仅走向了亚洲，而且在16世纪还开始走向欧洲，对十七八世纪的欧洲文化发生了重大影响。但此时的中华文化不是中国主动"送去"的，而是由西方传教士顺便"带走"的。早在13世纪的元代，意大利已有儒商雅谷、马可·波罗到过中国，写下了中国游记。明朝万历年间，罗马教廷派遣耶稣会士到中国传教。罗马教廷的目的，是要教士说服中国朝廷，认识基督教的价值，允许在中国传教。但当时中国乃"远东的伟大帝国"，西方不敢轻率行事，因而采取"学术传教"的方式，带来了西方的自然科学和哲学、逻辑学、美术、音乐等，要使中国的有识之士"坦然接受"。这使得中国早期的启蒙学者如徐光启、李之藻、方以智等大开眼界，耳目一新，从而致力于中西文化的"会通"。到了清代康熙时期，也还注意"西学东渐"，通过南怀仁向西方耶稣会士致意："凡擅长天文学、光学、静力学、动力学等物质科学之耶稣会士，中国无不欢迎。"甚至，还派白晋为钦差，赴法招聘自然科学家携科技书籍来华任教，在宫廷内传播几何、代数、天文、地理、物理、乐理等科学知识。

西方教士来中国的目的是传教，但在"送来"西方文化的同时，无意中却发现了中华文化的辉煌,回国时就把中华文化也"带走"到西方,从而导致十七八世纪在欧洲掀起了一股"中国热潮"。中华文化在西方的传播,先是在意大利,继而在法国、西班牙、葡萄牙,然后扩及德国、英国,都引发了对"中国风尚"的追逐。法国国王路易十四对中国的艺术文化情有独钟,在建造宏大的凡尔赛宫时,特辟了一个瓷器馆,专门收藏从中国搜罗来的瓷器精品。宫内常举办具有东方情调的化装舞会,王公贵妇身着中国丝绸刺绣服饰,皇家乐队用中国乐器(笙、笛、锣等)参奏,伴着大家翩翩起舞。1685年,这位法国国王还特派6名教士到中国"去考察那些完美的艺术和科学",一次就带回50幅中国画。中国艺术传入法国,引发了艺术风格的重大转变:从巴洛克风格向洛可可风格的演化。

二、自盛而衰

中华文化在18世纪发展到辉煌的高峰,强势文化"中学西渐",对欧洲启蒙运动、狂飙运动起了推波助澜的作用。

西方的启蒙运动、狂飙运动,促使西方物质生产力和精神生产力向当时世界最先进的方向和水平跃进。西方的启蒙学者就在这时高度关注着中华文化。德国古典哲学的先驱者莱布尼茨在为《中国近事》所写的导言中说道:"我们从前谁也不信世界上还有比我们伦理更美满、立身处世之道更进步的民族存在,现在从东方的中国,给我们以一大觉醒。"在他看来,中国和欧洲是当时世界文明程度最高的两个地方,"有时我们超过他们,有时他们超过我们"。"欧洲文化之特长是数学的、思辨的科学……但在实践哲学方面,欧洲人实不如中国人。"法国启蒙大师伏尔泰、狄德罗都曾盛赞中华文化的伟大。伏尔泰把中国说成是"举世最优美、最古老、最广大、人口最多而治理最好的国家"。狄德罗称道:"中国民族,其历史之悠久,文化、艺术、智慧、政治、哲学的趣味,无不在所有民族之上。"为了推动启蒙运动,伏尔泰还把元杂剧《赵氏孤儿》改编成为《中国孤儿》,在法国上演,轰动欧洲。德国狂飙运动作家、美学家歌德和席勒都倾心于中华文化,对清代小说《好逑传》甚感兴趣。席勒还曾想把它改编为剧本,虽未成功,但在1802年,依据意大利作家戈齐所写的剧本,创作出了诗剧《图兰朵——中国的公主》,呼唤人的尊严和自由。

中华文化和欧洲文化在18世纪都是世界上的强势文化。中国封建王朝经历了2000年的发展，到康熙、雍正、乾隆时期达到了顶峰，无论是物质文化还是精神文化，都居于世界前列，和欧洲文化一道，堪称先进。中国当时的物质生产力，总量占世界第一，人口占世界的1/3，对外贸易也长期出超。综合国力的强盛、中华文化的博大促使中华文化成为当时的强势文化，对世界发生重大影响。但是，这个庞大的封建帝国日益走向僵化，对内拒绝改革，对外闭关锁国，落后的生产关系、政治上层建筑阻碍了生产力的发展使国力日趋下落。更加可悲的是，康熙、雍正、乾隆盛世之后，清廷故步自封，闭目塞听，却又夜郎自大，自我陶醉，对西方已经发生的历史巨变，茫然无知。

此时的西方正在经历着改天换地的历史变革，英国的产业革命、法国大革命、美国的独立战争等，风起云涌，西方国家正在向当时最先进的生产力和最先进的文化方向推进。中华文化曾经向世界贡献了四大发明，马克思对其中三项做了高度评价：火药、罗盘、印刷术——这是预兆资产阶级及社会到来的三项伟大发明，火药把骑士阶层炸得粉碎，罗盘打开了世界市场并建立了殖民地，而印刷术却变成了新教工具，并且一般说变成科学复兴手段，变成创造精神发展的必要前提的最强大推动力。中国的三大发明在西方发展为当时世界最先进的生产力，但在中国本土反而不受重视，正如法国作家雨果所说，却只"停留在胚胎状态，无声无嗅"。先进生产力使西方突飞猛进，急速发展，反过来要和中国通商。但清朝政府自雍正以后闭关自守，自恃"天朝物产丰盈，无所不有，原不借外夷货物以通有无"，拒绝通商。对西方传来的科技产品，如天文仪、地球仪、望远镜和枪炮等等，轻蔑地视之为"奇技淫巧"，只能作为"玩好"。于是，中国和西方的差距越来越大，中国由一个洋洋自得的天朝大国，急剧坠入落后被打的尴尬境地。马克思同情地把这称为"奇异的悲歌"："一个人口占人类三分之一的大帝国，不顾时势，安于现状，人为地隔绝于世并因此以天朝尽善尽美的幻想自欺。这样一个帝国注定最后在一场殊死的决斗中被打垮：在这场决斗中，陈腐世界的代表是激于道义，而最现代的社会代表却是为了获得贱买贵卖的特权——这真是一种任何人想也不敢想的奇异的对联式的悲剧。"①

---

① 中共中央马克思恩格斯列宁斯大林著作编译局：《马克思恩格斯选集》（第2卷），人民出版社1972年版，第26页。

西方的洋枪洋炮强行打开了中国封闭的大门。鸦片战争之后，中国的国力一蹶不振，洋货洋物也破门而入。随之而来的是更大的历史嘲讽，过去的中华文化是强势文化，西方的牧师、教士不远万里来这天朝大国传教的同时，"带去"了中华文化。如今，中国的先知先觉长途跋涉，不辞劳苦地走向西方，如鲁迅所说，"别求新声于异邦"，为了摆脱贫困落后而去西方寻找强国富民之方，中华文化很快降为弱势文化。在以前，中国是"输出文化"占优势；而此后，则是"输入文化"占优势。

三、振兴中华

20世纪80年代以来，经过20年的开放改革，如今，中华文化又在重返国际舞台，中外文化交流正在不断拓展和扩大。经济的全球化必然会推进文化的全球化，但文化的全球化却并不必然消解民族化。就文化而言，全球化和民族化本应相辅相成，相互补足，相互沟通。和而不同应是一种张力的动态平衡关系。但严酷的事实是，作为强势的西方文化，凭借强大的经济实力和先进的传播媒介，可以畅通无阻地向世界各个角落扩散；而弱势文化若想对外传播，却寸步难行，困难重重。改革开放以来，走出国门去学习西方文化的人越来越多，拿来主义空前高涨，这当然是好事。不从西方文化中吸取营养，后发国家如何去实现现代化呢？不了解西方已从现代走向后现代，我们又如何及早发现西方现代文化中的弊病而避免走弯路以便做跨越式发展呢？因此，我们还是要与时俱进，不断关注西方的新发展，还需继续"拿来"我们有用的东西。但是，相对于从西方"拿来"而言，我们把中华文化"送去"西方的却要少得多。西方对中华文化的了解，要比我们对西方文化的了解要少得可怜。这种弱势文化和强势文化的交流处在"逆差"之中，而且"落差"甚大。

面向当下现实，我们既不能妄自菲薄，自暴自弃，也不能妄自尊大，故步自封，而应自强不息，发奋图强，振兴中华文化，在继续"拿来"域外文化的同时，也要主动向域外"送去"中华文化。中华文化和西方文化应有对话和交流。有道是"风水轮流转"，新世纪是否就会是东方文化的天下？我却并不以为然。"三十年河东三十年河西"之说可能只是一厢情愿。但我却赞同季羡林先生所说的，"既然西方人不肯来拿，我们自己只好送去了"。但这并非要强加于人，而是如他所言，"把中华民族中的精华分送世界各国人民，使全世界共此凉热"。西方已经历了现代化而走向了后现代，正在反思现代化所带来的种种弊病，人和物、人和人、人和自然的种种异化日益暴露。社会矛盾的解决当然只能靠西方人自己去实践，但中华文化的一些重要精神，包括天人和合、以民为本、修身养性、自强不息等，不也可以成为西方文化发展的一个参照系吗？

  但是，如何将中华文化向域外"送去"，却实在不易，就连季羡林先生这样学贯中西的学术大师也承认："把中国文化介绍出去，是十分困难的一件事。"这首先因为中国的语言、文字很难为西方人学得。美国著名美学家布洛克曾编选过一本介绍中国当代美学的书在美国出版，要我把我的《论艺术形象》请人翻译成英文给他。我请一位友人英文教授帮忙，他虽然完成了此事，但坦率地告诉我，这是件吃力而不讨好的事，若遇上古典诗词的引语，就更加困难。所以，中国学人很少愿做中翻英的工作。而在语言文字的背后，还有更大的障碍："在历史上长期的环境影响下，我们中国人的思维模式和思维内容，都与西方迥异。想介绍中国文化让外国人能懂，实在是一个异常艰难的任务。"①

  为了使中华文化走向世界，中华学人不能知难而退。当务之急是要让西方对中华文化有更多的了解，这就要对中华文化做全面的整理。我们的古籍整理和古迹挖掘还需要不断继续。但中华文化若要让世界所了解，还需要做更多工作。在整理文化的基础上，我们还需要进而做精选，把中华文化的精粹挑选出来，一是向国人普及，一是向域外送出，这就需要有精当的翻译。不仅是古代汉语要转译为现代汉语，更难的是把古代汉语转译为外国文字。我以为，当前应更多出版英汉对照的精粹文本，向域外送去。最近中华书局推出了一个宏大规划，将精选一套中华传统文化名著100种，译成英文，向世界传播，实为值得称道之举。向域外直接展示中华文化的精粹之外，紧跟而上的还要有当代中华学人对中华文化的现代阐释，通过对古籍、古迹的现代阐释，不仅让世界了解中华文化的历史含义，更要进而认识中华文化的当代价值。当然，我们也不是要把中华学人的现代阐释强加于人，域外学人也会对中华文化做出自己的阐释。但这正好可以通过中外交流，相互切磋，达致视界融合，为世界所了解。

  近数年间，特别是跨入新世纪以来，中国向西方送去中华文化的力度

----

① 以上所引季羡林语，见《东学西渐丛书》序。

正在加大，而且取得了颇佳的效果。中华乐曲已数度走上金色大厅舞台，经过提高加工了的民间艺术，如王洛宾改编的西北民歌、华彦钧的《二泉映月》、经过现代阐释的《春江花月夜》等古典乐曲以及从传统京戏、地方戏提炼出来的精粹正在走向西方。随着中国的综合国力的日益壮大，贸易的不断扩大，世界将有更多国家要了解中国，因此中华文化的走向世界是必然趋势。

只是，中华文化走向世界并非要在世上自我称雄，主宰别人，而只是要对世界的文化创造做出自己应有的贡献。对此，学贯中西的美学老人宗白华在数十年前就说过一番至今仍能引人深思的话："将来世界新文化，一定是融合两种文化优点而加以新的创造的。这融合东西方的事业，以中国人做最相宜，因为中国人吸收西方文化，以融合东方，比之欧洲人来采撷东方文化，以融合西方，较为容易，以中国文字语言艰难的缘故。中国人天资本极聪颖，中国学者，心胸思想，本极宏大，若再养成积极创造的精神，不流入消极悲观，一定有伟大的将来，于世界文化上一定有绝大的贡献。"① 这并不意味着西方学人就不会吸收中华文化而创造出世界新文化，经历了现代化而走向后现代的西方学人已有不少在关注中国前现代的中华文化，将来也许会有更多人进而关注现代中华文化。但是，中华学人更应自力更生，自强不息，大胆拿来，主动送去。中华文化在盛唐时的光辉灿烂，就是"拿来""送去"互动而又加以创新的结果，正如鲁迅所说："那时我们的祖先对于自己的文化抱有极坚强的根据，绝不轻易动摇他们的自信心，同时对于别系文化抱有极恢廓的胸襟与极精严的抉择，决不轻易地崇拜或轻易唾弃。"② 所以，我以为，中华文化若要走向世界，为世界做新的贡献，就必须"拿来""送去"多互动，融合中外铸新范。

为中华书局成立90周年而作
2002年初夏于深大新村

（原载《美的追寻——胡经之学术生涯》，北京大学出版社2003年版；后收入中华书局成立90周年的纪念文集）

---

① 宗白华：《宗白华全集》（第8卷），安徽人民出版社2001年版，第102页。
② 孙伏园：《鲁迅先生二三事》，作家出版社1953年版，第36、37页。

附录

文艺美学应时进
——专访著名文艺美学家胡经之先生

李诗男[①]

李诗男（简称"李"）：胡先生，您好！我受《中国文艺评论》杂志之约专访您，想请您谈谈您的学术生涯及文艺美学、文化美学研究的相关问题。《中国文艺评论》刚刚创刊，是中国文联文艺评论中心、中国文艺评论家协会主办的刊物，特开"名家专访"一栏，希望得到您的支持。

胡经之（简称"胡"）：《中国文艺评论》的创刊，为中国的文艺理论批评增添了一个重要的发布阵地。祝愿它能早日成为文艺评论领域的权威期刊。中国文艺评论家协会去年成立，今年就创办了《中国文艺评论》，令人高兴！深圳已在1995年就成立了深圳市文艺评论家协会，我是首任主席，至今已经20年。我盼望刊物能对深圳的文艺批评多加关注。

李：深圳重创新，起着引领作用，文艺评论起步早。我想问的第一个问题是：您是怎样走进文艺学、美学研究领域的？您的引路人有哪些？

胡：这个话题说起来比较长，只能长话短说。我从小就受到江南水乡吴文化的熏陶，江南的自然风光深深吸引着我，竹林、池塘、山丘、小溪、太湖、阳澄湖、邓尉山、苏州园林、寒山寺等，都令我着迷，常常流连其中。我父亲是一个小学教师，在苏州小学和无锡师范受过美育熏陶，会拉二胡、吹箫笛、画画。小的时候，吃过晚饭，洗完澡，躺在木条凳上，听父亲拉一曲二胡、吹一曲箫笛，真是一种享受！那时，民间说唱非常盛行，那是大众喜爱的娱乐方式。特别是每年春节之后，唱春的民间艺人纷至沓来，各种优美的江南小调如丝竹、评弹等都令我沉醉。那时，蔡元培倡导推行美育已经初见成效，江浙一带得风气之先，做得最好。我初小读的是苏州的美国教会学校，参加了学校组织的唱诗班，学唱了不少歌

---

① 李诗男：香港大学中文学院博士生。

曲。等到上高小的时候，父亲把我送到了无锡的梅村高小，遇到了我的语文老师陈友梅先生。陈先生对古代诗文的分析堪称一绝，在他的影响之下，我爱上了中国古代文学。在中华中学读书的时候，又遇到了我的另一位老师何阡陌先生，何先生擅长中国现代文学与艺术的分析，受他的影响，我又喜欢上现代文学。为了培养我美的感受能力，何先生专门买了朱光潜的《谈美》送给我。早先的时候，父亲就曾经给我买了他的《给青年的十二封信》，所以，朱光潜的名字我老早就知道。那时，中华中学聚集一批躲避战乱的音乐家和美术家，在他们的熏陶下我喜欢上了艺术。等到我进入无锡师范读书时，文学艺术课程的开设就更加丰富多彩了。在那里，我学会了弹风琴和钢琴。陈友梅先生也调到了师范任教，又成为我的文学课老师，他还特意买来朱光潜的《诗论》送给我，并引导我阅读这样的美学著作。陈先生、何先生都是当地的名流，不要以为他们是中小学老师，水平不会太高，那时的中小学老师有的学问非常大，钱穆就是从无锡的中小学老师队伍中走出来的国学大师，他没上过大学，自学成才。我父亲和陈友梅先生都是他教过的学生。我对文学艺术的喜爱与我的中小学老师的熏陶有直接关系。这些，是我走进文艺学、美学研究的初步动因。

1952年，我考取北京大学中文系。我带着杨晦的《文艺与社会》、朱光潜的《诗论》和周扬编的《马克思主义与文艺》三本书来到了北京。第一学期，杨晦先生给我们上文学概论课，后来又结识了朱光潜先生和宗白华先生，渐渐地，我便有了一个明确的目标，研究文艺理论与美学。可以说，我走上文艺学、美学研究之路，一是发自内心的热爱，二是遇到了好的引路人。杨晦、朱光潜、宗白华都是我的老师，他们的鼓励是直接的动因。

李：他们都是中国现代文艺学、美学领域中的泰斗级人物，能遇到他们确实是您的幸运。我了解到，朱光潜先生是西语系教授，后来才借调到哲学系美学教研室，宗白华先生是哲学系教授，他们都不是中文系的老师。您是怎么结识他们的？

胡：我进入北大的时候，朱光潜在西语系做英文翻译，正处在落难的时候，被作为思想改造运动的典型。听了杨晦先生一学期的课，我把目光集中在中国现代美学领域。那时，北大虽然聚集了朱光潜、宗白华、蔡仪等一大批美学家，但是，却没有开设任何一门美学课，我只好自学。我先是向杨先生请教，研习现代美学应该从何处着手。杨先生让我先读蔡元培,再读梁启超,近一点的可以读读蔡仪。我打听到朱光潜先生的住处,1952年临近岁尾,我就来到校医院后面的佟府,敲开了朱先生家的门。那是一个低矮、阴暗、潮湿的地方。朱先生比杨先生只大2岁,看上去要比杨先生老得多。他头发花白,背有些微驼,嘴里叼着烟斗。他一边请我坐下,一边问我有什么事。我开门见山地告诉他,我对美学有兴趣,向他请教该读些什么书。朱先生略微沉思一下说,他最初阅读美学是从王国维开始的,建议我不妨也从王国维的美学著作读起,然后,读读吕澂、宗白华。他说,宗白华先生就在北大,可以去找找他。我由此而结识了朱先生,此后,我每年新年都会去拜望他。

朱先生新中国成立前就是著名教授,可那时却享受七级教授的待遇,因此,他住不了一级教授入住的燕东园和燕南园,只能住在佟府一所破旧的老宅里。好在后来副校长江隆基极力为他争取,一直到1956年才恢复一级教授待遇,最终迁入燕东园27号,燕京大学原校长陆志韦住过的楼上。我在1960年也迁入了燕东园,就住在他的楼下,成了多年邻居。

我与宗白华先生相识有一段传奇般的经历。1953年春节之前,我患了阑尾炎,做了切除手术,学校安排我住在均斋疗养。当时,鲁迅先生的儿子周海婴因患胃出血也住在均斋疗养。从此,我和海婴相识并成为非常要好的朋友。每天傍晚,我们都会结伴到未名湖畔散步,常常遇见一个头戴罗宋帽和棉手套的人。有一次,我主动向前和他搭话,问他贵姓,他说他叫宗白华。我非常兴奋,忙说,宗先生,我正要找您。原来,宗先生刚从南京的中央大学(现南京大学)调来,还没分到家属宿舍,暂时住在均斋旁边的体斋。从此以后,我们便结下了深厚的师生情缘。

李:这真是一个传奇故事!当然,也是中国当代美学的故事。据我所知,在您将近毕业之际,学校让您提前毕业,推荐您到中国人民大学马克思主义研究班学习,将来从事高校的思想政治工作,说不定您后来会成为大学的党委书记或校长,可您半途而废,费了一番周折,又重新回到北京大学,跟随杨晦先生去读副博士研究生。还是为了文艺学、美学吗?

胡:(大笑)确实是。读书不为稻粱谋,我那时还没想这么多。1955年年底前一天,北京大学人事处突然来人找我谈话,要我提前毕业,去中国人民大学的马克思主义研究班学习。我当时一头雾水,没有任何心理准备。人事处告诉我,这是周恩来总理批准开办的,抽调的大都是北京大学、复旦大学等名校的优秀的应届毕业生。那时,我们这辈人的信念是听从党的召唤，服从党的分配，我二话没说，就去人民大学报到了。到了之后，我才发现，抽调来的大多数是青年教师，应届毕业生很少。研究班开设的课程不多，只有哲学、中国革命史两门课程，大部分时间是自学，经常组织学员去参观、考察。两三个月下来，我感觉越来越不适应，因为我喜欢思考的仍是文艺理论、美学问题。1956年春天，我看到了政务院发布的一个公告，国家准备在北大、复旦等校实行副博士研究生制度，招收副博士研究生，那是仿效苏联的学制。不久，北大公布了副博士研究生的招生目录，杨晦、钱学熙两位招收文艺学专业副博士研究生。我立即跑到北大，找到杨晦先生，向他表露了心迹。杨先生爽快地答允我回北大读研，人民大学也同意了，但高教部却迟迟不做决定。没有别的办法，我想起了同乡严慰冰。严慰冰是陆定一的夫人，也是我的老师陈友梅的学生，当时在北大任教。严大姐得知我的情况之后，就和高教部部长杨秀峰打招呼，说我要求攻读副博士研究生也是国家需要。经过一番周折，我终于如愿以偿地回到了北京大学攻读副博士研究生。

李：在您副博士研究生学习阶段的50年代末，是新中国历史上非常重要的阶段，您都经历过哪些对您后来影响深远的事件？

胡：我1952年进入北大，正处马寅初、江隆基执掌北大的岁月，是北大最辉煌的时期。此后，我又开始了副博士研究生的学习生活。自反右斗争开始，我国渐渐走上对内以阶级斗争为纲、对外封闭自守的道路，我也受过极右思潮的影响，在实践中不断吸取经验教训，摸索着走自己的学术之路。1958年，全国开展了轰轰烈烈的"大跃进运动"，北大积极响应，要求教学、科研全面大跃进，力争三年把北大建成共产主义大学。我没有直接参加"拔白旗，插红旗"的行动，却在杨晦先生的引导下，一脚跨进文艺界的门槛，参与了革命现实主义和革命浪漫主义相结合的讨论，而在此之前，我是沉迷于古典之中的，研读的是中国古代的文艺理论、美学。这年秋天，应《文艺报》之邀，我和老师杨晦参加了文艺界的一个座谈会，座谈的就是两结合问题。会上，我和杨先生都发了言，后来都在《文艺报》上刊登出来。此后，一发不可收拾，在《文学评论》上发表了《理想与现实在文学中的辩证结合》等文章，在全国产生了一定的影响。为推进全民读书运动，上海文艺出版社约我写了一本小册子《谈谈〈野火春风斗古城〉》，一下子就印了10万册。也就在1958年，我和李希凡、李泽厚以及我的同门师兄严家炎、王世德都被张光年、侯金镜聘为《文艺报》特约评论员。对我影响较大的是 1958 年秋天周扬在北大开设"建设马克思主义美学"讲座，学校非常重视，我被任命为讲座的助教，负责与周扬沟通。当时，参加讲座的是从中文、俄语、东语、西语等系高年级抽调的学生。周扬除了自己开讲以外，还带来邵荃麟、何其芳、林默涵、张光年，都是当时文艺界的领军人物。周扬讲了两次，第一次开讲，就畅谈要"建设马克思主义美学"。还有一次是"文学与政治"。周扬开讲时，北大党委副书记、哲学家冯定主持，杨晦、冯至、曹靖华、季羡林、朱光潜、宗白华、蔡仪都来听。为了讲座的事，我曾经到周扬的沙滩北街寓所，听他畅谈如何建设马克思主义美学。周扬说，中国要建设马克思主义美学必须面对两个传统，一是新文化传统，二是古文化传统。新文化传统是在吸收西方文化批判中国旧文化的过程中形成的传统，只是对旧文化否定过多，吸收还不够，因此，建设马克思主义美学，必须对这两个传统重新研究。可以说，这也是我从文艺界重回书斋研究文艺学、美学问题的重要原因。后来，我的副博士毕业论文选题《为何古典作品至今还有艺术魅力》就是受周扬的启发，想接着马克思之所问，结合中国文学发展的实际，做些探索。我是在从事了文艺批评之后才潜心美学，想探究一下文艺批评的美学标准。

李：由此，您开始思考文艺美学问题，最终，提出发展文艺美学，开拓出文艺美学新学科。在"文革"结束不久，您就提出发展文艺美学新学科的构想。您为什么会在"文革"结束不久提出，不怕再出现政治运动会冲击到您吗？

胡：我写副博士毕业论文时，就是想把我阅读的不少中外名作的实际体验从理论上做个归纳。那些古典名作之所以吸引人，就是因为其中蕴含着真、善、美，真、善、美是文学艺术的一个永恒的话题。为什么古典作品至今具有艺术魅力？一是因为古典作品表现了真、善、美，二是这些真、善、美激起今天人们相应、一致的情感，获得审美享受。优秀的古典作家虽然生活在古代，有阶级局限性，但在实践生活中具有真切的感受和体会，他们的生活体验、人生感悟，对今天有价值，能给我们美的享受。这确实是从美学的角度思考文学问题。我当时还没想到要倡导什么文艺美学，后来回想一下，这篇文章对我的思想发展确实很重要。当时，文艺界流行的说法是，文学艺术之所以吸引人是因为形象。我觉得，形象还只是表层，应进入深层。形象的意蕴既有真、善、美，又有假、恶、丑。古典名作的吸引人之处正在于深层的真、善、美。美学就应该探索作品的深层意蕴。

改革开放使我精神振奋，激发了学术研究的积极性。1978年，我在北大图书馆读到了一本《文艺美学》，是台湾学者王梦鸥写的，一下子又点燃了我的美学激情。那时，北大也鼓励老师创新，在我脑海里始终徘徊着文艺美学，我就思量着将文艺美学发展成为一个学科。王梦鸥的"文艺美学"只谈文学，不谈其他艺术，也没有对这个概念进行阐释，更没有将它发展为一个学科的想法，我感觉这个名称很好，正可以把一向分离的文艺学、美学融为一体。针对中国当下文艺学、美学的实际状况，文艺学太功利化，美学不仅功利而且抽象，何不将两者结合起来，发展为一个新的学科？可是，我当时孤陋寡闻，没有看到李长之先生的著作。其实，"文艺美学"这个名称早在20世纪三四十年代就已经出现了。因为李长之50年代被打成右派，他的书被打入冷宫，我没有读到。李长之明确说，文艺美学就是德国人所说的文艺体系学，应把文学和其他艺术放在一起做系统研究，只是他还没来得及进一步阐发。我2004年才读到李长之的《苦雾集》。1980年，在昆明召开的中华全国美学学会成立大会上，我提出，高等学校的文学艺术系科不应停留在抽象的美学教学，应发展文艺美学。这一建议立刻得到很多学者的响应，朱光潜、伍蠡甫、蒋孔阳等先生都支持我的这一想法，给我诸多鼓励。其实，我只是重提文艺美学，倡导成为学科而已。

我之所以敢于提出发展文艺美学的建议，是因为当时的政治形势完全变了。文艺和政治不可能没有联系。但邓小平已明确，以后就不提文艺为政治服务了。在那种形势之下，还有什么可担心的呢？

李：今天，文艺美学作为一个学科已经成为事实。很多高校和科研院所招收硕士、博士研究生，研究方向都设有文艺美学，国家社科基金项目、教育部哲学社会科学研究项目的申报列表中所罗列的学科分类都有文艺美学。文艺美学的提出是极"左"思潮还没有完全消退的时代。您倡导审美的主导性，以美学的标准来研究评价文学艺术，开拓出文艺美学，极大改善了中国现代文艺学、美学的生态。我想问的是，您个人认为文艺美学的独特之处表现在哪些方面？它与当时流行的文学理论、美学有什么区别？

胡：我提倡发展文艺美学，一方面缘于我长期的思考，不满足于只从社会学、政治学的视角去研究文学艺术；另一方面确实符合了当时拨乱反正的思想解放形势，希望能真正还学术研究以自由。20世纪60年代初，我曾经参与蔡仪主编的《文学概论》的编写，那是在周扬的直接干预下编写的一部高校教材，是周扬、蔡仪文学理论思想调和的产物。我本人对这本教材也不满意。在以阶级斗争为纲的时代，突出的是文艺为政治服务。文学理论着重讲的是文学的阶级性、党性，研究文学如何为政治服务。这种学术研究的道路是非常狭窄的，学术研究根本无法向纵深处拓展，因此，我提出开拓文艺美学，目的是拓宽学术之路，深入到文学艺术的审美维度研究，探索在艺术创造中如何体现真、善、美的价值意向。

文艺美学就是要打破时下文艺理论、美学的条条框框，力求把文艺理论（诗学）与美学融合在一起，将文艺理论（诗学）与美学统一到人的诗思根基和人的感性生成上，透过艺术创造、作品、阐释这一活动系统去看人自身审美体验的深拓和心灵境界的超越。要说独特性，我想大致有以下几个方面：第一个方面，揭示艺术活动系统的奥秘。艺术活动是人类的一种特殊活动，有许多奥秘等待我们去揭示。它的特殊性就在于能以一种独立之思去唤醒人的灵魂，以超越的视野去寻找本真的自我，以对本体价值的追求去观照人类的现实处境。因此，艺术活动是人的本真的生命活动，是一种寻觅生命之根和生活世界意义的活动，是一种人类寻求心灵对话与灵魂敞亮的活动。第二个方面，把握多层次的美的规律。我非常重视对审美规律的研究。文学艺术创造要以审美活动为基础。相对于整个审美活动来说，文学艺术审美是独特的。文学艺术至少有三个层次的审美规律。第一个层次：与一切审美活动共有的规律。人类的审美活动极为广阔，遍及社会生活的各个领域。所有的审美活动都具有共同性，必须遵循共同的审美规律。第二个层次：区别于其他审美活动而独具的审美规律。文学艺术不同于其他审美活动，它是特殊的上层建筑、意识形态，不仅传达人类已有的审美经验，而且还要把自己的审美体验结晶为一个新的艺术世界，为人类提供一种新的审美经验，推动人类由"必然王国"向"自由王国"迈进。第三个层次：不同样式、种类、体裁的文学艺术相互区别、更为特殊的个别规律。文学艺术的体裁、样式繁多，每一种体裁、样式都有自己的审美特性和审美规律，相对于整个审美活动和文学艺术来说，它们的特性、规律更为特殊、个别。第三个方面，发掘艺术生命的底蕴。文学艺术活动是一种创造活动，它表现真理，展现人的灵魂生命的运动旅程，使真理敞亮，灵魂敞亮。因此，作家、艺术家必须把自己的生命全部投入到这一创造活动之中，通过诗与思的转化，使自己的本真存在在语言中进入敞亮，获得生命的价值与意义。第四个方面，探讨文学艺术创作和批评的方法。既然文艺美学以文学艺术活动系统为中心，它当然要研究文学艺术的创作理论和批评理论。它对创作和批评的考察着重的是审美价值，思考怎样才能创作出美的作品，怎样进行文学批评和接受才能获得审美享受。进入20世纪以来，关于文学艺术的创作和批评理论非常兴盛，对文学艺术的创作和批评也进入了更为科学的阶段，从创作中的直觉主义、精神分析到文本中的俄国形式主义、新批评、结构主义，再到审美批评和接受中的接受美学和读者反映批评，有许多值得我们认真研究和思考的内容。研究总结这些方法，更有利于一些新的、更科学的方法的形成，完善文学艺术的创作和批评理论。

李： 最近，您的文集已经由深圳海天出版社出版，5大卷共300多万字，广泛涉及文艺美学、文化美学、中国古典文艺学、比较文艺学等领域，您一生的学术心血终于整体面世。在北大召开的《胡经之文集》座谈会上，杜书瀛先生提出，人文社会科学学科倘若提出一个新的观点就相当于科学技术的一项重要发明，如果能构建一个新的学科，就相当于科学技术领域的重大创新了。张法先生说，当今世界，如果西方人要想弄清楚文艺美学的相关问题，必须向中国人请教，因为文艺美学是中国的创新。这是在高度评价您对文艺美学学科的开拓之功。这说明，文艺美学学科的创立在当代学术史上非常重要。近些年来，反思、检讨文艺美学学科的文章不少，甚至还出现了专著，如曾繁仁主编的《中国文艺美学学术史》、魏饴等著的《中国文艺美学教学发展论纲》，但是，从学术史或思想史层面探讨文艺美学学科创设意义的研究文章确实不多。我想听听您老的看法。

胡： 文艺美学学科的发展不是我一个人的功劳，我只不过是最早提出了倡导。1980年，我提出发展文艺美学，当年就在北大开设了文艺美学一课；1981年便在北大新设了文艺美学专业方向，招收了研究生。后来，我和叶朗、江溶等又为北京大学出版社组编了"北京大学文艺美学丛书"。这套丛书对文艺美学学科的发展影响很大。近来，有人提出从学术史或思想史层面来研究文艺美学学科创设的意义，我感到这是一个有意思的话题。我想，可以围绕两个层面反思：一是思考如何建立属于我们自己的、具有民族特色的现代文艺学、美学的话语系统；二是反思如何实现学术自由。长期以来，我们的文艺学、美学研究老是跟着别人跑，咀嚼别人吃过的东西，要么向苏联一边倒，要么又要向全盘西化，这不应是中国文艺学、美学应有的状态。我们应该有自己的创新，要建立我们自己的、有民族特色的文艺学、美学，方能立于世界文化之林。这才是学术研究的常态。文艺美学只是一种尝试。新中国成立以来的学术研究给我们留下了太多的教训，这些教训是我们今天从事学术研究必须记取的。由于政治的强力干预，学术研究无法向纵深处拓展，我们今天之所以没有建成属于我们自己的、具有民族特色的文艺学、美学，就是因为缺乏学术自由。在世界的学术背景下，我们无法与西方对话，因为话题都是西方设定的，我们只有跟着别人说的份。我提出发展文艺美学，就是试图构建我们自己的文学理论、美学的话语系统。学术自由是一个非常学理化的问题，确实是思想史的一个重要命题。从中国文化的发展历史来看，大凡学术繁荣的时代，都有一个思想宽松的背景，如魏晋南北朝、宋代。当今，学界经常会提起陈寅恪先生为王国维写的那个著名的碑铭，其中提倡的"独立之精神""自由之思想"被视为学术研究的生命，这不正验证了学术自由的重要性吗？今天，大家仍要花精力来探讨这个问题，对推动学术研究有非同寻常的意义。在我看来，真正的学术研究开展应该具备宽松的环境，要给学者们以动力，不要设定太多的禁锢，切实履行"百花齐放，百家争鸣"，鼓励学者们为真理献身。只有这样，才能推动学术的发展。

李：胡先生，我读过您的《文艺美学》和《文艺美学及其他》等相关文章，您对文艺美学的学科定位有比较清晰的认识。在您看来，文艺美学是关于文学艺术的美学，它的研究对象是文学艺术。您还就文艺美学与文艺学、美学的关系进行了完整地论述，认为文艺美学既可归入文艺学，又可归入美学。于是，有学者就提出自己的疑问，特别是有些西方学者如杜书瀛先生曾经采访过的苏联学者鲍列夫，认为文艺美学不成立。您是怎么想的？

胡：学术问题应该"百花齐放，百家争鸣"。我希望对这个问题的讨论继续下去。依我之见，学科的发展，既和民族的历史传统相关，又和时代的现实需要有关。我当时倡导文艺美学，是有感于文学艺术迫切需要美学，美学也应面向艺术实践，和文艺学相融合。20世纪50年代，由陆定一、周扬等支持的那场美学大讨论，确实比那场《红楼梦》批判更具学术气息。我几乎看了所有参与讨论的美学文章,我感到最大的缺失是停留在抽象的议论,大谈美是主观的还是客观的,抑或是主客观的统一,没有进入美学本应有的价值层次。其实,美既可在物,又可在人,更可在精神,物、人、心都可能美,美既可在人的创造物,又可在自然,也可在内心意象。但是,自然、实践、意象都美吗?不见得。美学当然要研究感性现象,但并不只停留在事实确认的层面,而必须穿越这个层次,进入价值层次。美学不能停留在认识论,而要进入价值论。美是一种价值,美学应该探索美这种价值如何区别于其他价值。不同的现象,天地自然之象,人文创造之象,人心营构之象等具有不同的审美价值,美学就应采取自上而下和自下而上相结合的方法,探究不同现象的审美价值。当时,我最钦佩宗白华先生在1957年写的《美从何处寻》这篇文章。此文开头引用了一首古诗:"尽日寻春不见春,芒鞋踏遍陇头云。归来笑拈梅花嗅,春在枝头已十分。"由分析诗入手,进而区别了两种不同的美:"诗和春都是美的化身,一是艺术的美,一是自然的美。"他对艺术所创造的意象世界中的美和现实世界中的美做了区分,指出了现实中的美要靠人的心灵去感受。但是,"你的心可以发现美的对象(人生的、社会的、自然的),这'美'对于你是客观的存在,不以你的意志为转移"。但艺术并非自然,而是人的创造,就不同于现实中的美。美学就应对文学艺术做深入而全面的探索,自上而下,和艺术实践相结合。前代已经有人开始这样做了,黑格尔就把自己的美学称作美的艺术之哲学,朱光潜把自己的美学命名为文艺心理学。我不过是在新时期想把文艺美学作为一个独立的学科来建设,以适应艺术院校和文学系科的教学之需要。

  文艺美学发展到今天,我希望能够和文艺评论紧密结合。今后,文艺美学或艺术美学能否作为学科来建设,还是要看是否符合时代需要。我高兴地看到,当今,艺术学正在大发展,建设艺术美学或文艺美学,应是发展艺术学的题中应有之意。

  李:非常好!这样,我就深刻地理解您开拓文艺美学的意义了。所以,您在提出发展文艺美学之后,却在花大力气研究西方的文艺理论、美学和中国古典文艺学,出版了相关著作。据我所知,《西方二十世纪文论史》出版较早,是在1988年;而《中国古典文艺学》却出版于2006年,您的这些行为,是否认为文艺美学还在行走的路上,应该不断完善?

  胡:这个问题问得好!任何一门学科的建构都不可能一下子、短时间完成，都要经过长期的研究充实、完善。美学这个学科的创立，从德国美学家鲍姆嘉通算起，至今已经200多年了，不还是问题重重？我深知文艺美学需要不断发展、完善，这个工作不可能短时间、由少数人来完成，但是，我必须尽菲薄之力，在有生之年能做多少做多少，力争做得好一些。在改革开放之初，我提倡发展文艺美学，必须吸收中西文艺理论、美学的优秀成果、理论精华，因此，我必须不断学习。20世纪80年代初，为了教学需要，国内几所高校的外国文论老师商定编写一本西方文论教材，推举我做主编。那时，我已经来深圳大学，利用深圳的便利，我往来于香港与深圳之间，到香港大学、香港中文大学去查找资料。接着又与张首映合作完成了《西方二十世纪文论史》，这是受国家教委委托编写的一部教材。在这一过程中，我从西方文论、美学中获得了很多启示，不少内容写进了《文艺美学》。中国古代文艺理论、美学资料的获得相对容易，我在跟随杨晦先生读研究生时，主攻的就是中国古代文艺思想，读了大量的古代典籍，搜集了一些资料，但是，中国古代文艺理论、美学浩如烟海，要从中寻找一些有价值的东西，并且准确阐释，是一项艰难的工作。发展文艺美学，绝对不能抛弃古典，必须从古典中汲取精华，继承和发扬中华美学精神，这样才能真正建立起属于中国的文艺美学。我的博士生李健教授擅长中国古典文艺学的研究，他在内地的一所高校教书多年，有较为深入的思考。他入学之后，我就交给他一个任务，重新整理我与一川、陈伟、丁涛、岳川编的《中国古典美学丛编》，重置体例，补充材料，然后，构思写出一部《中国古典文艺学》。经过5年的努力，编出了120万字的《中国古典文艺学丛编》，在此基础上完成了50万字的《中国古典文艺学》，2006年，这部著作得以出版。我研究西方文论、中国古典文艺学，都是想以此作为思想资料，洋为中用，古为今用，就是要完善、充实文艺美学。文艺美学一直会在行走的路上，需要大家齐心协力，不断完善。

李：可是，您在2002年又提出走向文化美学。我注意到，国内的文化研究兴盛于21世纪初，学界对这个问题的讨论非常热闹，文化研究几成显学。而您在20世纪90年代就已经关注文化问题，最终写出一篇文章《走向文化美学》。文化美学与文艺美学有什么关联？

胡：这是我从北大到深圳来之后的一个收获，有感而发。我在北大30多年，实现了"读万卷书"的美梦；改革开放之初，我来到了特区，实现了"行万里路"的美梦。我由近及远，先从港澳台走向东南亚，再到欧美好多地方,接触到正在兴起的审美文化、大众文化。20世纪90年代,大众文化开始在中国崛起。可在港台,大众文化早就流行了。我在听过邓丽君、奚秀兰、蔡琴等人的演唱后却产生一种审美的震惊,想不到,歌曲还可以这样唱,很好听。演唱的内容有庄有谐,无非是表达友情、爱情、日常生活之类,声音质朴、自然,而且带有一定的表演性,完全不像内地歌唱家的演唱,一本正经、古板、刻意、神情严肃,都是些庄严的主题。后来,我又读了一些港台的文学作品,如武侠小说、言情小说、财经小说等,这些都是通俗作品,有的喜欢,有的却引不起我的兴趣(如金庸的武侠小说)。如何认识这种现象?我思索良久。1986年,我到香港中文大学访学,在新亚书院住了一个多月,结识了不少香港学者,他们就告诉我,香港的主流文化是大众文化,高雅文化大多存在大学殿堂里。我当时也很困惑,大众文化怎么能成为主流呢?1995年,我在国际美学学术研讨会上又见到了香港中文大学的王建元教授,在台湾原本以研究崇高、雄浑著名,但是,他这次告诉我,他准备研究香港的迪士尼乐园这种文化现象。我一听,这不就是走向文化研究了吗?现代和后现代文化经过港台输入到大陆,对大陆的影响越来越大,我就想,我们的学术研究不能不关注这些问题,美学要发展,也必须面对现实,对新出现的大众文化、审美文化进行美学探索。因此,我提出走向文化美学。

　　文化美学与文艺美学是什么关系?文艺美学经过了20多年的发展,应该寻求突破了,时代在变,文学艺术也在发生变化,文艺美学必须要适应时代的变化而变化。高雅文化、大众文化都应该成为文艺美学关注的对象。高雅文化是精英的创造,属于精英文化,审美价值和审美品位最高,当然不可缺少;但是,一个社会不能都是高雅文化,受文化水平和个人修养的制约,很多人接受不了。大众文化较易为大众接受,是因为大众文化具有世俗性、娱乐性、流行性等特征,很多文化修养不高的人也能够接受。大众文化中也有许多好的东西,这些好的东西也可能成为经典。电影、电视、戏剧、歌曲、舞蹈、美术等艺术形式中,都充斥着大众文化,最为典型的是广场舞(笑),每当夜幕降临,公园里、广场上、小区的空地上,到处回响着流行音乐的声音。芭蕾舞有这个可能吗?跳芭蕾有很高技巧,这些技巧不是任何人容易掌握的,广场舞就比较随意,这就是大众文化。大众文化的潮流是阻挡不了的,文艺美学必须正视这个现实,把大众文化纳入美学视野,探讨大众文化和高雅文化、主流文化如何形成良性互动，相互促进，提升审美文化的整体水平，适应人们日益发展的文化需要。因此，文艺美学应与时俱进，扩展为文化美学。

李：我明白了，文化美学是文艺美学的发展与延伸。深圳是国家最早设立的经济特区，不仅是中国经济发展的桥头堡，也是接纳西方文化的桥头堡。您的文化美学研究得益于您的特区生活体验，所谓"近水楼台先得月"。最后，我再提一个问题，文化研究在国内兴起之后，美学热降温，而您对美学的兴趣反而越来越浓，近年又在向自然美学领域发展。您对美学发展的前景有什么看法？

胡：这也可以是受时代的感召。我这一生，学术志趣常因时而进，研究的具体对象常有变化。但变中又有不变，那就是，我一直爱从美学的视野考量万事万物，从文学艺术到人文世界，一直到自然天地。

改革开放之初的思想启蒙、精神解放，使得文学艺术蓬勃发展，文艺美学也应时而生。随着资本原始积累的深厚，现代化进程中的不少矛盾也逐渐显露。文化研究的兴起，正需要文化美学来做自我反思。为了克服日益严重的生态危机，生态文明的建设日显重要，生态美学应运而生。我原本对自然美学情有独钟，向往返璞归真，晚年就更关注生态美学。

我对生态美学有更宽广的理解。我所说的生态，是特指人的生存状态。人不仅生存于天地自然之中，也生存于人文世界之中，还生存于精神世界之中。人的生存危机，既包括自然生态危机，也包括人文生态和精神生态危机。所以，生态美学应把自然美学、文化美学和文艺美学统一起来做整体研究。我所理解的当今哲学美学就应是生态美学，把人文、自然、精神这些现象综合起来考察。

不错，美学确是感性之学，但不能只是感性现象学，还应进入感性价值的层次，成为感性价值学。在这大千世界，感性现象多种多样，变化多端。生命也好，生产也好，生活也好，不是天生就美。人类的实践活动也并非都能产生美，从生产实践、交往实践一直到生活实践，从物质生活、精神生活、社会生活一直到政治生活，并非都在按美的规律进行。美学就应该对这些感性现象做价值分析和美学评判，探索美的规律。美学当然首先要研究审美活动，审美是一种评价，属于精神活动。但美却并非如黄药眠所说的评价，而是客体具有的价值属性，既可自然存在，又可由人创造。物质生产和精神生产都可能创造出美来，属创美活动；美还可以由人对人进行培育，这是育美活动，属于人自身的生产。美学应对审美、创美、育美做综合研究。依我之见，美学发展到当下，应研究人类如何按美的规律来掌握世界。人要发展为自由个性，就既要在实践上，又要在精神上按美的规律去掌握世界。

美学既是"为人"之学，为别人指点如何审美、创美、育美，但又是"为己"之学，助自己探索人生之路。人生在世，先要活得了，再要活得好，最好是活得美，能诗意地生存在天地之间，美滋滋，乐陶陶。我自己的生活很简朴，在基本生活满足之后，尽量寻求精神生活的丰富。我体会到，对真、善、美的永恒追求，是人生的终极目标。适者生存，善者优存，美者乐存，进入天、地、人和谐一致的天地境界方是极乐世界。美学应该推进人的自我完善和人格塑造。

如今，我国的社会主义现代化进程已跨入新常态，全面建设小康社会，正需要高扬真、善、美，美学发展适逢其时，大有作为。我热切盼望我们的文艺美学、文化美学、生活美学、自然美学、设计美学等等，都能得到深入发展，不断提升水平，以适应广大人民的需要。

李： 好！您对包括文艺美学、文化美学在内的美学发展充满信心，令人鼓舞。感谢您谈了这么多，给我们很多启示。

采访手记：

采访胡经之先生是一件非常愉快的事，打电话约好时间，到他家里，坐在沙发上，周围都是书，一杯清茶，悠然会心，听先生侃侃而谈，真是一种享受。先生虽然已是耄耋之年，除了听力差一点之外，思维异常敏捷，其思辨能力之强，令我慨叹！我自小就与先生相识，从内心喜欢这个和善的老人。那时，只知道先生是一个大学老师，他的学生都是博士。等到我长大，也走上了文学研究之路，读了他的书和文章，方知道老人在中国当代文艺学、美学发展上的重要性。在《胡经之文集》中，我了解到，先生一生经历无数风雨，但始终保持达观的态度。他达观的生活和处事态度同样带有美学的风采。

（原载《中国文艺评论》2016年第3期）

胡经之主要著述目录

一、著作

[1]《文艺美学》，北京大学出版社 1989 年初版，2000 年修订再版。其中《艺术形象》一章，由美国美学家布洛克和中国美学家朱立元收入《中国当代美学》一书，在美国出版。《虚实相生取境美》一节，被教育出版社选收入《高中语文读本》第五册（2001 年）。

[2]《文艺美学论》，华中师范大学出版社 2000 年版。此书收入钱中文、童庆炳主编的《新时期文艺学建设丛书》。

[3]《胡经之文丛》，作家出版社 2001 年版。

[4]《中国古典文艺学》（胡经之、李健），光明日报出版社 2006 年版。

[5]《西方二十世纪文论史》（胡经之、张首映），中国社会科学出版社 1988 年版。

[6]《胡经之文集》第一卷《文艺美学》，海天出版社 2015 年版。

[7]《胡经之文集》第二卷《中国古典文艺学》，海天出版社 2015 年版。

[8]《胡经之文集》第三卷《比较文艺学》，海天出版社 2015 年版。

[9]《胡经之文集》第四卷《文化美学》，海天出版社 2015 年版。

[10]《胡经之文集》第五卷《美的追寻》，海天出版社 2015 年版。

[11]《文艺美学及文化美学》，复旦大学出版社 2016 年版。

二、主编

[1]《西方文艺理论名著教程》，北京大学出版社 1980 年初版，2003 年修订再版。此书为全国高等学校文科教材。

[2]《西方文艺理论名著选编》（胡经之、伍蠡甫），北京大学出版社 1986 年版。

[3]《西方二十世纪文论选编》（胡经之、张首映），中国社会科学出

版社1989年版。

[4]《文艺学美学方法论》（胡经之、王岳川），北京大学出版社1994年版。

[5]《中国古典美学丛编》，中华书局分上、中、下三卷出初版（1987年），凤凰出版社合成精装一卷再版（2009年）。

[6]《中国现代美学丛编》，北京大学出版社1987年版。

[7]《中国古典文艺学丛编》，北京大学出版社2001年版。

[8]《文艺美学论丛》，内蒙古人民出版社1985—1987年版。

[9]《论艺术创造》，中国社会科学出版社2001年版。

[10]《深圳文艺二十年》，花城出版社2001年版。

后　记

　　承蒙深圳市主管文化建设的李小甘等忘年交的关切和支持，我的五卷本《胡经之文集》，由海天出版社在 2015 年冬天出版，并在北京大学、深圳分别举办了研讨会、座谈会。

　　《胡经之文集》的出版，为编选这本《胡经之自选集》提供了极大方便。中共广东省委宣传部计划出版《广东省优秀社会科学家文库》（中山大学出版社出版），来函要我编选一本自选集，时间紧迫。年过八旬之后，我的精力已大不如前，幸好我的小女儿胡燕菘及时协助我，将我从文集中挑选的论文整理后录入电脑，如期完成了这本自选集。同时，还要感谢中山大学出版社编辑王睿的辛勤劳动。

　　《胡经之自选集》的论文分为五辑：文艺美学、文化美学、自然美学、中国古典文艺学、比较文艺学。这大致反映出了我的学术志趣常应时而变，但多变中又有不变，那就是我爱从美学的视野来审察我所面对的世界，更看重我和世界的审美关系。自选集中的许多学术见解可能已经过时，只能为后人提供些许历史资料，了解在我们这辈人中曾经这么谈论过文化艺术和天地自然。是耶非耶，任由评说。

胡经之

2016 年 7 月 6 日于深圳望海书斋